Eine Feder für Wölfe

Swantje Berndt

Weltenschmiede

Impressum

www.weltenschmiede-verlag.de

Cover: Toni Kuklik
Wolf: © karlumbriaco - Fotolia.com
ISBN 978-3-944504-12-4 (eBook)
ISBN 978-3-944504-11-7 (Taschenbuch)

Inhaltsverzeichnis

Vorwort

von Swantje Berndt

Der Beginn: Das Bild eines Wolfes in einer Fotofalle.

Am 16. November 2012 postete mir Tanja Niermann, eine Freundin und ehemalige Klassenkameradin, auf meine Facebook-Chronik das Schwarzweiß-Bild eines Wolfes. Es sei in der Nähe meines Zuhauses aufgenommen worden, wobei »Nähe« im weitesten Sinne verstanden werden muss.

Das Tier war im Raum Sperenberg in eine WWF-Kamerafalle getappt und der WWF deklarierte daraufhin Berlin-Brandenburg zum Wolfsland.

Tanjas Herausforderung an mich: Schreibe eine Gesichte zu diesem Foto.

Bereits am 19. November entschieden Toni Kuklik, Autorenkollegin und Verlegerin des Weltenschmiede Verlags, der damals gerade aus der Taufe gehoben worden war, aus einer Geschichte viele zu machen.

Toni und ich gründeten die Facebook-Gruppe »Eine Feder für Tiere« und innerhalb weniger Minuten füllte sie sich mit begeisterten Mitstreitern. Viele Autorinnen und Autoren sind dabei aber auch Künstler und interessierter Tierschützer.

Zweck der Gruppe: eine Anthologie zum Thema Wolf zu schreiben und den Gewinn dem Naturschutzbund Deutschland e.V. (NABU) für das Projekt »Willkommen Wolf« zu spenden.

Über Jennifer Benkau, die sich mit Sandra Gernt zusammen als Lektorin zur Verfügung gestellt hat, knüpfte ich den Kontakt zu Elli

Radinger, die mich an Anette Wolff vom NABU verwiesen hat. Ab diesem Moment wurde es ernst.

Niemandem von uns lag etwas an leeren Versprechungen. Das Buch sollte erscheinen, obwohl noch keine Einsendung bei mir angekommen und der Verlag, wie erwähnt, blutjung war.

Ein Wagnis? Und ob.

Hat es sich gelohnt? Das können nur die Leser der Geschichten entscheiden. Für uns, und ich denke, ich spreche hier für alle Beteiligten, war es ein Abenteuer erster Güte. Ich habe selten so viel Motivation und Engagement von Menschen erlebt, die mir größtenteils völlig fremd waren!

Bereits zum Jahreswechsel meldeten sich so viele Autoren auf meine Ausschreibung hin, dass ich mindestens ebenso erfreut wie erschüttert war.

Die schwerste Aufgabe war für mich, aus einer Fülle an Geschichten nur zwanzig herauszupicken.

Die Anthologie hätte locker viermal so dick sein können.

Fantasy, Science Fiction, Sagen, Dystopien, aber auch ganz »normale« Kurzgeschichten zum Thema »Wolf« sammelten sich in unserem Erstlingswerk, während die Dynamik in der Gruppe und den Aufgabenbereichen nicht nachließ. Genauer gehe ich darauf später in meiner Danksagung ein.

Auf das Ergebnis unseres »Sprungs ins kalte Wasser« sind wir stolz. Unser Gemeinschaftskind konnte nur entstehen, weil sich niemand zurückgenommen hat und wir die Last auf viele Schultern verteilen konnten.

Mit der Veröffentlichung der Wolf-Geschichten endet unsere Arbeit nicht. »Eine Feder für Tiere« wird weiter bestehen, weiter schreiben und sich weiter für Tiere aller Art einsetzen!

Zum Schluss möchte ich im Namen von uns allen noch einer ganz besonderen Autorin danken. Roselinde Dombach war von Beginn an dabei, hat eine wunderschöne, romantische Geschichte geschrieben und sich sehr darüber gefreut, dass sie in der Anthologie aufgenommen wurde.

Zu unserer Bestürzung kann Roselinde die Veröffentlichung von

Snow Cristal nicht mehr miterleben. Sie starb Ende September 2013 – bevor sie ihren Vertrag für diese Anthologie unterzeichnen konnte. Ihrer Familie und ihren Freunden wünschen wir an dieser Stelle unser allerherzlichstes Beileid.

Nichts desto trotz ist und bleibt sie in unseren Herzen ein Bestandteil der Feder für Tiere Gruppe, denn ich bin mir sicher, dass sie uns von Projekt zu Projekt mit ihrer Motivation, Texten und Bildern unterstützt hätte.

Nach der Veröffentlichung ist vor der Veröffentlichung und ich hoffe, dass noch viele Anthologien unserem Erstling folgen werden.

Jetzt bleibt mir nur noch, viel Freude beim Lesen zu wünschen.

Liebe Grüße
Swantje Berndt

Der Wolf – gehasst, gefürchtet, geliebt

Zweites Vorwort von Holger Stark

Viele fragen sich, ob der Wolf in Deutschland überleben kann. Findet er die Voraussetzungen, die er zum (Über)leben benötigt? Gibt es genügend Wild für die Jagd? Bietet das Gebiet Rückzugsmöglichkeiten? Leider wird dabei häufig der wichtigste Faktor für das Überleben des Wolfes vergessen: der Mensch. Alleine vom Menschen ist es abhängig, ob sich der Wolf in Deutschland wieder dauerhaft ansiedeln kann. Nur die Toleranz des Menschen ermöglicht es dem Wolf, hier zu leben.

So wie der Mensch es geschafft hat, den Wolf in vielen Gebieten auszurotten, hat er es in der Hand, ihm die Rückkehr zu ermöglichen. Aber woher kommt der Wolf eigentlich?

Auch wenn sich die evolutionsbiologische Entwicklung des Wolfes 60 Millionen Jahre zurückverfolgen lässt, kann man das kleine Raubtier »Tomarctus«, als Vorfahre aller Hundeartigen, auf 15 Millionen Jahre zurückdatieren. Vor 2 Millionen Jahren traten nun endgültig die ersten Wölfe (Canis Lupus) in Eurasien in Erscheinung und verbreiteten sich von dort über den gesamten Norden. Der Wolf bildete dabei nur wenige, vermutlich nicht mehr als 13, Unterarten aus. Dies genügte, um in den doch sehr unterschiedlichen Lebensräumen zu leben. Dabei reicht die Spanne vom Arabischen Wolf, dem kleinsten

Vertreter mit etwa 20 kg Körpergewicht, bis zum Russischen Wolf, der mit seinen 50 kg mehr als das doppelte auf die Waage bringt. Seine enorme Anpassungsfähigkeit beweist der Wolf schon durch seine Lebensräume, die unterschiedlicher nicht sein könnten. Hat er es auf der arabischen Halbinsel mit einem trockenen-heißen Klima und mit Temperaturen bis zu 50° Celsius zu tun, leben die Polarwölfe in einer extrem rauen und kalten Umgebung, mit langen und dunklen Wintern.

So ist der Wolf auch heute noch absolut anpassungsfähig und flexibel.

Allen Arten gemein sind extrem gefestigte Sozialstrukturen innerhalb des Familienverbandes, dem Rudel.

In der Regel besteht ein Rudel aus einem Elternpaar und 1 bis 2 Generationen an Kindern. Nach Erreichen der Geschlechtsreife, mit ca. 2 Jahren, machen sich die Kinder selbständig und gründen mit einem Partner aus einem anderen Rudel ihren eigenen Familienverband. So lange die Menschen noch als Jäger und Sammler unterwegs waren, lebte man in einem relativ entspannten Verhältnis nebeneinander her. Der Mensch konnte vom erfahrenen Jäger Wolf, im Hinblick auf Jagdtechnik und –strategie, vieles lernen. Dies führte dazu, dass der Wolf von vielen Urvölkern, z.B. den Indianern, verehrt wurde und als Vorbild diente. Es gab genug jagdbares Wild für alle. Oftmals konnte man direkt vom Jagderfolg der Wölfe profitieren, indem man sich der erjagten Reste bediente.

Erst als sich der Mensch sesshaft machte, sah er den Wolf als Konkurrent und Problem an. Der Wolf erlegte durchaus in Gattern gehaltene Haustiere, da sie eine leichte Beute waren. Der Mensch musste handeln und erschuf so verschiedene Schutzmöglichkeiten, um Übergriffe auf seine Tiere erfolgreich zu vermeiden. Im Mittelalter, als die Jagd auf Hochwild zum Vergnügen und einer sportlichen Angelegenheit wurde, schlug das Verhältnis zum Wolf in offene Feindschaft um. Dies führte dazu, dass der Wolf gnadenlos verfolgt und dezimiert wurde. Es entstanden Geschichten und Märchen, in denen der Wolf als grausames, mordendes Monster dargestellt wurde. Leider hat sich diese Einstellung, wider besseren Wissens und trotz der Einführung von Gesetzen zum Schutze des

Wolfes, bis heute in manchen Köpfen gehalten.

Lebten die Wölfe mehrere Hunderttausend Jahre im gesamten Verbreitungsgebiet, waren sie in der Mitte des 19. Jahrhunderts in West und Mitteleuropa, Dank des Menschens, ausgerottet. Selbst in Skandinavien wurde 1973 der letzte freilebende Wolf erschossen, auch in den USA galt er als ausgestorben. Durch eine entsprechende Gesetzgebung, die den Wolf als bedrohte Tierart in Deutschland streng schützt, wurde erreicht, dass nach und nach wieder einzelne Wölfe in Deutschland gesichtet wurden. Seit 2000 siedeln sich im Osten Deutschlands erste Wolfsrudel an. Die vom Menschen genutzten und bewirtschafteten Landschaften sind ein idealer Lebensraum für den Wolf. Er ist ein Kulturfolger, der nicht zwingend Wildnis benötigt, wohl aber ruhige, geschützte Flächen, um ungestört seine Welpen aufzuziehen. So fanden die Tiere, z.B. auf verlassenen Truppenübungsplätzen der Armee, neuen Lebensraum. Diese, oftmals unter Naturschutz stehenden Areale, bieten gute Lebensbedingungen und werden von Menschen wenig besucht.

Die gesetzlichen Schutzmaßnahmen in Deutschland sind kein Garant dafür, dass der Wolf überall willkommen ist. Viele Jäger und Landwirte mit Viehzucht sind über die Rückkehr des Wolfes nicht erfreut.

In seinem Lebensraum in Deutschland steht der Wolf an der Spitze der Nahrungspyramide. Wie bei diesen sogenannten Top-Predatoren üblich, wird sein Bestand über das Beuteangebot reguliert und nicht durch einen noch größeren Beutegreifer.

Angesichts weit überhöhter Wildbestände sollte es jedoch keine Befürchtungen geben, dass der Wolf diese drastisch reduzieren kann. Es ist noch ein langer Weg, hier Aufklärungsarbeit zu leisten und die notwendige Toleranz zu schaffen. Zudem ist die Population in Deutschland noch so instabil, dass eine Vergrößerung der Bestände auf eine weitere Zuwanderung von Wölfen angewiesen ist.

Dabei findet der Wolf in allen Flächenbundesländern Deutschlands Bereiche, in denen er gut leben kann. Es verwundert also nicht, dass Wanderwölfe bereits in zwölf Bundesländern nachgewiesen werden konnten (Stand 2013). Wir können damit rechnen, dass sich der Wolf neben Sachsen, Brandenburg, Sachsen-Anhalt und

Niedersachsen auch in allen anderen Bundesländern, ausgenommen der Stadtstaaten, niederlassen wird. Die Überwindung selbst großer Entfernungen ist für den Ausdauerathlet Wolf kein Problem. Wölfe, die ihr Rudel verlassen, um eine eigene Familie zu gründen, wandern teilweise mehr als 1.500 km weit.

Manch einer mag sich nun fragen, warum wir den Wolf in Deutschland mit offenen Armen empfangen sollten. Man könnte doch meinen, dass der Wolf in den großen Waldgebieten, sowie in Taiga und Tundra von Nordamerika, Nordeuropa und Asien weit verbreitet sei und sein freies Leben genießen könne.

Doch weit gefehlt: In vielen Ländern, wie z.B. Russland, den USA und Teilen von Skandinavien, ist die Wolfsjagd offiziell gestattet. Dabei kann man von keiner »eingreifenden Regulierung sprechen«. Hier werden Tausende Tiere erlegt, sodass die Bestände gefährdet sind. Es dürfen grausame Methoden wie Fallenjagd und das Auslegen von Giftködern eingesetzt werden. In vielen Köpfen ist der Wolf noch immer ein Konkurrent des Menschen, der keine Existenzberechtigung hat.

So kommt es, dass die erbarmungslose Jagd auf den Wolf nicht nur gestattet ist, sondern auch noch ganz bewusst durch den Staat gefördert wird.

In Russland gibt es neben einer Abschussprämie, die pro erlegten Wolf gezahlt wird, noch einen zusätzlichen Bonus für denjenigen, der die meisten Wölfe zur Strecke bringt. Dabei gehen die Wolfsjäger nicht zimperlich vor.

Im Yellowstone Nationalpark, USA, wurde der Wolf in den 1930er Jahren ausgerottet. In der Folge geriet das natürliche Gleichgewicht der dort lebenden Wildtiere durcheinander. 70 Jahre später wurden im Yellowstone Nationalpark 14 kanadische Wölfe angesiedelt. Diese Population hat sich, auch nach Zuwanderungen von außen, auf ca. 100 Tiere erhöht. Interessant sind die Auswirkungen auf Tiere und Pflanzen im Nationalpark. Der Wolf hat die Hirscharten dezimiert bzw. halten sich diese nicht mehr dauerhaft in den Auwäldern auf, sodass sich die Vegetation erholen konnte. Junge Bäume und andere Pflanzen können wieder ungestört wachsen. Durch den erholten Baumbestand kehrte auch der Biber zurück in den Nationalpark. Dies wirkt sich wiederum positiv auf die Bestände von Fischen und Bären aus. Ein positiver Kreislauf, der Wissenschaftler aus den gesamten Vereinigten Staaten interessiert. Obwohl der Wolf im Nationalpark geschützt ist, hat die Jagdpraxis im Umland, dort ist die Wolfsjagd seit 2012 wieder offiziell gestattet, großen Einfluss auf die Tiere im Park. So wurde in Montana die erlaubte Abschussquote erhöht und es gibt keine Schutzzone mehr um den Nationalpark. Die Wolfgegner haben es innerhalb weniger Wochen geschafft, die Population um über 20%, auf weniger als 80 Tiere, im Yellowstone Nationalpark zu reduzieren.

In Skandinavien wurde die Wolfsjagd, trotz einer sehr geringen Wolfspopulation, weitestgehend wieder gestattet. Die wenigen Rudel haben dort, ohne Zuwanderung von außen, die eine Auffrischung des Genpools bedeutet, nur eine geringe Überlebenschance. Die Jagd auf diese Tiere könnte das Ende der gesamten Wolfspopulation bedeuten.

In Japan scheitert die Wiederansiedlung des Wolfes an der Furcht der Bevölkerung, die durch eine japanische »Rotkäppchen-Version« geschürt wird. Gerade dort wäre eine natürlich Regulierung des Rotwildes dringend notwendig.

Selbstverständlich darf man die Ängste der Menschen in Deutschland nicht unbeachtet lassen. Schafshalter in Wolfsgebieten haben beispielsweise einen deutlichen Zuwachs an Arbeit. Sie müssen die Herden mit mehr zeitlichem und finanziellem Aufwand schützen als ohne Wölfe. Auch für einen Jäger ändert sich die Situation, wenn Wölfe im Revier sind. Das Wild wird unsteter und so erhöht sich der Aufwand auch hier. Sicherlich wird das Miteinander von Mensch und Wolf bei uns immer wieder zu Problemen führen. Aber diese Probleme sind lösbar und der Wolf findet hier ein für ihn passendes Lebensumfeld. Dabei dürfen wir nicht vergessen, dass der Wolf aus freien Stücken zu uns kommt. Er besiedelt wieder seinen ursprünglichen Lebensbereich.

In gesamt Mitteleuropa gibt es unzählige Renaturierungsmaßnahmen, die mit hohem finanziellem Aufwand geschädigte Ökosysteme wieder in einen naturnahen Zustand wandeln wollen. Der Wolf kann unseren Lebensraum extrem bereichern und uns ein wenig Wildnis zurückbringen – wir müssen es nur gestatten.

Honiggolden

von Jennifer Benkau

»Ich habe das Gefühl, diese Straße wird von Jahr zu Jahr länger und der Wald immer dunkler. Gruselig ist das.«

Tom empfand das anders. So war er halt, der Niemandslandwald. Er widersprach seiner Mutter trotzdem nicht, weil er wusste, dass sie auf ihre Meinung beharren würde.

»Bist du sicher, dass du ganze vier Wochen bei Oma und Opa bleiben willst?«

Er nickte ohne sie anzusehen. Seit sie vor einer Viertelstunde von der Autobahn abgefahren und in den Wald eingebogen waren, schaute er aus dem Fenster und obwohl es draußen nichts weiter zu geben schien als Bäume, Sträucher und Hecken, wollte er den Blick nicht abwenden. Die Vorstellung, was sich hinter den Büschen alles verbergen konnte und wer vielleicht im Farn den Kopf senkte, um nicht entdeckt zu werden, ließ es in seinem Bauch kribbeln. Mit zehn glaubt man eigentlich nicht mehr an Waldelfen, Seenixen und Faune, aber Tom fand, dass ihm das zustand, immerhin hatte er im Gegenzug nie an solchen Blödsinn wie den Weihnachtsmann oder den Osterhasen geglaubt.

»Träumst du schon wieder?« Die Frage klang weniger mahnend als gewöhnlich. Tom hörte heraus, dass seine Mutter lächelte und antwortete mit einem alles sagenden »Hmm«.

Träumer-Räuber-Tommie, so hatten seine Eltern ihn genannt, als seine Welt noch heil gewesen war. Bevor das Tier gekommen war und seinen Papa mitgenommen hatte. Tom hatte erst viel später begriffen, dass kein Tier schuld gewesen war, sondern eine Krankheit, die blöderweise wie ein harmloses Tier hieß und trotzdem ganz und gar nicht harmlos war. Später war Tom für Mama nur noch Träumer-Tom gewesen, und das hatte sie nicht mehr liebevoll ausgesprochen sondern genervt, weil er in den Momenten, in denen er gerne träumen wollte, meist andere Dinge tun sollte. Sie verstanden das nicht, weder seine Mutter, noch die Lehrerinnen oder die Schwimmtrainer: Träume kamen nicht, wenn man sie rief. Sie kamen, wann sie es für richtig hielten, und wenn man sie wegschickte, um zu rechnen, aufzuräumen oder fünfzig Meter durchzukraulen, dann verschwanden die Träume und kehrten auch nicht zurück. Wenn man Pech hatte, nie.

»Zum Träumen ist jetzt keine Zeit!«, hieß es immerzu, doch niemand begriff, dass die richtige Zeit zum Träumen sich nicht von den Erwachsenen beeinflussen ließ.

Hier im Wald hatten die Träume mehr Macht als anderswo. Tom hatte das natürlich schon sehr früh durchschaut, noch bevor er in die Schule gekommen war. Aber heute schien es sogar seine Mutter zu merken. Sie fluchte zwar alle paar Kilometer leise über den Zustand der Straße, hing jedoch dazwischen still ihren Gedanken nach. Tom kannte sie gut genug, um zu spüren, dass sie sich keine Sorgen machte, sondern genau wie er vor sich hin träumte, vermutlich von den Sommerferien. Sie würde mit ihrem Freund auf die Kanaren fliegen. Tom hatte nicht das geringste Interesse daran, mit ihnen zu fliegen. Er hatte das im letzten Jahr versucht und es bitter bereut. Das Hotel hatte einen Kinderclub, so war es nicht. Aber wenn man drei Wochen lang jeden Tag morgens hingebracht und abends wieder abgeholt wird, kann auch der beste Kinderclub nichts reißen.

Nein, danke. Tom verzichtete auf ein Meer, das er fast nur vom Fenster aus zu sehen bekam und fuhr lieber vier statt zwei Wochen zu seinen Großeltern, die dort wohnten, wo keiner mehr wusste, wo Sachsen aufhörte und Tschechien anfing, wo sich ganze Dörfer mitten im Wald versteckten wie Flöhe in einem Fuchspelz und wo man alles anfassen durfte, auch Stöcke aus dem Feuer, giftige Beeren und das weiche Fell toter Tiere. Selbst Träume schien man bei den Großeltern anfassen zu können. Die kleinen Waldgnome mussten ihm bloß endlich in die Lebendfalle gehen, dann …

Toms Großeltern hatten sich nicht verändert, nicht einmal Omas lockiges Silberhaar oder Opas abgewetzte Cordhose sahen anders aus, als er sie aus dem letzten Jahr in Erinnerung hatte. »Wir werden nur älter, aber niemals alt«, sagte Oma immer, »wir fallen irgendwann tot um, das schon. Aber zu einem Tattergreis wird bei uns keiner. Das kommt daher, weil wir alles zusammen machen und keiner sich für etwas zu fein ist, egal ob es Kreuzworträtsel lösen, Socken stricken oder Holz hacken ist.«

Seine Mutter musste ihren Flug bekommen und konnte nicht über Nacht bleiben, nicht mal bis zum Abendessen. Bloß einen Kaffee gönnte sie sich und bis dieser fertig war, trommelte sie mit den lackierten Fingernägeln auf die Tischplatte. Da die Großeltern keine moderne, brummende Maschine hatten sondern den Kaffee auf dem Herd aufbrühten, dauerte alles etwas länger. Tom nutzte die Zeit, um auf einem Bogen Rasterpapier eine neue Waldgnomfalle zu planen.

»Willst du Oma und Opa denn gar nicht erzählen, wie das letzte Schuljahr und deine Zeugnisnoten waren?«, fragte Mama ungeduldig.

Tom dachte: *Nein, warum auch?*, und Opas Blick sagte dasselbe, doch beide murmelten: »Machen wir später, wir haben ja Zeit.« Oma schmunzelte wissend und wischte mit dem Rockzipfel eine Tasse für ihre Tochter aus. Tom fühlte sich vom ersten Moment an wieder zuhause. Chef, der stolze Weimaranerrüde seiner Großeltern, hatte ihn auf die ihm eigene Art mit einem Blinzeln begrüßt und sich dann an seine Füße gelegt; ein ganz anderes Verhalten als die aufgeregten Hunde in der Stadt es zeigten, die jeden ansprangen, bellten und sabberten. Tom war Chefs Ruhe viel lieber. Es gab nur drei Menschen, denen Chef sich an die Füße legte, und zu ihnen zu gehören, machte Tom glücklich.

Etwas später kam Tom von der Toilette zurück, da hörte er seine Mutter vom Flur aus reden. Sie hatte die Stimme gesenkt und etwas in ihrem Ton ließ ihn hinter der Tür stillstehen und die Luft anhalten, um besser lauschen zu können.

»Mir ist wirklich nicht wohl dabei«, sagte seine Mutter. »Ihr müsst jeden Tag anrufen.«

»Connie, wir leben hier seit bald fünfzig Jahren«, antwortete Oma. »Es ist nie etwas passiert, auch wenn du jedes Jahr predigst, dass Ganoven kommen und …«

»Es ist auch noch nie so ein Monster in der Nähe ausgebrochen! Die Bestie hat Menschen auf dem Gewissen!«

»Ach was!«, fuhr der Opa dazwischen. Tom ahnte, dass er am liebsten gelacht hätte. »Der Alte Graue, pah! Dass der in der Nähe sein soll, ist bloß eine Legende – ein Schauermärchen. Der ist hier allenfalls durchgezogen und das ist mehr als ein Jahr her. Niemand hat den in der Gegend gesehen.«

»Die verstecken sich doch immer gut«, meinte seine Mutter, allerdings schien sie sich bereits geschlagen zu geben.

»Connie, es ist alles in Ordnung. Sie haben im letzten Sommer alles durchkämmt. Wir haben einen Hund, der deinen Sohn mit seinem Leben verteidigen würde und dein Vater und ich würden nicht weniger geben. Die Gefahr, dass euer Flugzeug abstürzt ist zehn Mal größer, als dass Tommie bei uns etwas zustößt.« Oma sagte noch mehr, aber Tom hörte nur noch mit einem Ohr hin.

»Der Alte Graue«, wisperte er ehrfürchtig. »Ein Monster. Ausgebrochen.« Die Worte auszusprechen fühlte sich auf der Haut an wie Knisterbadepulver. Er erinnerte sich an die Bedenken, die seine Mutter den Großeltern so häufig am Telefon genannt hatte, an die Argumente, warum sie nicht mehr im Wald leben sollten. Die meisten verstand Tom nicht und andere klangen öde. Nur ein Wort fiel wieder und wieder und jagte Tom Schauer über den Rücken: Wölfe.

Der Alte Graue musste ein Wolf sein. Vielleicht ein ganz besonders großer, wilder und gefährlicher Wolf, der schlau genug war, um aus dem Zoo auszubrechen.

Als sie Toms Mutter kurz darauf zum Auto brachten und verabschiedeten, fiel es Tom schwer, die Lücken zwischen den Bäumen, die die Dämmerung dunkel gefärbt hatte, nicht zu auffällig anzustarren. Er gruselte sich vor der Vorstellung, dort gelbe Augen aufleuchten zu sehen und gleichzeitig sehnte er sich danach.

»Bist du je einem Wolf begegnet?«, flüsterte er in Chefs lackglattes

Fell, während die roten Rücklichter des Autos kleiner und schwächer wurden. Er dachte an die vielen Sommer, die er hier verbracht hatte, an die Nächte, in denen er ins Bett der Großeltern gehuscht war und in der Besucherritze geschlafen hatte, weil er sich im Gästezimmer unterm Dach fürchtete, wenn er die Wölfe im Wald heulen hörte. Doch jetzt war er zehn und wusste, dass Wölfe scheu waren, dass sie nicht größer wurden als Schäferhunde und dass sie unter Naturschutz standen. Er fürchtete sich nicht mehr. »Ein echter Wolf. Ja, das wäre mal ein Abenteuer.«

Die Zeit im Niemandslandwald hatte einen entscheidenden Nachteil: Sie verging schneller als zu Hause oder in Kinderclubs auf den Kanaren. Als Opa zum ersten Mal erlaubte, dass Tom das Jagdgewehr hielt, waren die ersten beiden Wochen bereits um.

»Leg mal auf die Amsel da an«, meinte Opa und Tom fuhr der Schreck in die Knochen.

»Aber ich drück nicht ab!«, rief er und die Amsel stob auf und suchte ihr Heil in der Flucht.

Opa lachte. »Natürlich nicht, wir schießen damit doch nicht auf Vögel. Ich möchte dir nur zeigen, wie du es halten musst. Heute will ich gar nichts jagen, die Vorratskammer ist voll, wir brauchen nichts.«

»Erschießt du oft Tiere?«

»Wenn wir Fleisch essen wollen«, sagte Opa und rückte seinen Hut zurecht, »dann schon, aber das weißt du doch. Ich schieß es lieber hier im Wald, als es in Plastik verpackt im Laden zu kaufen. Und wenn ein Tier krank oder verletzt ist, erlöse ich es, wenn es sein muss. Doch das ist nur selten der Fall, hier regelt sich vieles von selbst. Das machen die Raubtiere. Aber man kann ja nie wissen und darum sollte man ein guter Schütze sein.« Er deutete auf die Waffe.

Tom war nicht mehr danach, auf etwas zu zielen. Er ließ das Gewehr sinken. »Was für Raubtiere meinst du denn? Wölfe?«

»Die auch. Und Luchse, Füchse, Marder und –«

»Hast du schon mal Wölfe gesehen?«, unterbrach ihn Tom. »Nicht im Zoo, sondern frei im Wald.«

»Hmhm.« Opa schmunzelte. »Hin und wieder. Da braucht es allerdings großes Glück, die verstecken sich.«

»Wo denn?«

Das Gesicht seines Opas wurde nachdenklich. »Naja, ein Stück westlich, in der Nähe der Kluft, da, wo die Höhlen sind, da sieht man sie gelegentlich. Aber frag gar nicht erst, da können wir nicht hingehen.«

»Nicht?« Tom gab sich Mühe, seine Enttäuschung zu verbergen.

»Nee, Tommie. Die haben im Frühjahr sicher ihre Welpen gekriegt und dann hält man sich besser von ihnen fern. Glaub nicht, dass sie böse sind, doch wenn sie glauben, dass man ihre Jungen bedroht …«

»Kenn ich. So ist Mama auch.«

Opa lachte. »Wir suchen in der Gegend nach Spuren, abgemacht?« Er schulterte das Gewehr und sie wanderten weiter.

Die Wölfe gingen Tom nicht aus dem Kopf. Es steckte bestimmt mehr dahinter als ein Wurf Wolfskinder. Er erinnerte sich vage, dass Opa ihn vor drei oder vier Jahren im Sommer zu diesen Höhlen mitgenommen hatte. Damals hatte er kein Wort über gefährliche Wolfsmütter verloren. Dass er jetzt besorgter war, musste an diesem ausgebrochenen Wolf liegen. Am Alten Grauen.

An den kommenden beiden Tagen hatte Tom selten Gelegenheit, nach Wolfsspuren zu suchen, denn es galt, Omas Geburtstag vorzubereiten. Den Nachmittag und die Nacht vor ihrem großen Tag verbrachte Oma aus Tradition bei ihrer Schwägerin. Opa und Tom nutzten die sturmfreie Bude für einen langen Fußballabend mit Erdnussflips und bunten Smarties vor dem Fernseher sowie eine anschließende Nachtwanderung. Am nächsten Morgen packte Opa Chef ins Auto, um Oma wieder abzuholen. Bisher war Tom in jedem Jahr mitgefahren, doch inzwischen war er ein Zehnjähriger, bald schon ein Gymnasiast und da galt es, mit alten Gewohnheiten Schluss zu machen.

»Fahr du mal allein«, meinte er leichthin. »Ich muss noch eine kleine Überraschung vorbereiten.«

Kaum, dass Opa aus dem Haus war, flitzte Tom in die Küche. Opa und er hatten am Tag zuvor einen Kuchen vorbereitet und Tom war am Abend eine Idee gekommen: Er wollte den Kuchen mit Schokolade überziehen und mit Smarties in Gelb und Orange dekorieren – Omas

Lieblingsfarben. Wie man eine Schokoladenglasur machte, wusste er. Man musste die Schokolade im Wasserbad schmelzen, damit sie nicht zu heiß wurde, und dann mit Fett verrühren. Einen Topf für das Wasser fand er sofort, aber wo waren die Metallschüsseln, die dort reinpassten ohne unterzugehen? Tom kletterte auf die Arbeitsplatte, um die oberen Schrankböden einsehen zu können. Ja, da waren die Schüsseln, zwischen dem guten Geschirr. Er nahm eine passende Schüssel, drehte sich halb um und glitt von der Arbeitsplatte. Und da geschah es: Versehentlich stieß er mit dem Fuß gegen die Tortenplatte, auf der der Kuchen stand. Die Platte kippte, der Kuchen rutschte. Tom versuchte noch, danach zu greifen, aber es ging alles viel zu schnell: Kuchen und Tortenplatte stürzten zu Boden und ein fieses, in den Magen stechendes Geklirr ertönte.

»Oh nein«, flüsterte Tom. Zu seinen Füßen mischten sich Scherben und Glassplitter mit dem im Stücke gebrochenen Kuchen und Krümeln. Da war nichts mehr zu retten. Ein Geburtstag ohne Kuchen? Arme Oma! Tom biss sich auf die Lippe bis er spürte, wie sie anschwoll. Das war alles seine Schuld.

Beklommen machte er sich ans Aufräumen. Ob sie einen neuen Kuchen backen konnten? Im Kühlschrank war noch genug Butter und Zucker und Mehl hatten die Großeltern immer im Haus. Allerdings waren keine Eier mehr da – die hatte Opa am Morgen alle in die Pfanne geschlagen. Die Omeletts lagen Tom nun schwer im Bauch. Oma würde sagen, dass es nicht so schlimm sei. Sie würde bestimmt die Kerzen in einen Laib Brot stecken und behaupten, es sei dasselbe. Aber das war es nicht. Toms Spucke schmeckte bitter, als er den ruinierten Kuchen vom Kehrblech in den Mülleimer fallen ließ.

Nein, ein Geburtstag ohne Kuchen durfte nicht sein! Er würde das wieder in Ordnung bringen, er brauchte doch nur Eier. Der Weg ins Dorf war nicht besonders weit und Tom hatte genug Taschengeld in seinem Portemonnaie, um einen ganzen neuen Kuchen und sogar eine Sahnetorte mit Schokoladen und Sauerkirschen zu kaufen. So teuer war das bestimmt nicht.

Kurzerhand schlüpfte er in seine Sneakers, schrieb für den Fall, dass seine Großeltern vor ihm zurückkamen, einen erklärenden Zettel und marschierte los.

Der Tag musste vergessen haben, dass Sommer war, und versteckte die Sonne hinter Wolken. Frischer Wind blies Tom entgegen und er bereute bereits nach wenigen Minuten, keine Jacke über sein Sweatshirt gezogen zu haben. Der Waldboden war nass vom Regen der letzten Nacht und die Feuchtigkeit drang durch seine Schuhe. Aber umdrehen wollte er keinesfalls. Entschlossen, erst zurückzukehren, wenn er einen Kuchen hatte, lief er weiter.

Und weiter. Und weiter. Und ...

Er hatte keine Uhr dabei und auch kein Handy. So etwas brauchte man im Niemandslandwald nicht. Doch inzwischen krabbelten Zweifel in ihm hoch und begannen, ihm auf die Nerven zu gehen, wie Ameisen auf dem Picknicktisch. Wie lange lief er denn schon? Hätte der schmale Waldpfad ihn nicht längst zur Straße leiten müssen, die ins Dorf führte? Der Weg war ihm nie derart weit vorgekommen. An die verkrüppelte Buche zur Linken konnte er sich gar nicht erinnern. Und auch nicht an die uralte Holzhausruine, die sich an einen Hang schmiegte wie eine Katze an den Ofen. Das alles hätte ihm doch sicher auffallen müssen, wenn er schon einmal hier vorbei gekommen wäre. Immer frostiger fühlte sich die Gewissheit an, dass er an einer Abzweigung falsch gegangen war. Er hatte sich verlaufen.

Zuerst beschämte ihn sein Fehler bloß. Verlaufen wie ein Kleinkind – pah! Und ausgerechnet in seinem Teil vom Niemandslandwald, wo er jeden Ast zu kennen glaubte. Er lief den Weg zurück, den er gekommen war. Und stand plötzlich vor riesigen Ameisenhügeln, so groß, wie er noch nie welche gesehen hatte. Auch die Ameisen waren riesig. Sie waren überall – der ganze Waldboden schien zu krabbeln, wohin Tom auch trat. Das Herz schlug ihm schneller und schneller. Ein paar der Insekten wuselten seine Hosenbeine hoch. Für jede, die er abschüttelte, schienen drei neue zu folgen. Tom unterdrückte einen Schrei, warf sich herum und rannte davon.

Er rannte, bis er absolut sicher war, dass keine Ameise mehr in der Nähe war. Doch in seinem Kopf kehrte trotzdem keine Ruhe ein, denn einen Weg konnte er auch nicht länger entdecken. Er hatte nicht die geringste Ahnung, wo er sich befand. Was, wie er sich bitter eingestehen musste, bedeutete, dass er sich komplett verirrt hatte. Vor seinem inneren Auge blitzten die Landkarten dieser Gegend auf und brachten ihn zum Zittern. Der Wald war riesig. Schier endlos. Größer als viele Städte, wenn man sie aneinander presste. Und Menschen traf man hier nie.

Tom hörte ein seltsames, klagendes Geräusch und merkte erst im nächsten Augenblick, dass er es selbst verursacht hatte: es war ein Schluchzen. Am liebsten hätte er laut nach seinen Großeltern gerufen, obwohl ihm klar war, wie unsinnig das gewesen wäre. Er versuchte, die Nerven zu behalten und stapfte mit zusammengebissenen Zähnen immer geradeaus. Irgendwo musste er auf einen Hinweis stoßen. Einen Baum, den er erkannte. Einen Pfad, der mit einem Schild versehen war. Weggeworfenes Butterbrotpapier, das verriet, dass manchmal Menschen herkamen. Tom marschierte zwei Stunden oder drei, vielleicht auch sieben oder acht – er wusste es nicht – und fand nichts, das ihm weiterhalf.

Irgendwann rief er doch. Erst brüllte er nach Oma, Opa und Chef, dann schrie er einfach nur noch: »Hallo? Hilfe! Ist da jemand?«

Aber da war niemand. Alles, was kam, war der Abend. Und am Horizont drohte unaufhaltsam die Nacht.

Tom war heiser, seine Augenlider und Wangen brannten vom Wegreiben der Tränen. Die Angst ging nicht fort, aber sie ließ ihn irgendwann wieder klar denken. Er musste sich eine Lagerstätte suchen, in der er die Nacht überstand. Während das Licht erstarb, wurde das Rascheln und Knistern im Laub und Unterholz lebendiger. Die Dämmerung lockte die kleinen Tiere hervor, und die wiederum zogen die großen an – die Raubtiere. Tom stülpte sich die Ärmel seines Sweatshirts über die Hände und schlang die Arme um seinen Oberkörper, um sich warm zu halten. Seinen knurrenden Magen ignorierte er. Gründlich hielt er Ausschau nach einer Möglichkeit, sich zu verstecken. Er fand einen bewachsenen Hang, in dem er eine offenbar natürlich entstandene Spalte ausmachte, die von einem Busch verborgen wurde. Sie war hoch genug, um aufrecht darin zu stehen, und würde ihn vor Wind und Regen schützen. Vorsichtig schob er sich hinein und entdeckte, dass sie viel tiefer in den Hügel hinein reichte, als er zuerst gedacht hatte. Es handelte sich um eine Höhle. Im Inneren roch es streng, es stank regelrecht. Einen Moment blieb er starr stehen und erinnerte sich an die Worte seines Opas, an die Warnungen vor den Wölfen in den Höhlen, die dort ihre Jungen aufzogen. War er ungewollt in das Wolfsrevier eingedrungen? Er zitterte am ganzen Körper. Die Lust auf ein Abenteuer war ihm gründlich vergangen und Wölfe waren das Letzte, das er in dieser Nacht sehen wollte. Als sich seine Augen an die Dunkelheit gewöhnt hatten, blickte er sich vorsichtig um. Mit einem Mal schlug sein Herz nicht vor Furcht sondern vor Erleichterung schneller. Da, im hinteren Bereich der Höhle, lagen Decken auf dem Boden. Sogar ein Schlafsack war dabei. Er trat näher und griff danach. Der Stoff war ein wenig klamm, aber nicht nass, denn darunter lag eine Schicht aus aufgeschnittenen Müllsäcken und dämmendem Zeitungspapier. Daneben sah Tom eine gefüllte Plastiktüte liegen, außerdem ein paar leere Flaschen, einen angestoßenen Teller, eine Blechtasse, ein paar Batterien und ein Kartenspiel. Erleichterung durchströmte ihn. Das hier war keine Wolfshöhle, es war das Geheimversteck von irgendwelchen Kindern oder Jugendlichen, die zum Räuberspielen herkamen, oder um heimlich zu rauchen. Er band sich den Schlafsack um die Schultern, kauerte sich auf dem Lager zusammen und untersuchte die Plastiktüten. Was für ein Glück er hatte – es fanden sich nicht nur ein Feuerzeug, eine Packung Instantkaffee und Zucker darin sondern auch drei Konserven: zweimal Erbseneintopf und einmal Jagdwurst. Jetzt musste er bloß noch einen Büchsenöffner finden. Mutig geworden stand er wieder auf, um die ganze Höhle mit Hilfe des Feuerzeugs zu inspizieren. Der Lichtschein war schwach, aber wenn Tom nah an die dunklen Nischen heranging, konnte er hineinleuchten. Er fand eine weitere Tüte, in der sich Werkzeuge, ein Messer und Teelichter befanden, eine primitive Holzkiste, in der drei Bücher lagen und zuletzt, in der hintersten Ecke und unter alten Zeitungen und Pappstücken verborgen, einen Kartoffelsack, in dem irgendetwas drin war. Tom entzündete drei Teelichter, um besser zu sehen, und leerte den Sack auf dem Höhlenboden aus. Es klapperte trocken.

Tom schluckte. Das, was da zu seinen Füßen lag, sah sehr seltsam aus. Es waren Kleidungsstücke, ungefähr seine Größe oder etwas kleiner. Mädchenfarben. Und dazwischen lagen bleiche Knochen, wie abgenagte Hühnerkeulen. Bloß größer. Ein eiskaltes Frösteln prasselte ihm vom Hinterkopf ausgehend über den Nacken und den Rücken, als er einen uralten, halb zerfetzten Stoffhasen ausmachte. Er hatte nur noch ein Ohr. Das andere war abgerissen. Toms Hand zitterte wie verrückt als er sie ausstreckte und ein Stück Stoff zur Seite zog. Dann presste sich ein Schrei ohne sein Zutun aus seiner Kehle, schrill und panisch und von einer Verzweiflung, als würde er nie enden. Denn auf dem Boden der Höhle im flackernden Feuerschein und direkt neben dem kaputten Stoffhasen lag ein Schädel. Ein blanker, blasser Schädel mit kohlrabenschwarzen Augenhöhlen, die ihn anstarrten.

Tom sprang auf und stürzte zum Ausgang. Fort hier, nichts wie fort! Er stolperte über den Schlafsack, den er sich wie einen Superman-Umhang umgebunden hatte, und fiel aufs Gesicht. Die Erde schluckte seinen Schrei. Von draußen erklang ein grausiges Keuchen. Irgendetwas zerwühlte schnüffelnd das Laub. Tom wimmerte vor Angst. In seinem Mund mischten sich Blut und Erde – Erde, auf der ein Totenschädel lag. Er rannte in die Dunkelheit, rannte, rannte, bis er über Wurzeln stürzte und sich die Knie aufschlug, immer wieder. Und immer wieder rappelte Tom sich auf und rannte weiter, als wäre der Teufel hinter ihm her. So musste es doch sein. Es musste die Höhle des Teufels sein, denn wer sonst schlief in einem Versteck neben einem Skelett? Es war so klein gewesen, kleiner als das künstliche Gerippe aus dem Sachkundeunterricht. Es war ein Kinderskelett.

Die Gewissheit, dass ihn jemand – oder etwas – verfolgte, durchdrang Toms Panik in Schüben aus Entsetzen. Er hörte es rascheln, grunzen und schnauben, doch er konnte nicht mehr schneller rennen, so sehr er es auch versuchte. Er knickte um und verlor seinen Schuh, aber er achtete nicht darauf, sondern stürmte weiter. Irgendwann, während in seiner Brust und seinem Bauch alles hart und bitter stach, als hätte er Scherben geschluckt, gelang es ihm nach einem Sturz nicht mehr, sich aufzurappeln. Entkräftet blieb er im Laub liegen, versteckte das Gesicht in seinen wundgescheuerten Händen und bettelte den lieben Gott an, er möge ihn bitte, bitte, bitte irgendwie retten.

Eine schier unendliche Zeit passierte nichts. Tom richtete sich vorsichtig zum Sitzen auf. Es war dunkel. Kräftiger Wind kam auf, er raubte Tom alle Wärme und trieb die Wolken beiseite, sodass der Mond sich zeigte. Das silbrige Licht bohrte sich wie ein Finger durch die Kronen der Bäume und streifte einen fellbedeckten Rücken. Tom wollte den Atem anhalten, aber sein Körper war selbst dazu zu erschöpft. Die graue Kreatur wandte ihm den Blick zu. Honiggoldene Augen sahen ihn an, darüber zeichneten sich spitze Ohren vor dem Dunkel der Nacht ab.

Irgendwo schrie ein Käuzchen. Der Wolf drehte den Kopf in die Richtung. Tom spannte die Muskeln an, um zu fliehen, da entdeckte er einen zweiten Wolf. Er stand in der Richtung, in die Tom hatte laufen wollen, und verschmolz mit seinem schwarzbraunen Fell fast mit der Finsternis. Mucksmäuschenstill sah Tom sich um. Einen weiteren Wolf erblickte er auf Anhieb, die anderen drei erst, nachdem sie sich durch Bewegungen verrieten. Alle standen in einigen Metern Abstand zu ihm und beobachteten ihn. Er war umzingelt von Augenpaaren, die des Nachts so gut sehen konnten wie er am Tag. Unter ihrem Fell spielten Muskeln, allesamt schienen sie wohlgenährt und kräftig. Sollten sie angreifen, hatte er nicht die geringste Chance.

Der erste Wolf, ein großes, graues Tier, atmete tief aus, es klang wie ein Seufzen. Daraufhin legte es sich nieder. Die anderen folgten seinem Beispiel nacheinander. Auch im Liegen ließen sie ihn nicht aus den Augen. Ihre Blicke waren wie Kerzenlichter, die ihn beleuchteten und die Nacht erhellten. Tom kauerte am Boden, bis all seine Knochen schmerzten. Als er vorsichtig sein Gewicht verlagerte, um es sich etwas bequemer zu machen, erwartete er, dass der Bewegungsreiz einen Angriff auslösen würde. Doch die Wölfe blieben ruhig. Tom raffte den Schlafsack vor seiner Brust, versuchte, so viel wie möglich seines Körpers zu bedecken und zwang das Kinderskelett aus seinen Gedanken. Das war nicht leicht. Der muffige Geruch aus der Höhle sowie der seines eigenen Bluts haftete in den Fasern des Schlafsacks. Er roch nichts anderes als Blut und Tod und konnte sich nicht vorstellen, dass die Wölfe es nicht witterten. Was, wenn sie darauf warteten, dass er einschlief und ein leichtes Opfer wurde? Andererseits … wenn sie ihn töten wollten, hätten sie es dann nicht längst getan?

»Bist du der Alte Graue?« flüsterte er dem größten der Wölfe zu. Es musste sich um das Leittier handeln, denn alle anderen orientieren sich an ihm, blickten immer wieder zu ihm herüber und taten nach, was das graue Tier vormachte.

Der Wolf reagierte nicht, zumindest war das Toms erster Eindruck. Doch dann, während er das Tier beobachtete und das Tier ihn, als würden sie im Gesicht des anderen aus dessen Leben lesen, wurde ihm klar, dass er sich geirrt hatte. Der Wolf reagierte sehr wohl, auch wenn Tom es nicht sah, sondern nur fühlte. Irgendetwas geschah in dieser Nacht, auch wenn er nicht begriff, was es war.

Tom schreckte auf, als die Nacht am finstersten war. Ein paar hastige Herzschläge lang entsetzte ihn die Tatsache, dass er eingeschlafen war. Wolken verschleierten den Mond und ließen nur erahnen, dass er noch am Himmel stand. Der Wald lag in absoluter Stille. Es war *zu* still. Toms Augen mussten sich an die Dunkelheit gewöhnen, ehe er etwas erkannte. Die Wölfe hatten sich erhoben, ihre Ohren waren gespitzt, das Fell im Nacken gesträubt. Tom konnte den herben Geruch ihrer Pelze riechen. Sie standen nun viel näher bei ihm als vorhin und so absurd das sein mochte – es fühlte sich sicherer an.

In einiger Entfernung hörte Tom Geräusche. Es knackte und knarzte, er hätte schwören können, dass da Schritte waren. Und da – schwankte da nicht der Lichtkegel einer Taschenlampe zwischen den Bäumen hin und her?

»Junge?«, rief eine heisere Männerstimme. »Junge? Jungeee!«

Tom holte Atem, um zu rufen. *Hilfe. Hier bin ich. Helfen Sie mir.*

Doch ehe ein Laut über seine Lippen kam, durchbohrte ihn der Blick des großen grauen Wolfs. Etwas in diesem Blick befahl ihm, still zu sein, ganz still, und den Menschen mit seiner Taschenlampe vorbeiziehen zu lassen. Der große Wolf trat näher zu ihm. Lautlos bewegten sich die großen Pfoten. In einem Meter Entfernung ließ der Wolf sich nieder und Tom erkannte, dass es sich um eine Wölfin handelte. Sie war nun so nah, dass er ihre geschwollenen Zitzen erkennen konnte. Die anderen fünf Wölfe stellten sich zwischen ihn und den Mann, der nach ihm suchte, und begannen zu heulen. Erst einer, dann ein zweiter und dann sang die ganze Gruppe ein Wolfslied, das schaurig und schön zugleich klang wie das Weinen von Gespenstern, sodass Tom schon wieder Tränen in die Augen stiegen. Aber diesmal waren es keine Tränen der Angst sondern … Tom suchte nach dem richtigen Wort. Trauer, dachte er. Ja, Trauer um das tote

Kind in der Höhle. Und da war noch mehr, etwas, dass er nicht wirklich begreifen und erst recht nicht benennen konnte. Etwas wie *Sehnsucht*. Und über diesen Gedanken, tief im Niemandslandwald, unter einem Wolkennachthimmel und neben einer Wölfin schlief Tom wieder ein. Das Rudel sang ihn in den Schlaf.

Irgendetwas fehlt. Das war sein erster bewusster Gedanke. Der zweite war: *Habe ich einen Schuss gehört?* Er schlug die Lider auf und erhaschte noch einen letzten kurzen Blick in die honiggoldenen Augen der Wölfin. Und dann war sie fort. Sie waren alle fort, hatten sich davongemacht wie der Morgen gekommen war, und Tom war nicht mehr sicher, ob er sie wirklich noch gesehen hatte, oder ob sie schon vor Stunden verschwunden waren. Der Schuss – hatte er ihn nur geträumt?

Er rieb sich die Augen und vernahm deutlicher das Geräusch, das ihn geweckt hatte. Ein Schnüffeln, ein Winseln, kurz darauf ein Bellen.

»Chef!« Er sprang auf, fiel gleich wieder hin und schlang die Arme um den Weimaraner. Chef tat etwas, das er noch nie getan hatte: Er leckte ihm übers Gesicht und wedelte wie toll geworden mit dem Schwanz. Und er bellte, bis aus den Tiefen des Waldes eine Antwort kam.

»Chef?«, brüllte Toms Großvater und der Rüde bellte zur Antwort so lange, bis Tom Opa sehen konnte. Er schaffte es nicht, sich rechtzeitig aufzurappeln, bis sie beieinander waren und Opa ihn so fest an sich zog, dass Tom kaum noch Luft bekam.

»Oh Gott, ich dachte … ich dachte …«, japste Opa und Tom schämte sich überhaupt nicht, schon wieder zu heulen, denn sein Großvater heulte noch viel mehr. Sie heulten lachend und dann fummelte Opa sein Handy aus der Tasche, das er sonst nie bei sich trug, und rief erst die Oma und anschließend die Polizei an. Danach heulten und lachten sie beide noch ein bisschen und Chef tat das, was er meistens tat: Er war sich zu stolz zum Schwanzwedeln und zum Hecheln und war einfach nur anwesend.

»Ich dachte, wir sehen dich nicht mehr lebend wieder«, sagte Opa irgendwann, als sie sich langsam auf den Weg zum Auto machten.

»Die Polizei hat auf der Suche nach dir den Alten Grauen gefunden. Er wollte fliehen, da haben sie ihn totgeschossen. Er hatte deinen Turnschuh bei sich, und ich hab gedacht …«

Tom wurde mit einem Mal eiskalt, so kalt wie in der Nacht. »Der Alte Graue? Aber der hat mir nichts getan! Der hat mich doch beschützt! Wie konnten sie ihn … und außerdem ist es eine Sie! Eine Alte Graue. Eine Wölfin. Sie hat Junge. Oh nein, bitte nicht! Sie darf nicht tot sein!«

Der Großvater wirkte bestürzt. »Eine Wölfin sagst du, hat dich beschützt?«

Tom nickte. Sein Herz war ein Klumpen Blei in seiner Brust, kalt und schwer. »Sie haben Wache gehalten als ich geschlafen habe.«

»Das klingt ja wie ein Traum. Oder wie ein Märchen.«

Ja, wie ein trauriges Märchen, dachte Tom. Wer würde ihm das glauben? Und was half es noch, wenn sie die Graue mit den honiggoldenen Augen totgeschossen hatten?

Opa nahm ihn an den Schultern und sah ihn fest an. »Tommie, der Alte Graue war kein Wolf. Es war ein Mann, ein sehr böser, alter Mann, der einen schrecklichen Hass auf Kinder in sich trug. Man sagt, er hätte schon als junger Bursche steingraues Haar gehabt, daher bekam er in den Jahrzehnten, die er im Gefängnis war, den Beinamen ‚Der Alte Graue'. Als sie nach dir suchten, haben die Polizisten eine Höhle gefunden, in der er sich versteckt hielt. Sich und die sterblichen Überreste seines letzten Opfers.«

Tom schluckte. »Ich war da. Ich habe das Kind gesehen.«

Opa schloss die Augen und murmelte etwas, das wie ein Gebet klang.

»Und ich bin fortgelaufen, hab meinen Schuh verloren und ich glaube, dass der Mann mich verfolgt und gesucht hat. Dann kam sie. Sie und ihr Rudel haben mich beschützt. Glaubst du mir, Opa?«

Sein Großvater nickte. »Tom, ich bin vielleicht kein Mann, der einem Wolf näher kommen will als es unbedingt sein muss. Ich bin keiner der Romantiker, der einem Wolf unbewaffnet gegenüberstehen will – der Wolf ist es auch nicht. Aber ich bin alt genug, um zu wissen: In solchen Nächten, in denen Menschen zu schrecklichen Bestien werden, ist es nicht ganz ausgeschlossen, dass wilde Tiere Mitgefühl zeigen.«

Darüber dachte Tom nach, während sie zum Auto gingen. Als sie es erreicht hatten, fragte er: »Müssen wir Mama von der Geschichte erzählen?«

»Wir sollten sie jedem erzählen. Vor allem denen, die verlangen, dass alle Wölfe abgeschossen oder in Zoos eingesperrt gehören. Und ich fürchte, auch deine Mutter muss davon erfahren. Aber mach dir mal keine Sorgen. Ich bin sicher, dass sie dich trotzdem wieder herkommen lässt.«

»Das muss sie!«, rief Tom. »Ich muss sie irgendwann wiedersehen.«

»Sie? Deine Wölfin?«

»Sie ist nicht meine, Opa, das wird sie nie sein. Sie ist«, Tom sah über seine Schulter in den Wald zurück, »die Honiggoldene.«

Wolfenreiter

von Cairiel Ari

Jaretin watete durch das seichte Wasser, die Lider konzentriert zusammengekniffen. Aus dem Augenwinkel bemerkte er eine Bewegung. Ein Fisch! Blitzschnell wirbelte er herum, den an einem Ende angespitzten Stock wurfbereit erhoben. Das Tier flitzte davon. Jaretin sah seine Aussichten auf einen leckeren Fisch zum Abendessen schon davonschwimmen, wollte aber nicht so einfach aufgeben. In einem verzweifelten Versuch schmiss er sich nach vorne und schleuderte seinen Speer mit aller Kraft in die Richtung, in die sein Essen auszureißen drohte.

Er schlug auf der Wasseroberfläche auf, dass es nur so spritzte. Strampelnd kämpfte er sich hoch und schnappte nach Luft. Er rieb sich fluchend die Augen frei und hoffte inständig, dass sich die Aktion wenigstens gelohnt hatte.

Als er wieder sehen konnte, erstarrte er. Wenige Meter vor ihm, auf einer der vielen kleinen Sandbänke, die sich aus dem Wasser heraus gebildet hatten, stand ein Wolf. Er hatte den Kopf gesenkt als wollte er trinken, rührte sich aber keinen Millimeter und blickte ihn an.

Jaretin schlug das Herz bis zum Hals. Das Tier hatte die Größe eines Ponys und ein auffällig langes Nackenfell, weshalb es sich um einen Thandirwolf handeln musste. Er hatte seinen Großvater darüber sprechen hören, dass diese Wölfe aus dem Gebirge kamen und sich langsam bei ihnen im Vorland anzusiedeln begannen. Sehr zum Leidwesen der dort lebenden Menschen.

Jaretin blieb wie angewurzelt stehen und wagte kaum zu atmen. Ob der Wolf ihn angreifen würde?

Das war aber nicht gerade eine Glanzleistung.

Seine Sorge wandelte sich in Erstaunen, als er die Worte des Wolfes in seinem Geist hörte. Es war nicht so, dass er es nicht kannte, mit Tieren zu sprechen. Fernab anderer Menschen, mit seinem Großvater auf einem entlegenen Hof aufgewachsen, war sein einziger Freund der Hund Ulker, mit dem er sich ständig unterhielt. Hin und wieder hatten die Männer, die seinen Großvater besuchten, auch ihre eigenen

Hunde dabei, mit denen sich Jaretin über die Geschehnisse in den umliegenden Dörfern austauschte. Aber dass ein wildes Tier wie ein Wolf zu ihm sprach, war ihm noch nie passiert.

»Hallo«, brachte er schließlich hervor. Der Wolf bedachte ihn mit einem letzten Blick, bevor er sich abwandte und zwischen den hohen Binsen der Sandinsel verschwand. Jaretin vergaß seine Arbeit und sprang mit ein paar großen Sätzen ans Ufer, um dem Wolf zu folgen.

»Wie heißt du?«, fragte er vorsichtig, als er ihn eingeholt hatte. Aus der Nähe betrachtet war der Wolf, der ebenso groß war wie Jaretin selbst, weit weniger imposant. Das Tier schwankte wie ein Schiff im Sturm und seine Farbe war unter der Dreckschicht auf seinem Fell kaum zu erkennen. An manchen Stellen war die Kruste dunkelrot verfärbt. Der Wolf musste verletzt sein.

Schließlich ließ er sich schwerfällig an einer unbewachsenen Stelle nieder und bettete den Kopf auf seine Pfoten.

Du möchtest meinen Namen erfahren, kleiner Menschenwelpe?, fragte er und schwache Belustigung schwang in seiner Stimme mit.

Jaretin setzte sich neben den Wolf und nickte. »Ich heiße Jaretin. Ich wohne in einer Hütte hier in der Nähe.«

Natürlich. Wo sonst? Der Wolf schloss die Augen. *Meinen Namen könntest du mit deinen seltsamen Lippen und deiner kleinen Zunge gar nicht sprechen, naiver, kleiner Welpe.*

»Dann darf ich dir selbst einen geben?« Jaretins Herz machte einen freudigen Satz. Er liebte es, sich Dinge auszudenken.

Nun hob der Wolf den Kopf und schüttelte ihn unwillig. Von seinem Fell flog der Dreck nur so davon. *Ich warte auf den Tod, kleiner Jaretin. Was brächte mir jetzt ein neuer Name?*

Entsetzen fuhr ihm in die Glieder und raubte ihm für einen Moment den Atem. »Nein! Du darfst noch nicht sterben, lieber Wolf. Ich werde dich gesund pflegen, damit du wieder mit deinem Rudel umherlaufen kannst!« Sicher, dem mit trockenem Blut verkrusteten Fell nach musste der Wolf verletzt sein, aber bestimmt konnte man ihm noch eine Medizin geben und ihn damit bestimmt wieder gesund machen.

Ach, kleiner Menschenwelpe … mein Rudel ist längst weitergezogen. Geflohen sind sie vor den Gefahren des Gewässers, doch ich konnte nicht mit ihnen gehen, musste ich doch meinen letzten Welpen davor bewahren, gefressen zu werden. Der Wolf legte sich auf die Seite und schloss die Augen. *Doch wenn du mir wirklich helfen willst ... folge dem Wasserweg ein paar Schritte entlang, dort irgendwo muss mein Welpe angstvoll zwischen den Binsen kauern und vergeblich auf meine Rückkehr warten. Mein Tod ist gewiss, aber vielleicht kannst du ihm noch helfen.*

Jaretin wurde das Herz schwer, als er den Wolf so reden hörte, doch er spürte, dass er Recht hatte. So robbte er zu seinem Kopf und streichelte ihm über das verkrustete Fell. »Das werde ich. Versprochen, lieber Wolf.« Und er streichelte und kraulte das Tier so lange, bis es aufhörte zu atmen.

Mit einem letzten Blick auf den leblosen Körper erhob sich Jaretin, um den Welpen zu suchen. Er folgte der Strömung, bis er zu einem Ort kam, an dem die Binsen umgeknickt und der feuchte Schlamm am Ufer mit Abdrücken übersät war.

»Wölfchen, kleines Wölfchen, wo bist du?«, rief er mit sanfter Stimme, um den Welpen nicht zu verschrecken. Hinter ihm raschelte es in den Büschen, und als Jaretin sich umdrehte, stand ein Wolf vor ihm, dessen Anblick ihm den Atem verschlug. Das junge Tier hatte den kleinen Kopf stolz erhoben. Seine Farbe war von dem hellen Grau der Sterne.

Wer bist du?, fragte der Welpe herausfordernd.

»Deine Mutter schickt mich zu dir. Ich soll mich um dich kümmern«, Jaretin überlegte kurz, »bis sie wieder zurückkommen kann.« Das war zwar gelogen, aber er hatte beim besten Willen keine Ahnung, wie man einem kleinen Wolf beibrachte, dass seine Mutter gestorben war.

Oh, antwortete der Welpe, leichtgläubig wie es auch Menschenkinder ab und an sind, *na dann. Aber ich glaube nicht, dass du auf mich aufpassen musst. Das kann ich schon selbst.*

»So?« Jaretin musste lächeln. »Dann magst du auch nicht das saftige, frische Fleisch, das ich daheim habe?«

Nun überlegte der kleine Wolf und kam wohl zu dem Schluss, dass es sein Leben zumindest beträchtlich vereinfachen würde, wenn er dem Menschen gestattete, ihm ein wenig zu helfen. *Nun gut*, erwiderte er gönnerhaft. *Ich werde mit dir kommen.*

»Sehr schön. Darf ich dir dann auch einen Namen geben?«, fragte

Jaretin weiter. »Du kannst mich Jaretin nennen.«

Der Welpe stieß einen Knurrlaut aus. *Ausnahmsweise. Solange er nicht so schlecht klingt wie* Jaretin.

Jaretin verkniff sich jeden Kommentar darauf und machte sich lieber auf den Weg nach Hause. Die Sonne neigte sich schon dem Wasser zu und sein Großvater würde sicherlich furchtbar wütend darüber sein, wenn er so spät und noch dazu mit leeren Händen kam. Den Wolf würde er bei den Felsen eine halbe Meile hinter ihrem Haus unterbringen. Dorthin ging sein Großvater nicht und Jaretin konnte den Kleinen versorgen, ohne zu weit laufen zu müssen.

Unterwegs dachte er sich einen Namen aus. Einen, der dem wunderschönen Tier wenigstens ansatzweise gerecht wurde. Schließlich, als die Sonne schon fast verschwunden war und sie sein Zuhause beinah erreicht hatten, blieb er stehen und wandte sich zu dem Welpen um. »Ich hab's! Wie wäre es mit Darshan? Das klingt stark und mächtig, genau so wie du einmal werden wirst.«

Der kleine Wolf zuckte mit den Ohren und machte einen zufriedenen Gesichtsausdruck. *Das lasse ich durchgehen. Jetzt darfst du Darshan zu mir sagen.*

Die Zeit raste nur so dahin und aus dem kleinen Welpen wurde ein stolzer Wolfsrüde. Darshan wusste sich geschickt zu verbergen, und so wurde er nie von einem anderen Menschen als Jaretin gesehen. Auch Jaretin war gewachsen und fast schon ein junger Mann, als es sich zutrug, dass andere Wölfe in ihr idyllisches, kleines Paradies kamen und die Ruhe erheblich störten.

Darshan war seit einigen Tagen unruhiger als sonst, doch an diesem Morgen kam er übermutig auf Jaretin zugesprungen, als dieser ihn besuchen kam. Futter brachte er dem Wolf schon lange nicht mehr, denn Darshan konnte für sich selbst sorgen.

Ich habe sie gesehen, mit eigenen Augen! Wunder- wunder- wunderschön! Aufgeregt rannte er um Jaretin herum, der sich lachend auf den Wolf warf, um ihn daran zu hindern.

»Ganz ruhig, Darshan! Was hast du nun schon wieder gefunden? Ich hoffe, du redest nicht von Schafen. Opa ist schon wieder ganz aus dem Häuschen, weil in den Nachbardörfern haufenweise davon verschwinden. Ich habe dir doch gesagt, dass du vorsichtig …«

Sie war so hell wie das Mondlicht und hat mich angesehen, ganz lange. Sie wollte, dass ich zu ihr komme, aber ich habe der Versuchung widerstanden und auf dich gewartet.

Jaretin zog irritiert die Stirn kraus. »Das Schaf?«

Der Wolf knurrte unwillig und schüttelte Jaretin ab. *Eine Wölfin*, sagte er dann mit leuchtenden Augen.

Jaretin sah auf. Sein Herz setzte einen Schlag aus. »Eine Wölfin? Hier? Es sind also noch mehr Wölfe gekommen?« Das war gar nicht gut. Sein Großvater und die anderen Männer würden Jagd auf die Tiere machen. Hierzulande gab es so wenige Beutetiere.

Komm, Jaretin, sonst verliere ich noch ihre Spur, drängte Darshan.

Irritiert hob er die Augenbrauen. »Was meinst du?«

Wir können zusammen ein Rudel gründen! Du, ich und sie! Dann musst du nicht ständig zurück in die seltsame Holzhöhle. Oder Fische fangen.

Jaretin wusste nicht, ob er lachen oder weinen sollte. Er und ein Wolfsrudel? »Darshan, das geht nicht. Ich bin kein Wolf! Ich kann weder so schnell laufen noch habe ich ein Fell, das mich in den kalten Nächten warm hält. Heulen kann ich auch nicht und rohes Fleisch zählt nicht gerade zu meinem Lieblingsessen. Außerdem muss ich mich doch um meinen Großvater kümmern. Er hat so viel für mich getan und nun ist es an mir, es ihm zurückzugeben.«

Darshan hielt inne und ließ den Kopf sinken. *Ja … stimmt …*, murmelte er unglücklich und schritt davon. Beklemmung machte sich in Jaretin breit. Darshan hatte doch ihn, was brauchte er ein größeres Rudel? Jaretin wollte den Gedanken nicht zulassen, sein Freund könnte sich nach Artgenossen sehnen. Die Vorstellung, ihn zu verlieren, tat zu weh.

In den nächsten Tagen besserte sich die Stimmung des Wolfes nicht, im Gegenteil. Darshan ging nicht mehr auf die Jagd und sprach nur das nötigste. Jaretin wusste sich nicht zu helfen und verbrachte viel Zeit mit seinem Freund, um seinen Kummer zu lindern.

So trug es sich zu, dass er bei Darshan war und gerade eine Geschichte erzählte, die er am Vortag von den Freunden seines Großvaters gehört hatte, als er einen anderen Wolf entdeckte. Vermutlich handelte es sich dabei um die Wölfin, von der Darshan ihm erzählt hatte. Sie saß am Rande der Grasfelder, gerade noch in Sichtweite. Jaretin stockte und warf seinem Freund einen Blick zu. Darshan schien sie nicht zu sehen, doch seine Nase zuckte. Im nächsten Moment war er auf den Beinen. Zu seiner imposanten Größe aufgerichtet, die Ohren gespitzt, sah er zu der Wölfin.

Ein fernes Heulen erklang. Ehe Jaretin etwas tun konnte, hatte Darshan es erwidert. Unruhig begann der Wolf zwischen den Felsen auf und ab zu laufen. Immer wieder blieb er stehen und blickte zu der Wölfin hinüber. Jaretin wurde schwer ums Herz. Zum ersten Mal seit Tagen erlebte er seinen Freund nicht mehr geknickt und desinteressiert an seiner Umgebung, sondern voller Lebensfreude und Tatendrang. Und allein er war es, der ihn zurückhielt.

»Wenn du gehen musst ...«, begann er langsam, doch seine Stimme versagte ihren Dienst.

Darshan trat zu ihm. Kurz standen sie sich gegenüber, Wolf und Mensch, auf Augenhöhe. Dann überwand Darshan die Distanz zwischen ihnen, indem er seinen Kopf nach vorne streckte, und schleckte Jaretin über das Gesicht.

Angesichts dieser feuchten Liebesbekundung hielt er unwillkürlich den Atem an. Er erschauderte, ließ es jedoch über sich ergehen. Im nächsten Moment war Darshan weg.

Lange starrte Jaretin noch auf den Punkt, an dem die beiden Wölfe im hohen Gras verschwunden waren. Die Sonne war längst untergegangen, als er sich auf den Heimweg machte. Er wollte sich für seinen Freund freuen und ihm für sein neues Leben das beste wünschen, doch er fühlte sich zum ersten Mal seit Jahren schrecklich einsam.

»Du ahnst gar nicht, was wir gestern gesehen haben!« Serper, ein betagter Mann und guter Freund seines Großvaters, saß neben Jaretin auf der Eckbank ihrer Hütte. Mit finsterer Miene starrte er in ihre kleine Runde.

Jaretins Großvater nahm einen Schluck von seinem Bier und sah Serper neugierig an. »Nun spuck es schon aus, ich werde nicht jünger.«

»Ein Thandirrudel, nicht weit von hier.« Serper schlug mit der Faust auf den Tisch. »Haben zwei Schafe gerissen, die Mistviecher.«

Jaretin hob den Kopf und entlockte seinem Opa damit ein Grunzen.

»Der Junge lebt ja doch noch.«

»Er erkennt eben eine Bedrohung, wenn er davon hört. Ganz im Gegensatz zu dir, Albedin«, entgegnete Serper und wandte sich an Jaretin. »Diese Wölfe sind groß wie Männer und sehr gefährlich. Vermutlich haben sie im Gebirge schon alles Wild gerissen und kommen nun zu uns, um uns die Haare von den Köpfen zu fressen.« Er nahm einen langen Schluck aus seinem Bierkrug. »Und wenn sie mit den Schafen fertig sind«, er schnaubte wütend, »machen sie mit uns weiter.«

Jaretin sprang auf. Er hatte Mühe, seinen Zorn im Griff zu halten. »Das würden sie niemals tun! Diese Wölfe leben doch nur im Gebirge, weil unsere Vorfahren sie dorthin vertrieben haben!« In einer weit ausholenden Geste wies er auf die Wolfsfelle an der Hüttenwand und auf dem Boden, die Speere daneben und den ausgestopften Wolfsschädel mit immerzu gefletschten Zähnen. Allzu oft hatte sein Großvater ihm als Kind von den Taten seines Ururgroßvaters, einem begnadeten Wolfsjäger, erzählt. Zunächst hatte Jaretin den Geschichten noch begeistert gelauscht, aber mit der Zeit war er immer skeptischer geworden. Diese Länder hatten ursprünglich den Wölfen gehört und der Mensch war es gewesen, der sie vertrieben hatte. Immer mehr Leute waren hierher gekommen und hatten den Landstrich regelrecht ausgebeutet. Kein Wunder, dass es nun kaum mehr etwas zu erjagen gab.

»Kein Wunder, immerhin gibt es im Gebirge abgesehen von Vögeln kaum Wild«, erwiderte Jaretin. Hilflosigkeit und Wut überkamen ihn und ließen ihn die Hände zu Fäusten ballen. Er musste an sich halten, um nicht aufzuspringen und den beiden alten Männern gehörig den Kopf zu waschen.

»Dort gäbe es genug für sie, wenn sie sich nicht vermehren würden wie die Ratten!«, spukte Serper aus. »Und jetzt kommen sie ausgehungert zu uns, um uns das wenige Vieh wegzufressen, das wir noch haben.« Der Alte schüttelte den Kopf. »Das dürfen wir nicht zulassen. Es ist bereits alles vorbereitet. Morgen werden wir zur Jagd aufbrechen und dann können sich die Biester zu ihrem Freund gesellen.« Er deutete auf den ausgestopften Wolfskopf.

Ungläubig starrte Jaretin ihn an. Ein eisiger Griff schloss sich um seine Eingeweide. Darshan war in Gefahr.

»Das werde ich nicht zulassen.«

»Junge …«, setzte der alte Jäger an, doch Jaretin ließ ihn nicht zu Wort kommen.

»Die Wölfe tun uns nichts! Die Schafherden könnt ihr mit Hunden vor ihnen schützen. Sie werden es nicht wagen, Menschensiedlungen nahe zu kommen.« Jaretins Stimme überschlug sich vor ohnmächtigem Zorn. Er musste sie davon abbringen, den Wölfen etwas anzutun. Vielleicht war Darshan unter ihnen.

»Sei doch vernünftig, Jaretin!«, fuhr sein Großvater dazwischen. »Wir haben nicht mehr übermäßig viel Wild, das reicht niemals für uns und die Wölfe. Und diese Viecher bringen mehr Schaden als Nutzen. Sollen sie im Gebirge bleiben, da stören sie niemanden, aber sobald sie zu uns kommen, müssen wir sie erlegen.«

Das war zu viel. Jaretin sprang auf. »Mit welchem Recht maßt sich der Mensch an zu bestimmen, wer wo leben darf? Das Land gehörte ursprünglich den Wölfen und sie dürfen hier genauso leben wie wir!« Er wandte sich ab und stürmte aus der Hütte. Draußen hörte er die beiden Alten hitzig miteinander reden, aber er wollte davon nichts mehr hören. Die Männer würden sich bestimmt nicht von ihm aufhalten lassen und dennoch auf die Jagd gehen. Jaretin musste die Wölfe unbedingt vor ihnen finden und sie warnen.

Die ganze Nacht hindurch rannte Jaretin, bis ihn in den Morgenstunden die Kraft verließ. Doch dann, im ersten Licht der aufgehenden Sonne, sah er sie. Staubwolken, wie sie auch Pferde hinter sich herzogen. Sie bewegten sich am Horizont zum seichten Inselgewässer, in dem er vor Jahren Darshans Mutter begegnet war.

Entschlossen zwang sich Jaretin dazu, trotz seiner Erschöpfung weiterzulaufen. Es konnten nur die Jäger sein.

Als er die Wasser erreichte und sich nur noch langsam, von Sandbank zu Sandbank springend, fortbewegen konnte, mischte sich ein seltsamer Geruch in die Luft, der ihn innehalten ließ.

Rauch. Sie wollten die Wölfe in die Falle treiben und töten.

Die Angst zu spät zu kommen spornte Jaretin noch zusätzlich an. Keuchend erreichte er bald darauf die ersten Flammenwände, die sich an den Binsen labend gen Himmel schlängelten. Verzweifelt versuchte er, sie zu umgehen, als er auch schon Gewinsel von der anderen Seite vernahm. Durch eine Lücke in der Feuerwand erhaschte Jaretin einen Blick auf sechs Wölfe, zwei Große und vier Welpen, die aufgeregt und von Männerschreien getrieben hin und her rannten.

Mit dem Mut der Verzweiflung warf er sich durch das Feuer. Flammen leckten über seine Haut und versengten ihm das Haar, aber er ignorierte den Schmerz. Hinter der Flammenwand rollte er sich über den Boden, um die Flammen zu ersticken. Nachdem er sich aufgerappelt hatte, sah er sogleich Darshan und seine Familie, die immer weiter von den Jägern in die Enge gedrängt wurden. Die Männer zügelten ihre Pferde und spannten ihre Armbrüste.

»Darshan!«, schrie Jaretin so laut er konnte. »Darshan!«

Der graue Wolf an der Spitze des kleinen Rudels drehte bei und rannte auf ihn zu. *Jaretin!* Mit dem Maul packte er einen der Welpen, um ihn mit sich zu nehmen.

Im gleichen Augenblick zischten die ersten Bolzen durch die Luft und bohrten sich in das Fell der weißen Wölfin und eines Jungen. An Darshan flogen die tödlichen Geschosse knapp vorbei.

Der Wolf erreichte Jaretin und hätte seinen Menschen fast überrannt, doch Jaretin handelte intuitiv und schwang sich ihm auf den Rücken. Noch nie hatte er das gewagt, doch in dieser Situation gab es keinen anderen Ausweg mehr.

Todesmutig rannte Darshan auf das Feuer zu. Jaretin klammerte sich in seinem langen Nackenhaar fest und kniff die Augen zusammen, als sein Freund direkt durch das Flammenmeer sprang. Es fühlte sich an, wie er sich einen Moment in der Hölle vorgestellt hatte – nur noch schlimmer, denn es war die Realität. Sie beide spürten ihre Haut verbrennen, doch getrieben von nackter Angst, die jeden Schmerz betäubte, lief Darshan immer weiter, ließ die Flammen hinter sich und rannte weiter, auf das erlösende Nass zu.

»Jaretin!«, erklang eine vertraute Stimme hinter ihnen. Jaretin warf einen Blick über die Schulter. Serper folgte ihnen auf seinem Pferd und versuchte, sie einzuholen. »Jaretin, ich bitte dich, wir werden den Wolf nicht schießen, Jaretin, aber bitte bleib jetzt stehen!« Er hatte sie fast erreicht, als der Abstand zwischen dem Wolf und dem Pferd wieder größer wurde. Kein Tier war so schnell wie Darshan.

Wasser platschte unter den Pfoten des Wolfes und spritzte zu ihnen auf. Erst unregelmäßig und immer wieder von Sand unterbrochen, doch irgendwann erstreckte sich nur noch Wasser vor ihnen.

Das Meer.

»Jaretin, spring runter, besinn dich doch, Junge, niemand nimmt dir deinen Wolf weg!«, rief Serper, stoppte jedoch sein Reittier, um es nicht den hohen Wellen des Meeres auszusetzen. »JARETIN!«

Darshan verlangsamte, doch er kämpfte sich im Wasser vorwärts. Jaretin klammerte sich um den Hals des Wolfes und sah zum Horizont. Nichts als Wasser. Wohltuendes, kühles Wasser.

Mein Freund. Verzeih mir, dass ich dich verlassen habe.

Nun musste der Wolf den Hals strecken, um ihn über Wasser halten zu können. Seine Pfoten berührten kaum mehr den Boden. Jaretin beugte sich nach vorne und nahm ihm den Welpen ab, um ihn fest an sich zu pressen.

»Jetzt bist du doch wieder bei mir«, erwiderte Jaretin. Seine Stimme zitterte. Er streichelte durch das nasse Fell des Welpen.

Für immer. Ich verspreche es dir.

»Ja. Für immer.«

Serper schloss die Augen, als Reiter und Wolf von den Wellen verschluckt wurden.

Für immer.

Pokerspiel und Wolfsgeflüster

von Sandra Andrea Huber

»Nein – nein – und nochmals nein! Ich spiele da nicht mit!«

Wutschnaubend ließ sich Markus auf die Couch fallen und verschränkte demonstrativ die Arme vor der Brust. Wie oft musste er das eigentlich noch sagen, ehe Margit seine Worte endlich für bare Münze nahm? Zählte seine Meinung nicht einmal vor seiner Frau? Schließlich war es sein Bruder gewesen, der so betrunken – und so selten dämlich – gewesen war, sich beim Pokerspiel um den Körper zu bringen. Sich auf eine Partie mit einem Hexer, einem Wolf, einem Zombie, einer Sirene und einem Vampir einzulassen, gehörte definitiv auf die Liste der hirnlosesten, bescheuertsten, abstrusesten, umnachtetsten und weltbewegend dümmsten Dinge der Welt – Diesseits, Jenseits und überall, wo der Pfeffer wuchs. Jeder Vollidiot hätte eins und eins zusammenzählen und sich ausrechnen können, dass das nicht gut ausgehen würde. Es war wirklich eine Glanzleistung seines Bruders, sich trotz seiner bekannten Position als schlechtester Pokerspieler aller Zeiten auf solch ein Spiel einzulassen. Hatte er denn ernsthaft geglaubt, in dieser »exklusiven« Runde mehr Glück zu haben als bei ihren allwöchentlichen Pokerabenden? Woche um Woche verließ Stefan sie mit nichts in den Händen, nada, niente, weniger als gar nichts. Hatte er sich tatsächlich eingebildet, aus jener bunten Runde von flohbesetzten Vierbeinern, verschlagenen Hexern, dahinschwindenden Organspendern, B-negativ abhängigen Reißzähnen und gesangskarrieregescheiterten Vetteln besser wegzukommen? Mit mehr in den Händen als nichts? Wobei man diesmal nicht einmal von »nichts« sprechen konnte. Auf die Idee, dass man in solch einer Gesellschaft andere Dinge als zerknautschte Zehner und Zwanziger auf den Tisch packen musste, war Stefan wohl nicht gekommen.

Nicht weniger erhitzt als zuvor, wiederholte Markus an Margit gewandt: »Ich sage es noch mal: Nein! N – E – I – N ! Das soll er mal schön selbst ausbaden. Ich bin nicht der Wolfsflüsterer.« Er würde hier sitzen bleiben und keinen Finger rühren – egal was sie jetzt sagen würde.

Margit nahm neben ihm Platz und legte ihre Hand ohne Druck auf seinen Oberschenkel. Von der Seite aus sah sie ihn an, sagte jedoch kein Wort. Nach einer Weile – die sie bestimmt als angemessene Dauer aus einem Ratgeber zum »Umgang mit rasenden Ehemännern« oder einem Buch namens »Wie Sie an seine Vernunft inmitten der Unvernunft appellieren« entnommen hatte – sprach sie mit nervtötend ruhiger Stimme: »Aber Markus, er ist dein Bruder.«

»Welcher von den beiden ist denn nun bitte mein Bruder? Der Zweibeiner mit dem Körper eines Homo sapiens aber dem Hirn einer Flohschleuder? Oder der Vierbeiner mit dem Körper eines Hundes aber mit dem Hirn eines selten dämlichen Homo sapiens?«

Sie ignorierte seinen Einwurf mit einer Ruhe und Gelassenheit, die selbst die Ruhe und Gelassenheit in persona zur Weißglut gebracht hätte. »Markus. Er braucht dich jetzt. Sie beide brauchen dich jetzt. Du würdest es ihnen viel leichter machen, wenn du ein wenig auf sie zugehen könntest. Ein paar Schritte reichen ja zu Anfang schon mal. Zeig ihnen doch wenigstens etwas guten Willen.«

»Tja mein Schatz, dazu müsste aber erst einmal guter Wille in mir vorhanden sein. Den hab ich nämlich nicht. Wie oft noch?« Erneut sah sie ungerührt über seinen Kommentar hinweg. Die Galle in seinem Magen begann unangenehm zu brodeln.

»Er zählt jetzt auf dich. Du bist sein großer Bruder. Er sieht zu dir auf. Das hat er schon immer getan. Es ist ihm wichtig, dass du für ihn da bist.«

Wollte sie ihm jetzt Honig ums Maul schmieren, um ihn zu ködern? War das die nächste Stufe aus ihrem Wie-bringe-ich-meinen-Mann-dazu-zu-tun-was-er-überhaupt nicht-tun-will-Programm? Die erste Stufe hatte dann wohl darin bestanden, ihn – den armen Tropf von Mann – noch im Glauben seiner Macht und eigenmächtiger Handlungsbefugnis zu lassen und ihn so in vermeintlicher Sicherheit zu wiegen – bestimmt aus einem Buch mit Titel »Wie Sie ihm das Gefühl geben, Herr der Lage zu sein und dabei versteckt die Zügel in die Hand nehmen« entnommen.

Der nächste Schritt war nun scheinbar der, ihm die letzten eigenständigen Hirnwindungen mit Honig zu verkleistern, sodass sie dann – in Stufe drei, für ihn gar nicht mehr wahrnehmbar – das Ruder übernehmen konnte und er sich dabei der Überzeugung hingab, er wäre derjenige, der sich für – oder gegen irgendetwas entscheiden würde.

Aber nicht mit ihm. Er würde nicht mitspielen. Er würde sich nicht weichkochen lassen. Es war nicht sein Problem. Sein Bruder hatte sich diese Suppe eingebrockt, also sollte er sie gefälligst auch alleine auslöffeln.

»Markus. Er steht draußen vor der Tür.«

Entsetzt fuhr er zu ihr herum und wurde sofort mit einem bösen Knacken aus der Nackenwirbelgegend bestraft. »Was soll das heißen? WER steht draußen vor der Tür?«

»Dein Bruder, Schatz.«

»Welcher von den beiden denn bitte?!« Er konnte es nicht fassen.

Margit antwortete ihm nicht, sondern erhob sich stattdessen und verließ mit – sicherlich beabsichtigt – ruhigen und gleitenden Schritten das Zimmer. Ihr nettes Geplauder war also nicht mehr als die sogenannte Ruhe vor dem Sturm gewesen und nun ließ sie das Unwetter über ihn hereinbrechen – oder vielmehr bat sie es herein.

Mit einem Satz erhob er sich vom Sofa, erneut seine Knochen vergessend. Stefan würde es doch nicht wirklich wagen, hier aufzutauchen? Er würde ihn mit einem Fußtritt unter den wedelnden Schwanz zur Tür hinausbefördern – *falls* sie den Vierbeiner gemeint hatte. Den Zweibeiner wollte er gleich noch weniger im Haus haben.

Nervös schritt er auf dem Teppich auf und ab.

Er stand mit dem Rücken zur Tür, als das typische Knarzen der altersschwachen Scharniere verriet, dass sie geöffnet wurde. Noch ehe Markus sich umwandte, um den Ankömmling in Augenschein zu nehmen, stieg ihm der Geruch von zu lang getragenen Socken in die Nase.

Er zählte still bis zehn, würgte die Galle hinunter und drehte sich um. Sein Blick fiel auf ein Häufchen Elend. Durchnässt saß er da. Das struppige, braune Zottelfell klebte an seinem dünnen Körper. An den Pfoten hingen Überreste von abgeknickten Ästen und Laub. Der Hals war durchgestreckt, sodass sein längliches Gesicht zu ihm emporschaute. Die Nase glänzte feucht und ließ mit jedem Atemzug kleine Bläschen hervorblubbern. Zwei goldbraune Mandelaugen waren erwartungsvoll auf ihn gerichtet.

Markus musste heftig husten und japste nach Luft. Der Anblick hatte ihn glatt das Atmen vergessen lassen.

Er ließ sich zurück auf die Couch fallen, wandte den Blick jedoch nicht vom begossenen Wolf ab. Da saßen sie und stierten sich an: großer Bruder und kleiner Bruder.

Widerwillig erinnerte er sich an Margits Worte: *Du musst ganz locker bleiben und versuchen, die mentalen Ebenen freizuhalten. Es klappt nicht, wenn du dich verkrampfst. Aber vor allem – sei nicht so zynisch!* Zynisch. Was sollte man angesichts eines im Wolfskörper steckenden Bruders sein, wenn nicht zynisch?

»Bist du in die Donau gefallen?« Das war das erste, was ihm über die Lippen kam.

Der Wolf legte die Ohren eng an den Kopf und sah ihn immer noch mit diesem nervtötenden Blick an.

Sei einfach offen für deinen Bruder.

Das versuchte er doch um Himmels willen! Er schloss die Augen und massierte sich die Nasenwurzel. »Du kannst jetzt ruhig mal was sagen. Ich warte.« Er kam sich furchtbar bescheuert vor. Er führte Selbstgespräche – nichts anderes. »Stefan? Sag doch endlich was!«

Er spürte kalte Nässe auf seinem Oberschenkel und sah hinunter. Der Wolf saß vor ihm, eine seiner tropfenden Pfoten auf seinem Bein ruhend. Ein Winseln klang aus seiner Kehle.

»Verdammt Stefan, ich versuche es ja. Aber ich höre nur mich in meinem Kopf. Streng du dich doch mal ein bisschen mehr an!« Wer sagte überhaupt, dass es nicht an Stefan lag, dass ihre mentale Kommunikation nicht funktionierte? Schließlich waren sie beide Neulinge auf diesem Gebiet. Er nahm ein paar tiefe Atemzüge und schloss erneut die Augen. Vielleicht wäre ihm der menschliche Anteil seines Bruders doch lieber gewesen. Dieser hatte zumindest eine Stimme, die in der Lage war, menschliche Wörter auszusprechen. Vorausgesetzt natürlich, der Wolf sollte den Dreh mit dem Artikulieren irgendwann rausbekommen. Bisher brachte er nicht mehr zustande als animalische Grunzgeräusche oder ein Knurren. Überdies hatte er den Eindruck gemacht, nur seinen Körper hinter sich gelassen zu haben – nicht aber seine kulinarischen Vorlieben. Mit hungrigem Blick hatte der Wolf ihn gemustert, ganz so, als ob er darüber nachgedacht hatte, ihn zu seinem Snack zu erklären. Zum Fürchten war das gewesen, solch einen tierischen Ausdruck in den Augen seines Bruders zu sehen. Nach dieser unheimlichen Begegnung hatte Markus sich mit Haut und Haaren dagegen gewehrt, *irgendwen* von den beiden Aspekten seines Bruders ein weiteres Mal vor die Nase gesetzt zu bekommen. Aber nun musste er sich eingestehen, dass der andere, der menschlich aussehende Teil, wenigstens rein anatomisch gesehen, den Anschein aufrecht erhielt, sein Bruder Stefan zu sein – ganz im Gegensatz zu diesem braunem Fellknäuel hier. Vor allem hatte der Zweibeiner nicht diesen verdammt rührseligen Blick im Repertoire, der jedes zartbesaitete Herz zum Schmelzen brachte. Nein, er war kein Weichei. Er würde nicht dahinschmelzen wie Schokoladentorte im Angesicht der Sommersonne.

»Schokoladentorte? Hmmm, die wäre jetzt lecker und eine schöne Abwechslung zu Maus und Hase.«

Markus schrie auf und starrte entgeistert auf den sabbernden Wolf zu seinen Füßen. »Hast du etwa meine Gedanken belauscht?! Was fällt dir ein du … du … Flohschleuder!«

Wieder hallte die Stimme in seinem Kopf, nicht ohne eine Spur von Belustigung: *»Nun hör mal – du hast nicht gerade ein Geheimnis aus ihnen gemacht. Du bist selbst schuld, wenn du sie offen ausbreitest. Du weißt, wie es läuft. Margit hat es dir doch erklärt. Wenn du die mentalen Ebenen offenhältst, dann kannst du mich hören.«*

»Aber keiner hat gesagt, dass es andersrum auch funktioniert! Keiner hat mir gesagt, dass du hören kannst, was ich vor mich hin denke!«

»Natürlich geht das. Glaubst du, das ist nur eine Einbahnstraße? Du kannst meine Gedanken hören – ich kann deine Gedanken hören. Wäre ja auch ziemlich unfair, wenn das nicht in beide Richtungen laufen würde, meinst du nicht auch?«

»Unfair.« Er starrte entgeistert auf das durchnässte Wollknäuel vor sich, ehe er laut stöhnend durchatmete.

Erneut plätscherten Worte, die nicht die seinen waren, durch seinen Kopf: *»Habt ihr denn Schokoladentorte im Haus? Vielleicht könnte Margit auch eine vom Bäcker holen – oder selbst schnell eine backen? Sie backt doch so gerne – bestimmt hat sie alle Zutaten da. Würdest du sie mal lieb für mich fragen? Ich könnte sie aber auch selbst fragen –*

ich kann inzwischen prima mit ihr kommunizieren, sogar über weitere Entfernungen. Wir haben geübt, weißt du?«

Das konnte doch nicht wahr sein, wie ließ sich dieses Geplapper in seinem Kopf denn bloß wieder abstellen? »Hör auf damit! Sofort! Mein Kopf gehört mir, ok? Mach dass du da raus kommst. Und nein, aus der Schokoladentorte wird nichts. Ich verfüttere doch keine teure Torte an einen Wolf – das sind Perlen vor die Säue. Darüber diskutiere oder verhandle ich jetzt auch ganz bestimmt nicht mit dir. Worüber ich reden will, ist, wie dein Plan aussieht. Welche Optionen gibt es? Was hast du dir einfallen lassen, um dich wieder in deinen Körper und das Zotteltier zurück in seinen zu kriegen?«

Er wartete. Vergeblich.

Stefan/der Wolf/sein Bruder gab keinen Laut von sich – weder physisch noch mental. Mit geneigtem Kopf, die Zunge aus dem Maul hängen lassend, saß er da und starrte ihn an, als ob er auf etwas wartete.

»Sag mir nicht, du hast keinen Plan.«

Eine vollkommen gelassene Antwort hallte in seinem Kopf wider: *»Hast du denn keinen?«*

Markus fuhr sich mit beiden Händen durch die Haare und grub sie darin ein. Natürlich. Sein kleiner Bruder verschwendete keinen eigenständigen Gedanken an die Lösung seines eigenständig kreierten Problems. Er erwartete, dass er ihm eine Lösung auf dem Silbertablett präsentierte.

»Ich dachte ja nur ...«, erklang es nüchtern in seinem Kopf.

Markus sah ruckartig auf.

»Ich hätte ja schon eine Idee«, war die Antwort auf seinen verzweifelten Blick.

Ein Hoffnungsschimmer glomm in Markus auf. Sollte das tatsächlich möglich sein? Sollte Stefan wirklich seine eigenen Gehirnwindungen in Anspruch genommen haben? Färbte vielleicht etwas der wölfischen Intelligenz auf ihn ab und ließ seinen IQ um ein paar Dezimalstellen hinaufklettern?

Die »Idee« seines Bruders zerstreute seine törichte Hoffnung jedoch in alle Winde: *»Du könntest eine Runde Poker mit dem Hexer spielen, gewinnen und meine Rücktransformation als Auszahlung fordern.«*

»Das ist dein Schlachtplan? Ich soll für dich in die Bresche springen und deinen Hintern retten? Wenn das alles ist, was dir einfällt, dann solltest du lieber schon mal anfangen, dich mit den Jägern hier in der Gegend gut zu stellen. Hast du keine andere Idee? Du könntest doch einfach diesen schmalzigen Blick aufsetzen und den Hexer bitten, dich zurückzuhexen?

»Nein. Kann ich nicht. Der Hexer hext niemals einfach nur so – das darf er nämlich nicht.«

»Was soll das jetzt bitte wieder heißen?«

»Seine Frau hat es ihm verboten. Er hat wohl früher wie ein Wilder in der Gegend rumgehext und ein paar ihrer Freunde auf Nimmerwiedersehen verschwinden lassen. Seither darf er seine Kräfte nur noch als Einsatz am Pokertisch einsetzen – aber auch nur mit der strikten Vorgabe, sich rein auf die Spieler zu beschränken. Sie meinte, das sei mehr als genug Entgegenkommen von ihr – vor allem nach der Sache mit ihrem Lieblingsonkel Alfred. Den hat er nämlich in einen Regenwurm verwandelt, den sie beim Gärtnern aus Versehen zweigeteilt hat.«

Er konnte es kaum glauben. »Du hast also bereits im Vorfeld gewusst, welches Pulverfass du mit dir am Tisch sitzen hast?«

»Nun, als ich das rausbekommen habe, hatte ich bereits 3/4 meines Blutkreislaufs an den Vampir, meinen rechten Arm an den Zombie, und eine Stunde meiner Zeit für die Gesangseinlage der Sirene verloren. Ich war einfach der Ansicht, dass es ungünstig gewesen wäre, zu diesem Zeitpunkt aufzuhören.«

Purer Sarkasmus schien hier die einzige sinnvolle Antwort: »Oh entschuldige – mein Fehler. Dann sollte ich dir wohl lieber gratulieren, oder? Schließlich hast du so hervorragend gespielt, dass du weder Blut, noch ein Körperteil oder dein Gehör spenden musstest. Was macht es schon, stattdessen in einem Wolfskörper zu stecken?«

»Ja, toll – nicht? Ich hatte eine richtige Glückssträhne. Der Zombie hat die Stunde Gesangseinlage bei der Sirene abbekommen – aber das macht ihm nichts aus, er hat sowieso keine intakten Gehörgänge mehr –, der Vampir hat das Blut der Sirene gewonnen – damit bekommt er mal eine Sonderedition: Y++ – und der Hexer kann den rechten Arm des Zombies gut als Rückenkratzer gebrauchen – er ist nämlich nicht mehr der Jüngste.«

Entgeistert starrte Markus auf den Wolf. »Wenn du gewonnen hast, warum zur Hölle steckst du dann jetzt überhaupt in diesem Körper?«

»Nun, der Wolf hat mir so leidgetan! Er hatte an dem Abend nur Pech. Hat seine ganze Ausbeute von Hühnerschenkeln an den Zombie verloren und sich obendrein als Reitpony für den Kindergeburtstag des Vampirs verpflichtet. Ich glaube, das mit den Vampirbälgern hat ihm den letzten Rest gegeben – er hat nämlich selbst eine Rasselbande daheim, mit der er nicht klarkommt. Deswegen war er überhaupt beim Pokern: um sich abzulenken. Ich wollte nur, dass er ein bisschen fröhlicher aussieht – deshalb hab ich dafür gesorgt, dass er auch mal gewinnt. Das war nicht wirklich schwer, schließlich musste ihm ständig jemand die Karten halten, damit er reinsehen konnte. Dabei hab ich die Augen einen Spalt aufgemacht, spioniert, was er für Karten hat und ihm dann unauffällig ein Paar und ein Ass zugespielt«, sagte Stefan stolz. »*Ging ganz leicht, weil der Vampir gerade einen Aufstand darüber gemacht hat, dass sein Kelch leer ist und jemand ein paar Tropfen Nachschub rausrücken solle. Der Wolf hat sich riesig über seinen Sieg gefreut! Er hat den Einsatz vom Hexer eingefordert und sich gewünscht, dass er ihm etwas von meiner Menschlichkeit anhext. Seine Frau hat ihn vor Kurzem mit den Jungen sitzen lassen und er wollte ein bisschen menschlich-väterliche Autorität von mir haben.*«

»Und du hast nicht erwähnt, dass du keinen Schimmer von Kindererziehung hast, sondern selbst noch das am Rockzipfel hängende Kind mimst?«

»*Das hat der Hexer nach dem misslungenen Zauber auch angemäkelt*«, räumte Stefan nüchtern ein. »*Er meinte, dass das wohl mit schuld war, dass es schiefgegangen ist – weil keine autoritären väterlichen Erziehungsgene vorhanden gewesen sind, die er auf den Wolf hexen konnte.*«

Schweigen.

Regen, der gegen das Fenster prasselte.

Das Ticken der Wanduhr.

»Weißt du was? Ich schlage vor, du bleibst einfach ein Wolf. Ihr, du und dein anderes Ich, könntet doch gemeinsam eine … Selbsthilfegruppe für alleinerziehende und überforderte Väter gründen. Menschenväter, Wolfsväter, Vampirväter … ist doch alles irgendwie … das Gleiche.

Und mal ehrlich: Kommt bei der Erziehung am Ende tatsächlich solch ein unterschiedliches Ergebnis heraus? Werden nicht alle irgendwie nur … große Kinder?«

»*Ich kenne da ein super Buch namens »Trotzköpfe und andere männliche Problemfälle*«, mischte sich eine weibliche Stimme in das Gespräch ein.

Markus sackte in sich zusammen. Nicht auch noch seine Frau!

»*Die Erziehungsmethoden sind ganz einfach zu handhaben und eignen sich wunderbar bei hartnäckigen Fällen. Nicht wahr, Markus?*«

»*Das klingt super! Leihst du mir das Buch, Margit? Und würdest du uns für unsere Sitzungen vielleicht deine hausgemachte Schokoladentorte backen?*«

»*Na aber sicher, mein Wölfchen.*«

»*Du bist die beste Schwägerin der Welt – dafür bekommst du einen feuchten Schnauzenkuss!*«

Markus seufzte. »*Wunderbar. Damit wären dann wohl alle zufrieden. Wenn mich jemand suchen sollte, ich bin unterwegs Schlagsahne und Schokolade kaufen …*«

Heimkehrer

von Laila Mahfouz

Ich folgte den Spuren so lange, bis ich sie im Gras verlor. Vorsichtig blickte ich mich um, doch konnte nichts mehr entdecken. So setzte ich mich einfach auf den Boden und wartete. Vielleicht hatte ich ja Glück und würde einen Blick erhaschen. Die Sonne schien durch das Dach aus Buchenblättern über mir und malte lustige Muster auf den Waldboden. In der Ferne hörte ich einen Specht hämmern, doch das war nicht gerade eine Sensation. Nach einer Weile gab ich enttäuscht auf und musste zugeben, dass meine erste Begegnung mit einem Wolf etwas unspektakulär ausgefallen war. Dennoch war ich mir sicher, dass es Wolfsspuren gewesen waren, die ich entdeckt hatte. Ein Blick auf meinen Kompass zeigte mir die Richtung an, in der ich mein Zelt und mein Fahrrad zurückgelassen hatte. Seit ich acht Jahre alt war, wusste ich, dass alle Gruselgeschichten über Wölfe nur Märchen waren und nichts davon stimmte. Vor fünf Jahren hatte Tilio mir zum ersten Mal von Wölfen erzählt, so wie sie wirklich sind. »Du bist jetzt wohl alt genug, mein Junge«, hatte er gesagt, so dass ich schon dachte, jetzt würde so ein merkwürdiges Erwachsenen-Kind-Gespräch beginnen. Tilio war zum Glück anders als andere Erwachsene. Ein Wolf, erklärte er mir damals, würde mich nie angreifen, besonders dann nicht, wenn sein Tisch wie in diesem Sommer so reichlich gedeckt war und er sich nur zu bedienen brauchte. Es war sehr einsam hier, so dass ich mich dennoch ein wenig mulmig fühlte. Aber morgen früh würde ich weiterfahren und die NABU-Station in Angermünde sicher schnell erreichen. Bestimmt würde Tilio sich über meinen Besuch freuen.

Die Sonne und der Radweg hatten mich müde gemacht, doch als ich endlich in meinem Schlafsack lag, hielten mich dennoch die Gedanken an die vergangenen Tage wach. Die Bilder in meinem Kopf ließen mich nicht zur Ruhe kommen. Als meine Mutter krank wurde, war ich ganz schön beunruhigt gewesen und erst wirklich erleichtert, als sie schnell zur Kur fahren konnte. Sie war merkwürdig gewesen in der letzten Zeit, hatte manchmal einfach angefangen zu weinen, ohne dass ich den Grund dafür erkennen konnte. Überfordert wäre sie, hatte ich unsere Nachbarin sagen hören. Nun war Mutter ausgerechnet während meiner Sommerferien nicht zu Hause. »Ich verlass mich auf dich, Malte«, hatte sie gesagt. Ich hatte nur stumm genickt. Ich wusste natürlich, dass es sein musste, aber dennoch: Die ganzen Sommerferien allein zu Hause zu bleiben war dann doch nicht mein Fall. Schon am nächsten Morgen hatte ich alles eingekauft, was ich für meine Tour durch das Biosphärenreservat Schorfheide-Chorin benötigen würde, meine Sachen gepackt und mich auf den Weg gemacht. Ich hatte mein Handy dabei, sodass meine Mutter mich würde erreichen können. Außerdem sagte ich Opa Bescheid, wo ich hinfuhr. Er war cool und hatte vor überhaupt nichts Angst. »Jute Idee, Jung'!«, sagte Opa nur. »Jute Idee und erzähl mir allet, wenne widder da bist!« Opa lebte im Heim. Das hörte sich in seinem Fall schlimmer an, als es war. Ich konnte mit dem Rad in fünf Minuten bei ihm sein, besuchte ihn mehrmals die Woche und alle waren sehr nett dort.

Gern hätte ich meine Ferien mit meiner Mutter verbracht, aber es ging eben nicht, denn sie war eine der glücklichen Brandenburgerinnen mit einem gutbezahlten Vollzeitjob. Ihm verdankte sie unser nettes Häuschen, das sie nur selten zwischen all den Überstunden genießen konnte, das teure Pflegeheim für Opa und den Nervenzusammenbruch, der sie jetzt zum Kuraufenthalt gezwungen hatte. Wütend wälzte ich mich auf die andere Seite und versuchte, an etwas anderes zu denken. Der Grund meiner Reise fiel mir wieder ein. Ich war auf dem Weg zu Tilio. Er war der Bruder meines verstorbenen Vaters, den ich, wenn es nach meiner Mutter ging, eigentlich Onkel Georg nennen sollte. Ich liebte meine Mutter zwar, doch war ich mindestens ebenso gern mit Tilio zusammen. Nie reagierte er genervt, wenn ich meine unzähligen Fragen stellte und immer hatte er eine Antwort darauf. Ich mochte es, wenn Tilio uns besuchte und von all den wunderbaren Sachen erzählte, die er in der Natur erlebt hatte. Tilio nannte er sich, weil er Linden, die botanisch Tilia heißen, am meisten liebte, wie er mir einmal erklärt hatte. Es war ihre ungeheure Lebenskraft, die ihn begeisterte. Egal wie man eine Linde auch beschnitt und ihr jedes Jahr das wilde Wuchern auszutreiben versuchte, immer und immer wieder trieb sie einen Stockausschlag oder eine Wurzelbrut. Es war eine Freude, ihrer sturen Fröhlichkeit, dem Optimismus des Lebens zuzusehen.

Ich teilte die Vorliebe meines Onkels für jede Art von Wildwuchs. Geradlinig angelegte Gartenbete und geordnete Pflanzenreihen konnte ich nicht ausstehen. Niemals lebten Pflanzen in der Natur von selbst auf diese Weise. Es hatte etwas Aufgezwungenes, so wie Gefangene, die in Reih und Glied auf dem Gefängnishof marschieren müssen. Jede Art von Gefängnissen stellte ich mir grässlich vor. Ein Tütchen mit Sommerblumensamen hatte ich daher immer dabei und wenn ich so ein Beet sah, warf ich stets eine Handvoll Samen hinein, in der Hoffnung, ein wenig bunte Unordnung und Freiheit in die Reihen der Häftlinge bringen zu können. Unser eigener Garten zu Hause in Eberswalde war mit vielen einheimischen Sträuchern wie Holunder, Weißdorn, Schlehe, Mispel und dergleichen von Tilio bepflanzt worden. Wir hatten auch unzählige Arten von Kräutern ausgesucht. Es machte mir Freude, alte Kräuterbücher mit Hinweisen auf lang vergessene Pflanzen und deren Heilwirkungen zu lesen, die Pflanzen in der Natur zu entdecken und Ableger in unsere Beete zu setzen. Dass sich viele Arten als absolut dominant und schwer zähmbar herausstellten, störte mich dabei wenig. Meine Mutter schimpfte dann manchmal, aber Tilio hatte meine Bemühungen gelobt und ihr einfach nur gesagt: »Der Junge leistet damit seinen Beitrag.« Tilio war in Ordnung! Früher war er Förster gewesen und hatte lange Zeit auch junge Kollegen ausgebildet. Irgendwann war er in Rente gegangen, doch seither leistete er unentgeltlich noch mehr für die Natur als früher. Seit zwei Jahren hielt er sich fast nur noch in der Informationsstation des Naturschutzbundes in Angermünde auf, zu der ich unterwegs war. Ich hatte ihm meinen Besuch nicht angekündigt, hoffte jedoch, meine Ferienhilfe käme nicht ungelegen.

Meine Beine fühlten sich etwas steif an und mein Rücken schmerzte, als ich am Morgen erwachte. Ich hatte sehr uneben gelegen und von einem Fahrradrennen geträumt, bei dem ich unbedingt ganz vorn hatte dabei sein wollen. Ich öffnete mein kleines Zelt und blickte hinaus. Der Frühmorgendunst lag noch in der Luft. Die Sonne würde auch heute wieder ihr Bestes geben, dessen war ich mir sicher.

Rasch packte ich alles zusammen, um gleich weiterzufahren. So früh am Morgen hatte ich noch keinen Hunger, aber nachdem ich zwischen vielen Feldern hindurchgefahren war, Schmargendorf und den Großen Plunzsee hinter mir gelassen hatte, machte mein Magen sich lautstark bemerkbar. Um nicht völlig ausgehungert bei Tilio anzukommen, rastete ich am südöstlichen Ende des Wolletzsees. Ich wollte mich für meine letzte 3-Kilometer-Etappe noch einmal stärken. Unter einer uralten Eiche fand ich ein nettes, mit viel Gebüsch bewachsenes Plätzchen, stieg vom Rad, nahm den schweren Rucksack ab und wühlte eine Schachtel mit belegten Broten hervor. Mit einem zufriedenen Lächeln machte ich es mir unter der Eiche bequem und sah mich um. Wenn man nur einen Moment stillsaß und wartete, erlebte man auf Wald und Feld sein blaues Wunder: Von überall her kamen plötzlich Tiere, die zuvor den Blicken verborgen gewesen waren. Jedes Mal fühlte ich mich unglaublich andächtig und dankbar. Ich glaube, mir ging es wirklich ebenso wie Tilio, der einmal gesagt hatte, der Wald sei seine Kirche. Bei dem Gedanken an die bestürzten und peinlich berührten Gesichter der Umstehenden bei diesen Worten, musste ich grinsen. Ich schob mir das letzte Stück des Käsebrots in den Mund und packte das Schinkenbrot aus.

Da! Ich hatte zwischen den Büschen vor mir ganz klar eine Bewegung wahrgenommen. Etwas Großes war dort unterwegs. Mein Herz begann zu rasen, aber ich bewegte mich keinen Millimeter mehr. Ich starrte nur in die Richtung, aus der die Bewegung gekommen war. Nach einer kleinen Weile sah ich den Wolf. Er trat aus dem Gebüsch hervor und blickte mich an. Schaute mir einfach so in die Augen! Das wunderschöne Tier war nicht weit entfernt und mir stockte bei diesem intelligenten und so intimen Blick fast der Atem. Es war ein Moment, den ich wohl niemals vergessen werde. Eine Begegnung, wie man sie im Leben nicht oft hat, eine, die das Herz berührt und dort für immer bleibt.

Ich versuchte, mir jedes Detail einzuprägen und entdeckte eine kleine Narbe an seiner Schnauze und dann bemerkte ich noch etwas anderes: Mein Schinkenbrot lag frei auf einem meiner angezogenen Knie. Der Wolf musste es gewittert haben, denn seine Nase zuckte und von seiner Zunge tropfte es nun leicht. Ich brachte keinen Bissen mehr hinunter. Erstens war ich sowieso zu aufgeregt und brannte darauf, Tilio von dem Wolf zu erzählen und zweitens hatte ich ja schon ein Brot verspeist und konnte nun nicht anders, als jetzt mit dem hungrigen Wolf zu teilen. Ich bewegte mich langsam und vorsichtig. Hielt mein Brot hoch und legte es dann gut sichtbar etwas von der Eiche entfernt hin. Langsam richtete ich mich auf und ging behutsam zu meinem Rad, um den Wolf nicht zu erschrecken, der jede meiner Bewegungen verfolgte. Seine Augen wanderten dabei immer wieder zu dem wohlriechenden Brot zurück. Als ich mein Rad noch etwas weiter wegschob, kam der Wolf aus seiner Deckung und eilte auf das Brot zu. Jetzt erst konnte ich erkennen, dass es eine Wölfin war und kein Wolf. Ich lächelte und setzte meine Fahrt fort.

Ich war erfüllt vom Glück des Augenblicks und der Vorfreude, Tilio davon zu berichten. Nach einer schnellen Fahrt, bei der ich ordentlich in die Pedale getreten war, kam ich zwanzig Minuten später an der Station Blumberger Mühle an. Es war immer noch früher Vormittag und ich traf Tilio bei der Vorbereitung der heutigen Exkursion in der einmalig schönen Naturschutzstation an. Er war natürlich überrascht, mich zu sehen, aber freute sich sehr und meinte gleich, es wäre eine sehr gute Idee, wenn ich ihm in den Ferien hier helfen würde. Der Leiter der Station fragte besorgt, wie alt ich wäre und ob die Eltern nichts dagegen haben würden, da sagte Tilio nur: »Der Junge ist vierzehn und wird uns eine große Hilfe sein. Seine Mutter frag' ich gleich selbst.« Danach zwinkerte er mir zu, denn er hatte meinen Geburtstag kurzerhand fünf Monate vorverlegt, griff zu seinem Handy und ging damit nach draußen in die Sonne, während er wählte. Nachdem er meiner Mutter versprochen hatte, gut auf mich aufzupassen, sagte sie rasch, es wäre in Ordnung. Ich glaube, sie war erleichtert, dass ich die Ferien nicht allein verbringen würde. In ihrem Zustand musste sie sich auf diese Weise nicht auch noch mit einem schlechten Gewissen abplagen.

Während der Exkursionsvorbereitungen, bei denen ich Tilio jetzt half, erzählte ich ihm von meiner morgendlichen Begegnung. Er wurde ganz aufgeregt und berichtete es allen anderen, die meine Sichtung gleich an eine andere Station weitergaben. Ich war mächtig stolz darauf, obwohl Tilio mir sagte, ich hätte der Wölfin das Brot nicht geben sollen, damit sie sich nicht an menschliche Nahrung gewöhnte. Obwohl ich es verstand, wusste ich nicht, ob ich beim nächsten Mal ihrem hungrigen Blick würde widerstehen können. Wölfe sind eben doch die Urform der Hunde und wie diese, können sie uns direkt in die Seele blicken.

Wir hatten viel zu tun und mussten zwischendurch immer wieder Besucher, die durch die Sonne angelockt worden waren, durch die Station führen. Wir wiesen sie darauf hin, dass sie uns um 14 Uhr gerne zur Exkursion begleiten könnten und ließen sie beim sprechenden Baum vorerst allein, der die Besucher stets fasziniert. Schließlich hatten sich zehn Leute versammelt, die Tilio mit einer gewissen Ehrfurcht anblickten, als er zu ihnen hinaustrat. Er war eben eine beeindruckende Persönlichkeit, denn die Liebe zur Natur stand ihm ebenso im Gesicht geschrieben wie seine Weisheit und Güte.

Nach einer Stunde, in der wir unzählige faszinierende Wildpflanzen entdeckt und Sumpfschildkröten, Rehe, Fischadler und sogar ganz kurz einen Fischotter gesehen hatten, hörten wir plötzlich einen Schuss. Er kam aus ziemlicher Entfernung, aber mir fuhr das Geräusch dennoch durch Mark und Bein. Peng! Es klang so entsetzlich endgültig – danach herrschte Stille. Alle hielten den Atem an. Tilio hatte die Richtung sofort ausgemacht. Er brach die Führung ab, leitete die Gruppe zur Station zurück und machte sich mit mir auf den Weg, um die Gegend, aus der der Schuss gekommen war, abzusuchen. Der Leiter der NABU Station war auch gleich mitgekommen. Er hatte eine zusammenklappbare Trage dabei.

Schließlich fanden wir blutige Spuren und zehn Minuten später entdeckten wir sie vor einem Gebüsch liegen. Als die Wölfin uns bemerkte, wollte sie aufstehen und weglaufen, aber sie war zu schwach. Ihr Fell war blutverschmiert. Sie sah schrecklich aus. An der kleinen Narbe an der Schnauze hatte ich sie sofort wiedererkannt. Ich versuchte nicht zu weinen, als ich das schöne Tier nun verletzt dort liegen sah, aber ein paar Tränen rannen doch über meine Wangen. Wer hatte das nur tun können? Wie konnte jemand auf so ein wundervolles Tier schießen? Hier war nur freie Natur, was konnte sie schon getan haben?

Mein Onkel bat uns, einen Moment stehen zu bleiben. Er redete mit seiner besänftigenden, ruhigen Stimme auf die Wölfin ein. Der Schuss hatte sie so schwer verletzt, dass sie keine Kraft mehr hatte. Die Angst vor uns war deutlich in ihren Augen zu lesen. Beim Klang von Tilios Stimme, schien ihr aber allmählich klar zu werden, dass wir Hilfe bedeuteten. Tilio war in die Knie gegangen, um nicht so schrecklich groß zu wirken und ich bemerkte, wie der Leiter der Station etwas in seiner Hand in Position brachte. Wollte er etwa auch schießen? Die Angst bereitete mir Übelkeit. Ich bewegte mich nicht, denn ich vertraute meinem Onkel. Die Wölfin legte ihren müden Kopf irgendwann ins Gras und schloss fast die Augen. Da kam der Schuss. Ich konnte es nicht fassen, der Stationsleiter hatte tatsächlich auf sie geschossen. Es dauerte einen Moment, bis ich begriff, dass er die Wölfin nur betäubt hatte. Den Schrecken noch in den Gliedern, hielten wir überrascht inne, als wir aus einiger Entfernung ein Fiepen hörten, gerade als wir die bewusstlose Wölfin auf der mitgebrachten Trage zurück zur Station bringen wollten. Tilio und der Stationsleiter verstanden sofort, was es bedeutete. Selten hatte ich meinen Onkel so aufgeregt erlebt. Jedes Gebüsch suchten die beiden Männer ab, bis sie endlich vier kleine Wolfsjunge fanden, die verzweifelt nach ihrer Mutter riefen. Die Kleinen waren unglaublich niedlich.

Nun arbeiteten die erfahrenen Naturfreunde schweigend und rasch. Sie verstanden sich ohne viele Worte. Vorsichtig packten sie alle Welpen in einen großen Sack, den ich mir auf den Rücken schnallte. Ich war sehr stolz, bei dieser Rettungsaktion helfen zu dürfen. Es musste sehr unbequem für die kleinen Wölfe sein. Sie rochen ihre Mutter und all das Blut und waren nicht zu beruhigen. Wir gingen so schnell wir konnten zur Station zurück. Vom Vater der kleinen Familie war nichts zu sehen, aber selbst wenn er sich um seine Kinder hätte kümmern wollen, säugen konnte er sie nicht. Die Welpen mitzunehmen, schien daher wirklich die einzige Möglichkeit für ihr Überleben zu sein.

Der Tierarzt, den Tilio von unterwegs anrief, hatte schon alles vorbereitet, als wir mit der Wölfin kamen. Die Kugel steckte wohl tief in ihr und musste mühsam entfernt werden. Ich wartete eine kleine Ewigkeit vor der Tür des Operationssaals. Als der Arzt herauskam, lächelte er und versicherte uns, dass die Wölfin leben würde und auch die Welpen weiter säugen könne. Ich wäre ihm am liebsten um den Hals gefallen. Die Erleichterung, die ich empfand, ließ mich fast schwerelos gehen und obwohl ich den Täter überführt wissen wollte, war mir eigentlich nur wichtig, dass die Wölfin und ihre Jungen überleben würden. In Windeseile war in der Station ein Schuppen geräumt und für die Wölfe eingerichtet worden. Es lag sehr viel Stroh auf dem Boden, in dem die Welpen sich ängstlich versteckten, als wir ihre bewusstlose Mutter zu ihnen hereintrugen. Wir verließen den Raum, stellten uns draußen vors Fenster und warteten. Nach einer Weile, in der die jungen Wölfe ihre Mutter erst vorsichtig, dann immer energischer anstupsten und sogar begannen, Milch zu trinken, schlug sie die Augen auf. Anfangs lag Furcht in ihrem Blick, im nächsten Moment bemerkte sie ihre Kinder und versuchte sie zu lecken.

Tilio erklärte mir später, dass Wölfe nach ihrer Ausrottung in Deutschland immer wieder versucht hätten, von Osten in ihre Heimat zurückzukehren, wie ausläuferbildende Pflanzen, die sich um Gartengrenzen nicht kümmerten. Vor dem Mauerfall war es noch legal gewesen, diese Ausläufer einfach abzuhacken oder in diesem Fall zu erschießen. Erst durch die neuen Gesetze der Flora-Fauna-Habitat-Richtlinie und des Washingtoner Artenschutzabkommens wurde auch der Wolf geschützt und seine Tötung zu einer Straftat in Deutschland erklärt. Es war nicht wie beim Luchs und anderen Arten, die mühevoll wieder angesiedelt werden mussten. Der Wolf war von allein zurückgekommen. Er trieb Ausläufer und hörte damit nicht auf, solange bis wir ihn endlich dort wachsen ließen, wo er leben wollte. Ich verstand sofort, wie besonders das war. Ich hatte Wölfe vom ersten Augenblick an geliebt.

In der nächsten Woche erholte sich die Wölfin sehr gut von der Operation. Nachdem mein Onkel mit seiner sanften Stimme noch einmal mit ihr geredet hatte, zögerte sie auch nicht, das Fleisch anzunehmen, das wir ihr brachten. Die kleinen Wölfe schienen glücklich, denn einzig, dass ihre Mutter bei ihnen war, gab ihnen Schutz genug. Eines Morgens dachten wir, sie hätten sich befreit, als wir einen Wolf vom Schuppen weglaufen sahen. Als wir nachsahen, war sie mit ihren Kleinen noch immer da. Die Tür zum Schuppen wies erhebliche Beschädigungen durch Kratzen und Scharren auf. Der Vater der Welpen musste die halbe Nacht erfolglos versucht haben, die Gefangenen zu befreien.

Der Tierarzt gab seine Zustimmung und am selben Abend öffneten wir den Schuppen und gingen dann zur Station zurück, von wo aus wir die Tür gut im Blick hatten. Nach sicher zehn Minuten tauchte die Schnauze der Wölfin im Türrahmen auf. Sie witterte umher. Die Kleinen waren nicht zu sehen, als ihre Mutter den ersten Schritt hinaus wagte. Sie entdeckte uns in der Ferne und blickte einen nach dem anderen lange an, als würde sie sich bedanken. Uns wurde ganz feierlich zumute. Als der letzte Wolf im Wald verschwand, waren wir glücklich und traurig zugleich. Sie waren wieder frei und würden hoffentlich alle überleben, sich vermehren und sich hier wieder richtig ansiedeln. Dennoch glaubte ich, sie würden vergessen, dass wir sie gerettet hatten. Tilio berichtete mir jedoch später, dass er auf keiner Exkursion mehr ohne sie war. Einer von ihnen war immer da, irgendwo im Gebüsch, gut verborgen und doch war seine Präsenz für Tilio spürbar. Er sagte, er fühlte sich, als beschützten sie ihn und warteten auf eine Gelegenheit, sich zu revanchieren.

Ich wollte, dass nie wieder ein Wolf in Deutschland grundlos erschossen wurde und deshalb bereitete ich mit Tilio einen Informationstag vor, der nach den Ferien in unserer Schule beginnen und in allen Schulen in der Umgebung stattfinden sollte. Alle sollten durch unsere Fotos und Berichte erkennen, welch ein wunderbares, einmaliges Tier der Wolf ist und welch ein Geschenk seine Heimkehr sein konnte, wenn wir es annahmen. Ich wollte, dass alle verstanden, dass Wildwuchs Leben bedeutet. Denn ist es nicht die natürlichste Sache der Welt, alles Leben zu lieben?

Tim

von Ly Fabian

Tim kuschelte sich auf Hannahs Schoß. Sanft strich sie über sein wirres, blondes Haar und öffnete dann das Buch an seiner Lieblingsstelle. Ein großer, grauer Wolf stand auf einem Felsen. Im Hintergrund erhob sich dunkler Tannenwald und über all dem leuchtete der Mond.

»Was macht er?«

Hannah musste lächeln. »Er heult den Mond an, weißt du? So: Huhuhuuuuuuuuu.«

Der Kleine seufzte wohlig und schmiegte sich enger an sie.

»Ich will mal einen sehen und ihn streicheln. Ist das Fell weich?«

»Schatz, den könnte man nicht streicheln. Es waren wilde, scheue Tiere, die den Menschen aus dem Weg gingen. Aber hier, schau.« Sie blätterte weiter. »Das sind Hunde, sie stammten von den Wölfen ab. Hunde haben sich den Menschen angeschlossen und es wurden viele verschiedene Rassen gezüchtet. Da zum Beispiel ist ein Labrador. Er war ein großartiger Familienhund.«

»Mama, darf ich einen Hund haben? Bitte. Ich gebe ihm auch von allem ab, was ich habe!« Sehnsüchtig streichelte ihr Sohn die Illustration.

»Das geht nicht Tim, es gibt hier keine Hunde.«

Der Junge blätterte zurück. »Und Wölfe, gibt es die noch, irgendwo?«

»Ich weiß es nicht.« Hanna seufzte. Möglicherweise gab es ja doch noch etwas. Vielleicht irgendwo, weit weg, in den Bergen.

»Schau mal, der Mond, er ist hell, obwohl es dunkel ist.«

»Ja, auf diesem Bild siehst du den Vollmond, aber der Mond kann auch so oder so aussehen.«

Hannah griff nach einem anderen Buch. »Schau, hier ist unsere Erde, das ist der Mond, das die Sonne und hier ist unser ganzes Sonnensystem.«

Fasziniert betrachtete der Kleine die Bilder. »Mama, ich will die Sonne sehen und den Mond.«

Hanna schluckte, sie durfte nicht weinen. Nicht jetzt. Nicht vor ihm. »Ich würde sie auch so gern wiedersehen, doch es geht nicht. Die Welt draußen ist zerstört. Ich hatte Glück. Meine Eltern waren sehr reich und konnten sich ein Bunkerapartment leisten. Es gab auch Menschen, die für ihre Rettung nicht bezahlen mussten. Menschen, die man brauchte, um zu überleben. Techniker und Wissenschaftler. Es gab einfach viel zu wenig Platz für so viele Menschen. Ich war noch klein, aber ich kann mich erinnern. An die Sonne, an die Wärme auf der Haut, an den Wind. Wir haben Glück, mein Kind, wir leben in einem der größten und bestausgestatteten Untergrundschutzsysteme. So konnten wir Menschen überleben, zumindest einige. Draußen ist die Luft noch zu giftig für uns. Nur haben wir hier leider nicht genug Platz, und auch kein Futter für alle Tiere. Es gibt zwar Schweineställe, doch darf sie keiner betreten, außer den Menschen, die dort arbeiten, damit die Tiere nicht krank werden. Ohne die Sonne leben zu müssen, macht sie empfindlich, so wie uns. Am Anfang hatten wir auch andere Tiere, doch die konnten unter der Erde nicht überleben. Du kennst sie, aus den Filmen. Aber keine Sorge, die Natur wird sich wieder erholen und wir, wir werden warten.« Sie lächelte. »Du wirst es nicht mehr erleben, mein Schatz, aber die Kindeskinder deiner Kindeskinder werden in ein paar hundert Jahren in eine wunderschöne neue Welt aufsteigen können!« Sie streichelte über seine Stirn. Heiß und feucht – noch immer. Wenigstens war er inzwischen eingeschlafen. Behutsam trug sie ihn in seine Schlafkoje und betrachtete voller Liebe sein zartes, blasses Gesicht. Leise öffnete sie die Tür für ihre Tante, die sie jetzt ablösen würde. Ruhig setzte Martha sich neben Tims Bett, um seinen Schlaf zu bewachen. Noch zwei Tage, erst dann würde sich zeigen, ob die Therapie angeschlagen hatte. Sie verließ ihr krankes Kind ungern, doch sie war die Einzige, die Daniel, dem Chefingenieur, helfen konnte, die fehlerhaften Stellen im Belüftungssystem auszubessern. Tim drehte sich im Schlaf und wimmerte leise. Die alte Frau strich mit einem frischen Tuch über seine Stirn. Sein Atem wurde ruhiger, gleichmäßiger.

Er hatte noch nicht lange geschlafen, als etwas Kaltes seine Hand berührte. Erschrocken öffnete er die Lider. Vor seinem Bett stand ein Hund. Nein, ein Wolf. Grau, mit gelben Augen. Tim spürte, dass von ihm keine Bedrohung ausging. Es war immer noch Nacht. Nur das kleine Dämmerlicht erhellte schwach den Raum. Martha war auf dem Sessel eingeschlafen. Tim hoffte, dass sie weiterschlief, er ahnte, dass die alte Frau sich erschrecken würde, wenn sie den Wolf hier sah. Dieser setzte sich und schaute mit seinen schönen Augen zu Tim. Ob er ihn anfassen durfte? Tim richtete sich mühsam auf. Vorsichtig setzte er die Beine auf den Boden. Er musste einen Moment innehalten, der Raum schien sich zu drehen. Endlich gelang es ihm aufzustehen. Der Wolf saß einfach nur da und schaute ihn an, doch Tim war es, als wolle das Tier ihn ermutigen. Langsam setzte er einen Fuß vor den anderen. Es fiel ihm schwer, doch er schaffte es. Er kniete sich auf den Boden und hielt dem Wolf seine Hand hin. Der schnüffelte und begann bedächtig die Hand abzulecken. Doch plötzlich erhob er sich und lief zur offenen Tür.

Tim streckte seine Arme aus »Bitte, bleib bei mir, bitte …« Seine Stimme versagte. Der Wolf drehte sich um, schaute ihn an und wieder zu Tür. »Du willst, dass ich mit dir komme?«, flüsterte Tim. Martha bewegte sich im Sessel. Sie schlief, tief und fest. Er ging auf den Wolf zu, seine Schritte waren unsicher, der Boden eiskalt.

»Ich kann nicht lange laufen, Wolf.« Er hauchte die Worte bloß, doch das Tier schien ihn zu verstehen. Es kam zu ihm, legte sich hin und deutete mit dem Kopf auf den mächtigen Rücken. »Du willst, dass ich auf dir reite?« Der Wolf blinzelte und hob ein wenig die Lefzen.

Es wirkte fast so, als würde er lächeln. Vorsichtig setzte sich Tim auf seinen Rücken, schmiegte sein Gesicht an den großen, warmen Kopf des Tieres, das sich erhob und mit ihm durch die Tür schritt. Vorsichtig bewegte sich der Wolf durch die nur durch Notlichter erhellten Gänge des Bunkersystems. Manchmal, wenn sie geöffnete Türen und größere Flure kreuzten, blieb er kurz stehen, als wollte er vermeiden, dass man sie entdeckte. Aufmerksam schaute auch Tim. Er kannte die Wege, wusste wer hinter den Türen arbeitete und lebte. Nicht lange und sie gelangten in Gänge, die er nicht mehr kannte. Es wurde dunkler und ein paar Mal musste er sich ganz klein machen, weil sie durch enge Tunnel krochen. Tim hatte nicht gewusst, wie viele Abzweigungen es hier gab. Er kämpfte gegen seine Müdigkeit. Bevor er wegdämmern konnte, stoppte der Wolf. Vor ihnen befand sich eine Pforte. Bis jetzt hatte Tim niemals eine so kleine Tür gesehen. Sie war nicht höher als er und fest verschlossen.

»Bist du hier hereingekommen, Wolf?« Tim fand keine Klinke, er sah auch keinen Schalter. Er drückte gegen das Metall, das sich kaum bewegte. Der Wolf kam zu ihm und gemeinsam gelang es ihnen, die Tür einen Spalt aufzuschieben. Warme Luft strömte ihnen entgegen. Der Boden war weich und die Decke war so hoch, dass man sie nicht erkennen konnte. Oben leuchteten viele winzig kleine Lampen neben einer großen Leuchte. Der Raum war wunderschön und schien unendlich groß zu sein. Warum hatte er ihn noch nie gesehen?

»Hallo, Tim.« Vor ihm stand ein Mann mit freundlichen, braunen Augen und langen, dunklen Haaren. Er trug fremdartige, helle Kleidung, die mit geometrischen Mustern verziert war. »Was ist das für ein schöner Raum? Er ist so riesig groß, so wunderschön und die Luft ist so gut.«

Der Mann lachte und nahm ihn auf den Arm. »Tim, darf ich dir das Draußen vorstellen? Du wolltest doch immer den Mond und die Sterne sehen.«

»Der Wolf hat mich hierhergebracht.«

»Ja, der Wolf, unser Totemtier, und jetzt ist er auch deines.« Der Mann streichelte den Wolf, der sich an ihn lehnte und ihm die Hand leckte. »Möchtest du mit in mein Dorf kommen, Tim?«

Tim nickte. »Kommt der Wolf auch mit?«

»Der Wolf muss wieder zurück, zu seinem Rudel.« Der Mann zeigte auf ein paar Wölfe, die geduldig in der Nähe warteten, um dann, gemeinsam mit dem Wolf, der einen letzten Blick auf Tim warf, hinter den Felsen zu verschwinden. Der Mann pfiff und ein Pony trabte zu ihnen.

»Ein echtes Pony!« Tim kannte Pferde aus den Filmen, die sie im Gemeinschaftssaal schauen konnten. Der Lehrer hatte ihm gesagt, dass es keine mehr gäbe, doch Mama glaubte das nicht. Sie sagte, die Welt sei so groß und irgendwo gab es vielleicht ein verborgenes Stück

Land, auf dem ein kleines Pferd leben konnte. Wie glücklich wäre sie wohl, wenn sie wüsste, dass sie recht hatte: dass es hier, gar nicht so weit entfernt, richtige Ponys gab!

Er ließ sich auf das kleine Pferd heben, streichelte über die zottige Mähne und berührte zaghaft den warmen Hals. Der Mann führte das Tier am Zügel und Tim lehnte seinen Kopf an den warmen Hals. Wind umschmeichelte sanft sein Gesicht. Es war zwar dunkel, doch der Himmel leuchte in so vielen Farben, am schönsten waren die Sterne, so viele und dazu der Mond. Ob man auf dem Mond leben konnte? Mutter hatte ihm erzählt, dass die Menschen dort eine Kolonie bauen wollten, doch er wusste nicht mehr, ob es ihnen gelungen war. Am Faszinierendsten waren die Geräusche. Überall zirpten Grillen. Ob er mal Eine sehen würde? Er kannte sie aus den Naturfilmen. Die Vogelschreie, hier waren sie echt. Es war ganz anders als selbst im besten Film. Er spürte den warmen Leib des Pferdes unter sich, Seine Hände zausten die wuschelige Mähne. Nach einiger Zeit gelangten sie zu einer Ansiedlung. Zwischen weißen Zelten knisterte ein Lagerfeuer und Tim wusste plötzlich, an was ihn das alles erinnerte.

»Ich habe ein Buch«, rief er. »Da ist auch so ein Dorf. Es sieht ganz ähnlich aus. Ich habe mir immer gewünscht, in so einem Dorf zu leben!« Der Mann lächelte und es kamen andere Frauen und Männer auf ihn zu. Sie hatten lange, dunkle Haare und trugen diese seltsame Kleidung mit den schönen Mustern. Obwohl es Nacht war, waren auch Kinder da. Der Mann hob Tim von dem Pony und stellte ihn vor.

»Das ist Tim, der Junge, der den Wolf gerufen hat.« Kinder tanzten um ihn herum und lachten. Tim fühlte sich nicht mehr müde und seine Beine taten ihm auch nicht mehr weh. Er setzte sich zu den anderen an das knisternde Feuer und probierte das Obst, das sie ihm brachten. Nie zuvor hatte er so köstliche Beeren gegessen. Die wenigen Früchte, die es bei besonderen Gelegenheiten aus den Gewächsgewölben gab, schmeckten richtig fad dagegen. Als die Müdigkeit ihn schließlich doch übermannte, brachte sein neuer Freund ihn in eines der Zelte.
Am nächsten Morgen wusste Tim zuerst gar nicht, wo er sich befand. Die Sonne schien hell durch die Zeltwände. Am Eingang stand ein Mädchen mit Zöpfen und schaute ihn lächelnd an. Tim ging hinaus.

Mädchen und Jungen spielten überall. Es waren so viele und sie wirkten sehr glücklich. Er wünschte sich nichts sehnlicher, als dazuzugehören. Im Bunker gab es nur wenige Kinder. Sie durften nicht allein umherlaufen und hatten nur Video-Konsolen. »Spielend lernen« hieß das und jeder wollte immer gewinnen. Er war der Jüngste und die Spiele, bei denen er die anderen besiegen musste, gefielen ihm nicht. Er blickte interessiert in den strahlend blauen Himmel. »Ich kann die Sonne gar nicht richtig anschauen wie den Mond«, klagte er.

Das Mädchen lachte. »Das geht nicht, sie ist viel zu hell. Es tut den Augen weh, wenn man direkt hineinsieht. Aber dafür kannst du sie spüren, sie ist schön warm.«

Ja, das war sie und sie brachte alles, worauf sie schien, zum Leuchten.

Tim bemerkte, wie hell seine Haut gegen die Haut der Menschen des Dorfes war. »Ich sehe ganz anders aus als ihr, und ihr seht ganz anders aus, als alle Menschen, die ich kenne!«, rief er verblüfft.

Der Mann, der ihn gestern von der Pforte abgeholt hatte, trat zu ihnen. »Du bist uns viel ähnlicher, als du denkst. Dein Totem ist der Wolf und deshalb gehörst du zu uns. Du kannst, wenn du möchtest, für immer bei uns bleiben.«

»Bei euch? Hier im Draußen? Oh ja, ich würde gerne!« Glücklich schaute er auf das Dorf, den kleinen Bach, den Wald und die schneebedeckten Berge in der Ferne. Wie schön würde es sein, das alles zu erforschen. Wie viel Spaß würde er mit den Kindern und Tieren des Dorfes haben. Doch plötzlich verdüsterte ein Gedanke diese sonnigen Vorstellungen. »Was ist mit meiner Mama?« Traurig schaute der Mann ihn an. »Leider kannst nur du bei uns bleiben, du ganz allein. Du kannst zurückkehren, wenn du möchtest, wir werden dir helfen, doch dann wirst du uns vergessen und kannst nicht mehr in diese Welt kommen.« Tränen stiegen in Tims Augen. Mama, Martha und all die anderen! Es gab dort, wo er herkam, nur wenige Kinder. In anderen Bunkern sollten weitere leben, aber Tim wusste es nicht genau. Wie oft hatte er gehört, dass sie, die Kinder, so wichtig für die Menschen seien.

»Muss ich es jetzt sagen? Jetzt gleich?«, fragte er seine neuen Freunde und nahm, wie immer, wenn er nicht weiter wusste, seinen Daumen in den Mund.

Das Mädchen schaute den Mann an, dieser sah in die Ferne. »Nein, du musst es nicht gleich sagen, du darfst darüber nachdenken, aber nur einen Tag, leider, denn die Pforte wird sich bald wieder schließen.«

Das Mädchen war die Tochter des Mannes und sie hieß Wilde Blume. Tim gefiel der Name sehr gut. Sie brachte ihm eine Hose aus dem gleichen Material, aus dem auch ihre Sachen genäht waren, und gemeinsam liefen sie zum Bach. Dort waren andere Kinder, die im Wasser badeten. Tim hatte erst ein schlechtes Gewissen, weil sauberes Wasser sehr kostbar und selten war, doch die Kinder lachten nur. Hier schien es von allem genug zu geben. Das größte Wunder aber waren die flinken, silbernen Fische. Überhaupt gab es sehr viele Tiere. Einige erkannte er aus den Filmen und aus dem dicken Buch, aus dem Mama ihm immer vorlas, doch andere waren ihm unbekannt. Er wünschte, er hätte mehr Zeit, um sich zu entscheiden.

»Wo wohne ich, wenn ich hier bleibe?«, fragte er Wilde Blume.

»Du lebst bei uns«, entschied sie und lachte. »Ich habe mir schon immer einen Bruder gewünscht.«

Auch die anderen versicherten ihm, dass sie sich freuen würden, wenn er bliebe. Ein Junge schenkte ihm einen Bogen und Pfeile mit bunten Federn. Ein größeres Mädchen schleppte einen jungen Hund an. »Unsere Hündin hat Welpen und wenn du bleibst, soll dieser hier dir gehören.« Tim kniete sich vor dem Kleinen hin. Er hatte lustig umgeknickte Ohren und weiches Fell. Die Farbe war etwas heller als die des Wolfes. Seine tapsigen Pfoten waren viel zu groß für den kleinen Kerl. Der Welpe sprang an ihm hoch und als Tim ihn auf den Arm nahm, leckte er so eifrig über sein Gesicht, dass Tim lachen musste. Am Abend hatte er sich entschieden. Er würde Mama unendlich vermissen, aber hier war es einfach viel zu schön. Er wollte nicht wieder in den Bunker, denn da gab es nur Videospiele und Filme, hier hingegen war alles echt. Es gab richtige, lebendige Tiere. Kinder, die freundlich und fröhlich waren. Bunte Blumen, die herrlich dufteten. Weites Land, einen richtigen Wald und schneebedeckte Berge. Die warme Sonne am Tag und nachts einen Sternenhimmel und den Mond. Das Essen schmeckte viel besser und sogar das Wasser war köstlich.

»Wenn du dich hier eingelebt hast, wirst Du deine Mama einmal besuchen dürfen und sie, für eine einzige Nacht, hierherbringen können. Sie wird sich daran erinnern und nicht mehr traurig sein«, versprach ihm der Häuptling. Tim war erleichtert. Er könnte Mama doch noch einmal wiedersehen. Es würde ihr hier gefallen, da war er sich sicher.

»Hallo Martha, wie war die Nacht?« Hannah half der älteren Frau, sich aus dem Sessel zu erheben.

»Es war ruhig«, erwiderte diese. »Und wie war die Arbeit, hattest du viel zu tun?«

»Es gab ein paar unerwartete Probleme mit dem Zuleitungssystem, aber wir haben es reparieren können. Schau, Martha, hier, ein echter Traumfänger. Den hat mir Daniel heute Nacht für Tim gegeben, ist er nicht zauberhaft?« Hannah wickelte behutsam einen zerbrechlich dünnen Gegenstand aus dem Seidenpapier. Ein auf Leder geprägtes Wolfsbild, umrahmt von Perlen, verbunden mit mehreren dünnen Schnüren, kunstvoll verziert mit echten Federn. »Er wird ihm gefallen, meinst du nicht? Er liebt doch Wölfe so sehr. Ich bin schon ganz gespannt, was er dazu sagen wird!« Martha lächelte. »Diesen Traumfänger hat Daniel selbst als Kind bekommen, wie lieb von ihm, dass er ihn deinem Jungen schenken möchte.«

Tim lag im Bett, die Augen waren geschlossen, ein seliges Lächeln lag auf seinem Gesicht. »Wie glücklich er aussieht!« Martha betrachtete das Kind gerührt. Hannah kniete vor dem Bett nieder und nahm die Hand ihres kleinen Sohnes.

Kalt.

Sie beugte sich hastig über sein Gesicht, umfasste es mit ihren Händen.

»Martha!

Er … atmet nicht!«

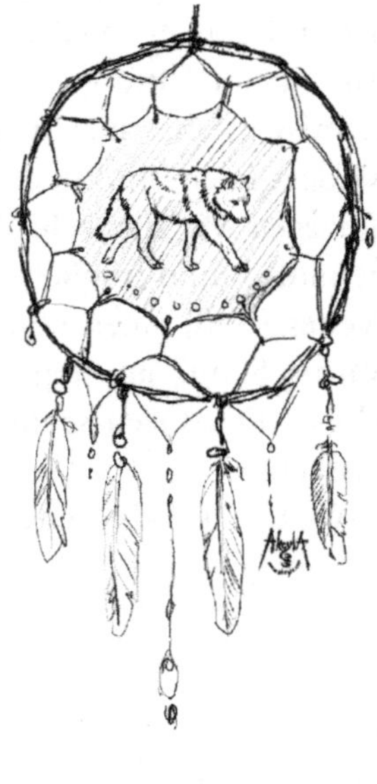

Wolfslegenden – Die Flut

von Nathalie C. Kutscher

Niedergeschlagen saß Kibbe am Flussufer und warf Steine in die Fluten des Yukon River. Seine Freunde hatten ihn wieder einmal ausgelacht, weil Kibbe sich in der Nacht zuvor beinahe vor Angst in die Hosen gemacht hätte. Er war in einem Alter, in dem er – laut den Gesetzen seines Stammes – vom Jungen zum Mann wurde. Wie schon seine Vorfahren in vergangener Zeit, zogen die Jungen in die Wälder, um dort mutterseelenallein einige Nächte zu verbringen. Die Aufgabe bestand darin, sich selbst in der Wildnis durchzuschlagen, ihr eigenes Essen zu suchen und wilden Tieren auszuweichen. Doch Kibbe hielt es nur eine einzige Nacht aus, denn er fürchtete sich. Er hätte schwören können, in den Gebüschen rund um den Lagerplatz hatte es bedrohlich geraschelt. Er bildete sich ein, von funkelnden, gelben Augen beobachtet zu werden. Es ärgerte ihn maßlos, dass er wieder einmal ein solcher Hasenfuß gewesen war, aber seine Angst war einfach zu groß.

Erneut warf Kibbe einen Stein ins Wasser. Über ihm saß ein Rabe in einem Baum und krächzte spöttisch. Kibbe funkelte den Vogel wütend an, hob einen Kiesel auf und warf ihn ins Geäst.

»Halt doch deinen Schnabel«, rief er wütend, nur um dann wieder traurig den Kopf zu senken.

»Jetzt spotten selbst die Tiere über mich«, flüsterte er und wischte sich die laufende Nase an seinem Hemdsärmel ab.

»Ich glaube nicht, dass er über dich gelacht hat«, vernahm er plötzlich eine vertraute Stimme.

Schwerfällig setzte sich sein Großvater Lenno neben ihn und starrte auf die klaren Fluten.

»Vielleicht wollte er dir auch nur Mut machen, mein Junge«, sprach Lenno weiter. »Du musst von den Tieren lernen. Ihnen zuhören, denn manchmal haben sie eine Menge zu erzählen.«

Kibbe warf seinem Großvater einen skeptischen Blick zu. Er wusste, dass Lenno an den alten Mythen und Geschichten festhielt und daran glaubte.

»Es ist nur ein dummer Vogel«, maulte er. »Was kann ich von dem schon lernen?«

»Du weißt, dass es einmal eine Zeit gab, in der Mensch und Tier friedlich zusammengelebt haben. Einige unseres Stammes konnten sogar mit ihnen kommunizieren. So entstanden all die Geschichten, die für unser Volk so wichtig sind. Ich will dir eine Geschichte erzählen, damit du verstehst, dass Angst nichts Schlechtes ist. Angst bewahrt uns oft davor, unbedacht eine Dummheit zu begehen, jedoch sollte die Furcht nicht dein Leben beherrschen. Wenn der richtige Zeitpunkt kommt, wirst du sie überwinden und feststellen, dass auch in dir das Herz eines mutigen Mannes steckt.«

Kibbe setzte sich seinem Großvater im Schneidersitz gegenüber und lauschte der Geschichte von Nanuk, die sich nur wenige Jahrzehnte zuvor zugetragen hatte.

»Wie ein samtenes Zelt hing die Nacht über dem großen Wald. Schwarz. Sternenlos. Dicke Wolken, die tief über der Erde schwebten, verdeckten den silbrigen Mond und nahmen der Welt das nächtliche Licht. Es roch nach Regen. Die Tiere im Wald waren schon seit Tagen unruhig, angesichts des bevorstehenden Unwetters, welches sich über ihren Köpfen zusammenbraute. Ein eisiger Windhauch zog durch die Bäume. Das spärliche Laub an den knorrigen Ästen der Eichen und anderen Laubbäume raschelte gespenstisch. Der Herbst war gekommen, und die Blätter glitten langsam tanzend zu Boden«, begann Lenno seine Erzählung.

»In der Ferne hörte man ein tiefes Grollen. Das Gewitter war noch weit entfernt, doch es kam näher. Weiter nördlich – dort, wo die majestätischen Berge eine natürliche Grenze bildeten – durchschnitten bereits erste Blitze den schwarzen Nachthimmel. Die Bisons hatten sich auf der Ebene zu einer undurchdringbaren Mauer zusammengerottet. Eine Elchkuh, die eben noch mit ihrem Kalb auf einer Lichtung gegrast hatte, suchte tief im Dickicht Schutz vor dem bevorstehenden Regen. Auch die Eichhörnchen eilten flink in die Bäume, und die Vögel waren verstummt. Eine gespenstische Stille legte sich über den alten Wald. Nur das sanfte Rauschen des Blätterdaches war zu hören.

Das Rudel der Wölfe, unter der Führung von Hemno, befand sich auf Patrouille durch ihr Revier. Noch vor wenigen Stunden hatten sie sich im Kampf mit einem anderen Rudel befunden, doch nun versuchten auch sie, so schnell wie möglich in den Wald zu gelangen. Ihre kräftigen Beine trugen sie eilig vorwärts. In perfekter Formation liefen sie hintereinander, niemand tanzte aus der Reihe. Ein jeder wusste um seinen Platz innerhalb des Rudels. Wie dunkle Schatten zeichneten sich ihre Konturen vor dem mit Wolken verhangenem Himmel ab. Sie passierten den Fluss, liefen durch hohes Farnkraut und machten bald darauf ihr rettendes Revier aus.

Nanuk, ein zweijähriger, silbergrauer Wolf, bildete wie immer das Schlusslicht des Rudels. Ängstlich blickten seine gelben Augen in den Himmel, und als ein erneutes Donnergrollen zu hören war, zuckte er panisch zusammen. Nanuk war von Geburt an der wohl schreckhafteste Wolf, der je im Wald gelebt hatte. Er fürchtete sich vor allem, und seine Gefährten hänselten ihn deswegen unentwegt. Sie lachten und spotteten über ihn, wenn er mal wieder bei einer Jagd nicht mithalten konnte oder wenn ihm ein wütender Elch hinterherrannte, weil Nanuk unvorsichtig gewesen war und sich zu nah an das weit größere Tier herangewagt hatte. Nanuk versuchte ständig, es jedem Tier recht zu machen. Er wollte einfach keinen Ärger und nur in Ruhe gelassen werden. Er stand in der Rangordnung so weit unten, dass er nur das zu fressen bekam, was von der Beute übrig blieb. Niemand respektierte ihn, noch nicht einmal die Kaninchen. Seine Mutter und Geschwister sahen seinem Verhalten missmutig und verständnislos zu, doch Nanuk konnte es nicht ändern. Er hatte sich nie beweisen können.

Nanuk lief ein wenig schneller und schaute sich nach allen Seiten um. Er wollte nur nach Hause – weit weg von dem unheimlichen Gewitter. Mit eingezogenem Schwanz stolperte Nanuk vorwärts und achtete nicht darauf, wohin er trat. Fast wäre er über seine eigenen langen Beine gefallen, als er mit seinem Vordermann Bevan zusammenstieß.

»Ups«, entfuhr es Nanuk, und er erntete dafür ein wütendes Knurren von Bevan.

»Kannst du nicht aufpassen, wo du hinläufst, du Nichtsnutz?«, schimpfte Bevan und ging knurrend auf Nanuk zu.

Die anderen Wölfe hatten den Zwischenfall mitbekommen und hielten an. Belustigt beobachteten sie den aufgebrachten Bevan und den völlig verängstigten Nanuk.

»Habe ich dir wehgetan?«, fragte Nanuk besorgt.

Bevans Lefzen begannen amüsiert zu zucken, bis er schließlich in schallendes Gelächter ausbrach.

»Habt ihr das gehört?«, rief er dem Rudel zu. »Er fragt, ob er mir wehgetan hat.«

Die anderen Wölfe stimmten erheitert in das Gelächter ein.

»Unsere Hühnerbrust Nanuk scheint auf einmal ein Kraftprotz geworden zu sein. Pass bloß auf, Bevan, dass er dich nicht ernsthaft verletzt«, rief Zahra, eine schwarze Wölfin, sarkastisch.

Beschämt senkte Nanuk den Kopf und ließ den Spott über sich ergehen. Er war es gewohnt, ausgelacht zu werden.

Das Gelächter ebbte erst ab, als Hemno durch das Rudel schritt und es zur Ordnung rief.

»Lasst Nanuk in Ruhe!«, bellte er. »Er kann nichts dafür, dass er ein solcher Dummkopf ist. Sieh dich demnächst einfach besser vor, Junge.«

Es schmerzte Hemno sehr, Nanuks Schmach zu sehen. Er war immerhin der Vater des grauen Wolfes, und keines seiner Kinder war so unfähig wie Nanuk. Doch er hatte auch Mitleid mit seinem Sohn und hoffte, dass er eines Tages noch zu etwas zu gebrauchen war. Er warf Nanuk einen aufmunternden Blick zu und wies sein Rudel an: »Wir müssen weiter, also trödelt nicht herum!«

Hemno rannte zurück an die Spitze, und die Wölfe setzten sich wieder in Gang. Nanuk lief mit hängendem Kopf hinterher. Er schämte sich unendlich, vor allem, weil Zahra auch über ihn gespottet hatte. Er war heimlich in Zahra verliebt, aber das beruhte wohl nicht auf Gegenseitigkeit. Die schwarze Wölfin war ebenso alt wie er, beachtete ihn jedoch nicht. So blieb Nanuk nichts weiter übrig, als Zahra heimlich aus der Ferne zu bewundern.

Die ersten dicken Tropfen fielen auf den trockenen Boden der Plains. Gerade noch rechtzeitig erreichten Hemno und sein Rudel den Wald.

Eilig liefen sie in ihr Quartier und suchten Schutz in den Höhlen. Nur Nanuk gesellte sich nicht zu ihnen. Er legte sich auf einen dicken Stein und ließ den Regen auf sein Fell prasseln. Er seufzte. ‚Wer sich so dumm anstellt, verdient auch keinen Platz in der warmen Höhle', dachte er traurig und rollte sich zum Schlafen zusammen.

Es war kalt und ungemütlich. Nanuk zitterte und bereute bereits seinen Plan, nicht in die Höhle gegangen zu sein. Es donnerte wieder, und diesmal war das Gewitter direkt über dem Wald. Nanuk hörte, wie über ihm die Äste knackten und befürchtete, sie könnten durch den starken Wind brechen. Ein leises Wimmern kroch durch seine Kehle. Nanuk hoffte, der Blitz würde nicht einschlagen. Der Baum, unter dem er lag, konnte Feuer fangen, auf ihn stürzen und er wäre … Nanuk wollte nicht weiter darüber nachdenken und schlug jaulend die Pfoten über dem Kopf zusammen.

»Du bist wirklich ein Angsthase«, sagte er leise zu sich selbst. »Ein jämmerlicher Welpe!«

Der junge Wolf war sehr wütend auf sich, doch sein Herz klopfte so angsterfüllt, dass er einfach liegenblieb und betete, die Nacht möge schnell vorübergehen.

»Nanuk«, hörte er plötzlich seinen Namen und blickte auf.

Hemno stand am Höhleneingang und rief nach seinem Sohn.

»Komm schon, Junge. Wenn du draußen liegen bleibst, trifft dich noch ein Blitz.«

Nanuk atmete auf. Dankbar senkte er den Kopf und folgte dem Ruf seines Vaters. Mit eingeklemmter Rute schlich er auf den prächtigen Grauwolf zu und legte sich seinem Vater demütig zu Füßen.

»Ich will euch nicht zur Last fallen«, sagte er leise und wagte nicht, in Hemnos gelbe Augen zu schauen.

»Sei nicht albern, Junge. Du kannst bei mir schlafen. Die anderen werden dich in Ruhe lassen«, versprach Hemno, und Nanuk folgte seinem Vater in den Schutz der sicheren Höhle.

Die Wölfe lagen dicht an dicht gekuschelt und blinzelten kurz, als sie Nanuk wahrnahmen. Es kümmerte sie nicht weiter. Es war ihnen egal, was mit Nanuk geschah.

»Na, siehst du? Alles halb so schlimm«, meinte Hemno aufmunternd und gab Nanuk einen kleinen Stoß mit der Nase.

Dankbar lächelte der junge Wolf und nahm neben seinem Vater Platz. Zahra und Farald lagen eingerollt und friedlich schmatzend etwas abseits der anderen. Nanuk konnte seinen Blick nicht von der schwarzen Wölfin wenden, und Hemno grinste. Sein Sohn hatte also ein Auge auf die hübsche Zahra geworfen. Er konnte es ihm nicht verdenken. Zahra war schön und stark. Sie hatte das Zeug, einmal eine Anführerin zu werden. Allerdings bezweifelte er, dass sie sich jemals für seinen Sohn interessieren würde.

»Du solltest dir nicht zu viele Hoffnungen machen«, sagte Hemno und merkte, dass Nanuk sich ertappt fühlte.

»Ich … nein. Es ist nicht so … «, stotterte Nanuk verlegen. Er seufzte. »Ich weiß. Sie will nichts von mir wissen«, gab er dann zu. »Sie weiß ja nicht einmal, dass ich existiere.«

»Dein Tag wird noch kommen, mein Sohn. Irgendwann wirst du Großes vollbringen. Dessen bin ich mir ganz sicher. Du musst nur Geduld haben und deine Chance nutzen, wenn sie da ist. Tief in dir steckt ein Kämpfer«, versuchte Hemno seinen Sohn zu ermuntern.

Nanuk blieb trotzdem skeptisch.

Wie sollte er sich jemals beweisen, wenn er immer zu spät zu einem Kampf kam? Er hatte sich bis jetzt kaum mit einem Gegner gemessen und wenn, bekam er eine ordentliche Abreibung. Trotzdem war er seinem Vater dankbar, dass dieser die Hoffnung in ihn nicht aufgegeben hatte. Nanuk wollte noch etwas sagen, doch Hemno war bereits eingeschlafen. So legte auch er sich gemütlich hin und träumte von großen Heldentaten und … von Zahra.

Als das Rudel am nächsten Morgen erwachte, hatten sich vor der Höhle große Pfützen gebildet. Es regnete unaufhörlich, und der Waldboden war schlammig und aufgeweicht. Die Stimmung innerhalb des Rudels war gedrückt. Niemand mochte nasses Fell und die Jagd erwies sich bei diesem Wetter auch nicht gerade als ein Vergnügen. Das Rudel verbrachte den Tag damit, ihn einfach zu verschlafen, und sie widmeten sich der gegenseitigen Fellpflege, um so die familiären Bande innerhalb der Gruppe zu stärken. Ein kleiner Anflug von Eifersucht durchfuhr Nanuk, als er beobachtete, wie Zahra Faralds Ohren sauber leckte. Wieder kam ein tiefer Seufzer aus seinem Maul, und er legte niedergeschlagen den Kopf auf die Pfoten.

»Weißt du, mein Junge«, sagte Hemno und gesellte sich zu seinem Sohn. »Als ich in deinem Alter war, bin ich in die Welt gezogen und habe mir ein eigenes Rudel gesucht. Ich habe die Wälder durchstreift und auch das trockene Grasland, auf der Suche nach mir selbst. Schließlich landete ich hier und sah deine Mutter. Ich wusste sofort, dass ich mit ihr zusammen alt werden möchte.«

Hemnos Lefzen kräuselten sich zu einem Lächeln, als er an die Zeit zurückdachte. Nanuk hörte unterdessen aufmerksam zu.

»Was ist dann passiert?«, wollte er neugierig wissen.

»Der damalige Anführer des Rudels, Akai, war ein wahrer Tyrann. Er war alt, aber er besaß noch immer die Stärke eines jungen Wolfes. Nie im Leben hätte er zugelassen, dass ich mich deiner Mutter näherte. Also forderte ich ihn zu einem Kampf heraus. Ich hatte auf meiner Reise viele Kämpfe bestritten – das kannst du mir glauben – aber Akai war schon etwas ganz Besonderes. Nie hatte ich bei einem Wolf solch große Erfahrungen und eine derartige Verschlagenheit gesehen.« Hemno lachte. »Er hat mir mehr als einmal eine gehörige Tracht Prügel verabreicht. Das fehlende Stück Ohr habe ich Akai zu verdanken. Jedenfalls wollte ich mich nicht geschlagen geben, und die Anwesenheit deiner Mutter gab mit Kraft. Ich erkannte, dass einer seiner Hinterläufe lahmte. Man sah es nicht auf Anhieb, doch die Knochen des alten Akai begannen morsch zu werden. Also lief ich wieder zu Akai und forderte ihn erneut heraus. Es war ein ähnliches Wetter wie heute, und ich nutzte diesen Vorteil. Wir kämpften fast bis zur völligen Erschöpfung, allerdings war ich Akai im Vorteil. Während er sich nur auf seine Kraft verließ, schaltete ich meinen Kopf ein. Ich rannte davon, so, als wollte ich fliehen. Ich wusste, dass Akai so wütend war, dass er mir folgen würde. Und das tat er auch. Ich rannte zum Fluss. Das Ufer war matschig und glitschig. Ich sprang über die Steine und blieb in der Mitte des Flusses stehen. Akai überlegte nicht lange und stürmte mir hinterher. Der Stein, auf dem ich stand, wackelte bedrohlich, doch genauso hatte ich es geplant. Als Akai zum Sprung auf mich ansetzte, hüpfte ich ans andere Ufer. Akai verlor das Gleichgewicht auf dem wackeligen Stein. Seine Beine waren einfach nicht mehr stark genug, und durch die Anstrengung der Verfolgung war er geschwächt. Ich stand also am Ufer und sah zu, wie Akai ins Wasser fiel. Du hättest sein Gesicht sehen sollen, Junge, als er merkte, dass ich ihn ausgetrickst hatte.«

Wieder lachte Hemno, und auch Nanuk stimmte mit ein.

»Ist er ertrunken?«, fragte er seinen Vater.

»Nein, ich habe ihn an Land gezogen. Akai hatte das Rudel lange geführt, dennoch gab er sich in diesem Augenblick geschlagen. Er konnte es nicht ertragen, dass die Wölfe seine peinliche Lage beobachtet hatten und gab die Führung ab. Er lebte noch ein Jahr in unserer Mitte, ehe er starb. Seit diesem Tag gehört das Rudel mir, bis ein anderer Jungspund kommt, und es mir streitig macht. Zahra«, sagte Hemno und nickte in die Richtung der jungen Wölfin. »Zahra stammt aus Akais Blutlinie ab. Sie ist seine Enkelin und ein ebensolcher Sturkopf wie ihr Großvater.«

Nanuk dachte einen Moment über die Geschichte nach.

»Willst du damit sagen, ich soll das Rudel verlassen und mir ein eigenes suchen?«, hakte er bestürzt nach.

»Das kannst nur du entscheiden, Nanuk. Es würde dir mit Sicherheit helfen, endlich an Selbstbewusstsein zu gewinnen. Es kommt nicht darauf an, wie stark du bist oder wie viele Kämpfe du ausgetragen hast. Du musst deinen Verstand gebrauchen und nachdenken, bevor du handelst.«

Hemno lächelte Nanuk noch einmal zu und ließ ihn dann alleine, damit sein Sohn nachdenken konnte. Nanuk blickte erneut gedankenverloren zu Zahra und Farald. Sein Vater hatte recht. So konnte es nicht weitergehen. Wenngleich Nanuk schreckliche Angst vor dem Alleinsein hatte, so fasste er an diesem Abend einen Entschluss.

»Ich werde gehen«, teilte er Hemno mit schwankender Stimme mit. »Noch heute Nacht.« Nanuk wollte so schnell als möglich aufbrechen, denn er befürchtete, er würde es sich noch einmal anders überlegen.

Hemno nickte zustimmend.

»Das ist die richtige Entscheidung, mein Junge«, antwortete er stolz. »Es gibt viele Zahras da draußen. Suche dir eine aus, und gründe deine eigene Familie.«

Nanuk bedachte die Aussage mit einem gequälten Lächeln, doch er wollte seinen Vater nicht enttäuschen. Tief in seinem Inneren wusste der junge Wolf, dass es seine einzige Chance war. Mit gestärkter Brust nahm er Abschied von Hemno, seiner Mutter und seinen Geschwistern. Dann verließ er die Höhle und blickte sich nicht mehr um. Einen Moment stand er vor dem Höhleneingang und hielt die Nase in den Regen. Schon die Entscheidung, in welche Richtung er gehen sollte, fiel Nanuk mehr als schwer. Wie sollte er sich künftig alleine im Wald durchschlagen?

»Höre auf deinen Instinkt«, rief Hemno ihm nach, und mit den Worten seines Vaters im Ohr, lief Nanuk los.

Nanuk irrte drei Tage alleine Wald umher. Der Regen hatte noch nicht nachgelassen, und Nanuks Stimmung sank auf den Tiefpunkt. Unentwegt schimpfte er mit sich selbst, dass er sich keinen besseren Zeitpunkt für sein Erwachsenwerden gesucht hatte. Triefend nass und hungrig durchstreifte er den Wald. Der Regen hatte sämtliche Markierungen des Rudels weggespült, und Nanuk hatte keine Ahnung, wo er sich befand.

Erst als er die Grenze seiner Heimat erreichte und auf die spärlich bewachsene Ebene blickte, blieb er erschrocken stehen. Er war in ein anderes Territorium eingedrungen! Kopflos lief Nanuk auf und ab und überlegte, was er tun sollte. Das fremde Rudel würde ihn mit Sicherheit nicht willkommen heißen, doch bestand nicht genau *darin* sein Vorhaben? Ein anderes Rudel zu übernehmen und ein Weibchen suchen?

Der aufgeweichte Boden unter Nanuks Pfoten bekam durch sein Hinundherlaufen tiefe Furchen. Erst als der Mond aufging und ein sanftes Licht über die Ebene streute, hielt Nanuk inne. Er war müde, und sein Magen knurrte. Seufzend suchte sich Nanuk einen hohlen Baumstamm und legte sich zum Schlafen nieder. Er würde morgen darüber nachdenken, ob er den Weg über die Ebene wagen wollte. Traurig schloss er die Augen. Er vermisste seinen Vater und die Sicherheit des Rudels. ‚Was sie jetzt wohl machen?', dachte er und schlief ein.

Nanuk erwachte am nächsten Morgen zwar ausgeschlafen, aber immer noch hungrig. Er brauchte etwas zu Essen, doch er stellte fest, dass es nach wie vor regnete. Die Tiere hielten sich weiterhin versteckt, und durch den starken Wind war es Nanuk kaum möglich eine Witterung aufzunehmen. Dennoch wagte er sich aus seinem Versteck und lief wieder zur Grenze. Sein Blick schweifte über die Ebene. ‚Wo sind die anderen Wölfe?', fragte er sich.

Skeptisch hielt er zuerst die Nase in den Wind und schnupperte danach den Boden ab. Nichts. Keine Spur oder eine Witterung, die auf Wölfe hinwies. Nanuk nahm all seinen Mut zusammen und rannte los. Er lief geradewegs auf die baumlose Ebene zu, und noch immer sah er niemanden. Kein Geräusch war zu hören. Keine Vögel, kein Wolfsgeheul. Er vernahm nur das gleichmäßige Prasseln des Regens und das Pfeifen des Windes.

Vorsichtig setzte Nanuk eine Pfote vor die andere, denn er witterte Gefahr. Nicht von einem Tier oder von Menschen, die sich hin und wieder hierher verirrten. Nein! Etwas Unbekanntes lag in der Luft, doch Nanuk wusste es nicht einzuordnen. Als er Schritt für Schritt durch das Gras lief, stellte er fest, dass seine Beine stetig weiter im Wasser versanken. Erschrocken blieb Nanuk stehen und blickte sich um. Erst jetzt bemerkte er, dass die gesamte Ebene überschwemmt war. Die Seen waren über die Ufer getreten, und nun lag die Graslandschaft unter Wasser. Jetzt wusste Nanuk auch, warum keine Tiere mehr da waren. Sie waren alle vor dem steigenden Wasser geflüchtet. Immer tiefer bohrten sich seine Pfoten in den Schlamm, und Nanuk musste sich anstrengen, um nicht stecken zu bleiben. Schleunigst machte er kehrt und rannte zurück in den Wald.

Er hatte die Grenze fast erreicht, da hörte er ein bedrohliches Poltern. Es kam jedoch nicht von der Ebene, sondern vom Fluss. Angsterfüllt hielt Nanuk inne und wartetet ab, was geschah. Sein Herz schlug ihm bis zum Hals, und er wünschte sich seinen Vater herbei. Hemno würde wissen, woher das fremde Geräusch kam, dessen war sich Nanuk sicher. Aber er war alleine. Mutterseelenallein und verlassen stand der junge Wolf am Waldrand und fühlte sich unsagbar hilflos.

Wieder polterte es laut und Nanuk meinte, brechendes Holz zu vernehmen. Er musste unbedingt wissen, was da vor sich ging, und ohne einen weiteren Gedanken an seinen knurrenden Magen zu verschwenden, lief er so schnell er konnte zum Fluss.

Mit starrem Blick verharrte Nanuk in der Nähe des Flussufers. Der Fluss war über die Ufer getreten und hatte weite Teile des Waldes überschwemmt. Das bedrohliche Geräusch kam weiter aus den Bergen. Dort, wo sich ein Weg zu den Menschen schlängelte und auf denen sie mit lauten und stinkenden Monstern umhereilten.

Nanuk blinzelte verwirrt. Sein Instinkt riet ihm, sich von der Menschenstraße fernzuhalten, doch seine Neugier war stärker. Er *musste* einfach wissen, was da vor sich ging. Mit einem letzten besorgten Blick auf das reißende Wasser, setzte er sich wieder in Gang und lief in die Hügellandschaft. Der Geruch der Menschen wurde immer intensiver, und das Dröhnen ihrer Monster schmerzte in Nanuks Ohren.

»Den Gestank kann nicht einmal der Regen wegspülen«, sagte er grimmig.

Nanuk musste auf der Hut sein, denn die Menschen waren den Wölfen nicht freundlich gesinnt. Je näher er ihrem Lager kam, desto geduckter lief er. Schließlich war es nur noch ein Schleichen, bis er vollständig auf dem Bauch über den nassen Boden robbte. Nanuk kam sich lächerlich vor, doch gleichzeitig hatte er auch panische Angst. Seine Mutter hatte ihm eingebläut, sich von den Menschen fernzuhalten, und kein Tier näherte sich ihnen freiwillig, außer sie wurden von nagendem Hunger geplagt, so wie es oft in den langen Wintern der Fall war. Er hatte keine andere Wahl, wenn er herausfinden wollte, woher das Poltern kam.

Nanuk lag im Gras. Nur seine spitzen Ohren lugten über die Grashalme hinweg. Die Menschen schienen schwer beschäftigt zu sein und liefen aufgeregt durch den Regen. Sie brüllten laut. Nanuk wünschte sich, er könne verstehen, was sie sagten. Er krabbelte weiter und war nun ganz nah bei dem Menschenlager. Dort standen große, glänzende Monster, deren Augen so hell waren, dass sie Nanuk blendeten. Die Töne die aus ihren Bäuchen kamen, waren laut und grollend. Eines dieser Untiere hatte einen langen Fangarm, und daran baumelten Baumstämme. Verwundert beobachtete Nanuk, was das Ungetüm wohl damit vorhatte. ‚Ob es die Stämme wohl frisst?', überlegte der junge Wolf und hielt den Atem an. Er hatte noch nie von einem Tier gehört, das ganze Baumstämme fraß.

Aufmerksam betrachtete er das Treiben und verfolgte mit dem Blick den Weg des Fangarmes. Die Baumstämme schwebten über Nanuks Kopf hinweg und kamen schließlich an einer Mauer, welche mitten im Fluss stand, herunter ins Wasser. Verblüfft runzelte Nanuk die Stirn. ‚Warum sollte jemand so dumm sein, eine Mauer im Fluss zu bauen?', ging es ihm durch den Kopf. ‚Führte der Fluss deshalb in den heißen Sommermonaten so wenig Wasser?'

Erneut war das Knacken zu hören. Nanuk hob den Kopf, um eine bessere Sicht zu haben. Die Menschen liefen entsetzt auseinander. Es krachte wieder, diesmal aber lauter. Und dann sah Nanuk die Ursache. Wasser lief durch den Damm. Der gestaute Fluss war durch den Regen so massiv angeschwollen, dass die morsche Wand aus Holz und Stein dem Druck nicht länger standhalten konnte. Verbissen kämpften die Menschen darum, das Loch zu flicken, doch hatten sie eines geschlossen, brach der Damm an einer anderen Stelle. Nanuk versuchte, sich auszumalen, was geschah, wenn die Mauer brach. Entsetzt sprang er auf. Der Fluss würde alles mit sich reißen, was sich ihm in den Weg stellte. Die Fluten wären unkontrollierbar und den Wald unter Wasser setzen. Sein Rudel war in Gefahr! Als sich Nanuk des Ausmaßes bewusst wurde, sprintete er los. Er achtete nicht mehr darauf, ob die Menschen ihn sahen. Er dachte nur daran, seine Familie zu warnen.

Nanuk folgte dem Flusslauf. Immer wieder glitt sein Blick angespannt auf das Wasser, welches bedrohlich anstieg. Er musste sich beeilen. Nanuks einzige Sorge galt Zahra und seinem Rudel. Für den Moment hatte er seine eigene Angst vergessen, das Wohl der Anderen rückte in den Vordergrund.

Wieder und wieder dröhnte das laute Gepolter und Knacken durch den Wald. Unaufhörlich strömte Wasser durch die Risse im Holz. Die Menschen hatten es längst aufgegeben, die Löcher zu stopfen und suchten angeschlagen das Weite.

Nanuk ließ sich davon nicht beirren. Seine Beine rannten so schnell, dass er vollkommen aus der Puste war, als er in seinem alten Territorium ankam. Trotzdem gönnte er sich keine Pause. Dafür war jetzt nicht die Zeit. Er musste an seine Familie denken und an …

Zahra. Nie würde er es sich verzeihen, wenn ihr etwas zustieße.

Angestrengt lief er weiter und vernahm plötzlich den Geruch seines Rudels. Er hatte es geschafft! Nun würde er seinen Vater und die anderen retten können. Nanuk jubelte innerlich und freute sich über seine Heldentat. Vielleicht würde Zahra ihn jetzt beachten und ihn nicht ständig auslachen. Voller Zuversicht gab Nanuk noch einmal alles und traf wenig später an seinem alten Heim ein.

»Hallo«, rief Nanuk, als er die Höhle betrat.

Sofort kam Bevan auf ihn zugelaufen und knurrte ihn unfreundlich an.

»Was willst du hier, Dummkopf?«, bellte er. »Hast dir wohl ins Fell gemacht, so ganz alleine in der großen, weiten Welt.«

Nanuk ging auf die verletzende Bemerkung nicht ein.

»Wo ist mein Vater?«, fragte er. »Ich muss ihn dringend sprechen.«

»Sag mal, Dummkopf, warum zollst du mir keinen Respekt?«, knurrte Bevan. Er fühlte sich beleidigt, dass Nanuk noch nicht einmal den Blick senkte, als er mit ihm sprach. Er funkelte Nanuk feindlich an, und wollte ihn so zur Unterwürfigkeit zwingen. Doch Nanuk sah Bevan fest in die Augen, und wiederholte seine Frage: »Wo ist mein Vater?«

Das ließ sich Bevan nicht gefallen. Ohne Vorankündigung ging er auf Nanuk los. Die beiden Wölfe rangelten eine Zeit lang miteinander, wobei Nanuk sichtlich unterlegen war. Er hatte seit Tagen nichts gegessen, und der lange Fußmarsch war kräftezehrend gewesen, dennoch bot er Bevan die Stirn. Er wollte nicht schon wieder als Verlierer dastehen. Geschickt wich er Bevans Bissen aus und suchte nach einer Lösung.

Da fiel Nanuk plötzlich etwas ein. In der Höhlenwand war ein durchgängiger Spalt. Auf der anderen Seite kam man im hinteren Teil der Höhle wieder heraus. Es war nur ein schmaler Schlitz, Nanuk hatte allerdings, aufgrund seines schmächtigen Wuchses, immer hindurch gepasst – im Gegensatz zu dem weitaus stämmigeren Bevan. Nanuk lockte Bevan in die Richtung des Spalts und machte ihn richtig wütend. Gerade als Bevan mit gefletschten Zähnen zum Angriff ansetzte, duckte sich Nanuk und schlüpfte durch das Loch in der Wand. Bevan hatte diese Wendung nicht kommen sehen und konnte seinen Sprung nicht mehr aufhalten. Seine blinde Wut war ihm zum Verhängnis geworden, und jetzt steckte er in dem Durchgang fest.

Der alte Wolf ließ ein ärgerliches Knurren hören. Die anderen Wölfe wollten sich ausschütten vor Lachen, als sie das zappelnde Hinterteil von Bevan sahen. Grinsend kam Nanuk wieder in die Haupthöhle und erntete von Zahra einen anerkennenden Blick. Sein Herz machte einen kleinen Hopser, doch zum Verliebtsein war jetzt keine Zeit. Nanuk wusste, dass Bevan nicht ewig dort feststecken würde und dass ihn danach wahrscheinlich die Tracht Prügel seines Lebens erwartete. Also war schnelles Handeln gefragt.

»Wir sind in Gefahr«, sagte er atemlos zu dem Rudel. »Ich muss dringend meinen Vater warnen. Wir müssen von hier fliehen, sonst werden wir alle sterben.«

»Warum?«, kam es aus dem Wandspalt. »Werden wir von einer Horde wild gewordener Feldmäuse angegriffen?«, meinte Bevan lachend, doch niemand lachte mit.

»Was ist passiert?«, fragte Zahra.

Eilig schilderte Nanuk seine Beobachtungen. Die Wölfe hörten gespannt zu, und als Nanuk geendet hatte, sahen sie sich ängstlich an.

»Also, wo ist mein Vater?«, wollte Nanuk erneut wissen.

»Er und ein paar andere laufen die Grenzen ab. Die Markierungen müssen erneuert werden«, antwortete Zahra. »Was schlägst du vor, Nanuk?«

Nanuk glaubte seinen Ohren nicht zu trauen. Jemand fragte ihn um Rat. *Zahra* fragte ihn nach Rat. Seine Gefühle überschlugen sich fast, und er begann zu stottern:

»Wir … müssen … in die Berge.« Zahra sah ihm tief in die Augen und Nanuk fasste sich wieder. »Wir werden in die Berge gehen, aber zuerst suchen wir Hemno und die anderen«, entschied er mit fester Stimme und bemerkte, wie Zahra ihm zublinzelte.

Nanuk atmete erleichtert auf. Die Wölfe hörten auf ihn, und das machte ihn unendlich stolz.

Nachdem sie Bevan aus seiner misslichen Lage befreit hatten, zogen sie gemeinsam los. Diesmal lief Nanuk nicht hinter den anderen her, sondern führte sie an. Die Nase tief am Boden, verfolgten die Wölfe Hemnos Spur. Niemand zweifelte an Nanuks Worten, denn alle hatten inzwischen die Gefahr gewittert. Ihnen saß die Angst im Nacken. In die Berge zu flüchten war nicht ungefährlich, denn es war das Reich der Pumas. Doch wenn sie im Tal blieben, bedeutete das für alle den sicheren Tod.

Nachdem sie mehrere Meilen gelaufen waren, entdeckten sie Hemnos Fährte. Nanuk legte den Kopf in den Nacken und heulte los. Er wartete ein paar Sekunden auf Antwort, und als er schließlich die Stimme seines Vaters hörte, folgten die Wölfe dem Ruf. Dabei kamen sie dem Fluss bedenklich nahe und liefen bereits durch das stetig steigende Wasser.

Am Ufer blieben sie stehen. Hemno und die anderen des Rudels hatten es irgendwie geschafft, auf die andere Seite zu gelangen. Aber wie? Der Fluss hatte alles überspült und Nanuk sah keine Möglichkeit, das gegenüberliegende Ufer zu erreichen.

»Was nun, du Schlauberger?«, fragte Bevan gehässig. »Sollen wir hier stehen bleiben und ertrinken?«

»Niemand wird ertrinken«, gab Nanuk zurück und rief erneut nach Hemno.

Es vergingen wenige Minuten, bis Hemno mit dem Rest des Rudels auch zum Fluss kam.

»Junge«, rief Hemno. »Was tust du denn da?«

So schnell er konnte teilte Nanuk seinem Vater mit, dass sie sich in großer Gefahr befanden. Er musste laut rufen, denn das tosende Wasser übertönte alles.

»Komm auf unsere Seite, Vater«, brüllte Nanuk.

Hemno sah sich verzweifelt um. Er war vor zwei Tagen aufgebrochen und über Steine gesprungen, doch jetzt lagen sie alle unter dem Wasser. Hemno wusste, dass die Fluten ihn mitreißen würden, sollte er auch nur eine Pfote ins Wasser setzen.

»Es gibt keinen Weg mehr, Junge. Ich werde eine andere Möglichkeit finden. Geht ihr in die Berge! Wir treffen uns dort.«

Ein lautes Knallen und Poltern erschütterte den Wald. Der Damm stand kurz davor zu brechen. Einige der Wölfe, die bei Hemno waren, sprangen entsetzt ins kalte Wasser und versuchten, auf die andere Seite zu schwimmen. Nur mit Mühe gelang es Nanuk und den anderen, sie ans sichere Ufer zu ziehen. Tropfnass aber erleichtert war das Rudel jetzt fast wieder vollzählig. Auch Nanuks Mutter und seine Geschwister waren in Sicherheit.

»Versuche es auch, Vater«, forderte Nanuk.

Hemno war im Zwiespalt. Es waren noch fünf Wölfe bei ihm, und wenn sie alle gleichzeitig sprangen, würden die anderen sie nicht retten können. Also beschloss er, einen nach dem anderen durch den Fluss zu schicken. Er wollte als Letzter gehen.

Hemno war stolz auf seinen Sohn, denn er sah, dass Nanuk die Situation gut meisterte. Die Angst war aus Nanuks Augen verschwunden, und er wusste genau, was er tat.

Immer wieder rauschte der Fluss in großen Wellen heran, und der Regen nahm den Tieren die Sicht. Sie kämpften um das Überleben aller im Rudel. Ein Wolf nach dem anderen erreichte das sichere Ufer. Nanuk atmete auf. Sie hatten es fast geschafft. Und das, weil sie auf *ihn* gehört hatten.

Jetzt fehlte nur noch Hemno. Er wartete eine erneute Welle ab und stürzte sich dann in die Fluten. In dem Moment, als Hemno sprang, brach der Damm. Die Wölfe hielten bei dem lauten Getöse der Wassermassen den Atem an und schauten mit großen, angsterfüllten Augen auf Hemno. Verbissen kämpfte sich ihr Anführer durch das rauschende Wasser. Verzweifelt lief Nanuk am Ufer auf und ab. Auch hier bildeten sich mittlerweile große Pfützen, denn der Fluss trat immer mehr über das Ufer. Hemno würde es nicht schaffen. Ohne einen Gedanken an sein eigenes Leben zu verschwenden, sprang auch Nanuk in den reißenden Fluss. Hemno trieb weiter ab, aber Nanuk schaffte es und bekam seinen Vater im Nacken zu fassen. Mit aller Kraft hielt er Hemno fest. Die Wassermassen schleuderten die beiden um ihr Leben ringenden Wölfe gegen Steine und Felsen. Nanuk verzog schmerzerfüllt das Gesicht, als sein Körper heftig gegen einen spitzen Stein prallte, doch er ließ seinen Vater nicht los. Die beiden rauschten weiter flussabwärts und tauchten immer wieder mit den Köpfen unter Wasser.

»Lass mich los«, rief Hemno seinem Sohn zu. »Zusammen schaffen wir es nicht. Rette dein eigenes Leben!«

Nanuk wollte davon nichts hören. Angestrengt strampelte er mit den Beinen und fühlte plötzlich festen Boden unter den Füßen. ‚Ich habe es geschafft', jubelte er innerlich und wollte schon aufatmen. Auch Hemno kam auf dem glitschigen Fels zu stehen. Nanuk ließ von ihm ab.

»Wir sind in Sicherheit«, sagte er aufatmend zu Hemno. »Das Ufer ist jetzt ...« Weiter kam Nanuk nicht mehr.

Die Strömung brachte Hemno aus dem Gleichgewicht, und er wurde erneut in die Fluten gerissen. Noch ehe Nanuk reagieren konnte, wurde auch er von einer Welle erfasst. Das Letzte, was Nanuk wahrnahm, war das Wasser, welches über seinem Kopf zusammenschlug. Dann wurde es dunkel.

»Nanuk«, redete eine sanfte Stimme auf ihn ein. »Nanuk, kannst du mich hören?«

Nanuk öffnete die Augen einen Spalt und blinzelte. Über ihm stand Zahra und stupste ihn mit der Nase an.

»Du lebst«, rief sie erfreut. »Ich dachte, ich hätte dich verloren.«

Nanuk hustete. Wasser lief aus seinem Maul, und er fühlte sich benommen.

»Mein Vater«, krächzte er, doch Zahra schüttelte traurig den Kopf.

»Er hat es nicht geschafft. Es tut mir leid, Nanuk. Wir konnten nur dich aus dem Wasser ziehen.«

Nanuk drehte den Kopf zur Seite und schloss die Augen. Er hatte Hemno nicht retten können.

»Ich habe versagt«, flüsterte er leise.

Seine Mutter gesellte sich zu ihm und leckte ihm über das nasse Fell.

»Du hast nicht versagt, Nanuk. Das ganze Rudel ist wohlauf. Du hast getan, was du konntest. Du hast uns allen das Leben gerettet. Hemno wäre sehr stolz auf dich«, sagte sie tröstend. »*Ich* bin sehr stolz auf dich, mein Sohn.«

Nanuk schenkte ihr ein dankbares Lächeln, doch er war unendlich traurig. Wer sollte jetzt das Rudel in die Berge führen? Wer sollte jetzt ihr Leitwolf werden? Nanuk konnte sich in dieser Rolle niemand anderen vorstellen als seinen Vater.

»Du wirst es tun«, sagte seine Mutter, als hätte sie seine Gedanken erraten.

»Ich?«, fragte Nanuk entsetzt und protestierte: »Du scherzt. Hast du schon vergessen? Ich bin der Dummkopf des Rudels. Der Nichtsnutz. Wie könnte ich euch da anführen?«

»Du bist kein Nichtsnutz, mein Sohn. Was du am heutigen Tag geleistet hast, war eine sehr mutige Tat. Wir alle verdanken dir unser Leben, und wir wollen, dass du unser Leitwolf wirst.«

Nanuk starrte seine Mutter ungläubig an. ‚Ich muss träumen', dachte er.

»Du brauchst gar nicht zu widersprechen, Nanuk«, fuhr seine Mutter streng fort. »Wir haben das alles besprochen und sind uns einig. Du führst uns an. Und jetzt steh endlich auf, und begrüße dein neues Rudel.«

Nanuk sah zwischen Zahra und seiner Mutter hin und her. Beide Wölfinnen zwinkerten ihm aufmunternd zu. Nanuk brauchte noch einen Moment, um das, was er eben gehört hatte, sacken zu lassen. Langsam rappelte er sich auf.

»Dann wird es wohl so sein«, sagte er bestimmt.

Das ganze Rudel versammelte sich um Nanuk und senkte demütig die Köpfe. Sogar Bevan ließ sich dazu herab, wenn auch nicht ganz freiwillig. Aber er wäre an diesem Tag ebenfalls gestorben, wenn Nanuk nicht so mutig gehandelt hätte.

Etwas unsicher blickte Nanuk auf die Wölfe. Zahra trat neben ihn und neigte den Kopf.

»Wir werden dir folgen, Nanuk«, sagte sie laut, und die anderen Wölfe stimmten mit ein.

Voller Stolz und unsagbar glücklich schritt Nanuk durch das Rudel.

»Dann lasst uns aufbrechen!«, rief er übermütig. »Wir haben noch einen weiten Weg vor uns.«

Die Wölfe fanden ein neues Quartier nahe dem alten Staudamm. Die Menschen waren vorerst abgezogen, und so konnte das Rudel in Ruhe abwarten, bis das Wasser verschwunden war. Es dauerte ein paar Wochen, doch endlich konnten die Wölfe zurück in ihre Heimat. Niemand erhob je einen Einwand, dass Nanuk fortan ihr neuer Anführer war. Mit der Hilfe seiner Mutter und Zahra wurde Nanuk ein kluger Leitwolf.

Als das Rudel den Weg ins Tal antrat, lief Zahra neben Nanuk.

Glücklich lächelte er sie an. Er hatte nicht nur ein eigenes Rudel erhalten, sondern auch das Mädchen, welches er liebte. Als der Winter heranbrach, bekam Zahra fünf kleine Welpen. Seinem ältesten Sohn gab Nanuk einen ganz besonderen Namen: Hemno. Denn ohne seinen Vater wäre Nanuk nie zu dem geworden, was er jetzt war.

Er lebte viele Jahre und führte gemeinsam mit Zahra das Rudel. Noch Generationen später sprach man vom großen Nanuk, der die Wölfe aus der Flut gerettet hatte.«

Nachdem Lenno geendet hatte, verließ er seinen Enkel, damit dieser über die Geschichte nachdenken konnte. Am selben Abend machte sich Kibbe auf den Weg in den Wald. Er hatte sich fest vorgenommen, nicht mehr davon zu laufen. Er wollte keine Angst mehr haben und wusste, dass er in der Gemeinschaft seiner Freunde diese auch überwinden würde.

Schwarzwaldwolf
von Sylvie Wolff

Ich stöhnte und rieb mir die müden Augen. Von wegen Semesterferien.

Vielleicht wäre ich zum Lernen doch besser in Frankfurt geblieben, statt nach Hause zu fahren, wo Erinnerungen für mehr Ablenkung sorgten als die Partymeile in der Stadt. Zumal die ungewöhnlich milden Temperaturen jede Weihnachtsstimmung bereits im Keim erstickten.

Meine Mutter steckte vorsichtig den Kopf ins Zimmer. »Immer noch wach, Samuel?«

»Ich muss lernen, im Januar ist Prüfung.« Für die ich bisher nicht wirklich etwas getan hatte, aber das musste sie ja nicht wissen.

»Willst du nicht wenigstens über die Feiertage Pause machen?«

Da ich nicht antwortete, beließ sie es bei einem Seufzer und zog sich mit einem geflüsterten: »Lass es nicht so spät werden, ja?« wieder zurück.

Ich starrte aus dem Fenster. Hier in den Bergen war der nächtliche Himmel tiefblau und an klaren Abenden wie heute voller Sterne. Ich gab es ungern zu, aber das hatte ich vermisst: Den Wald, die Natur, die Stille, unterbrochen nur vom Rauschen des Windes oder einem Rascheln im Unterholz. Wenn es weiter so warm blieb, würden bald die ersten Krokusse blühen, Winter hin oder her.

Draußen heulte ein Hund, ein anderer antwortete. Was sie wohl treiben mochten mitten in der Nacht? Erst, als ein dritter einfiel, wurde ich stutzig. Es kam vor, dass Hofhunde streunten, und wer es zu bunt trieb und wilderte wurde irgendwann erschossen. Aber gleich zu mehreren?

Meine überreizten Augen brannten und sahen Schatten, wo keine waren. Die Müdigkeit schuf daraus Wölfe, die geduckt durch unseren Garten schlichen und hinter der Hecke in den Wald verschwanden.

Wölfe? Hier? In unserem Schwarzwalddorf? Es war entschieden an der Zeit, ins Bett zu gehen!

Erstaunlicherweise schlief ich bis Acht durch und schaffte es gerade noch zum gemeinsamen Frühstück. Lächelnd ließ ich das vertraute Geplänkel über Hausaufgaben und Qual-Tierhaltung über mich ergehen (meine Schwester machte gerade eine ihrer *Phasen* durch) und verzog mich anschließend in die Garage. Zum Lernen hatte ich keine Lust, was also anfangen mit diesem Tag?

Irgendwann blieb mein Blick an meinem alten Mountainbike hängen. Komische Idee, an Weihnachten Fahrrad zu fahren – schon saß ich drauf und strampelte den Weg zu den Kellers hinüber. Wenn ich Glück hatte, war Steffen ebenfalls zu Hause.

Auf dem Hof herrschte unruhiges Treiben.

»Was ist los?«, fragte ich und lehnte das Rad an die Scheune.

Nora drehte sich um und funkelte mich an. »Ach nee, Sam - du lebst also auch noch?«

Ich hob entschuldigend die Hände und grinste.

»Gestern erst angekommen, ich schwöre. Ist Steff da?«

»Nee, der hat Bereitschaft auf dem Revier. Urlaubssperre, von wegen Weihnachten und so, du weißt schon.« Sie grinste zurück. »Schade, sonst hätte ich ihn glatt verdonnert, mit mir laufen zu gehen.«

»Wieso das?«

»Kurgäste wollen angeblich ein Rudel Wölfe gesehen haben, und jetzt drehen hier alle durch. Die Bauern bewaffnen sich bereits, und meine Eltern lassen mich nicht mehr alleine in den Wald. Dabei sind es vermutlich bloß wieder Hunde, die sich einen schönen Tag gemacht haben, aber du weißt ja, wie sie sind.«

Ich dachte an die Schatten der gestrigen Nacht und strich mir über die Stirn. Komischer Zufall.

»Ich habe von ihnen geträumt, Nora.«

»Von wem? Den Kurgästen oder meinen Eltern?«

»Von den Wölfen.«

Sie legte den Kopf schief und sah mich an, sagte aber nichts. Ich entschied mich für einen Themenwechsel.

»Und da bist du einfach so zu Hause geblieben? Sieht dir gar nicht ähnlich.«

»Was soll ich denn machen? Es ist Weihnachten und ich will keinen Streit.«

»Soll ich mit? Du kannst laufen und ich begleite dich auf dem Bike, so bekommt jeder, was er will, und deine Eltern haben keinen Grund zur Sorge.«

»Echt jetzt?«

»Klar. Zieh dich um, ich bin nicht gut im Warten.«

Nach einer halben Stunde verlangte Nora eine Pause. Lässig stützte ich mich mit einem Bein auf einen Stapel Baumstämme, stieg aber nicht vom Rad.

»Ist es nicht schön hier?« Sie strahlte und hielt ihr Gesicht in die Sonne.

»Ja, schon«, antwortete ich und nahm einen tiefen Zug aus der Wasserflasche. »Ich finde es trotzdem schade, dass Steff nicht da ist.«

»Vielleicht kommt er ja morgen. Du bleibst doch, oder?«

»Ein paar Tage, ja, aber ich muss dringend lernen.«

»Dann melde dich, wenn du Zeit hast, wozu hast du ein Handy?« Wieder blitzte sie mich an. »Ich werde nie verstehen, warum du ausgerechnet Politik studieren wolltest. Journalismus, gut, da kannst du etwas bewegen, aber Politik?«

»Fang nicht schon wieder damit an, Nora. Ich dachte, das hätten wir geklärt, genauso wie meinen Faible für die Großstadt. Mir ist die Welt hier einfach zu klein, verstehst du das nicht?«

Nur wir zwei – ich hätte wissen müssen, dass das nicht gut ging, nicht gut gehen konnte, dafür war zu viel passiert.

Sie holte tief Luft – und schwieg dann doch.

»Willst du den neuen Stall sehen, Sam?«

Ich nickte, Stall hörte sich nach einer neutralen Alternative an. Bei meinem letzten Besuch im Sommer waren die Schafe noch auf der Sommerweide gewesen, und der *Stall* nichts weiter als ein Balkengerippe mit Verstrebungen. Jetzt stand da eine Scheune aus naturbelassenem Holz und sauber eingefügten kleinen Fenstern.

»Fast wie ein Einfamilienhaus«, staunte ich.

Nora lachte, griff wie selbstverständlich nach meiner Hand und führte mich hinein.

»Das da ist der Offenstall, schau, mit einer Schiebetür für die Nacht oder schlechtes Wetter. Und da drüben kommen zwei Ablammboxen rein – ach, ich freu mich jetzt schon auf den Frühling!«

Ihre Begeisterung weckte vergessen geglaubte Gefühle und ich schloss die Augen. Warum war ich noch mal nach Frankfurt gegangen?

»Willst du immer noch Forstwirtschaft studieren, Nora?«

»Vielleicht. Biologie hat auch was, ist aber leider hoffnungslos überlaufen. Aber so, wie du das sagst, klingt es irgendwie falsch. Vielleicht solltest du nicht an einsame Nächte auf dem Hochsitz denken, sondern an Landschaftspflege und Naturschutz, das kommt der Sache näher. Aber erst mal brauche ich mein Abi und einen Studienplatz. – Weißt du eigentlich, dass Schäfer ihren Meister machen können und dann von der EU als Landschaftspfleger subventioniert werden?«

Weißt du eigentlich, dass du mir gefehlt hast? Tief durchatmen! Was gingen mich Noras Zukunftspläne an? Oder der Duft ihrer Haare?

Themenwechsel. »Und was planst du in dem Nebenraum?«

»Da ist Platz für Futter, Streu und alles, was man sonst noch braucht bei der Schafzucht.« Ihre Stimme war auf einmal heiser und sie drehte sich von mir weg zu den friedlich grasenden Schafen.

»Ich hab sie auch gesehen, Sam.«

»Was gesehen? Wen?« Diese Frau machte mich wahnsinnig mit ihren Gedankensprüngen.

»Die Wölfe, gestern Nacht. Wenn sich das rumspricht, ist hier die Hölle los.«

Ich schluckte. »Das war ein Traum, Nora, nur ein Traum. Denk nicht weiter drüber nach.«

»Aber findest du es nicht seltsam, dass wir beide in derselben Nacht denselben Traum haben?«

Nein, fand ich nicht, wir würden einander ewig auf diese ganz besondere Weise verbunden bleiben, aber auch das würde ich nie zugeben. Es kostete Kraft, nicht die Arme um sie zu legen wie früher. Wir waren keine Kinder mehr, und solche Aktionen hatten Folgen.

»Es gibt keine Wölfe im Schwarzwald«, sagte ich stattdessen und ging zurück zum Fahrrad. »Kommst du? Unsere Eltern warten bestimmt schon mit dem Essen.«

Wie üblich an Heiligabend galt der Mittag dem Weihnachtsbaum. Mein Vater hatte ihn ausgesucht und geschlagen, Mutter und Jenny würden ihn nachher unter alljährlich wiederkehrendem Gezänk schmücken. Mir fiel wie immer die glorreiche Aufgabe zu, ihn aus dem Garten zu holen und aufzustellen, aber wenigstens blieb es mir dieses Jahr erspart, den Stamm vorher aufzutauen.

Ich nutzte die Gelegenheit, unauffällig in die Hocke zu gehen und den Boden zu untersuchen. Genau da, wo gestern die Schatten entlanggestrichen waren, prangte heute ein Pfotenabdruck in der feuchten Erde, die Sache mit dem Traum hatte sich damit erledigt. Was blieb, war das Gerücht über Wölfe. Unheimlich!

Ich legte meine Hand neben den Abdruck und verglich. Etwa 8 cm lang, 5 bis 6 cm breit, ovale Form und deutlich abgesetzte Krallen. Das könnte zu einem Wolf passen, aber auch zu einem großen Hund. War da nicht mal eine Anzeige in der Zeitung gewesen von jemandem, der Husky-Schäferhund-Mischlinge züchtete? Das musste es sein, ich würde es nachher im Internet recherchieren.

Ich sah mir den Abdruck trotzdem noch einmal an. Was, wenn Nora recht hatte und sich tatsächlich Wölfe in der Gegend aufhielten? Die Folgen wären undenkbar. Ehrlich gesagt war es mir egal, ob Naturfreunde heimische Räuber wie Luchs und Wolf wieder ansiedeln wollten, aber doch nicht hier, in unserem Garten, in unserem Dorf. Was, wenn sie Rehe oder Kälber rissen, von Noras Schafen ganz zu schweigen? Mir wurde übel. Die Gegend lebte vom Tourismus und von der Landwirtschaft, beide bedingten einander. Ich kannte die aktuelle Diskussion über Abschüsse in Brandenburg und wusste, was kommen würde.

Es gab nur eine Lösung. Ich stand auf, streifte die Arbeitshandschuhe über und zog den Tannenbaum einmal quer über die Spur. Traum hin oder her, es gab Dinge, die niemand brauchen konnte, meine Familie nicht, mein Heimatdorf nicht, und Nora auch nicht. Sie auf gar keinen Fall!

Etwas klackte gegen die Fensterscheibe, dann noch einmal.

Genervt öffnete ich die Läden und sah hinaus. Prompt flog ein drittes Geschoss nur knapp an meinen Kopf vorbei ins Zimmer und rollte über den Dielenboden. Was um alles in der Welt …

Ich bückte mich und hob es auf. Ein Kieselstein?

Wieder sah ich hinaus, diesmal mit Erfolg: Eine zierliche, dunkel gekleidete Gestalt stand auf dem Hof, die Hand bereits zum nächsten Wurf erhoben.

»Sam?«, flüsterte sie.

»Nora? Spinnst du? Es ist nach Mitternacht und die anderen wollen schlafen.«

»Quatsch nicht, sondern komm! Ich muss dir was zeigen.«

Also gut. Ich verzichtete auf die Stirnleuchte und kletterte aus dem Fenster.

»Wehe, wenn es nicht wichtig ist!«

»Lebensbedrohlich, reicht das?«

»Wie weit? Wir können das Auto nehmen.«

»Zu laut, damit weckst du alle auf.«

»Dann das Rad.«

»Keine Zeit! Da, nimm.«

Ich fing den Rucksack und schnürte ihn um, ohne hineinzusehen.

Ohne weitere Erklärungen legte Nora los. Ich war aus dem Training und fiel keuchend zurück. Nach wenigen Minuten bog sie von der Straße ab in den Wald. Wir liefen eine Weile querfeldein und erreichten schließlich den Schafstall.

»Lebensbedrohlich, ja?« Ich war müde und rang nach Luft, auf Scherze konnte ich echt verzichten.

Statt etwas zu erklären versperrte Nora mir mit verschränkten Armen den Weg. »Zivi im Krankenhaus«, raunte sie. »Wie viel Medizin hast du da gelernt?«

»Ich war Laufbursche auf einer Station und kein Arzt, was denkst du denn? Warum interessiert dich das überhaupt?«

»Aber du hast einen Sanitätskurs gemacht, oder? Das ist mehr als Erste Hilfe, dann musst du dich mit Wunden auskennen. Sag schon, was weißt du darüber?«

Wunden? Krankenhaus? Nora? Mir wurde auf einmal ganz heiß.

»Nicht viel, für den Alltag reicht es«, knurrte ich. »Als Politikstudent bin ich allerdings etwas aus der Übung gekommen, was das angeht.«

Während Nora das Laufen nichts ausgemacht hatte, wurde ihre

Atmung jetzt schnell und flach. »Sag schon, Sam: Hilfst du mir?«
Ein Stöhnen drang aus dem Stall, dann leises Scharren.
»Was ist da drin?«
»Versprich mir, dass du nichts sagst, zu niemandem. Versprich es!«
»Lass mich durch, Nora!«
»Nein! Sag mir erst, dass ich mich auf dich verlassen kann.«
»Zweifelst du daran?«
»Du hast mich schon mal im Stich gelassen.«
Das saß. Ich suchte mir am Waldrand einen stabilen Knüppel, schob Nora kurzerhand beiseite und öffnete die Tür. Nach wenigen Sekunden hatten sich meine Augen an das diffuse Licht gewöhnt und ich erkannte den Schatten als das, was er war: Ein Wolf. Lang ausgestreckt lag er auf einer Decke, das graubraune Fell zottig verklebt, in der Schulter ein blutiges Loch – mich schauderte. Nora hatte die Läufe zwar mit Stricken zusammengebunden und aus einer Mullbinde einen provisorischen Maulkorb geknotet, aber wie lange würde das halten?
»Mein Gott!« Vorsichtig schob ich den Knüppel vor und stupste die Gestalt an. »Ist der tot?«
»Noch nicht«, flüsterte sie und drängte mit dem Verbandkasten, einer Flasche Wasser und einem Stapel Tücher, die sie aus dem Rucksack gekramt hatte, an mir vorbei. »Und wenn du mir hilfst, statt bloß zu glotzen, bleibt das vielleicht auch so.«
Ohne Scheu kniete sie neben dem verletzten Tier nieder und begann, die Wunde auszuwaschen. »Setz dich auf den Hals und halte ihn fest, damit er nicht zappelt.«
Ich blieb lieber auf Abstand, den Knüppel noch immer zum Schlag erhoben. »Ich soll … was?« Schweiß brach mir aus, und ich konnte die Angst darin riechen, und wenn ich es konnte, würde er es auch können.
»Das da ist kein Hund, Nora!«
»Weiß ich. Aber er wird uns nicht angreifen, wenn er das wollte, hätte er es längst getan. Trotzdem wird es ihm weh tun, also hilf mir und halt ihn fest – oder geh raus und lass mich arbeiten.«
Ich löste den Blick von der blutigen Schulter und ließ ihn zu den weit geöffneten Augen wandern. Bernsteinfarbene Augen. Und sie fixierten mich.

Ich versuchte, Nora von ihm wegzuziehen, doch sie schüttelte mich ab.

»Lass das, hilf mir lieber.«

»Aber er ist wach.«

»Das ist er schon die ganze Zeit.«

Bei ihr zitterte nicht einmal die Stimme, ich dagegen …

»Herrgott noch mal, Nora!«

Sie hörte nicht zu, sondern benetzte weiter das Tuch mit Wasser und tupfte vorsichtig das Blut ab. Der Wolf winselte und hob den Kopf, machte aber keine Anstalten, aufzuspringen oder sich zu wehren. Ich wurde den Gedanken nicht los, dass er uns für Hühner auf einer Stange hielt und nur noch nicht entschieden hatte, welches er sich zuerst holen sollte.

»Jemand hat auf ihn geschossen, Sam! Ich hab ihn so hier drin gefunden, ich schwöre, frag mich nicht, wie er durch die Tür gekommen ist.«

»Was machst du mitten in der Nacht im Schafstall?«

»Was geht dich das an?«

Der Wolf beobachtete uns und ließ Nora gewähren, hin und wieder entfuhr ihm ein leises Fiepen. Das wirkte nicht gefährlich, und so senkte ich den Knüppel und ging ebenfalls in die Hocke.

»Du meinst, da ballert einer im Wald herum?«

»Exakt.«

»Scheiße!«

»Du sagst es. Abgesehen davon, dass das hier der erste Schwarzwaldwolf seit über hundert Jahren ist, was an sich schon eine Sensation bedeutet, werden bald …« Sie schluckte.

»Werden bald Reporter, Jäger und Tierschützer hier einfallen und euch überschwemmen. Schluss mit einsam, Schluss mit Erholung, Schluss mit Kinder im Wald herumlaufen lassen – ich glaube, ich weiß, was du meinst.«

»Solange ihn niemand findet, gibt es auch keinen Beweis für die Wölfe. Aber zuerst müssen wir diese blöde Blutung stoppen.«

Sie drehte den Kopf zur Seite und wischte sich mit dem Handrücken über die Augen. Ohne meinen Blick von dem Wolf zu nehmen oder den Knüppel wegzulegen drückte ich sie kurz an mich. Ihre Haut an meiner – es hätte mich nicht gewundert, wenn wir Funken geschlagen hätte.

Reiß dich zusammen, Sam!

Dann hoben wir alle drei den Kopf und lauschten.

»Hör nur, sie singen!« Nora sah zu dem Wolf, der mit erhobenem Kopf auf die Tür starrte und winselte. »Glaubst du, sie rufen ihn?«

»Sieht ganz danach aus. Und jetzt rück zur Seite, ich brauche Platz.«

Wir reinigten die Wunde mit viel Wasser und Jodtinktur aus Noras Rucksack, verzichteten aber darauf, die Kugel herauszuholen. Zum einen erschienen uns Multitool und Korkenzieher nicht als geeignete Instrumente für eine Operation, zum anderen traute ich den Fesseln nicht.

»Und du meinst, das hält?« Mit einem Seufzer klebte Nora den Verband unter der Schulter fest und prüfte seinen Halt.

»Mehr können wir im Moment nicht tun, den Rest erledigt die Natur. Kann sein, dass er es schafft, aber dann braucht er jetzt Flüssigkeit. Er hat viel Blut verloren.«

Nach wie vor folgten die bernsteinfarbenen Augen jeder unserer Bewegungen, aber wenigstens knurrte er nicht. Während ich zurückstarrte und darüber nachdachte, wieso sich ein wildes Tier so gänzlich unbeteiligt fesseln und von fremden Menschen behandeln ließ, füllte Nora bereits eine 50-Milliliter-Spritze mit Wasser und hielt sie dem Wolf vor die Nase.

»Sieh es dir genau an, Wolf. Das ist weder gefährlich, noch wird es dir wehtun.«

»Was machst du da?«

»Du hast gesagt, er braucht Wasser.«

Ich griff nach ihrer Hand und zog sie weg. Der Wolf knurrte.

»Lass mich los, Sam!«

»Bist du des Wahnsinns? Wie kannst du auch nur daran denken, die Beißsperre abzunehmen? Das da ist ein wildes Tier, Nora, hast du dir mal seine Zähne angesehen?«

»Ja, hab ich, und ich will auch gar nichts abnehmen. Aber ich werde ihm auch nicht unangemeldet ins Maul greifen.«

»Du willst … was machen?«

»Na ja, Infusionen haben wir nicht, und wenn er trinken soll, ohne dass er die Schnauze aufmachen kann, bleibt nur eins: reinlaufen lassen.«

Widerwillig ließ ich ihre Hand los und sah zu, wie sie beherzt an die Schnauze griff, die Lefzen kurz hinter der Mullbinde auseinanderzog und den Inhalt der Spritze in die so entstandene Tasche leerte. Dann hielt sie seine Schnauze hoch, massierte dem Wolf die Kehle, bis er schluckte, und wiederholte das Ganze so oft, bis er den Kopf wegdrehte.

»Kompliment, Nora. Aber ehrlich gesagt: Du hast einen Knall.«

»Gleichfalls, Sam. Du siehst, wir sind immer noch ein Team, egal wie weit du wegziehst.« Damit stand sie auf und ging hinaus zu ihren Schafen.

Ich hatte es verbockt, wieder einmal.

Wortlos folgte ich ihr, scharrte neben dem Pferch ein Loch, verbrannte die blutigen Kompressen und Tücher darin und füllte es wieder mit Erde auf.

»Gut«, flüsterte Nora, die auf einmal wieder neben mir stand. »Jetzt wird das niemand finden und dumme Fragen stellen. Es gibt Dinge, die sollten geheim bleiben.«

Ihre Stimme zerrte an dem Knoten in meiner Brust und ich krümmte mich vor Schmerz. »Nora, ich …«

»Lass gut sein, Sam, ich habe es inzwischen überwunden. Es wäre eh nicht gut gegangen mit uns: Du kannst das Leben auf dem Land nicht ertragen, und mich zieht nichts in deine geliebten Städt…«

Ich verschloss ihren Mund mit einem Kuss und vergaß die Welt.

Als wir uns voneinander lösten, stand die Stalltür offen und der Wolf war fort.

»Das kann nicht sein«, wiederholte Nora zum x-ten Mal, prüfte wieder und wieder die Schiebetür und zerrte an den Stricken. »Die waren bombenfest verknotet, Sam, wie konnte er sie einfach abstreifen?«

»Und du bist sicher, dass er sie nicht zerbissen hat?«

Wortlos hielt sie mir den Fund unter die Nase. »Sieht das zerbissen aus? Und die Decke ist auch weg. Welcher Wolf rennt schon mit einer K-Schutz-Decke herum?«

Trotz aller Dramatik musste ich lachen, die Vorstellung vom Wolf im Wollpelz war einfach zu verlockend. Ich zog Nora auf die Füße, nahm ihr die besabberten Stricke aus der Hand und schloss sie trotz Gegenwehr in meine Arme.

»Im Grunde ist doch alles bestens«, sinnierte ich, den Kopf nachdenklich auf ihren gestützt. »Dein Wolf ist wieder fit. Fit genug jedenfalls, um zu fliehen, das *Wie* ist doch egal. Er wird seine Kumpels finden und ...«

»Sein Rudel«, raunte sie aus der Höhle zwischen meinen Armen und dem Kopf.

»Also gut, sein Rudel. Sie werden sich finden und nach dieser Erfahrung hoffentlich fortziehen, und niemandem ist etwas passiert. Förster und Jäger sind vielleicht für eine Weile etwas aufmerksamer als sonst, und vielleicht schießen sie auch auf den einen oder anderen Streuner, aber dann ist es vorbei und wir sind alle noch mal mit einem blauen Auge davon gekommen. – Igitt, du hast kalte Finger!«

Sie verzichtete auf eine Antwort und kroch noch enger an mich heran.

»Was ist los, Nora?«

»Ich – ach nichts.«

»Doch, da ist was. Sag es mir.«

Draußen heulten die Wölfe, aber diesmal jagte es uns keinen Schauer mehr über den Rücken, im Gegenteil. »Siehst du, sie weisen ihm den Weg. Jetzt wird alles gut.«

»Bist du ... bist du sicher, dass das ein Wolf war?«

Ich grinste und war froh, dass sie es nicht sehen konnte. »Was soll es sonst gewesen sein? Oder glaubst du etwa an Geister?«

»Nein, aber vielleicht ... Ich verstehe so vieles nicht, Sam. Wie kann ein ganzes Rudel Wölfe unbemerkt bis in den Schwarzwald kommen? Was will ein angeschossener Wolf ausgerechnet in meinem Schafstall? Warum lässt dieses Raubtier unsere dilettantischen Versuche, ihm zu helfen, sang- und klanglos über sich ergehen, statt sich mit Zähnen und Klauen zu wehren? Und last, but not least: Wie zur Hölle soll man ohne Hände eine Schäferschlinge aufbekommen?«

»Du willst jetzt aber nicht auf Werwölfe raus, oder?« Ich griff spielerisch an ihre Stirn und schüttelte dann kräftig die Hand aus. »Autsch, ganz schön heiß hier!«

Nora lachte nicht, aber sie sprach das Thema auch nie wieder an.

Bis heute nicht, weder im Streit noch im Vertrauen. Es ist, als habe es diesen Teil der Nacht nie gegeben.

Was nicht heißt, dass es sie nicht beschäftigen würde.

Oder mich.

Die Hunde Gottes

von Konstantin Flemig

Aus den Aufzeichnungen des Juristen Jakob von Wolmar, getauft Anno Domini Nostri Iesu Christi 1662, nicht mehr gesehen seit dem Silvestertag 1692

Die Nacht ist kalt und still, und kein Wolf schickt sein Heulen aus den Wäldern vor dem Dorf, egal, wie verzweifelt ich danach lausche. Der Stumpf, der einst meine linke Hand war, schmerzt höllisch. Doch diese Marter hat den geringsten Anteil an der Unruhe, die meine Seele ergriffen hat. All dies wäre nicht passiert, hätte ich doch nur diesem Land für immer den Rücken gekehrt. Doch ich kam zurück, an den Ort meiner Geburt, den Rand der Welt, wo Hexer und Teufel die Menschen plagen und die einzige Rettung in den Klauen von Bestien liegt …

Begonnen haben die Ereignisse, die mich in diesen Zustand der Verdammnis gebracht haben, zu Beginn des Winters im Jahre des Herrn 1692. Keine sechs Monate lag es zurück, dass ich, von der ehrwürdigen Universität Heidelberg frisch zum Doctor iuris utriusque ernannt, in meine Heimat zurückkehrte, ins nördliche Livland. Dort, so sahen es meine ehrgeizigen Pläne vor, wollte ich den neuen Geist in die vom Aberglaube beherrschten Ländereien bringen, den Geist einer neuen Zeit, wie er in Heidelberg, Prag und Paris geatmet wurde. Stattdessen schickten mich die Herren Magistrate hierher, nach Jürgensburg, welches sogar für livländische Gepflogenheiten altertümlich war. Hier nahm ich den Posten des obersten Richters an, mir zur Seite gestellt der Herr Schulmeister sowie der Pfaffe, ein unausstehlicher alter Geier, der mich offensichtlich ob meiner Bildung und des Willens zur Veränderung als Bedrohung empfand.

So tat ich also die mir von Gott und einigen missmutigen Magistraten angetraute Aufgabe so ordentlich, wie es in meiner Kunst lag. Die Wochen und Monate zogen ins Land, und außer den alltäglichen Anliegen der Landbevölkerung gab es nichts, das in irgendeiner Weise wert gewesen wäre davon zu berichten. So lange, bis der alte Thiess auftauchte.

Um den Heiligen Martinstag brachten die Landbüttel einen Mann von über achtzig Jahren ins Rathaus von Jürgensburg, wo wir zu Gericht saßen. Der Greis wurde beschuldigt, Kirchengüter gestohlen zu haben, Dinge von geringem Wert zwar, einen Leuchter aus Messing und einen Hostienteller, doch genug, um den Zorn der Kirchenoberen auf sich zu ziehen. So traf ich zum ersten Mal auf den alten Thiess von Kaltenbrunn, und bei allen Heiligen, ich wünschte, es wäre nie geschehen. Bereits im Winter des Lebens angekommen war Thiess eine Erscheinung, die Ehrfurcht gebot: Aufrecht stand er da und stolz, und seine blauen Augen stachen eisig unter den schneeweißen Brauen hervor. Die Jahre hatten seinem ohnehin strengen Gesicht eine Härte gegeben, wie ich sie bei nur wenigen Menschen je gesehen hatte. Einzig das wilde Haar und die Nase störten dieses Bild. Letztere war auf abstoßende Weise deformiert, als sei sie erst kürzlich mit einem kräftigen Stecken eingeschlagen worden. Doch schien die Verletzung ihn nicht zu stören, und ohne jedes Zeichen von Demut trat Thiess vor uns, den Blick unmittelbar auf mich gerichtet, und ich würde lügen wenn ich behauptete, es sei mir wohl gewesen in seiner Gegenwart.

Der Priester war der erste, der das Wort an den Delinquenten richtete. Ob die Anklage, die gegen ihn vorgebracht worden sei, der Wahrheit entspreche, ob er wirklich die Hand an den ureigensten Besitz der heiligen Kirche gelegt habe, um sich selbst zu bereichern? Ich hatte erwartet, dass der alte Mann leugnen würde, dass er sich in Rechtfertigungen ergehe oder vielleicht um Gnade bitten würde. Doch stattdessen sprach er, ohne den starren Blick von mir zu lösen, folgendes:

»Ihr möget mir verzeihen, werte Herren Magister, wenn ich zuerst widersprechen muss, denn nicht um der eigenen Bereicherung willen, nahm ich den Plunder der Kirche an mich. Doch mit dem Rest, den ihr hier gegen mich vorlegt, seid Ihr ganz richtig, denn genommen habe ich sie.«

Der Pfaffe neben mir grinste selbstzufrieden. Nicht das erste Mal schien er eine Genugtuung dabei zu empfinden, einen armen Bauern wegen Nichtigkeiten zu Stockhieben zu verurteilen. Doch so war das Gesetz, und da der Schulmeister stets der Meinung des Geistlichen folgte, blieb mir selten etwas anderes übrig, als zu folgen und den Urteilsspruch zu verkünden. So hob ich auch dieses Mal den schweren Holzhammer, um die Schuld des Mannes zu besiegeln, als er erneut zu sprechen ansetzte.

»Ich bitte die ehrwürdigen Herren Richter aber noch mit der Verkündung des Urteils innezuhalten, habe ich doch noch etwas hinzuzufügen.«

Ich ließ den Hammer wieder sinken und bedeutete Thiess, zu sagen, was er zu sagen habe. Daraufhin holte er tief Luft und entließ sie wieder aus seinen Lungen, nur um in der gleichen, seelenruhigen Art fortzufahren.

»Ich, Thiess von Kaltenbrunn, der ich hier vor dem ehrenwerten Gericht zu Jürgensburg stehe, bin ein Werwolf.«

Es bedarf keiner großen Vorstellungskraft, um sich auszumalen, welche Wirkung die Worte hatten, die im kalten Saal des Rathauses nachhallten. Der Schulmeister bekreuzigte sich, die Büttel traten einen Schritt zurück und dem Pfaffen blieb der Mund offen stehen. Ich schaute Thiess derweil ins Antlitz und versuchte, in seinen gleichgültigen Zügen ein Anzeichen von Emotion zu finden, irgendetwas, das seiner ungeheuerlichen Aussage Sinn gegeben hätte. Ich fand nichts. So fragte ich ihn der Sicherheit halber, ob ich ihn recht verstanden hätte, ob er ein Werwolf sei, ein Gestaltwandler und Hexer im Bund mit dem Teufel. Der Klang dieser Worte nun schien ihn zu treffen und er verzog sein Gesicht angewidert. Nein, kein Hexer sei er, und auf den Teufel spucke er. Er sei ein Werwolf, nicht mehr und nicht weniger.

In Heidelberg oder Prag hätte man ohne Weiteres den Irrsinn in den Worten des Greises erkannt und ihn unter Gelächter weggeschickt, vielleicht noch mit einer Tracht Prügel bedacht ob des Aufwandes, den seine Dummheit einem gemacht hat. Doch nicht hier. In den Augen der Menschen war meine Heimat noch immer ein Schauplatz des Kampfes des Guten gegen das Böse, und der Aberglaube vermag diesen Kampf in Gestalten zu hüllen, die aus einer dunkleren Zeit stammen. Ich merkte es an den Reaktionen selbst gebildeter Männer wie meiner beiden Richterkollegen. So wenig ich dem Wahn des Alten vor mir Glauben schenkte, so wenig konnte ich ihn nach seinen Worten einfach wegschicken.

Nun, sagte ich, da er seiner Sache so sicher sei, verstehe er ohne Zweifel, dass ich ihn nun festnehmen lassen müsse. Er nickte bedächtig und sagte, er beuge sich dem Gesetz, doch nicht aus Unterwürfigkeit, denn einer von seiner Art dürfe sich nur vor Gott erniedrigen, sondern aus eigenem Willen und Antrieb. So wies ich seine Bewacher an, ihn gut zu packen und in eine der Kerkerzellen im Rathauskeller zu bringen, was sie mit einigem Zögern schließlich auch befolgten. Sobald der vermeintliche Werwolf aus dem Raum gebracht war, begann der Priester, auf mich einzureden. Eine Ungeheuerlichkeit, ein Teufelsanbeter und Gestaltwandler hier, im Herzen Livlandes! Ein Exempel müsse man an ihm statuieren, zum einen für den Pakt mit dem Leibhaftigen, zum anderen für die Verhöhnung des Gerichtes und der heiligen Kirche durch seine frechen Reden. Ich wies den hysterischen Gottesmann zurecht und stellte klar, dass immer noch ich der oberste Richter an diesem Gericht sei und ich mich in meinen Entscheidungen nicht drängen ließe. Der Tod sei eine harte Strafe, und bevor ich ein solches Urteil verhänge, wolle ich wissen, was den Mann zu diesem freiwilligen Geständnis veranlasst hatte. Finster starrte mich der Priester an, und ohne Zweifel hätte er Thiess am liebsten noch am gleichen Tag dem Henker übergeben. Doch anders, als es hier die Tradition war, ging es mir um die Wahrheit, und nicht um ein schnelles Urteil.

Am nächsten Tag machte ich mich, den amtlichen Gerichtsschreiber als Protokollanten im Gefolge, auf zu den Kerkern, um den selbsternannten Werwolf Thiess zu verhören. Schon als ich die Treppen in die dunklen, nach Moder und Schimmel stinkenden Gewölbe unter dem Rathaus hinabstieg, hörte ich die erregte Stimme des alten Pfaffen, und mir schwante Böses. Hatte der Gottesmann gar die selbst in Livland lang abgeschaffte peinliche Befragung wieder angewandt? Eilig lief ich bis zu Thiessens Zelle, und stellte Gott sei Dank fest, dass meine Befürchtung unbegründet war. Stattdessen sah ich, wie der Priester mit zornesrotem Kopf vor dem Gefangenen stand und schrie, er solle seiner Häresie endlich abschwören und gestehen.

Im Gegensatz zum wütenden Geistlichen saß Thiess ruhig auf seiner Pritsche. »Ich habe euch bereits versichert, dass ich nichts habe, dem es abzuschwören gelte«, sagte er, »doch wächst in mir die Überzeugung, dass Ihr es seid, welcher die Botschaft des Herrn verpfuscht!«

Der Priester schien kurz davor, auf Thiess loszustürmen und ihn kräftig zu schütteln, also beendete ich dieses unwürdige Schauspiel. Ich fuhr den Gottesmann an, was ihm einfiele, den Gefangenen ohne Protokollanten und ohne mein Einverständnis zu verhören, ob er nicht das Gesetz kenne. Er schien gar nicht auf meine Worte zu achten, zeigte mit der Hand auf Thiess und sagte, dass dieser Mann aufs Schafott gehöre. Ich schickte ihn mit den Worten fort, er solle sich vorerst um seine Schäfchen kümmern, und mir die Wölfe überlassen. Anschließend ließ ich die Wachen, welche die ganze Zeit stumm dabei standen, zwei Schemel und ein Tischchen bringen und schickte sie sodann ebenfalls nach draußen. Außer Thiess und mir befand sich nur noch der ordentliche Gerichtsschreiber Schneyder im Raum. Angst hatte ich keine, denn ein Greis von fast 90 Jahren, so war ich überzeugt, sollte keine Bedrohung für unser Leib und Leben darstellen.

Ich nahm auf einem der Schemel Platz und betrachtete Thiess für einige Momente. Doch wie zuvor im Gerichtssaal blieben mir die ernsten Züge des Mannes ein Rätsel und ein Buch, in dem ich nicht zu lesen vermochte.

»Thiess von Kaltenbrunn, Ihr befindet Euch in richterlicher Gewalt, und ich bin hier, um mich zu vergewissern, dass Ihr Euch der Strafe bewusst seid, die Euch für Eure Aussagen droht.«

»In welcher Gewalt ich bin ist mir klar, Herr Jakob, und auch welcher Art die Strafen sind, mit der mir die weltliche Gerichtbarkeit zu Leibe rücken will. Und doch will ich nicht ein Jota von der Wahrheit abweichen. Und diese besteht nun einmal darin, dass ich ein Werwolf bin.«

»Ihr wollt dem Gericht damit sagen, dass Ihr, aus welchen Beweggründen auch immer, den Teufelspakt geschlossen habt, und nun …«

Wie ein Wirbelwind sprang Thiess von seiner Pritsche auf, das

Gesicht zu einer wütenden Fratze verzogen. »Wann hört Ihr endlich auf, mir Dinge in den Mund zu legen, die ich nie gesagt habe?! Keinen Pakt bin ich eingegangen, mit niemandem! Und der Teufel und die seinen sind es, welche wir Werwölfe mehr hassen als alles andere!«

Der brave Schneyer umklammerte zitternd seine Feder, aus dem Gesicht war die Farbe ob des plötzlichen Ausbruchs vor ihm gänzlich entwichen. Auch ich hatte mich erschreckt, doch war es genau das, was ich erreichen wollte, endlich die kühle Maske des Mannes vor mir zu zerschlagen, um dahinter seine wahren Beweggründe zu erspähen.

Ich fuhr also fort. »Ihr müsst mir vergeben, werter Herr Thiess, doch von Werwölfen, die den Teufel meiden, ist mir selbst auf meinen weiten Reisen keine Kunde zu Ohren gekommen. Mögt Ihr mir vielleicht davon erzählen?«

Thiess hatte sich indes wieder gesetzt, die eben aufgebrochene Leidenschaft hatte seinen Körper aber noch nicht verlassen. »Von Euren Reisen habe ich einiges vernommen, Herr Jakob, und nicht nur davon. Ebenso wenig verwundert es mich, dass Ihr stets nur Schauermärchen über Leute wie mich gehört habt, denn die Kirche hat viele gute Märchenerzähler. Ich werde euch von den Werwölfen erzählen, von den wahren Werwölfen – doch nur, wenn ihr gelobt, mit mir nicht weiterhin wie mit einem Kind zu reden, oder schlimmer noch: wie mit einem Irrsinnigen.« Als ich zur Zustimmung nickte, begann er wieder zu erzählen. Oh, und von was er erzählte! Niemals hätte ich einem Bauern vom Land eine so großartige Imaginationskraft zugetraut, doch alte Geschichten und die Einsamkeit des Winters treiben wohl manche unbekannte Blüten.

Er erzählte aus seinem Leben als Gestaltwechsler, von geheimen Treffen, die die livländischen Werwölfe dreimal im Jahr abhielten, in der Pfingstnacht, der Johannisnacht, und zur Nacht der heiligen Luzie kurz vor Weihnachten. Er erzählte von Hexern und Teufelsanbetern, die die Werwölfe bis aufs Blut bekämpften, und von einer wilden Hatz, auf welcher sie die Bösen bis an einen Ort verfolgten, der hinter dem Meer liege, so sprach er. Genaueres zu diesem Ort wollte er nicht sagen, doch offenbarte er dem zitternden Protokollanten und mir, dass er und seinesgleichen diese Reise antreten müssen, um die Weizenkeimlinge zu retten, welche die Hexer zu stehlen versuchten.

Wie wilde Hunde würden die Werwölfe sie verfolgen, denn sie seien die Hunde Gottes. Auch erzählte er von Jahren, in denen sie zu spät kamen, und die Tore zu jenem geheimnisvollen Ort des Kampfes bereits verschlossen vorfanden. Dies wären schlechte Jahre gewesen, in denen Hunger und Tod die Menschen plagten. Früher wären die Wolfsmänner zahlreicher gewesen und hochgeachtet, denn sie beschützten das Leben ihrer Gemeinschaften. Doch diese Zeit sei lange schon vorbei. Heute müssen er und seinesgleichen im Verborgenen leben und kämpfen, verfolgt von Leuten wie dem Pfaffen, die in ihrem Fanatismus Werwölfe und Hexer auf eine Ebene setzten und beide gleichermaßen bekämpften – aus einem Gefühl des Neids heraus, wie Thiess sagte, denn der Werwolf sei der Einzige, dessen Seele nach dem Tod nicht erst bis zum jüngsten Tag warten müsse, sondern direkt ins Paradies einginge.

Als Thiess zu reden aufhörte war Schneyder leichenblass und von Schweiß überzogen, obwohl die fensterlosen Kerker eisig kalt waren. Die Geschichten, die sich der alte Mann wohl aus verschiedenen lokalen Legenden und Mythen zusammengesponnen hatte, schienen einen unseligen Nerv getroffen zu haben. Womöglich hatte er als Kind ähnliche Gruselmärchen von seiner Amme gehört. Mich aber trafen die Erzählungen des Werwolf Thiess nicht ins Mark, schließlich war ich Doktor der beiden Rechte und habe selbst genug erlebt und gesehen, um solch bäuerlichen Aberglauben als Spinnerei zu betrachten. Was mich aber erstaunte, war die Fülle an Details, mit der Thiess die Geschichte anreicherte. So wusste er beispielweise, dass auf der Seite der Hexer Männer wie Frauen kämpfen, aber keine jungen Mädchen. Auch erwähnte er, dass die deutschen Werwölfe ihre Hatz getrennt von denen aus Livland abhielten, und die russischen sowieso. Doch viel mehr als an diesen, zugegeben bemerkenswerten Phantastereien war ich daran interessiert, warum er dem Gericht ohne Not davon erzählte, wo doch die Anklage lediglich auf leichtem Diebstahl lag, und er so an Stelle ein paar tüchtiger Stockhiebe dem Henkersbeil ins Auge schaue? Daraufhin kehrte die leidenschaftslose, strenge Miene in das fahle, alte Gesicht mit der zerschundenen Nase wieder. Das, so sagte er, würde er mir erzählen, wenn ich bereit dazu sei, und auch nur allein, wie er mit einem verächtlichen Blick auf

Schneyder hinzufügte. Der Kirchenkram, wie er es nannte, wäre übrigens in seinem Haus, auf dem Regal über seinem Bett. Ich könne es jederzeit abholen, wenn es mir danach verlange. Nun sei er aber müde, und müsse mich bitten, einen alten Mann seinem Schlaf zu überlassen.

***

Am folgenden Tag beschloss ich, dem Haus des Alten einen Besuch abzustatten, um vielleicht hier klüger zu werden. Der Weg, den mir der Schulmeister gewiesen hatte, führte mich einige Meilen außerhalb von Jürgensburg, auf einem fast verfallenen Pfad über weite Weizenfelder. Amüsiert dachte ich an die Aussagen Thiess', und stellte mir vor, wie schwarzgewandte Hexer und Hexen nachts diesen Ort heimsuchten, um den Bauern das hart erarbeitete Getreide zu stehlen. Ich hatte in Heidelberg von ähnlichen Legenden aus Friaul gehört, von den Benandanti, den »Guten Läufern«, welche einen ganz ähnlichen Kult feierten und nächtliche Kämpfe gegen die Heerscharen des Leibhaftigen führten. Erstaunlich, wie sich diese Sagen und Bräuche vom oberen Italien bis ins eisige Livland am Rand der Welt ausbreiteten.

Nach einem langen Fußmarsch erreichte ich schließlich die Hütte des Thiess. Am Rande des düsteren Waldes gelegen wurde sie ganz dem geistigen Bilde gerecht, das man sich von der Heimstätte eines Werwolfes machen würde, ohne Zaun oder Mauer und ganz aus dunklem Holz gezimmert, umgeben von wilden Sträuchern und fahlen Gräsern, die zwischen dem Schnee hervorschauten. Meiner humanistischen Bildung zum Trotz sträubte sich etwas in mir, der Hütte näherzukommen. Doch schnell überwand ich diese lachhafte Furcht und trat durch die unverschlossene Tür ein.

Die Wildheit, die ich von außen erwartet hatte, fand ich im Inneren nicht vor, das Gegenteil war der Fall. Der einzige große Raum, aus dem Thiessens Heim bestand, war ganz im Sinne der alten Spartaner eingerichtet, ohne überflüssiges Schmuckzeug oder leibliche Annehmlichkeiten. Außer ein paar Kochtöpfen auf der Feuerstelle waren fast alle Besitztümer des alten Mannes aus Holz geschnitzt.

Umso mehr stachen der Messingleuchter und der ebenfalls aus Messing gefertigte Teller aus der dunklen Umgebung hervor. Ganz wie er es vorhergesagt hatte, lagen sie fein säuberlich auf dem Regal oberhalb seines grob gezimmerten Bettes, fast so, als hätte man sie positioniert, um mir das Auffinden leichter zu machen.

Ich trat auf das Regal zu und nahm die mäßig kunstvoll gearbeiteten Zeremonialgegenstände an mich, wobei ich auf den Zehenspitzen stehen musste, um das hoch gelegenste Brett zu erreichen. Dabei bemerkte ich, wie der Holzboden meinem Gewicht leicht nachgab, so als seien die Bretter unter mir nicht auf festgestampfte Erde gelegt, sondern würden frei in der Luft schweben. Ich legte die wertlosen Devotionalien ab und kniete mich auf den Boden, um die nachgebenden Bretter zu begutachten. Mit der Faust klopfte ich die Stelle ab, wo ich gestanden hatte, und in der Tat erklang dort ein Ton, der von einem kleinen Hohlraum zeugte. Ich tastete nach dem Rand des Brettes, riss es nach oben, und tatsächlich: Mitten im Boden der Hütte klaffte ein Loch, kaum groß genug, um den Unterarm darin zu versenken. Auf dem Grund lag ein alter Jutesack, der einige höchst seltsame Gegenstände enthielt. Darunter war eine prachtvolle, aus Pergament gearbeitete Heilige Schrift, die mit Sicherheit so viel Wert hatte wie das ganze Rathaus von Jürgensburg, dazu eine mit trübem Saft gefüllte dünnwandige Phiole, und das Merkwürdigste von allem: ein kleines Kruzifix aus Silber. Als ich es näher an meine Augen hielt, um es besser zu erkennen, erschrak ich dermaßen, dass es mir aus der Hand glitt und zurück in das Loch fiel, aus dem ich es hatte. Das Kreuz war auf den ersten Blick beschaffen wie jedes andere Kruzifix auch, der ausgemergelte Leib unseres Erlösers hing gemartert am Kreuze. Doch besaß dieses Machwerk einen Unterschied, der mich erschaudern ließ.

Bei diesem Kreuz hatte der Messias den Kopf eines Wolfes.

Mit pochendem Herzen trat ich nach draußen, den entwendeten Kirchenschmuck und die unheiligen Devotionalien im Jutesack über den Rücken geworfen, nur um festzustellen, dass es bereits dunkelte. Wie viel Zeit hatte ich in der Hütte verbracht? Ich machte mich gerade auf den Weg zurück zum Pfad durch die Felder, als ich ein Rascheln aus Richtung des Waldes hörte. Ich drehte mich um und versuchte, in der heraufziehenden Dämmerung etwas vor der dunklen Wand der Bäume zu erkennen. Ich sah den Wolf erst, als er einige Schritte aus dem Wald trat, direkt auf mich zu. Ich blieb stehen, als hätte mich eine Gorgonin zu Stein verwandelt. Das Tier war groß, größer noch als jene Wolfshunde, die ich einst in Böhmen gesehen hatte. Sein Fell war zerzaust und von einem dunklen Braun, der Körper von zahlreichen Narben versehrt. Als das Tier etwa dreißig Schritte von mir entfernt war, blieb es ebenfalls stehen und musterte mich. Ich bemühte mich, ihm nicht in die Augen zu sehen, hätte es dies doch als Provokation deuten können. So blieb mir nichts, als da zu stehen und zu warten, bis das Tier das Interesse an mir verlor oder mir an die Kehle sprang.

Auf einmal änderte sich die Haltung des Wolfes. Er legte die Ohren an, fletschte die gewaltigen Reißzähne und begann kehlig und von Aggression getrieben zu knurren. Ich dachte, meine Zeit auf Erden wäre abgelaufen, und sprach im Stillen ein Gebet.

»Kein Grund zu beten, mein Freund«, kam eine Stimme hinter mir aus der Dunkelheit. Ich wagte es nicht, die Bestie vor mir aus den Augen zu lassen und mich umzudrehen, doch dies war auch gar nicht nötig. Aus den Schatten trat ein Mann, dessen Alter ich nicht genau schätzen konnte, er mag fünfzig gewesen sein oder auch dreißig. Gekleidet war er in der gewöhnlichen Tracht livländischer Bauern, und sein pausbäckiges Gesicht strahlte eine freundschaftliche Wärme aus. »Diese Biester kommen um diese Zeit immer wieder aus den Wäldern, um zu morden.« Er ging unbekümmert an mir vorbei, direkt auf den Wolf zu. Erst jetzt sah ich den dicken, mit Pferdeschweifen umwickelten Besenstiel in seiner Hand. Der Wolf ging in Lauerstellung, das Knurren wurde lauter. Als der Mann bei ihm angekommen war, wechselte er die Position und die beiden umkreisten sich, jeder auf den richtigen Moment zum Angriff lauernd. Zack, da setzte es einen Schlag mit dem schweren Besenstiel auf die Schnauze des Wolfes, und Blut tropfte von seinen Lefzen. Heulend sprang das Tier zurück in den Wald und verschwand.

Der Mann drehte sich lächelnd um und kam auf mich zu. »Ihr solltet vorsichtig sein, Herr Richter, nachts allein im Wald zu spazieren.« Er nickte in Richtung von Thiess Hütte. »Insbesondere, wenn ihr die Heimstätten von Götzendienern besucht. Kommt, ich bin mit dem Pferdewagen unterwegs. Ihr wollt zurück nach Jürgensburg, wie ich vermute?«

Wie sich herausstellte war der Name des Mannes Skeistan, wie Thiess ein einfacher Bauer aus der Gegend. Er gab mir Kunde von den Geschichten, die man sich vom alten Einsiedler Thiess erzählte, dass er unheilige Rituale kenne und die verbotenen Namen der Dinge im Wald. Dann und wann, so wusste er zu berichten, kam ein Dorfbewohner zu ihm, wenn sein Vieh krank war oder sein Feld unfruchtbar, oder wenn seine Frau in den Wehen läge, und der Alte würde dann Gebete sagen, die ohne den Namen des Herrn auskommen und so weiter. Als ich erzählte, dass ich in seiner Hütte war, horchte er auf. Was für Gotteslästereien ich dort gesehen hätte, wollte er wissen. Ich berichtete ihm von den Kirchengütern und auch, obwohl ich eigentlich darüber schweigen wollte, vom Loch unter dem Boden und den Dingen darin. Diese schienen ihn brennend zu interessieren, und als er fragte, ob er sie mit eigenen Augen begutachten durfte, musste ich die ganze Kraft meines Willens anstrengen, ihm diesen Wunsch zu verwehren, aus juristischen Gründen, wie ich vorgab. Irgendetwas hatte der freundliche Mann an sich, das es schwer machte, seinen Wünschen zu widerstehen, und so war ich fast froh, als wir am Ortsrand von Jürgensburg ankamen. Er wünschte mir noch viel Erfolg im kommenden Prozess, auf dass der Verbrecher seine gerechte Strafe im Diesseits wie im Jenseits erhalte. Dann verschwand er mit seinem Pferdewagen in der Dunkelheit.

***

In jener Nacht saß der Alp auf meiner Brust, und mich plagten dunkle und obskure Träume. Ich stand auf einem Hügel in der Wüste, und vor mir hing der Erlöser am Holze. Aus den Wunden, die ihm die Heiden geschlagen hatten, quoll sein Blut in dünnen Rinnsalen in den Sand, wo es sich in purpurnen Pfützen sammelte. Auf einmal kamen aus dem Nichts Wölfe, große, mächtige Wölfe, wie der, der sich fast auf mich gestürzt hätte. Sie liefen auf den gekreuzigten

Heiland zu und begannen, das heilige Blut vom Boden zu lecken, bis ihre Lefzen vom Saft des Lebens rot verfärbt waren. Ich beobachtete das Geschehen mit Entsetzen, und als ich meinen Blick wieder erhob, um dem Erlöser ins Antlitz zu schauen, war dieses wie der Kopf eines Wolfes.

Ich erwachte in meinem eigenen Schweiß, und hörte das Heulen von Wölfen in der Ferne.

***

Irgendetwas ging hier nicht mit rechten Dingen zu, und ich hatte nicht das Bedürfnis, ruhig abzuwarten und zum Spielball der Dinge zu werden, die am Werke waren. Noch in derselben Nacht machte ich mich wieder auf den Weg in die Kerker, um Thiess zur Rede zu stellen.

Das Heulen der Wölfe war noch bis in die Kellergewölbe zu hören, wo Thiess untergebracht war, und meine ungute Vorahnung bestätigte sich, als ich ihn hellwach und aufmerksam nach den Wehklagen der Bestien horchend in seiner Zelle antraf. Er schien nicht über die Maßen überrascht, mich zu dieser nächtlichen Uhrzeit und alleine zu ihm kommen zu sehen. Ich trat durch die schwere Tür aus eisernen Gittern, achtete aber darauf, einen gewissen Abstand zwischen mir und dem Greis zu wahren. »Was hat das zu bedeuten, Thiess? Was hat es auf sich mit den Blasphemien, die Ihr in dem Loch unter dem Boden aufbewahrt?«

Auch diese Entdeckung löste keine Überraschung im Gesicht des alten Mannes aus. »Ihr habt sie gefunden? Gut. Habt Ihr sie sicher in Eurem Besitz?«

»Ja, das habe ich. Doch Nutzen hätte ich davon um ein Haar keinen, denn fast wär ich von einer wilden Bestie angefallen worden, als ich vor eurem Haus stand!«

Thiess ließ seinen Blick seelenruhig an meinem Körper entlangfahren. »Und doch ist Euch nichts passiert, wie ich sehe. Seid unbesorgt, hätt der Wolf euch Böses gewollt, so ständet Ihr nun kaum in einem Stück vor mir.«

»Oh, Böses wollt er mir, da könnt Ihr sicher sein! Mein Leben verdank ich nur dem braven Skeistan, der mich vor ihm bewahrte.«

Mit einem Satz stürzte der alte Mann auf mich zu und packte mich mit der Kraft eines jungen Ochsen am Kragen. »Skeistan sagt Ihr?! Skeistan war an meinem Haus? Habt Ihr ihm das Buch gegeben, oder das Kreuz, oder, um Christi willen, doch nicht etwa den Trank?!«

Ich rang nach Atem, und zum ersten Mal sah ich etwas wie Angst in den eisblauen Augen des Greises. Ich versicherte ihm, nichts dergleichen getan zu haben, was ihn vorerst zu beruhigen schien. Er ließ von mir ab und wandte sich mit dem Gesicht zur Wand, in jene Richtung, aus der ich das Wolfsgeheul zu hören glaubte.

»Es bleibt nicht mehr viel Zeit. Hört mir zu, Jakob von Wolmar, und hört mir gut zu, denn ein zweites Mal werde ich es nicht sagen können.«

Und ein zweites Mal erzählte mir Thiess von Kaltenbrunn die Geschichte der Werwölfe, doch heute fiel es mir nicht mehr so leicht, sie als Irrsinn eines alten Livländers abzutun, hatte ich doch noch die abscheulichen Bilder aus meinem Traum vor Augen. Thiess berichtete wieder von der nächtlichen Hatz an den Ort hinter dem Meer, doch diesmal behielt er keine Geheimnisse für sich. »Der Ort, an den wir die Hexer verfolgen, ist die Hölle. Das ist unsere Aufgabe, wir fahren hinab in die Hölle, und dort kämpfen wir den ewigen Kampf. So auch zur letzten Johannisnacht. Wir waren viele in jener Nacht, und einige von uns schlugen die Hexer mit eisernen Peitschen. Doch auch sie waren stark, und sie kämpften mit Stielen, die sie in Pferdeschweife eingewickelt hatten, und auf denen sie zum Hexensabbat flogen. Es war ein schwerer Kampf, schwerer als die hundert, die ich schon geschlagen habe. Ihr müsst wissen, ein Werwolf kann sich nicht einfach von seiner Verpflichtung lösen, und das höchste Ziel ist es, im großen Kampf zu sterben. Und dieses Mal wäre es fast soweit gewesen. Seht, wir hüllen uns in die Gestalt von Wölfen, auf dass keiner der anderen Seite uns im wahren Leben wiedererkenne. Denn wenn das passiert, so kennt der Feind Mittel und Wege, uns zu verfluchen, wenn die Form des Wolfes uns nicht schützt, und was passiert, wenn der Teufel und die seinen die Geheimnisse der Hunde Gottes erfahren … «

Er schien sich vorzustellen, welche Folgen dies für die Werwölfe und für den Rest des Landes hätte und schwieg für eine lange Zeit.

Dann fuhr er fort. »Ich kämpfte mit einem der Hexer, doch ich hatte große Mühen. Das Alter schwächt auch die Hunde Gottes. Es gelang ihm, mir mit seinem Stecken die Nase einzuschlagen. Was für einen Menschen eine schmerzhafte Verletzung, gleicht für einen von uns dem Todesurteil! Denn nun kann mich der Hexer erkennen, der mir die Wunde in Wolfsform geschlagen hat, und wenn stimmt, was ihr sagt, kam er bereits zu meinem Haus, um nach dem zu suchen, was sich nun Gott sei Dank in eurem Besitz befindet.

Hört mich an, Jakob von Wolmar, es gab einen Grund, warum ich das wertlose Kirchengut gestohlen und mich offenbart habe. Ich weiß, dass Eure Eltern Euch als Knabe nach Deutschland schickten, nicht aus Gründen von Bildung, wie Ihr es glaubt, sondern weil Ihr im Hemd geboren wurdet.« Er stoppte in seinem Monolog und achtete auf meine Reaktion.

»Im Hemd … was wollt Ihr damit sagen?«

»In jeder Generation kommen einige wenige Kinder zur Welt, die noch in der Fruchtblase der Mutter stecken, wenn sie geboren werden. Dies ist ein freudiges Ereignis, denn es bedeutet, dass das Kind Gottes Segen schon von Geburt an besitzt. Doch hierzulande heißt es, dass es dazu auserwählt wurde, einer von uns zu sein. Eure Mutter wusste dies. Sie war eine gute Frau, und wie alle Livländer kannte sie die alten Geschichten. Deshalb sandte sie euch nach Deutschland, auch wenn ich sie anflehte, es nicht zu tun. Ich weiß es noch, Jakob, denn ich war es, der Eurer Mutter half, euch zur Welt zu bringen.«

Ich wollte etwas erwidern, doch die Worte blieben mir im Halse stecken. Thiess sprach weiter.

»Ich bin nun vor Euch getreten, weil Ihr der Nächste sein müsst. Verurteilt mich, und berührt mein Blut. Das ist der einzige Weg, denn wie wir Werwölfe vom Blut Christi auserwählt sind, so erwählt das Blut auch unsere Nachfolger.« Während er sprach war Thiess immer näher an mich herangetreten. Angeekelt stieß ich ihn zurück. Ich wollte überzeugt klingen, doch meine Stimme zitterte hysterisch.

»Ihr erwartet, dass ich Euch das alles glaube? Werwölfe und Hexer, Kämpfe in der Hölle? Hört mir zu, Thiess von Kaltenbrunn, ich bin bereit zu glauben, dass hier böse Mächte im Spiel sind, aber weder glaube ich daran, dass Ihr diese bekämpft, noch werde ich mich in

Eure Pläne hineinziehen lassen! Ja, verurteilen werde ich Euch, aber glaubt mir, Euer Blut könnt ihr behalten!« Ich stürmte aus dem Verlies und ließ die Tür hinter mir ins schwere Eisenschloss krachen. Während ich den Gang entlang zur Treppe stürmte hörte ich den alten Mann noch schreien. »Mein Blut! Und vergesst den Trank nicht, vor der Heiligen Luzie! Mein Blut, Jakob, mein Blut!«

***

Die Urteilsfindung am kommenden Tag verlief schnell und ohne weitere Widersprüche. Der Priester grinste triumphierend, als ich die Begründung verlas und den Hammer niederschlug, den Tod von Thiess besiegelnd. Dieser nahm all dies gelassen hin. Zuletzt bat er aber noch um ein letztes Wort vor dem Gericht. Ich war verwundert, doch das Urteil war gesprochen, und nichts, was er sagte, würde etwas daran ändern.

Da sprach er, dass er wohl für sein Leben als Werwolf verurteilt wurde und ihn, im Einklang mit dem Gesetz, das Schafott erwarte. Er wandte sich dabei nicht an mich, sondern an den Pfaffen. Um ohne Schuld vor den Herrn treten zu können, bitte er darum, auch noch die gerechte Strafe für den Diebstahl der Kirchengüter zu empfangen. Unter boshaftem Grinsen gewährte ihm der Priester diesen Wunsch, und der Schulmeister stimmte zu. Es blieb mir also nichts anderes übrig, als den alten Mann vor der Hinrichtung nun auch noch zu einer Tracht Prügel mit dem Stock zu verurteilen, was ich nur ungern tat. Ja, Thiessens Kopf sollte rollen, aber unnötiges Leiden? Ohne zu viel darüber nachzudenken, sprach ich das zusätzliche Urteil. Das Leben des Thiess von Kaltenbrunn sollte drei Tage später enden.

Ob ich es nur an meiner Einbildung lag oder nicht, aber nach dem Urteilspruch war mein Schlaf wie in himmlische Wolken gebettet, und keine Wolfsfratzen suchten mich in den Träumen heim.

Schließlich kam der Tag der Hinrichtung. Die Dorfbewohner von Jürgensburg kamen aus ihren Häusern auf den Marktplatz, denn ein Ereignis wie dieses gab es nicht alle Tage zu sehen. Es hatte geschneit, und in der Nacht zuvor war eigens ein Podest errichtet worden, sodass jeder rechte Sicht habe auf die Vollstreckung des Urteils. Es hatte sich eine gute Menge angesammelt, und in der ersten Reihe saßen, wie es das Gesetz verlangte, die drei Richter. Der Ausrufer verlas die Anklagepunkte und das verhängte Strafmaß, und unter wütendem Geschrei wurde Thiess zur Hinrichtungsebene gebracht, aufrecht und mit strengem Blick, wie beim ersten Mal, als ich ihn erblickte. Der Pöbel forderte die Enthauptung, doch das Gesetz verlangte, dass zuerst die Züchtigung mit dem Holzstock erfolge. So wurde der alte Mann seines Oberhemdes entkleidet und von zwei kräftigen Männern festgehalten. Ein dritter führte den Stock, eine Weidenrute, etwa so dick wie ein Daumen. Bereits beim ersten Hieb platze die Haut des vom Alter gezeichneten Rücken auf wie dünnes Papier, und warm lief das Blut den Leib hinab. Insgesamt zehn Schläge sollten es sein, und mit jedem Schlag spritzte der Lebenssaft nur so in den frisch gefallenen Schnee. Kein Laut war von Thiess zu hören, er ertrug die Schmerzen mit stoischer Gelassenheit. Gerade war der zehnte Schlag gegeben worden, da riss er sich aus den Griffen der jungen Männer, sprang zum Schläger, und zerrte ihm den Prügel aus der Hand. Das alles ging so schnell, dass dem Publikum kaum Zeit zum Atmen blieb. In einer einzigen Bewegung blickte Thiess suchend ins Publikum, fand mich, und schleuderte die blutüberströmte Weidenrute auf mich. Gerade noch so konnte ich die Hände vors Gesicht nehmen, an denen sie abprallte. Da wurde er auch schon wieder von den drei Henkersknechten überwältigt, niedergedrückt, und nach einem schnellen Hieb mit der Axt war alles vorbei. Das Publikum jubelte, der Pfaffe nickte selbstzufrieden, doch das alles nahm ich nur am Rande wahr. Ich blickte auf meine Hände, an denen nun das Blut des Werwolfs klebte.

***

Von nun an kamen die Albträume jede Nacht. Immer ähnlich, doch nie wirklich gleich; Wölfe, die sich am Blut des Menschensohns labten, und dieser mit den Zügen eines Wolfes, und auch meine Hände waren bedeckt von Blut. Erwachte ich, so lag es stets am Heulen der Wölfe in den Wäldern.

In der Woche vor der Heiligen Luzie kam die Stimme hinzu. Es war, als würde ich die letzten Worte von Thiess immer wieder hören: »Mein Blut! Und vergesst den Trank nicht, vor der Heiligen Luzie! Mein Blut, Jakob, mein Blut!«

Mit den Träumen suchte mich ein furchtbares Brennen an den Händen heim, dort, wo ich das Blut berührt hatte. Ich fragte den Schulmeister um Rat, und auch der Doktor wusste nicht weiter. Und je näher die Luziennacht kam, desto heißer das Brennen.

***

Schließlich war es soweit. Die Nacht der Heiligen Luzie, eine der drei Nächte, von denen Thiess gesprochen hatte. Vier Tage hatte ich nicht mehr geschlafen, und war kaum noch anzusprechen. In meinen wachen Stunden machte mich der Schmerz an den Händen schier rasend, und in den Stunden des Schlafs waren es die Albträume, die mich verzweifeln ließen.

Und so kam es, dass ich, bar jeder Hoffnung auf Besserung, das Gebräu aus Thiessens Versteck trank, fast schon hoffend, es handele sich um Gift, eine späte Rache des Wolfes, und eine Erlösung für meinen geschundenen Leib und meine gepeinigte Seele. Und wie Gift schien es auch zu wirken, denn als ich es ganz geschluckt hatte und die ersten Wölfe zu Beginn der Nacht rufen hörte, umfing mich ein starker Schwindel, und ich musste mich hinlegen, um nicht zu stürzen. Mein Geist war in einem Taumel gefangen, der alle meine Sinne erfasste, als würde Sehen zu Riechen und Hören zu Schmecken, oben ward unten und Zeit und Raum tauschten die Rollen, und über allem hörte ich das Heulen der Wölfe.

Dann lief ich. Der Schwindel war weg und der Schmerz, und der kalte Schnee fühlte sich vertraut an unter meinen – Klauen?

Ich blickte nach unten, ohne meinen Sprint zu verlangsamen. Tatsächlich, was ich sah waren die Klauen eines gigantischen Wolfes. Ich wandte den Blick zu meinen Seiten, und zu beiden sah ich in einiger Entfernung andere Wölfe, wild und von Narben übersäht, wie jener vor der Hütte. Nur waren sie noch größer, und im fahlen Licht des Mondes schien es fast so, als trugen einige von ihnen eisenbewehrte Peitschen mit sich.

So rannte ich, umgeben von einem Rudel mächtiger Bestien, ohne zu wissen, wohin, doch getragen von einem unstillbaren Drang, immer weiter, weiter.

Wir erreichten das Ende des Waldes, und dort sah ich die Hexer zum ersten Mal. Es mögen einige Dutzend gewesen sein, in braunen und schwarzen und grünen Umhängen gekleidet, standen sie auf einem unendlich erscheinenden Feld und gruben die Weizenkeimlinge aus. Als sie uns anpreschen sahen, nahmen sie Reißaus, und sie flogen auf ihren Besenstielen nach Norden. Der Anblick des flüchtenden Teufelsvolks heizte mein Herz mit einem rotglühenden Feuer an, und meine vier Beine trugen mich schneller als ein Sturmwind. So hetzten wir die Brut, stundenlang, tagelang, Zeit war nicht wichtig, und ohne ein Zeichen der Ermüdung blieben wir ihnen auf den Fersen.

Wir trieben sie vor uns her, schwammen durch schwarze Wasser, hetzten durch schwarze Wälder, und kamen schließlich an einem Tor an, das groß war wie die Kathedralen von Frankreich und schwarz und rot glühend wie Kohlen im Feuer. Die Hexen und Hexer schossen hindurch, und kaum war der letzte darin verschwunden begannen die zyklopischen Torflügel, sich zu schließen. Doch wir waren schnell genug.

Was nun folgte, lässt sich schwer in Worten ausdrücken, und mein Geist schmerzt, wenn ich an die Kämpfe im Inneren der Erde denke, an die Feuersäulen um uns, die Bäche aus Teer und die Wolken aus Schwefel, und inmitten all der Hoffnungslosigkeit die Hunde Gottes, wie sie mit den Hexern kämpften. Einer von ihnen kam auf mich zu, und ich erkannte das freundliche Gesicht von Skeistan wieder, doch mit pechschwarzen Augäpfeln, die Züge zu einer dämonisch grinsenden Fratze verzogen. Er schlug mit seinem Stab nach mir, doch ich konnte ausweichen und ihm an die Kehle springen. Ich spürte, wie die Knochen in seinem Hals wie trockenes Laub zwischen meinen Kiefern zerplatzten, und schmeckte warmes Blut. Zu sehr war ich in die unbekannte Erfahrung des Tötens vertieft, und so sah ich nicht das Messer aus geschliffenem Knochen, das der Sterbende aus einer verborgenen Scheide am Gürtel zog. Wie ein loderndes Feuer schoss mir der Schmerz durch den Körper, und ich sah in Trance, wie mein eigenes Blut aus dem Stumpf schoss, wo gerade noch meine linke Pranke gewesen war. Mich befiel wieder der Schwindel, und die Dämpfe und die Hitze und das Geschrei vereinten sich zu einem Malstrom an Empfindungen, und dann wieder das Heulen, das Heulen der Werwölfe, die gesiegt hatten …

***

Ich kam zu mir, wo ich mich niedergelegt hatte. Für einen Moment glaubte ich, aus einem Fiebertraum erwacht zu sein – bis ich die Lache meines eigenen Blutes sah, und den Schmerz spürte, der von meinem verkrüppelten Arm ausging. Von meiner Hand fehlte jede Spur.

Und nun, da ich, wie Thiess vor mir, gegen die Scharen des Teufels kämpfte und dabei gezeichnet wurde, sitze ich hier und warte, warte auf den Tag, an dem sie darauf kommen, wer ihrem Kumpan Skeistan die Kehle zermalmt hat, in jener Nacht in den Tiefen der Hölle. Und ich horche auf meinesgleichen, auf das Heulen der Wölfe in der Nacht, und ich bete zu Christi, dass die Hunde Gottes da sein werden, wenn die anderen aus der Tiefe kommen, um mich zu holen …

Der Wolf der Hexe

von Kristin-M. Schafferer

So rot, wie Blut das fließt,
so rot, wie deine Lippen.
So rot, wie der Mantel, der dich umschließt,
so rot,
wie meine Augen,
die dich erblicken.

Prolog

Er hechelte von dem schnellen Lauf durch den Wald, seine Pfoten standen nun still, sodass er das gefallene Laub nicht zum Rascheln brachte. Sein helles Fell war an manchen Stellen von seiner letzten Mahlzeit noch rötlich verfärbt, doch dies kümmerte ihn nicht. Die dicht nebeneinander stehenden Bäume gaben ihm Deckung, solange er die Jagdgesellschaft beobachtete.

Wegen des nahenden Winters waren die Menschen in warme Mäntel gekleidet. Die Fürstin voran trug ein kostbares Gewand und saß mit hochmütiger Miene, wie man es von ihr gewohnt war, auf einem edlen Schimmel. Am Sattel waren einige Waffen befestigt, aber das meiste Gepäck trugen ihre Diener. Sie alle widmeten sich an diesem Tag der Parforcejagd, der Hetzjagd. Mit Pferden und einer Hundemeute, die er jetzt noch nicht erblicken, aber bereits wittern konnte, verfolgten sie ihre Beute über lange Strecken hinweg und nannten es Sport. Die Ausübung, lediglich ein weiteres Mittel für den Adel, sich von der gewöhnlichen Bevölkerung abzuheben.

Er verachtete es. Aber deswegen war er nicht hier. Seine Aufmerksamkeit galt einem jungen Mädchen, etwa im dreizehnten Lebensjahr, welches an der Seite der Gräfin ritt. Es war von schlanker Statur und trug einen dunkelroten Mantel. Ein heftiger Windstoß zog ihr die Kapuze nach hinten und enthüllte ihm ihr Antlitz. Blass war es, aber unverkennbar schön. Volle Lippen und eine gerade Nase. Ihr Gesicht, eingerahmt von ihrem langen Haar, berührte etwas in ihm. Die Fürstin sprach mit ihr, aber trotz seines hervorragenden Gehörs, konnte er die Worte nicht verstehen, denn sie wurden vom Rauschen des Windes verschluckt. Das Mädchen nickte ergeben, als die Fürstin geendet hatte.

Dann sah sie in seine Richtung. Als spüre sie seine Anwesenheit, musterte sie den Wald mit ihren tiefgrünen Augen. Er war wie gebannt von ihrem Blick.

Bald bemerkte er die Nähe eines Rudelgefährten.

Sie ist nicht für dich, André, mahnte Alvaro ihn. *Die Hunde kommen, wir müssen verschwinden. Los!*

Widerwillig folgte er seinem Gefährten und ignorierte sein wild klopfendes Herz.

1

3 Jahre später

Kälte schlug Marique entgegen, doch drang nicht weit genug durch ihre Kleidung, um sie frösteln zu lassen. Ihre behandschuhte Rechte umklammerte die Zauberrolle fester, die an einer langen Silberkette um ihren Hals hing. Wie alle Jäger hatte sie diese von einem Mönch erhalten. Die silberne Hülle trug eingravierte Schutzsymbole gegen die Werwölfe. Ihre Lippen formten lautlos die Worte nach, die auf dem zusammengerollten Stück Pergament geschrieben waren, das sie beinhaltete. Sie kannte sie bereits auswendig und hatte stets das Gefühl, es verstärke die Zeichen zur Abwehr, wenn sie diese aufsagte. Warum wurde abergläubischer Firlefanz in ihren Händen immer zu wahrer Magie? Sie kannte die Antwort darauf. Weil ich verdammt bin! Nur deshalb hatte Fürstin Eleonore sie einst aufgenommen, wie so viele andere, um Sühne zu tun, indem sie die Bestien im Wiener Wald bekämpften.

Sie schüttelte den Gedanken ab und ließ ihr Schutzamulett los, stattdessen griff sie nach einem ihrer Wurfmesser, die sich unter ihrem langen Mantel verbargen. Vor etwa einer Stunde hatte sie sich von den anderen Jägern getrennt, da die Fährte sich gespalten hatte. Sie wusste, wie riskant eine solche Aktion war, hatte ihrem eigenen Sturkopf aber nichts entgegenzusetzten gehabt. Nun war sie der Bestie dicht auf den Fersen. Sie versuchte leiser zu atmen und ihre Schritte wurden völlig lautlos, was für einen gewöhnlichen Menschen im Unterholz unmöglich gewesen wäre. Nicht so für sie. Normale Menschen hätten wohl auch die Umrisse ihrer Beute nicht wahrgenommen, die beinah mit den dunklen Baumstämmen und Büschen verschmolz. Wie ein Schatten mit gierigen Augen.

Sie wusste, dass sie beobachtet wurde und täuschte vor, sich abzuwenden. In dem Augenblick preschte die Bestie auf sie zu, aber sie war darauf vorbereitet. In einer schnellen Drehung zog sie ihr Messer und schleuderte es ihrem Feind entgegen. Das blitzende Geschoss traf den Wolf an der Brust und das Tier landete mit einem Aufheulen am Boden. Bluttropfen besudelten die Erde und keuchender Atem war zu hören.

Marique nahm ihren zweiten Dolch in die Hand und näherte sich dem Unwesen mit Vorsicht. Jeden Gedanken an Mitgefühl schob sie bei ihrem Vorhaben von sich. Knurrend versuchte es, sich aufzurichten, schaffte es aber nicht. Die goldenen Wolfsaugen sahen zu ihr auf. Ihr Wurfmesser musste die Lunge getroffen haben, denn das Knurren wurde von einem gurgelnden Geräusch begleitet.

Sie rannte, sprang in die Luft und versenkte ihren Dolch in der Kehle des Untiers, bis seine Bewegungen erlahmten und das Blut ihre schwarzen Handschuhe rot färbte. So dunkelrot wie ihr Mantel war. Sie alle trugen einen, alle Jäger. Die Farbe zeugte von ihrer Schuld, die nur durch das Blut der Bestien gesühnt werden konnte.

Sieh nur, das Rot in deinen blonden Haaren! Es beweist deine Schuld. Tue Buße und diene mir!

Die Stimme der Fürstin hallte in ihrem Kopf wider, selbst so viele Jahre danach noch. Wie sollte sie es vergessen? Die Seelen der Jäger waren verdammt dazu im Höllenpfuhl zu schmoren. Die Fürstin hatte sie alle, die der Hexerei bezichtigt worden waren, vor dem Scheiterhaufen bewahrt und ihren Leben einen Sinn gegeben. Ein Ziel. Mit einem Ruck zog Marique den besudelten Dolch aus dem leblosen Körper. Starker Kupfergeruch schlug ihr entgegen. Als

Nächstes musste sie …

Plötzlich traf sie etwas Schweres mit voller Wucht und schleuderte sie gegen den nächsten Baumstamm. Hart prallte sie ab, was ihr einen erstickten Schrei entlockte und jegliche Luft aus ihren Lungen presste, bevor sie auf dem Erdboden aufschlug. Was zur Hölle war das gewesen? Stöhnend wandte sie den Kopf und erblickte einen weiteren Wolf. Viel größer als die gewöhnlichen Wölfe des Wienerwaldes. Das Fell borstig und dunkelgrau, das Maul zu einer wütenden Fratze verzerrt. Die Zähne waren gefletscht und von den Fängen tropfte Geifer. In seinen funkelnden Augen erblickte sie ihren Tod.

Ihr Herz stolperte. Hastig versuchte sie sich aufzurichten, um eine Waffe fassen zu können. Ihr Dolch war ihrer Hand entglitten und das Langschwert konnte sie in dieser Position nicht ziehen, also griff sie nach einem weiteren Wurfmesser. Doch schon in ihrer Bewegung wusste sie, dass sie zu langsam war. Der Werwolf wäre schneller bei ihr, er würde ihr die Kehle zerfetzen und ihr das Licht des Lebens rauben.

Der Wolf preschte auf sie zu und sprang. Sie wollte die Augen nicht zusammenpressen wie ein Feigling, sie wollte ihrem Tod entgegenblicken. Doch ohne ihr Zutun schlossen sich ihre Lieder, sie warf und vernahm den Aufprall eines schweren Köpers.

Dann war alles still.

Sie hörte ihren zittrigen Atem und öffnete langsam die Augen. Sie konnte nicht glauben, was sich vor ihr abspielte. Die Bestie war tot, lag zerrissen da, doch ihr Wurfdolch steckte harmlos im Boden.

Da war noch eine Bestie. Sie ragte über dem ersten Werwolf auf, das Fell war silberweiß und die goldenen Augen blickten sie stumm an. So einen Wolf hatte sie noch nie zuvor gesehen. Warum hatte er ihr geholfen? Um sie selbst zu töten? War sie nur die Beute, um die gekämpft worden war?

Mit schmerzenden Gliedern erhob sie sich. Der Wolf wandte den Kopf, offenbar hatte er etwas gehört, und verschwand in der Nacht.

Trübes Morgenlicht erhellte das kalte Gemäuer des Schlosses, als Marique das Gemach der Fürstin betrat.

»Übermalt es«, herrschte Eleonore den Künstler an. »So sehe ich nicht aus! Meine Wangen sind voller und meine Haut rosiger.«

Zumindest früher, dachte Marique. Früher war die Fürstin eine hervorragende Jägerin und ihr Leben war von rauschenden Festen geprägt gewesen, auch noch nachdem ihr Gemahl bei einer der Jagden erschossen worden war. Böse Zungen munkelten, die Fürstin selbst hätte die Waffe geführt, aber Marique kannte die Wahrheit. Eleonore hatte ihn erlösen müssen, nachdem er von einem Werwolf angegriffen worden war. Seitdem widmete die Fürstin sich der Ausrottung dieser Bestien und hatte den Orden der Sünder gegründet. So hatte Eleonore es ihr erzählt, als sie Marique gerettet und aufgenommen hatte. Sie war ihre Lehrerin gewesen, hatte ihr gezeigt, wo die Untiere verwundbar waren. Doch seit ihre Krankheit sie plagte, war sie abgemagert, ihr helles Haar im Alter weiter erbleicht. Sie winkte Marique heran und stütze sich auf sie.

»Komm mit mir in den Hof«, sagte sie. »Ich brauche frische Luft.«

Ein Geruch von Rauch und Unrat schlug ihnen entgegen. Der Schlosshof wurde von kaum jemandem betreten, denn viele fürchteten sich vor den Tieren, die die Fürstin hielt. In den Zwingern wurden Grauwölfe gehalten, da die Fürstin dem Glauben verfallen war, Wolfsmilch bewirke, dass eine Frau nur Söhne gebar. Ganz nach der Legende von Romulus und Remus. Natürlich brauchte sie die Milch heute nicht mehr, aber tatsächlich hatte sie mehr als einem Sohn das Leben geschenkt und so behielt sie einige Tiere aus Sentimentalität. Die einzig guten Wölfe in ganz Wien, hatte sie immer gesagt. Ob das wohl stimmte?

Marique berichtete ihr von den getöteten Werwölfen in der vergangenen Nacht, verschwieg jedoch ihre Begegnung mit dem Silberwolf. Jaro und die anderen Jäger waren erst gekommen, als das Tier bereits verschwunden gewesen war und so erwähnte sie ihn nicht. Die Wolfsleichen waren enthauptet und zerstückelt worden, durften jedoch erst bei Mitternacht verbrannt werden.

»Gut«, beschied Eleonore knapp und entließ sie mit einem Wink. Aber sie blieb, wo sie war und erntete einen überraschten Blick. »Ist noch etwas?«, wurde sie gefragt.

Marique zögerte, wollte sie die Tätigkeiten ihrer Leihmutter wirklich hinterfragen? »Die Bestien«, begann sie vorsichtig und Eleonore wandte sich ihr interessiert zu, »sind sie wirklich alle schlecht?«

Die Fürstin legte den Kopf schief, in ihren Augen lag plötzlich etwas Fremdes und Kaltes, das der Jägerin einen Schauer über den Rücken jagte. Ihre Herrin neigte leicht den Kopf, als spräche sie wieder mit den kleinen Mädchen von einst. »Mein naives Kind«, sagte sie mit freundlicher Stimme, die nicht recht zu ihrer unheimlichen Erscheinung passen wollte, »sucht der Teufel dich etwa in Versuchung zu führen? Du musst dem widerstehen!«

Langsam nickte Marique, was in eine Verbeugung endete. »Ja, meine Fürstin!«

»Fürstin Eleonore!«, ertönte eine kühle Stimme und die beiden wandten sich in ihre Richtung. Ein hochgewachsener Mann kam auf sie zu. »Bedaure, aber es ist Zeit für Eure Medizin.«

Marique schluckte den Kloß in ihrer Kehle hinunter und gab sich Mühe, keine Miene zu verziehen. Sie kannte Armand und mochte ihn nicht. Er war stets edel gekleidet, trug teure Stiefel und einen schwarzen Mantel mit silbernen Manschettenknöpfen. Seine rötlich braunen Haare waren immer ordentlich zurückgebunden und betonten sein Gesicht. Jedes Mal wenn sie sein Antlitz sah, fühlte sie sich unbehaglich. So hager, faltenlos und totenbleich wie es war.

»Ich komme gleich«, erwiderte die Gräfin und der Mann verschwand nach einer steifen Verbeugung.

Kaum dass er weg war, kam eine unbedachte Frage über Mariques Lippen. »Warum ist dieser Franzose immer noch hier? Ich dachte, Arion wäre Eurer Arzt?«

Seit Jahren lud die Fürstin alle nur erdenklichen Ärzte aus verschiedenen Ländern ein, in der Hoffnung, sie würden ihr Leid mindern. Bis jetzt vergeblich.

Eleonore strich ihr noch einmal über die Oberarme, die Geste schenkte Marique kein bisschen Wärme. »Arion ist hauptsächlich ein Wissenschaftler der Medizin und er steht noch in meinen Diensten«, erklärte sie. »Aber nun geh. Ich habe noch zu tun!«

Nach dem Gespräch mit der Fürstin ging Marique auf ihr Zimmer, begutachtete ihre Wunden und versuchte dann zu ruhen, immerhin musste sie am späten Nachmittag wieder aufstehen, ihre Waffen schärfen, essen und erneut auf die Jagd gehen. In den nächsten Stunden glaubte sie von goldenen Augen zu träumen.

»Wo sind Adan und Genev?«

Die Frage traf André wie ein Hammerschlag und er unterdrückte ein Zusammenzucken. »Ich konnte nichts mehr für sie tun.«

Er wich Larkans Blick nicht aus, das hätte nur von Schwäche gezeugt. Auch nicht, als er mit einem Schritt dicht vor ihm stand. »Rächen hättest du sie können«, fauchte der Wolf ihn an. Er war eindeutig wütend, seine Pupillen verengten sich zu Schlitzen. Auch Cara sah ihn kalt an. Dabei konnte er nichts für Genevieves Ableben, sie war bereits tot gewesen, als er dazukam. Als er sah, wie Adan auf *sie* losging. Dann hatte er keinen weiteren Augenblick gezögert und sich gegen seinen Bruder gewandt. Er hatte Seinesgleichen getötet, um den Feind zu retten. Es gab kein schwereres Vergehen.

Was war bloß aus ihnen allen geworden? Diese Frage stellte er sich immer häufiger. Einst waren sie so stark im Zusammenhalt gewesen, hatten im Verborgenen gelebt, der Wald hatte ihnen gehört und es hatte Frieden geherrscht. Dann begann der Adel mit den Jagden und sie mussten vorsichtiger werden, aber alles ging gut. Bis zu jenem schicksalhaften Tag, an dem Charis die Kontrolle verlor, er hatte sich seiner Blutlust hingegeben, als er den Fürsten gesehen hatte. Nur ein einziger Moment und dann war es zu spät gewesen. André sah Eleonore noch vor sich, ihre Tränen, ihr Geschrei und ihre Hand, die nicht zitterte, als sie abdrückte und ihren Mann erschoss. Lange Zeit hatte keiner von ihnen gewusst, weshalb Charis in dieser Nacht dermaßen die Kontrolle verloren hatte. Dabei hatten sie es auch gerochen, als das Blut des Mannes in Strömen geflossen war. Es war fremd gewesen, nicht menschlich. Nach seinem Tod begann die Fürstin Jagd auf sie zu machen und gründete den Jägerorden. Was mochte ihr Gemahl ihr in den letzten Atemzügen geflüstert haben, dass sie sich ihrer so sicher war und ihre Schwachstellen, so leicht fand?

Die Lage wurde immer schlimmer. Viele Wölfe waren getötet worden und ebenso viele verließen den Wiener Wald, um woanders ihre Ruhe zu finden. Aber André war geblieben, mit jenen, die sich Eleonore entgegenstellten. Ein Dutzend waren es gewesen und nun gab es nur noch sie vier. Ständig gejagt, waren einige zu den zügellosen Bestien geworden, für die sie gehalten wurden und verfielen ihrer

Begierde zunehmend. Die Krankheit, welche Eleonore plagte, brachte sie nur langsam ins Grab und selbst wenn sie starb, würde der Orden der Sünder weiterhin existieren. Und wenn sie nicht starb? Vielleicht barg sich in den Erzählungen der Dorfbewohner doch ein Quäntchen Wahrheit und sie wurde zu einer Vampirin? Immerhin war auch noch dieser Armand in die Stadt gekommen und er roch anders!

Larkan trat wieder zurück, neben seine Gefährtin. »So viele sind schon gestorben oder fortgezogen, der Jäger wegen«, sagte er und funkelte André unheilverheißend an, »und du warst der Hexe schon damals verfallen.«

André stockte der Atem. »Das meinst du nicht ernst.«

»Weißt du, was ich an dir wittere, Bruder?«, fragte sein Gegenüber mit gefährlich leiser Stimme. »Feigheit, Blut, Schande und … eine Lüge.«

André schüttelte vehement den Kopf. »Ich hätte sie nicht retten können.« Hilfesuchend blickte er zu Alvaro, der bis jetzt schweigend und mit betrübter Miene dagestanden hatte. »Alvaro, ich hätte Genev doch nie etwas getan!« André wusste, wie sehr sein Freund sie geliebt hatte.

Alvaro bewegte sich nicht. »*Ich* werde dir nichts tun«, sagte er nur. »Lauf!«

Ein Blick in die Augen Larkans zeigte, dass sein Verrat ihm nicht verziehen wurde.

Die Abenddämmerung hatte eingesetzt und Marique machte sich zum Aufbruch bereit. Sie legte ihren Waffengürtel mit dem Langschwert und den Wurfmessern an, schnürte ihre kniehohen Lederstiefel und befestigte sich die Armbrust auf dem Rücken, die Silberbolzen versteckte sie in einer ledernen Halterung, die sie an ihrer Hüfte befestigte, bevor sie sich den Mantel überwarf und das Schloss mit den anderen Jägern verließ.

Der Mond stand fast voll am Himmel, sein Schein fing sich in den Hellebarden der Torwächter. Das breite Beil gepaart mit einer spitz zulaufenden Klinge. Der Übergang zum lederumwickelten war mit Federn aus Metall verstärkt worden.

»Marique!«

Das Flüstern lenkte ihre Aufmerksamkeit wieder auf ihre Begleiter. Jaro ging dicht neben ihr, sodass sie seinen warmen Atem an der Wange spüren konnte. Seine Lippen verzogen sich zu einem vergnügten Lächeln, denn er wusste, dass Marique mit den Gedanken ganz woanders gewesen war. Zärtlich strich er ihr eine Strähne hinters Ohr. In seinen dunklen Augen glaubte sie, einen rötlichen Schimmer auszumachen. Nur für einen Augenblick, dann war er wieder fort und nur ein begehrlicher Ausdruck blieb. Marique wich ihm aus und ihr Blick fiel auf Lucia. Die Jägerin ging unruhig neben ihnen her. Bemerkte Jaro ihre Gefühle für ihn etwa nicht oder wollte er sie nicht beachten?

Sie passierten den Friedhof, wo eine Gruppe Dorfbewohner suchend umherwanderte. Sie führten einen Jüngling bei sich, den sie auf einen Rappen gesetzt hatten. Es hieß, wenn das Tier vor einem Grab scheute, läge darin ein Vampir. In diesem Fall wurde das Grab ausgehoben, der Sarg geöffnet und die Leiche gepfählt und geköpft. Der abgetrennte Kopf wurde zwischen die Beine postiert, damit der Untote ihn sich nicht wieder aufsetzen konnte und seine Hände wurden mit einem Rosenkranz gebunden, dazu wurde ihm noch ein Stein in die Mundhöhle gelegt, um das Schmatzen des Toten zu verhindern.

Aberglaube, hatte die Fürstin immer gesagt. *Der Pöbel sucht seine Ungeheuer unter sich, dabei hausen sie vor ihrer Tür, in den Wäldern.*

Seit der Erkrankung Eleonores verfielen die Dorfbewohner zunehmend dem Glauben, ein Vampir hätte sie infiziert. Wie dumm sie doch waren, dachte Marique und betrat endlich den Wald. Kaum ein Vogel war zu hören, sogar der Wind schwieg in dieser Nacht.

»Wir trennen uns«, entschied Jaro, »und treffen uns in etwa drei Stunden wieder hier.«

Und so ging jeder in eine andere Richtung, die Schritte ihrer Gefährten geschult lautlos. Mit hochgezogener Kapuze schlich sie durch den Wald, achtete auf mögliche Wolfsspuren im Erdboden oder an Zweigen hängende Fellbüschel.

Plötzlich erregte etwas ihre Aufmerksamkeit. In der Ferne, zwischen den Büschen, erblickte sie etwas Helles. Vorsichtig glitt sie von Schatten zu Schatten, einem Dieb gleich, und näherte sich. Erst, als sie es fast erreicht hatte, erkannte sie, was es war.

Dort lag ein Mensch.

Es war ein junger Mann, er schien nicht ganz bei Bewusstsein zu sein und er war nackt. Marique schluckte bei dem Anblick, kniete sich aber dennoch eilig neben ihn und untersuchte ihn. Blut schimmerte auf seinem rechten Oberschenkel und sein Rippenbogen wies Prellungen auf, soweit sie bei dem schwachen Licht zu erkennen vermochte. Aber wie war er hierher gekommen? Sein Haar war kinnlang und von einer silbernen Farbe, wie das Licht des Mondes. Als sie eine weiche Strähne aus seinem Gesicht schob, öffnete er die Augen und sah zu ihr auf. Erkennen spiegelte sich in seinem Blick wider, gefolgt von Besorgnis.

»Nein …«, stöhnte er.

Marique setzte an, eine Frage zu stellen, da ertönte ein lautes Knurren hinter ihr, das ihr die Nackenhaare aufstellte. Es war eine Falle! Sie verfluchte sich für ihre eigene Dummheit, sprang auf, wandte in derselben Bewegung den Kopf und zog ihren Dolch. Zwei Bestien sprangen auf sie zu. Unter der Pranke der ersten duckte sie sich hinweg und führte zugleich einen Dolchhieb, der eine Sehne durchtrennte. Dann wappnete sie sich für den zweiten Wolf.

Aber die Attacke kam nicht. Das zweite Werwesen wurde zurückgeschleudert von einem silbernen Bolzen, der sich in sein Fell grub und sein Fleisch verätzte. Suchend sah Marique sich um und erblickte zwei Gestalten. Jaro und Lucia. Sie waren ihr gefolgt! Die beiden mischten sich in den Kampf ein und wandten ihn zu ihren Gunsten. Sie hielten die Werwölfe in Schach, sodass sie sich um den Verwundeten kümmern konnte. Sie stützte ihn und führt ihn aus dem Kampfgetümmel. »Wir haben's gleich geschafft«, ermutigte sie ihn und achtete nicht auf seinen schwachen Protest.

Marique wusste, dass sie den Jungen nicht bis zum Schloss der Fürstin tragen konnte. Obwohl er von schlanker Gestalt war, war er viel zu schwer für sie. So brachte sie ihn zu dem Doktor, der, wie viele andere auch, ein Heilmittel für Eleonores Krankheit suchte. Er hatte sein Lager nahe dem Waldrand aufgeschlagen, er sagte stets, die Mauern des Schlosses engten ihn ein und hier könne er seine Forschungen ungestört betreiben. Marique wusste nicht, wie hilfsbereit er sich mitten in der Nacht zeigen würde, aber sie wollte es versuchen. Nach scheinbar endlosen Minuten erkannte sie das Licht seines Lagerfeuers und steuerte darauf zu.

Arion Ceran hatte sie schon von Weitem erblickt und sah mit erhobener Augenbraue zu, wie sie den Fremden zu ihm schleifte. »Wer ist Euer Freund?«, fragte er sogleich, machte aber keine Anstalten sich zu rühren.

Marique zögerte. Was sollte sie sagen? »Ich weiß nicht genau, aber er ist verwundet«, erklärte sie wahrheitsgemäß, »angegriffen von den Wölfen.«

Cerans Augen glichen dem Nachthimmel. Er nickte schließlich in Richtung einer Schlafstatt. Marique legte den Fremden dort ab, während der Doktor etwas zum Behandeln der Wunden herbeischaffte. Das Licht des Feuers ließ sie die blauen Flecken und die tiefen Kratzspuren an seinem Bein besser erkennen.

»Er hat Glück«, sagte Ceran. Seine langen Haare waren mit einem ledernen Band zurückgebunden, nur eine vorwitzige Strähne streifte seine schmale Wange. »Der Knochen ist nicht gebrochen. Die Wunden sind tief, aber ich habe die Blutung gestoppt und die Chancen stehen gut, dass sie ohne eine Entzündung verheilen.«

Seine gerunzelte Stirn zeugte von Misstrauen, aber er vollendete seine Arbeit und verband die Wunde. Dann reichte er Marique eine Decke und ließ die beiden allein.

Marique betrachtete den fremden Mann, der durchaus ansehnlich war. Seine Augen waren nun klarer und nicht mehr schmerzvernebelt wie zuvor. Diese Augen. So dunkel, beinah schwarz, mit einer goldenen Umrandung der Iris. Sie kannte diese Augen. Ihr Atem stockte bei der Erkenntnis. Im nächsten Moment hatte sie ihr Messer gezückt und hielt es ihm an die Kehle.

»Du bist der Silberwolf«, sagte sie ohne Umschweife.

Er schluckte krampfhaft, wies die Anschuldigung aber nicht von sich.

»Warum hast du mir geholfen?«, fragte sie.

Mit sehnsüchtigem Blick betrachtete er sie, ein Seufzen entrang sich ihm. »Marique«, flüsterte er, seine Stimme war rau vor Anstrengung und Erschöpfung. Er atmete tief durch die Nase ein. Normalerweise sollte sie eine solche Geste, von einem Werwolf ausgehend, beunruhigen. Aber das tat sie nicht. Seine Miene zeigte nicht die Fratze einer witternden Bestie, der es nach ihrem Blut dürstete. Es wirkte eher, als wäre ihr Duft die reinste Versuchung für ihn. Sein Blick strahlte eine Wärme aus, die sie verwirrte.

»Ich habe dich damals gesehen«, sprach er weiter, »bei deiner ersten Jagd mit der Fürstin. Seitdem«, er schluckte sichtlich schwer, »kann ich dich nicht mehr vergessen.«

Sie starrte ihn an, ihre Hand mit der Waffe darin, sank wie kraftlos herab. So oft im Wald hatte sie das Gefühl gehabt, dass Blicke auf ihr ruhten. Sie hatte es stets als Unsinn abgetan. Wenn sie jemand insgeheim beobachtete, dann würde derjenige sie doch angreifen. Aber sie hatte sich unter diesem Blick immer behütet gefühlt.

Sie verdrängte den Gedanken und schalt sich eine Närrin. Warum reagierte sie auf einmal so? Ihre Empfindungen verwirrten sie. Bei seinem Anblick stieg ein Kribbeln in ihr hoch und schoss durch ihr Rückgrat. Er sah sie fast so an, als wäre sie das Wundervollste der Welt. Beinah ohne ihr Zutun beugte sie sich näher. Sein Duft nach Harz und Schnee umhüllte sie und ließ sie die Augen schließen.

Bald darauf spürte sie eine sanfte Berührung an der Wange, seine Finger strichen über ihre Lippen und sie beugte sich weiter herab. Ohne die Augen zu öffnen griff sie in sein feines Haar und verkrallte sich darin. Kurz bevor sich ihre Lippen trafen, verharrte sie einen Augenblick lang. Was tat sie da? Konnte sie diesem Mann vertrauen? Was war mit ihrer Aufgabe? Zweifel stiegen in ihr hoch und wurden nichtig, als sie in sich hinein hörte. Es fühlte sich richtig an, sie wollte sich von diesem wunderbaren Gefühlen davontreiben lassen. Ihre Lippen trafen sich, fest und doch weich, zu einem Kuss. Lange und sinnlich. Marique spürte, dass sie zitterte, wich aber nicht zurück, sondern gab sich nach und nach dem wunderbaren Gefühl hin, das durch jede Zelle ihres Köpers fuhr und sie mit sich riss. Ihre Bewegungen wurden mutiger und sie vertiefte den Kuss, drang mit ihrer Zunge in seinen Mund und brachte ihn mit ihrem brennenden Verlangen zum Aufstöhnen. Er erwiderte ihre Gefühle mit gleicher Intensität, die sie beide alsbald nach Luft ringend zurückließ.

Mit keuchendem Atem sahen sie einander an. Marique war von ihrer eigenen Leidenschaft verwundert.

»Ich heiße übrigens André«, sagte er lächelnd.

2

Mit einem Gefühl von Geborgenheit erwachte Marique. Die Strahlen der Morgensonne drangen durch das Blätterdach und kitzelten ihre Nase. Sie schlug die Augen auf und bemerkte, dass ihr halbes Gesicht in Andrés Halsbeuge vergraben war, sie spürte seine warme, nackte Haut an ihrer Wange. Ihre Hand lag auf seiner Brust, die sich bei jedem seiner Atemzüge hob und senkte, sein Herz pulsierte an ihren Fingerspitzen bei jedem Schlag. Sie ließ den Blick über die geschmeidigen Muskeln und leicht gebräunte Haut gleiten, bis zu seinem Gesicht. Im Schlaf sah er zufrieden und glücklich aus. War das ihretwegen? Doch sie musste gehen! Vorsichtig entwand sie sich aus seiner Umarmung und suchte ihre Sachen zusammen.

»Was soll ich mit ihm machen?«, fragte Ceran, als er ihren Aufbruch bemerkte.

»Ihn versorgen«, erwiderte sie und legte ihm eine Hand auf die Schulter. »Ich schulde dir meinen Dank.«

Sie verließ die beiden und kehrte zum Schloss zurück.

Dort würden die anderen Jäger sicher schon auf sie warten.

»Zwei Bestien weniger im Wienerwald«, johlte Jaques und gab Amanda einen Kuss. »Ihre Häupter gehören uns!«

Jaro zog sie zur Seite. »Wir haben die Köpfe noch zur Mitternacht verbrannt«, sagte er begeistert.

Marique sah auf die Reste des großen Feuers, die Asche, die den Boden besudelte und die Luft verpestete. »Gut«, erwiderte sie schlicht.

Jaro begleitete sie zu ihrem Gemach, was sie ein wenig irritierte, aber sie wagte es nicht, ihn in seine Schranken zu verweisen, immerhin war er ein Adeliger und bei der Gräfin hoch angesehen. Er betrat ihre Räumlichkeiten als wären es seine, verschloss die Tür und kam näher. »Marique«, sagte er gut gelaunt und ließ eine ihrer Haarsträhnen durch seine Finger gleiten. Sie mochte es nicht, wenn er sie berührte, ohne auch nur um ihre Zustimmung zu bitten. Nein! Sie wollte überhaupt nicht, dass er sie anfasste. Oft genug hatte sie ihn bei der Jagd gesehen. Mit welcher Grausamkeit und Freude er seine Arbeit verrichtete. Dieses unmenschliche Funkeln in den Augen, ohne

Mitgefühl, als würde er es sogar genießen. Am liebsten hätte sie ihm die Hand abgehackt. »War knapp, letzte Nacht«, erinnerte er sie. »Was für ein unendliches Glück, dass ich Euch gefolgt bin und sich die Sache zu unseren Gunsten entwickelt hat.«

»Ja«, sagte Marique und versuchte dabei, nicht allzu kalt zu klingen. »Ich stehe tief in Eurer Schuld.«

Sie wollte ihm ausweichen, doch sie stand zwischen ihm und der Wand. »Allerdings«, sagte er selbstgefällig, »Ihr schuldet mir Dank und Ihr wisst, was ich begehre. Und wie viel Ihr mir bedeutet.«

Oh, und wie sie das wusste! Der Zustand der Fürstin Eleonore verschlechterte sich zunehmend und nach ihrem Ableben würden sie beide den Orden der Sünder leiten. Gemeinsam. So hatte es die Fürstin angedeutet. Offenbar bildete sich Jaro mehr darauf ein. Sein Blick glitt über ihren Körper, bis er ihr wieder in die Augen sah. Marique durchfuhr ein eisiger Schauder. Da war er wieder, der rötliche Schimmer. Dieses Mal, bei hellem Tageslicht, konnte es doch keine Einbildung gewesen sein. Er wollte die Hand um ihre Taille legen, aber sie entwand sich ihm und entfernte sich einige Schritte.

Er kniff die Augen zusammen und sah sie mit schief gelegtem Kopf an. »Wo ist er eigentlich?«, fragte er, nach endlosen Sekunden der Stille.

Ihr erster Impuls war, sich dumm zu stellen, doch das stand ihr nicht. »Was kümmert es Euch?«, sagte sie. »Er war nur ein verletzter Dorfjunge, der zu tief in den Wald gegangen ist, um Holz zu suchen.«

»Tatsächlich«, sagte Jaro und näherte sich erneut. »Lügen stehen Euch nicht, meine Hübsche.«

Sie wollte schlucken, konnte aber nicht, die Situation schnürte ihr die Kehle zu. Jaro fuhr fort: »Ein junger Mann im Wald, allein und verwundet. Und vor allem nackt! Haltet Ihr mich für dumm? Das ist eine der Bestien des Waldes. Und Ihr deckt ihn. Wenn das die Fürstin erfährt! Wäre ich Euch gegenüber nicht so überaus wohlgesonnen, könnten einige Ordensmitglieder, den Verdacht erliegen, Ihr wärt den Bestien verfallen.«

»Er ist harmlos«, beteuerte sie und erschrak über den unsicheren Klang ihrer eigenen Stimme.

Er hob eine dunkle Braue. »Ach, harmlos nennt Ihr ihn? Hat er

Euch vergangene Nacht so sehr verzaubert? Ladet ihn doch einfach zu Euch ein und vergnügt Euch ein wenig mit ihm. Besonders gemütlich ist es vor dem Karmin. Am besten auf dem Wolfspelz, den Ihr als Vorleger habt.«

In seinem Blick funkelte kaltes Vergnügen auf und angesichts seiner Boshaftigkeit stockte ihr der Atem. Seine grausamen Worte zeigten ihr einmal mehr, weshalb sie diesen Mann trotz seines guten Aussehens verachtete. »Er ist nicht wie die anderen«, warf sie erneut ein. »Ich beweise es Euch!«

Als André erwachte, wusste er, dass seine Geliebte fort war. Er vergrub sein Gesicht kurz in die Decke und atmete tief ein, ihr Duft haftete noch an dem Stoff. Ein sehnsüchtiges Knurren entrang sich seiner Kehle.

Erst als er ein demonstratives Räuspern vernahm, hob er den Kopf und erblickte den Mediziner, Arion Ceran. Langsam richtete André sich auf. Seine Prellungen waren verschwunden und die tiefen Kratzwunden verheilten in enormer Geschwindigkeit, immerhin wurden sie ihm nicht mit dem verhassten Silber zugefügt, was seine Regeneration verlangsamt hätte. Ein heftiges Ziehen im Oberschenkel war alles, was er an Schmerzen spürte. Er verzog kurz das Gesicht, um es zu dramatisieren, doch Ceran sah ihn nur abwertend an und schnaubte.

»Gib dir keine Mühe. Ich weiß, was du bist, aber sei unbesorgt, ich werde dich nicht ausliefern. Dennoch wünsche ich nicht, dass du allzu lange bleibst.«

André nickte. Natürlich wollte der Arzt nicht mit einem Werwesen gesehen werden, man könnte ihm Verrat und womöglich noch Schlimmeres vorwerfen. Als er sich aufrichten wollte, wurde er sich wieder bewusst, dass er nackt war.

»Hättet Ihr womöglich etwas zum Anziehen für mich?«, fragte er höflich.

Ceran legte den Kopf schief und seufzte. »Mal sehen, aber mach dir keine Hoffnungen, dass es passt. Du bist ganz schön hochgewachsen.« Dann durchsuchte er seine Tasche. Nach ein paar Minuten kehrte er mit einer Lederhose, einem einfachen Leinenhemd und alten Stiefeln zurück und reichte es André.

Als er vollständig bekleidet war, sagte er: »Ich danke Euch für alles. Wenn ich etwas für Euch tun kann …«

Ceran hob die Hand und brachte ihn zum Schweigen. »Schon gut. Dein Aderlass reicht als Dank. Für meine Forschungen ist das Blut Eurer Art von großer Bedeutung. Aber wenn ich dir einen Rat geben darf: Du solltest dich von Marique fern halten, bevor du sie noch in Schwierigkeiten bringst.«

Betrübt blickte André auf seine Hände herab. Ceran hatte Recht, er durfte ihr nicht noch mehr Schwierigkeiten machen. Aber zurück zu seinem Rudel, wenn noch jemand davon übrig war, konnte er auch nicht. An seinen Händen klebte das Blut eines Bruders, den er für *sie* getötet hatte.

Fort!

Als Marique wieder zurück in der Burg war, hatte sie das Gefühl, dass ihre Beine jeden Augenblick nachgeben würden. Hitze stieg in ihrem Gesicht auf und ihre Augen brannten, aber sie wollte nicht weinen und so biss sie die Zähne fest zusammen, bis es wehtat, um ihre Schwäche zu verleugnen. Sie war mit Jaro bei dem Einsiedler gewesen, um ihm André zu zeigen und zu beweisen, dass dieser keine blutrünstige Bestie war.

Doch André war verschwunden.

Jaro legte einen Arm um ihre Schultern und stützte sie. »Siehst du«, flüsterte er, beinah tröstend, wenn es ihm nur gelungen wäre, die Selbstgefälligkeit in seiner Stimme zu unterdrücken, »es ist genau, wie ich gesagt habe. Er hat Euch nur benutzt. Nun sind seine Wunden verheilt und er fällt wieder über Unschuldige her.«

Sie schüttelte den Kopf, das wollte sie nicht glauben. Seine Blicke, seine Zuneigung und die Liebesbekundungen, mit denen er sie in den Schlaf gestreichelt hatte, das alles konnte keine Lüge gewesen sein. Ihr Gefühl konnte sie nicht dermaßen getrogen haben! Ihre Sicht verschwamm vor Tränen und ihre Glieder schienen taub zu werden. Jaro geleitete sie sanft aufs Bett und zog sie enger an sich. Er gab ihr einen zärtlichen Kuss aufs Haar.

»Meine Marique«, flüsterte er.

Seine Finger hoben sanft ihr Kinn an und im nächsten Augenblick spürte sie seinen Mund auf ihrem, zuerst nur leicht, dann immer fester, besitzergreifend wollte er ihre Lippen mit der Zunge teilen. Sie versuchte zurückweichen, doch sein Griff war mit einem Mal eisern. Unerbittlich hielt er sie an sich gepresst und wollte ihre Leidenschaft erzwingen.

Nein, dachte sie und biss zu.

Sie schmeckte bittere Süße. Sofort wich er mit einem Aufstöhnen zurück, was sie dazu nutzte, um ihn ganz von sich zu stoßen. Schwer atmend sah sie, wie er sich verdutzt an die blutige Unterlippe griff. Dann verhärteten sich seine Gesichtszüge und zeigten eine unverkennbare Wut. Er stürzte vor, packte Marique an den Oberarmen und warf sie aufs Bett.

»Ihr verweigert Euch mir immer noch«, schrie er sie an. »Eine Bestie zieht Ihr mir vor!«

»Ich liebe Euch nicht«, sagte Marique verzweifelt, ihre Stimme laut und zitternd. »Versteht das doch endlich!«

Er starrte sie an und stieß einen wütenden Laut zwischen den Zähnen hervor, der beinah einem Knurren glich. Endlose Sekunden verharrte er über ihr mit diesem hasserfüllten Blick. Marique wagte kaum zu atmen.

Dann ließ er sie abrupt los und erhob sich. »In wenigen Stunden ist es Abend«, sagte er, bevor er ihr Gemach verließ.

Marique blieb liegen, selbst nachdem er gegangen war. Sie wusste, was er meinte. Bald würden die Jäger wieder aufbrechen und jedes Untier jagen, das sich noch im Wald verbarg. Sie wollte nicht daran denken. Ihre Oberarme schmerzten noch von Jaros festem Griff, an ihren Lippen klebte sein Blut, sie fuhr mit der Zunge darüber und glaubte es noch zu schmecken. Ihr Leben war getaucht in Blut, von Geburt an. Sie alle hatten eine Sünde zu sühnen, so die Worte der Fürstin. Sie dachte an Jaro, an seinen Siegelring. Er war ein Adeliger, welch schreckliches Verbrechen musste er begangen haben, dass es nach solch einer Buße verlangte, dem Orden der Sünder unter der Fürstin beizutreten?

Sie schloss die Augen und lauschte ihrem Atem bis sie der Schlaf ereilte. Erst das Licht des vollen Mondes weckte sie.

Kaum hatte sie Augen aufgeschlagen, kam Lucia bei der Türe

herein. Sie trug zwei Becher in Händen und nickte ihr freundlich zu. Marique lächelte, was ihr nicht sonderlich gut gelang und Lucia kam näher, setzte sich aufs Bett und reichte ihr das Getränk. Der Becher war warm von der Flüssigkeit und ließ ihre Fingerspitzen angenehm kribbeln. Es roch nach Kräutertee und sie machte ein paar Schlucke. Süß rann es ihre Kehle hinab.

»Ich dachte, Ihr würdet es brauchen«, erklärte Lucia ihren Besuch, »Jaro macht sich Sorgen um Euch. Er sagt, Ihr währt recht niedergeschlagen, weil Ihr versagt hättet.«

Mariques Kiefer verkrampfte sich, mit einem Mal hatte sie einen bitteren Geschmack im Mund, den sie mit einem weiteren Schluck hinfort spülen wollte. Aber er wurde nur schlimmer. Lucia legte ihr behutsam eine Hand auf die Schulter.

»Das kann jedem mal passieren«, sagte sie, aber ihre Stimme war viel zu kühl, um Mitgefühl zu vermitteln. Als Marique nicht reagierte, erhob sie sich seufzend und wandte sich zur Türe. Marique trank noch etwas und folgte ihr dann.

Wie bei jedem Vollmond blieben zwei Jäger zum Schutz der Fürstin zurück. Heute waren das Amanda und Jaques, sie postierten sich nahe dem Waldrand und hielten alles auf, was in Richtung Schloss wollte. Jaro, Lucia und Marique machten sich auf in den Wald. Auch dieses Mal sagte Jaro, dass sie sich trennten und sein harter Blick verriet, dass er ihr heute Nacht nicht folgen würde. Immerhin hatte er sie nicht verraten, auch nicht an Lucia. Ihr Herz pochte unruhig bei dem Gedanken daran.

Als Marique umherschlich, begann es leicht zu regnen und der Geruch nach feuchter Erde drang an ihre Sinne, während ihr Mantel immer dunkler und schwerer vom herabfallenden Wasser wurde. Die Kälte ließ den Stoff steif werden und bescherte ihr eine Gänsehaut. Bald schon wurden ihre Schritte unbedacht, längst nicht mehr so leise wie sie hätten sein sollen und schließlich blieb sie ganz stehen. Die Finsternis hüllte sie ein, die Stämme der Bäume wirkten pechschwarz und ihre Äste begannen, ein Eigenleben zu führen. Sie griffen nach ihr, die Schatten zerschmolzen zu dämmrigen Gestalten, schlichen durch den Wald mit leeren Augenhöhlen. Plötzlich fuhr der Wind durch ihr Haar, sie glaubte ein heulendes Gelächter zu hören. Panik befiel sie, suchend drehte sie sich im Kreis. Die Umgebung schien zu verschwimmen, das Gefühl von Feinden umgeben zu sein, die immer näher rückten, ließ ihre Brust eng werden und ihr Herz gefangen schlagen. Ihre Glieder wurden taub vor Kälte, nur in ihrem Gesicht kam eine Hitze auf und heiße Tränen rannen über ihre Wangen. Sie fühlte sich verloren in einem zähen Morast aus Angst, den sie nicht entwirren konnte.

Sein Name glitt über ihre Lippen. Sie konnte es nicht verhindern, zuerst nur flüsternd, dann immer lauter. *André, André …*

»André!«, rief sie und ihre Stimme hallte von den Bäumen wider, wie ein Echo ihrer inneren Einsamkeit. Sie schrie durch den Wald, er solle zurück zu ihr kommen. Dann begann sie zu laufen, ihre Kapuze flog nach hinten und der Wind rauschte an ihren Ohren. Voller Verzweiflung schrie sie nach ihm und eilte durch die Finsternis. Plötzlich rutschte sie über einer herausragenden feuchten Wurzel aus, verlor das Gleichgewicht und fiel. Ihre Hände krallten sich in die Erde und sie begann hemmungslos zu schluchzen. Immer wieder seinen Namen widerholend verharrte sie und sah wie ihre Hände unkontrolliert zitterten. Sie schloss die Augen, versuchte sich zu beruhigen. Es schien eine Ewigkeit zu dauern, bis die fratzenhaften Gebilde vor ihrem inneren Auge und das höhnische Lachen an ihren Ohren, verschwanden.

Als sie sich wieder unter Kontrolle hatte, musste es bereits weit nach Mitternacht sein. Was war nur geschehen? Sie fühlte sich immer noch ein wenig benommen. Stöhnend griff sie sich an die schweißnasse Stirn. Sie würde einmal mehr zu spät zum Treffpunkt kommen. Ihre Tränen waren getrocknet und sie glaubte, ihre Stärke zurückgewonnen zu haben. Sie würde sich zusammenreißen. Sie kehrte zum Schloss zurück und entdeckte Jaro und Lucia, wie sie in die Unterkünfte der Bediensteten gingen. Marique folgte ihnen, legte ihren feuchten Mantel ab und wollte gerade in den nächsten Raum folgen, als Jaro heraustrat. Seine Miene war ernst und Marique wusste augenblicklich, dass etwas nicht stimmte.

»Was ist los?«, fragte sie.

Sein Kiefer verspannte sich. Seine Stimmung konnte nicht nur daher ruhen, dass sie zu spät war.

»Am besten, Ihr seht es Euch selbst an«, sagte er und trat zur Seite.

Zögernd betrat Marique die Unterkünfte. Ihre Stiefel klackten über den Holzboden, dann sah sie es. Blut und zerfetzte Körper. Ein unverkennbarer, grauenhafter Geruch stieg ihr in die Nase und sie unterdrückte ein Würgen. Ein entsetzter Laut entglitt ihrer Kehle und sie versuchte, die Leichen zu identifizieren. Leblose Augen blickten ihr starr entgegen. *Amanda und Jaques*, dachte sie. *Und … eine Magd?* Sie wandte sich ab, wollte den Anblick keine Sekunde länger ertragen.

»Was ist hier geschehen?«, fragte sie mit zittriger Stimme.

Er sah sie scharf an. »Könnt Ihr Euch das nicht denken? Die beiden kamen wohl ins Schloss zurück, um etwas zu überprüfen und wurden unerwartet angegriffen. Diese Wunden sind nicht zu verwechseln. Und wir wissen alle, wer das getan hat. Oder habt Ihr heute Nacht da draußen, irgendeinen anderen Werwolf erblickt?«

Nein, das hatte sie nicht. Aber sie wollte nicht glauben, dass André zu so etwas fähig war. Andererseits, wie gut kannte sie diesen fremden Mann schon? Was wusste sie von ihm? Hatte die Liebe sie blind und töricht werden lassen?

Sie wich zurück und sank an der blutbespritzten Wand zu Boden. Jaro kam zu ihr, Lucia stand im Türrahmen mit einem kleinen Mädchen.

»Das ist die Tochter der Magd«, erklärte Jaro und winkte das Kind heran. »Erzähl Marique, was du gesehen hast, Kleines.«

Das Mädchen schluchzte, seine Kleidung war schmutzig und zerrissen, die Augen gerötet und über ihre Wangen rannen immer noch heiße Tränen. Es öffnete den Mund, aber brachte kein Wort über die Lippen. Es war zu verängstigt. Marique zog es in die Arme, machte beruhigende Geräusche und streichelte ihm übers Haar. Leise begann sie einen Zauber zu weben, damit die Angst das Kind nicht mehr vollständig lähmte. Allmählich beruhigte sich der Atem und Puls des Mädchens. Schließlich begann es mit leiser Stimme zu berichten. »Ich habe schon geschlafen, da weckte mich ein lautes Geräusch. Dann wollte ich zu meiner Mutter gehen, weil ich Angst hatte und da … da war ein Monster und meine Mutter …« Es brach ab und verfiel in ein Schluchzen.

Marique fragte sich, wie sie sich nur so hatte täuschen können. Hätte sie diese schreckliche Tat mit einem Schuss ihrer Armbrust verhindern können? Mit einer fahrigen Geste fuhr sie sich mit der Hand übers Gesicht. Sie spürte Jaros Berührung am Arm.

»Keine Sorge«, sagte er. »Ich werde den Wald nach der Bestie absuchen, ihn jagen und erlegen, dann ist alles gut. Ihr müsst Euch nicht damit befassen, ich tue es für Euch.«

Er stand auf und ging Richtung Tür. »Ihr bleibt hier und haltet Wache«, sagte er zu Lucia, dann verschwand er.

Lucia mochte es nicht, Befehle entgegenzunehmen, das merkte man ihr deutlich an, dennoch tat sie wie geheißen. Das Mädchen zitterte immer noch in Mariques Armen. Sie zog es tröstend enger an sich. Es würde alles gut werden, versprach sie und merkte, dass sie sich mit diesen Worten auch selbst zu trösten versuchte. Sie streichelte dem Mädchen übers Haar und gab sich größte Mühe, nicht daran zu denken, dass Jaro in den Wald ging, um den Mann zu töten, den sie liebte. Ein Teil von ihr hoffte, dass er weit weg war und Jaro ihn nicht finden würde, ein anderer versuchte, hoffnungsfroh zu sein. Bald würde die Bestie tot sein und die Tat wäre gerächt. Vielleicht wusste André gar nicht, was er in seiner Wolfsgestalt anrichtete. Möglicherweise war der Tod für ihn sogar eine Erlösung?

»Es war so furchtbar«, wimmerte das Mädchen in ihren Armen. »Immer wieder sehe ich das Monster vor mir. Wie das Blut von seinem Maul tropft und seine roten Augen mich ansehen.«

Mariques streichelnde Hand hielt inne.

»Was hast du gesagt?«, fragte sie wie in Trance.

»Seine Augen«, schluchzte die Kleine in ihren Armen, »sie waren blutrot.«

Marique sah das Kind fest an. »Wie sah das Tier aus?«, fragte sie. »Du musst es mir sagen! Was für ein Fell? Schneeweiß oder grau?«

Verwirrt und ängstlich blickte das Mädchen ihr entgegen, dann schüttelte es den Kopf. Seine Stimme war zu einem Flüstern verkommen. »Es hatte schwarzes Fell, wie der Rappe im Stall.«

Mariques Herz begann zu rasen, Adrenalin schoss durch ihre Adern. Sie bedankte sich und stand schwankend auf. Lucia sah sie fragend an.

»Ich muss …«, begann Marique, dann stürmte sie ohne ein weiteres Wort aus dem Haus und lief, so schnell ihre Beine sie trugen, zum zweiten Mal in dieser Nacht in den Wald.

3

Er hatte es versucht, wirklich versucht. Aber er konnte es nicht. André musste zurück, irgendeine Möglichkeit, eine Zukunft, für sie beide musste es doch geben! Er liebte Marique. Mit jedem Herzschlag, der verging, dachte er nur an sie, sah ihr Gesicht vor sich, spürte ihren Kuss. Um jeden Preis wollte er sie schützen, aber sich von ihr fernzuhalten, das vermochte er nicht. Er hatte seine menschliche Gestalt behalten, auch wenn der Vollmond schwer auf ihm lastete, und lief durch den Wald. Plötzlich vernahm er ihren Geruch und folgte der Spur, bis er zwischen den Bäumen einen roten Mantel aufleuchten sah. Es musste ihrer sein, Mariques Duft haftete an dem Stoff. Sie sah in eine andere Richtung und er näherte sich von hinten und legte ihr eine Hand auf die Schulter.

»Marique …«, sagte er und die rot gewandete Gestalt drehte sich um. Es war eine blitzschnelle Regung und in der nächsten Sekunde spürte André einen heftigen Schmerz, der sich in seiner Brust vergrub. Haltsuchend griff er nach dem Mantel, doch die Pein war so groß, dass er in die Knie sank. Die rote Kapuze glitt nach hinten und der Mondschein beleuchtete ein verhasstes Antlitz.

Jaro, der Jäger des Ordens.

Höhnisch blickte er auf André herab und den Dolch, der in dessen Brust steckte. Das giftige Silber brannte sich in Andrés Fleisch und ließ ihn aufstöhnen. Jaro grinste boshaft und zog den Dolch heraus, stieß André zurück, sodass er ganz zu Boden sank.

»Tut's weh, Welpe?«, fragte Jaro und hob die Waffe erneut. »Elendiger Hundesohn!«

Die Klinge blitzte in der Dunkelheit auf und Andrés einzige Gedanken galten Marique.

Plötzlich ertönte ein peitschendes Geräusch und im nächsten Moment hielt sich Jaro die blutige Hand, der Dolch lag am Boden, neben einem Armbrustbolzen. Jaros Gesicht verzehrte sich vor Wut und er blickte sich suchend um. Unter Anstrengung wandte auch André den Kopf und erblickte Marique, seine Marique, mit einer erhobenen Armbrust in der Hand.

»Geh weg von ihm«, keuchte sie.

Jaro rang sichtlich mit seiner Wut. »Seid Ihr wahnsinnig? Er ist ein Mörder und ein Ungeheuer!«

Sie schüttelte den Kopf. »Nein!« Ihre Stimme klang fest. »Die Beschreibung des Mädchens passt nicht auf seine wölfische Gestalt.«

André beobachtete, wie Marique näher kam, ihre Waffe beiseitelegte und versuchte, die Blutung seiner Wunde zu stoppen. Er sah zu Jaro, dessen Miene immer mehr von unbändiger Wut zeugte. Der Jäger warf einen Blick gen Himmel.

Marique wirkte besorgt, angesichts der Wunde ihres Geliebten. André sah zu ihr auf. »Sorgt Euch nicht«, sagte er erstickt, »mein Herz wurde nicht getroffen und das Silber wurde entfernt. Mit ein wenig Ruhe, wird das schon wieder. Ich bin kein schwacher Wolf.«

Zärtlich strich sie ihm eine Strähne seines silberblonden Haars aus dem Gesicht. »Warum wolltet Ihr mich verlassen?«, fragte sie.

»Ich wollte Euch nicht in Gefahr bringen«, keuchte er. »Ihr seid ein Mitglied des Ordens.«

Ein knurrender Laut weckte ihre Aufmerksamkeit und Marique wandte sich um. Jaro stand zusammengekrümmt da und gab merkwürdige Geräusche von sich.

»Ist alles in Ordnung?«, fragte sie.

»Noch nicht«, zischte Jaro und sah sie an, »aber bald!« Scharf sog sie die Luft ein, bei seinem Anblick begann ihr Herz schneller zu schlagen. Seine Augen waren rot, so rot wie Blut. »Ihr habt Euch doch sicher gefragt, welche Sünde mich dazu brachte, unter der Fürstin zu dienen«, sagte Jaro. »Es war die Sünde meiner Mutter.«

Mit einem Schrei stürzte er auf alle Viere, seine Gestalt veränderte sich, die Kleidung riss auf, Haare sprossen aus seiner glatten Haut und sein Gesicht deformierte sich zu einer langen Schnauze. Ein Werwolf stand vor ihr und sein Fell war pechschwarz. Die Sünde seiner Mutter. Er ist ein Bastard, erkannte Marique. Die Zauberrolle an ihrer Brust, hing schwer um ihren Hals. Sie griff danach und stellte sich verteidigend vor André. Zähnefletschend sah die Bestie sie an, aber sie ging nicht zur Seite, sondern flüsterte die Worte zum Schutz. Dann griff der Wolf an.

Der Zauber hielt ihn zurück, doch der Werwolf gab nicht auf, stemmte sich gegen den Schutzschild, kam immer näher. Marique wandte all ihre Kraft auf, doch bald wurde ihr klar, dass es nicht ausreichte. Es war Vollmond, was die Bestie stärkte machte, zugleich war Jaro nur ein Bastard, weshalb die Formel nur bedingt auf ihn wirkte und ihn nur kurzzeitig aufhalten konnte. Dieser Schutzzauber erforderte eine Menge Energie, weshalb er nur im äußersten Notfall angewendet wurde.

»Bringt Euch in Sicherheit«, brachte André mühevoll hervor. »Er will nur mich.«

»Nein«, sagte sie zwischen zusammengebissenen Zähnen, eine Träne rann über ihre Wange. »Ich bleibe bei Euch. Ich liebe Euch!«

Dann zerbarst ihre Magie und das Schild in tausend Teile, die Zauberrolle bekam einen Riss und eine Energiewelle ließ sie zu Boden sinken, als der Wolf vorpreschte.

Und mit einem Aufheulen ebenfalls zu Boden schlug.

In Jaros Seite steckte ein silbernes Wurfmesser. Für endlose Sekunden war nur sein Atem zu vernehmen. Dann kam einen Gestalt auf die drei zu. Sie trug einen roten Mantel und eine goldene Locke trat unter der Kapuze hervor.

»Lucia«, flüsterte Marique überrascht, sie konnte nichts anderes tun, als dazusitzen und zu beobachten, wie die Jägerin auf Jaro zuging, der sich in seiner Schwäche zurück verwandelte. Lucia sah ihn mit harter Miene an.

»Ich hatte es geahnt«, sagte sie, »die Wunden an Eurem Hals, die jedes Mal so frisch aussahen, stammten von der Silberkette.« Sie schüttelte den Kopf. »Wie habe ich Euch nur je vertrauen und Marique dieses Rauschgift zu trinken geben können.«

Marique horchte auf. »Deshalb habe ich mich im Wald so eigenartig gefühlt.« Mühsam erhob sie sich, ihre Glieder zitterten noch vor Anstrengung. »Ihr wolltet, dass ich André misstraue!« Sie ging auf Jaro zu und zog ihr Messer.

Jaro schüttelte den Kopf und verzog das Gesicht vor Schmerzen. »Ihr habt nicht das Recht, mich zu töten«, keuchte er und lachte, ein kläglicher Laut. »Ihr schuldet mir Euer Leben.«

Sie senkte die Waffe. »Da habt Ihr wohl recht«, gestand sie und sah zu Lucia. »Aber Lucia schuldet Euch nichts. Ich werde es ihr überlassen, zu richten.« Damit wandte sie sich ab und ging zu André.

Sie half ihrem Geliebten auf.

»Wohin gehen wir?«, fragte er.

»Ich weiß es nicht.« Sie konnte nicht zurück zum Schloss und zu dem Orden, immerhin liebte sie den Feind, und er konnte, dessen war sie sich sicher, nicht zurück zu seinem Rudel, denn immerhin war er um ihretwillen zum Verräter geworden.

»Ganz egal. Aber wir werden zusammen sein.«

Sie entfernten sich von den anderen beiden. Marique sah noch, wie Lucia sich herabbeugte und Jaro einen Kuss gab, ob es ein Versöhnungs- oder Abschiedskuss war, vermochte sie nicht zu sagen, dann tauchten sie ein in die Finsternis des nächtlichen Waldes.

Epilog

Fürstin Eleonore von Schwarzenberg schied dahin am 5. Mai 1741. Kein noch so kostspieliger Arzt hatte es vermocht, sie zu heilen und so starb sie nach langer Krankheit. Als einzige ihrer Familie wurde sie nicht in der Augustinerkirche bestattet. Nach ihrem Ableben wurde eine Obduktion angewiesen, angeblich um herauszufinden, an was sie verstarb. In Wahrheit waren viele von ihrer vampirischen Natur überzeugt gewesen und die Obduktion glich einer Prozedur der Pfählung. Ihr Herz wurde entfernt, ihr Sarg eingemauert in geweihter Friedhofserde mit dem Grabesspruch:

Hier ruht die arme Sünderin Eleonore von Schwarzenberg. Bittet für sie!

Sieben

von Gregor Eder

I

Schwaches, rötliches Licht wurde von den dunklen Schotten zurückgeworfen und tauchte die labyrinthartigen Gänge der Asteroidenstation in ein unwirkliches Zwielicht. Dampf aus geplatzten Leitungen und der Rauch von Bränden vermengte sich zu einem Nebel, der sich geisterhaft über dem Boden ausbreitete und den Blick auf alles unter ihm verbarg.

Doktor Diana stolperte durch die kniehohen Wogen und unter ihren behuften Füßen fühlte sie die Erschütterungen ferner Einschläge. Wissen und ein analytischer Verstand hielten ihre unmenschliche Panik im Zaum, auch wenn sich jedes Haar ihres kurzen, schneeweißen Fells aufstellte. Der Blick ihrer großen, rehbraunen Augen und ihre langen Ohren versuchten sich zudem darin zu übertreffen, nervös mal hierhin und mal dorthin zu zucken.

Diana gehörte dem Volk der Furrianer an und war eine sogenannte GELF, eine genetisch designte Lebensform. Sie gehörte zu dem Zweig, der bei der Öffentlichkeit mehr mit technischen, wissenschaftlichen oder medizinischen Aufgaben in Verbindung gebracht wurde. Hierfür waren primär ‚friedliche' Tiere als Vorlage verwendet worden, um mit dem Genom von Menschen kombiniert zu werden. Von den langen, behuften Beinen bis zu den rehartigen Gesichtszügen strahlte sie daher unweigerlich eine gewisse Freundlichkeit und Unschuld aus. Auch wenn diese so gar nicht zu dem Wissen und Talent passen wollte, dass Diana nicht nur einen Doktortitel, sondern auch den begehrten Platz auf dieser Station eingebracht hatte.

Zusammen mit sechs anderen Forscherinnen ähnlicher genetischer Abstammung hatte sie hier biomolekulare Forschung betrieben. Nichts Weltbewegendes, aber doch ausreichend, um die nötigen Gelder zu rechtfertigen. Und um jemanden offenbar dazu zu veranlassen, die Station anzugreifen.

Alarme hatten die Forscherinnen aus ihren hellen Laboren in Gänge getrieben, die selbst im Normalbetrieb nur im Halbdunkel lagen. Dekompressionsalarme und schließende Schotten hatten die Gruppe schließlich von dem eingeübten Evakuierungsweg abgebracht und schließlich auch voneinander getrennt.

Diana konnte sich noch erinnern, an welcher Abzweigung sie ihre letzte Kollegin verloren hatte, weil beide in langsam aufwallender Panik und Verwirrung in verschiedene Richtungen gelaufen waren. Inständig hoffte die Furrianerin, dass sie den Weg zum Hangar finden würde oder zumindest bald wieder auf eine ihrer Kolleginnen traf.

II

Mit dem Zischen lösender Versiegelungen wurde der Helm in Form eines Wolfkopfes abgezogen und dann hängten ihn krallenbewehrte Hände an den Ausrüstungsharnisch. Die Züge, die zum Vorschein kamen, wirkten auf unmenschliche Art noch bedrohlicher als der eben entfernte Schutz.

Nachtschwarzes Fell rahmte humanoide Züge ein, die mehr in Richtung des Raubtiers als des Menschen gingen, aus denen diese Unterart der GELFs geschaffen worden war. Die citrinfarbenen Augen schimmerten über einer langen Schnauze, deren Fänge von einem leisen Grollen geteilt wurden.

Tief sog Tyr die Gerüche der Umgebung ein, froh darüber, den einengenden Helm losgeworden zu sein. Seine eigenen Sinne waren den elektronischen Systemen seiner Ausrüstung deutlich überlegen und das galt besonders für solche Gelegenheiten.

»Bringt Sie zurück!«, befahl er den anderen Mitgliedern seines Packs und verwies damit auf die drei Forscherinnen, die sie bereits erwischt hatten, »Um die anderen kümmere ich mich persönlich.«

Die letzten Worte unterlegte er mit einem erneuten Grollen, das jeden Protest schon im Keim erstickte. Und so machten sich seine Männer daran, die Order ihres Anführers rasch umzusetzen. Unterdessen verfiel dieser in den langsamen Trott, den nicht nur ihre tierischen Vorlagen für eine lange Jagd bevorzugten.

Die wolfsartige Abart der Furrianer wurde immer mit der

faszinierenden und zugleich erschreckenden Vorstellung eines perfekten Raubtieres in Verbindung gebracht. Sie waren primär für militärische Zwecke designt worden. Als Kundschafter, als Kämpfer und auch als Anführer. Sie verfügten über animalische Instinkte, scharfe Sinne und ihr bedrohliches Aussehen war darauf ausgelegt, tief verwurzelte Ängste zu wecken.

Mochte Tyr auch nicht zu den besten Jägern seines Packs zählen, so gab es doch einen guten Grund, warum er der Anführer war. Ihn umgab eine majestätische Aura der Wildheit und Natürlichkeit, wie man sie nicht einfach züchten konnte. Die Inkarnation eines Raubtiers, eines Jägers für den die Dunkelheit keine Schrecken verbarg. Denn die Dunkelheit war seine bevorzugte Jagdumgebung

III

Das Notfallschott hatte sich im offenen Zustand verkeilt und Diana war äußerst dankbar für ihre genetischen Attribute, als sie ihren schlanken Körper durch den Spalt zwängte. Dahinter lehnte sich die Wissenschaftlerin erst einmal mit dem Rücken gegen das Schott und atmete tief durch.

Panik mochte irrational und unlogisch sein, aber es wurde immer schwerer, dagegen anzugehen. Zumal sie noch immer weder eine ihrer Kolleginnen noch jemand anderen getroffen hatte. Die Station war groß, aber inzwischen hätte sie doch zumindest auf einen Bereich treffen müssen, der ihr bekannt vorkam.

»Wenn nur das Licht funktionieren würde«, murmelte die Furrianerin und strich sich eine Strähne ihres hellen Haares aus der Stirn.

Ihre Kleidung und ihr Fell waren inzwischen schmutzig und verklebt, und die dunkle Notbeleuchtung flackerte immer wieder, was es nicht leichter machte, einen Weg zu finden. Oder einen Fuß vor den andern zu setzen, ohne gegen etwas zu stoßen, das sich in dem immer höher aufwallenden Dunst verbarg. Inzwischen reichten ihr die Schwaden schon fast bis zu ihren Knien und das mochte bei ihrer Größe etwas heißen.

Ihre Unterart hatte sich hinsichtlich der langen, schlanken Beine nicht umsonst kräftig an den tierischen Vorbildern bedient. Eine große Station stellte für sie ein geringeres Problem dar, da sie die Gänge mit raumgreifenden Schritten durchwandern konnte. Nur im Moment fraßen eben jene Schritte keine Entfernung und führten sie nicht dorthin, wohin sie wollte.

IV

»Da habt ihr euch versteckt«, Tyrs Stimme war ein tief aus seiner Brust stammendes Grollen.

Ein Laut der aus seiner animalischen Seite geboren war, der Seite die für die Jagd lebte. Und wie sich zeigte, beherrschte er diese.

Denn der Furrianer hatte zwei weitere Wissenschaftlerinnen gefunden. Er wusste zwar nicht warum, aber die beiden hatten sich in der Messe versteckt. Vermutlich wollten sie den Hangar erreichen und waren unterwegs vom Weg abgekommen. Und dann hatten sie in einem bekannten Bereich Zuflucht gesucht. Auch wenn das offensichtlich nichts nutzte.

Tief sog Tyr den Geruch der beiden ein, als er auf lautlosen Pfoten die Abteilung betrat. Hier war das Licht komplett ausgefallen und nur ein Feuer, das im hinteren Küchenbereich ausgebrochen war, spendete etwas Licht. Nicht genug, um mehr von ihm erkennen zu lassen als einen aufragenden Schatten im Rechteck der Türöffnung.

Doch mehr als ausreichend für seine genetisch modifizierten und in unzähligen Einsätzen geschulten Sinne. Sein Geruch leitete ihn und sein Blick fand die beiden Gesuchten schließlich zusammengekauert hinter einem der Tische. Die jungfräuliche Reinheit von Fell und Laborkittel längst durch Schmutz verunstaltet.

»Habe sie gefunden«, meldete Tyr, nachdem er zwei Finger gegen das Headset an seinem linken Ohr gepresst hatte.

Dann holte er das kurzläufige Gewehr hervor, das er über den Rücken geschlungen hatte. Die Waffe zu heben und zu zielen war eine einzige, flüssige Bewegung und dann hallten zwei schnelle Schüsse durch die Abteilung.

Kurz darauf trat Tyr wieder in den Gang und aktivierte erneut seinen Kommunikator, »Zwei sind noch übrig, ich setzte meine Suche fort. Sollte nicht zu lange dauern.«

V

Das Prasseln der Flammen hatte Diana bereits früh bemerkt, doch erst als sie die Abzweigung erreichte, war ihr das ganze Ausmaß des Feuers ersichtlich geworden. Dadurch war sie erneut gezwungen, ihre Richtung zu wechseln.

Die Beleuchtung war inzwischen vollständig ausgefallen und der Rauch wurde von Minute zu Minute dichter und man konnte kaum das nächste Schott erkennen. Trotz der steigenden Hitze durchlief es die Wissenschaftlerin plötzlich eiskalt.

Der Angriff dauerte offenbar noch an und die Station zeigte immer größere Schäden. Diana wurde klar, dass sie niemals rechtzeitig den Weg zum Hangar finden würde. Ganz zu schweigen davon standen die Chancen noch schlechter, auf eine ihrer Kolleginnen zu treffen. Vermutlich waren die anderen sechs inzwischen tot oder genauso abgeschnitten wie sie.

Leichte Beute für jeden Angreifer, der sich auf die Jagd nach ihnen begab. Und falls sie doch den Angreifern entgehen sollten, dann würde sie die Station mit sich in den Untergang reißen.

Und es sah inzwischen immer mehr danach aus, dass sie das Schicksal ihrer Artgenossinnen teilen würde.

»Nein … Nein. Nein!« In einer wütenden Geste wischte sich die Furrianerin die aufkeimenden Tränen aus den Augen und stolperte vorwärts.

Sie war nicht so weit gekommen, um einfach aufzugeben. Eiskalte Selbstbeherrschung diente als letzter Wall gegen ihre Panik und schaffte es, diese noch einmal im Zaum zu halten. Sie würde es schaffen. Sie durfte nur nicht stehen bleiben.

VI

Das Flackern der Flammen tauchte die Gangbiegung in ein ständig in Bewegung befindliches Wechselspiel aus Licht und Schatten, und teilte die aufsteigenden Rauchschwaden.

Eine krallenbewehrte Hand mit dunklem Fell schloss sich um den

Rand des Schotts und kurz darauf schob sich ein länglicher Kopf herum.

»Eine fehlt noch«, in Tyrs Stimme schwang Ärger und Frustration mit.

Der Ärger hatte seinen Ursprung im eigentlich erfolgreichen Aufspüren der sechsten Forscherin. Diese positive Entwicklung wurde jedoch vom Verlust seines Gewehrs und einer Verwundung überschattet. Sein vorletztes Ziel hatte sich gewehrt und die Schäden an der Station sorgten für Trümmer und herumfliegende Schrapnelle.

Eines davon hatte den Furrianer am rechten Oberarm erwischt und eine klaffende Wunde hinterlassen. Trotz eines improvisierten Verbandes war sein Fell blutverklebt und jede Bewegung jagte Schmerzen durch den gesamten Arm.

Allerdings sorgte die langsam anwachsende Frustration dafür, dass solche Unannehmlichkeiten in den Hintergrund rückten. Denn die letzte Wissenschaftlerin schien sich ihm mit geradezu unwahrscheinlicher Präzision zu entziehen. Entweder tat sie das mit Absicht, oder das Universum erlaubte sich einen Witz und lenkte ihre panische Flucht in die für Tyr ungünstigste Richtung.

Doch davon würde er sich nicht aufhalten lassen. Mochte das Universum ihm doch ein wenig auf der Nase herumtanzen, am Ende würde er seine Beute erwischen. So wie immer.

Mit einem Knurren, das all seinem Ärger in einem urtümlichen Laut der Frustration und Wut Luft machte, setzte Tyr seinen Weg fort und eilte im langen Lauf in den nächsten Gang.

VII

»Oh nein, nein, nein …« Mit einem Aufschluchzen schlug Diana ein letztes Mal gegen das geschlossene Sicherheitsschott.

Dann sank sie langsam daran hinab und kauerte sich am Fuß des Hindernisses zusammen. Ein Hindernis, das ihr den einzigen Weg versperrte, der ihr noch geblieben war. Und das sie nicht überwinden konnte.

Zuerst hatte sie versucht, am Kontrollpanel die Öffnung zu veranlassen, doch automatische Feuerschutzsysteme hatten reagiert und diese Sektion abgeschottet, als der registrierte Schaden zu groß geworden war. Das Schott konnte schlicht und einfach nicht ohne entsprechende Werkzeuge und Reparaturen geöffnet werden.

Und so schwanden die letzten Funken von Hoffnung, und Panik und Verzweiflung sprangen Dianas Verstand mit der tödlichen Eleganz eines Raubtieres an. Schluchzend klopfte sie noch einmal gegen die glatte Oberfläche, doch es war sinnlos. Ebenso gut hätte sie versuchen können, einen Berg mit bloßen Händen zu bewegen.

Das tiefe Grollen hinter ihr fuhr wie ein Blitz in ihren Verstand und mit tränenverschleiertem Blick wandte sich die Furrianerin um.

Dort, dort bewegte sich etwas. Eine schattenhafte Gestalt streifte durch den von Flammen erhellten Qualm und näherte sich mit behänder Vorsicht.

Natürliche Instinkte, tief verwurzelt in den Ursprüngen von Dianas Genen, übernahmen die Kontrolle. Ihre Panik erreichte mit geradezu banaler Leichtigkeit schwindelerregende Höhen und wusch jegliches rationales Denken davon. Ein halb erstickter Schrei erstarb in ihrer Kehle, bevor er sich ganz Bahn brechen konnte.

Dann hatte die Gestalt sie erreicht.

VIII

»Und dann? Was ist dann passiert?«, Neugier und Aufregung sprachen aus Stimme und Blick des jungen Mädchens.

Sie hatte sich zu ihrem kleinen Bruder gesetzt und bislang stumm gelauscht. Doch jetzt war der Fluss der Worte verebbt und schiere Neugier hatte sie zu ihrem Ausruf veranlasst, während ihr Bruder nur mit großen Augen um eine Fortsetzung bettelte.

Im Gegensatz zu seiner Schwester war sein Fell nicht weiß, sondern von einem schmutzigen Grau und seine Gesichtszüge waren eindeutig die seines Vaters. Allerdings stammten die großen Augen eindeutig von seiner Mutter und er wusste diese zu nutzen.

Nur saß er leider dem einzigen Wesen in diesem Universum gegenüber, bei dem seine Geheimwaffe noch kein einziges Mal Erfolg gezeigt hatte.

»Dann … hat der böse Wolf das letzte Geißlein erwischt«, schloss

Diana die Gutenachtgeschichte mit einer tiefgründigen Endgültigkeit, wie es nur eine Mutter konnte.

Und sowohl ihr Gesichtsausdruck, als auch der Fingerzeig auf das zweite Bett machten deutlich, dass sie sich auch dieses Mal nicht zu einer Fortsetzung erweichen lassen würde.

Während ihr Sohn noch einmal den verzweifelten Versuch unternahm, sie mit einem traurigen Blick zu überreden, gab seine Schwester bereits nach. Leise grummelnd kehrte sie in ihr Bett zurück und erwartete dort den Gutenachtkuss ihrer Mutter. Gleichzeitig nahm sie sich vor, morgen wieder nach der gleichen Geschichte zu fragen.

»Waren sie dieses Mal erfolgreich?«, wollte Tyr wissen, als seine Frau in den Hauptbereich des Quartieres trat.

»Nein, auch wenn deine Tochter langsam aufmüpfig wird«, erklärte ihm Diana, als sie auf die Couch und in seine wartenden Arme sank, »Aber sie muss sich wohl noch etwas gedulden.«

»Zumindest bis sie älter ist«, erwiderte er mit einem fangbewährten Lächeln. »Dann kannst du ihr auch davon erzählen, was der böse Wolf gemacht hat, als er das siebte Geißlein erwischt hat.«

»Bring sie bloß nicht auf dumme Gedanken«, murmelte Diana, als sie sich an ihn schmiegte und die Augen schloss, »Sie muss nicht erfahren, wie ich dir dafür gedankte habe, dass du mein Leben und das meiner Kolleginnen gerettet hast.«

»Noch nicht. Nein, besser niemals«, stimmte Tyr ihr zu und küsste seine Frau auf eines ihrer langen Ohren. »Das ist schließlich auch eine ganz andere Geschichte.«

Eins mit der Natur

von Marcel Weyers

Die Sonne war gerade hinter dem schneebedeckten Berg untergegangen. Zur Ferienhütte dauerte es noch gute zwanzig Minuten, allerdings war es in der letzten Stunde noch viel kälter geworden. Jeremy wusste, es war eine blöde Idee gewesen, so spät noch wandern zu gehen. Aber wann hatte er das letzte Mal wirklich eine gute Entscheidung getroffen? Was wollte er hier oben eigentlich? Nach kurzem Nachdenken glaubte er, die Antwort zu kennen: Er wollte ein paar Tage allein verbringen, die letzten Arbeitstage waren stressig gewesen. Die Ferienhütte hatte er seit Jahren nicht besucht, obwohl er sich immer sehr mit der Abgeschiedenheit der Berge verbunden fühlte. Hier oben konnte man gut nachdenken, die Hektik der Menschen war hier nicht ständig um ihn. Nur die Natur. Als Kind verbrachte er mit seinen Eltern oft die Ferien hier. Er liebte es, all die Tiere zu beobachten, die Pflanzen zu untersuchen oder eben im Winter durch den Schnee zu toben. Beim Wandern waren Jeremy all die Erinnerungen zurück ins Gedächtnis gekommen; die schönen Zeiten, die er hier als Kind verbrachte. Vermutlich hatte er deswegen die Zeit vergessen. Hier oben wurde es im Winter so kalt, dass man es selbst mit dicker Kleidung kaum aushielt und erst jetzt wurde ihm auch klar, wie sehr er zitterte. Der Gedanke an eine heiße Schokolade drängte sich ihm auf. Jetzt da die Sonne ganz verschwunden war, wurde es noch dunkler. Er musste sich beeilen, sein Vater hatte ihn früher immer vor Wölfen gewarnt, die nur darauf warteten, dass die Sonne unterging. Dann kamen sie heraus und machten Jagd auf kleinere Tiere und – wenn sich mal ein Mensch hierher verirrte – auch auf diesen. Natürlich waren das alles nur Schauermärchen. Oder? In der Ferne ertönte ein Heulen. Was für ein Zufall! Gerade hatte er doch noch an Wölfe gedacht. Besser, er legte einen Schritt zu. Sicher ist sicher.

Nach einer Weile musste er plötzlich feststellen, dass er sich gar nicht auf dem vertrauten Pfad befand. Die Hütte hätte längst in Sichtweite sein müssen! Seltsam, dabei war er sich doch so sicher gewesen. Irgendwie musste er neben seinem Zeitgefühl auch den Orientierungssinn verloren haben. Vielleicht war es doch keine so gute Idee, Smartphone und alle anderen technischen Dinge über die freien Tage zu Hause zu lassen. Andererseits bezweifelte er, dass sich die Ferienhütte weit oben auf dem Berg mit einem Navi besser hätte finden lassen. Jeremy leuchtete sich den Weg mit einer Taschenlampe, doch er hatte keine Ahnung, ob er überhaupt in die richtige Richtung ging.

Wie durch ein Wunder schaffte er es zur Hütte. Er zog die Schneestiefel aus, warf die Jacke auf einen Stuhl und legte sofort Feuerholz in den Kamin. Das Häuschen war gemütlich eingerichtet, er hatte nicht viel verändert, nachdem ihm seine Eltern es vermachten. Schwere, dunkle Holzmöbel, ein offener Kamin – eigentlich genau wie man sich solch eine Hütte vorstellt. Jetzt wo er so darüber nachdachte, fand er es fast ein wenig kitschig. Doch allein aus nostalgischen Gründen wollte er alles so lassen, wie es auch früher war. Ein Glück war er jetzt im Warmen, draußen fing es nämlich gerade heftig an zu schneien. Fehlte nur noch ein gutes Buch vor dem Kaminfeuer. Einfach mal abschalten. Das war ihm in letzter Zeit nicht gelungen. Aus dem hohen Holzbücherregal zog er ein Buch heraus. Die Auswahl war groß, auch seine Eltern hatten Bücher geliebt, doch verständlicherweise waren die Bücher nicht gerade die neusten. Das machte Jeremy jedoch nichts aus. Klassiker waren sowieso schon immer sein Element gewesen. Gerade als er sich auf den gemütlichen Sessel fallenlassen wollte, hörte er erneut ein Wolfsgeheul von draußen. Das war ganz nah! Ob sich ein Wolf wohl in die Nähe der Hütte verirrt hatte? Oder gar ein ganzes Rudel? Nein, das war nicht möglich, dann hätte er bestimmt mehrere gehört. Vielleicht war es auch der Wolf von eben. Hatte er ihn verfolgt? Na ja, hier drin bin ich ja sicher. Jeremy schritt dennoch zum vereisten Fenster, um auf die schneebedeckte Landschaft zu schauen. Im Dunkeln konnte er nichts in dem Schneegestöber erkennen, aber bei dem Wetter wäre das vermutlich nicht mal im Hellen möglich gewesen. Erneutes Geheul. Wie soll man sich denn da entspannen? Für einen Moment spielte er mit dem Gedanken, nach draußen zu gehen, um das Tier zu verscheuchen, entschied sich aber sehr schnell dagegen. Es wird bestimmt bald Ruhe geben.

Jeremy ließ sich endlich auf dem Sessel nieder. Mit einem Buch in der Hand und einer heißen Tasse Schokolade wollte er den Abend genießen. Komisch, dachte er, wie lange habe ich kein Buch mehr gelesen? Oder heiße Schokolade getrunken? Im Büro gab es nur Kaffee. Immer nur Kaffee. Eine Tasse nach der anderen kippte er sich in den Kopf, um die Berge von Arbeit überwinden zu können. Sonst konnte er nicht wach bleiben, aber andererseits konnte er dann abends nie einschlafen. Das knisternde Feuer im Kamin hatte eine beruhigende Wirkung auf ihn und er vergaß das Büro für einen Moment. Es vergingen einige Minuten, bis der einsame Wolf vor dem Fenster erneut aufheulte. Einfach ignorieren. Lass dich nicht ablenken und konzentrier dich auf das Buch. Wieder vergingen einige Minuten. Nach dem gefühlten hundertsten Heuler, bemerkte Jeremy, dass er die letzten zehn Seiten seines Buchs nur noch gelesen hatte, ohne den Inhalt aufzunehmen. Okay, das reicht! Seine Angst hatte er mittlerweile völlig vergessen. Stattdessen fühlte er sich nur noch genervt. Mit Taschenlampe, Jacke und Stiefeln ausgerüstet ging er nach draußen. Er war fest entschlossen, diesen Störenfried zu vertreiben. Es war noch mehr Schnee gefallen, sodass die weiße Masse unter seinen Stiefeln knirschte. Jeremy hielt sich eine Hand vors Gesicht, um sich vor dem Schneegestöber zu schützen und um besser sehen zu können. Was allerdings vergebens war. Der Wind schien ihm den Schnee von allen Seiten ins Gesicht zu blasen, und besser sehen konnte er auch nicht. Er verließ sich daher auf seine anderen Sinneseindrücke oder besser gesagt: auf sein Gehör. Das Wolfsgeheul wurde jetzt häufiger und kam in kürzeren Abständen. Das Tier schien ihn wirklich ärgern zu wollen. So schnell es der hohe Schnee erlaubte, folgte Jeremy den Geräuschen. Zwischen ein paar Bäumen entdeckte er plötzlich etwas. Es war zu dunkel, als hätte er es aus der Ferne erkennen können. Er leuchtete mit der Taschenlampe auf die Stelle, als er näherkam. Das war Blut! Und es musste frisch sein, der Schnee hatte es erst ein wenig bedeckt, obwohl es doch so heftig schneite. Noch ehe er weiter darüber nachdenken konnte, fiel sein Blick auf etwas ein paar Schritte vor ihm. Da lag er. Der Wolf, der seit über einer Stunde hier im kalten Schnee lag und heulte. Jetzt bekam Jeremy ein schlechtes Gewissen. Hätte er nur vorher richtig hingehört, hätte er gemerkt, dass der Wolf vor Schmerz heult. Er lag seitlich im Schnee und streckte zappelnd die Beine von sich, eins seiner Hinterläufe blutete. Er war von einem herabgestürzten, schweren Ast eingeklemmt worden. Das arme Tier. Was konnte er nur tun? Hier oben war er ganz allein, es würde ewig dauern, bis ein Notarzt hier wäre ... oder ein Tierarzt, besser gesagt. Würde überhaupt jemand kommen? Es blieb keine Zeit, darüber nachzudenken. Er brauchte eine Lösung und zwar sofort! Den Wolf zu seiner Hütte zu tragen, stand auch nicht zur Debatte, dafür war er nicht stark genug und vermutlich würde er ihm so nur noch mehr Schmerzen bereiten. Er könnte es versuchen, aber er wollte auch nicht gebissen werden. Also blieb eigentlich nur noch eine Möglichkeit: Zurück zur Hütte gehen, Verbandszeug holen und dem Tier helfen, so gut es ging. Erst wollte Jeremy den Ast hochheben, doch dann wäre der Wolf wohl mit seiner Wunde davongelaufen. Er musste sich zuerst um das blutende Bein kümmern!

Jeremy lief so schnell er konnte zurück zu seiner Hütte. Das Heulen des Wolfes verfolgte ihn. Jetzt klang es nicht mehr nervig, sondern nur noch wie ein Hilfeschrei. Drinnen riss er hastig einen Hängeschrank auf. In solch einer abgeschiedenen Gegend war es unabdingbar, alles für einen Notfall vorrätig zu haben. Leider kannte er sich in medizinischen Dingen nicht besonders gut aus. Er packte einfach ein paar Sachen in seinen Rucksack und machte sich auf den Weg zurück. Es galt, keine Zeit zu verlieren. Aber was sollte er tun, wenn das Hinterbein des Wolfs gebrochen war? Er konnte es unmöglich richten. Jeremy konnte nur auf das Beste hoffen. Zurück bei dem verletzten Tier, musste er feststellen, dass es ruhiger geworden war. Die Atmung des Wolfs ging langsamer und er zappelte nicht mehr so wie vorhin. Jeremy kniete sich vor ihn, nicht zu nah, denn er wollte dem Geschöpf keinen Schrecken einjagen. Jetzt erst konnte er die Wunde an seinem Bein genauer begutachten. Sachte taste er sich voran, und soweit er es erfühlen konnte, schien das Bein nicht gebrochen zu sein. Das war eine Erleichterung. Doch der Wolf blutete, Jeremy war sich nicht sicher, wo sich das Tier diese Wunde zugezogen hatte. Es muss wohl irgendwie durch den herabgestürzten Ast passiert sein. Das tat jetzt auch nichts zur Sache. Er musste handeln! Nur wie genau? Nach einem weiteren abschätzenden Blick, machte er sich daran, vorsichtig das Fell um die Wunde herum zu entfernen. Seine Finger zitterten etwas, aber der Wolf hielt so still, dass es schon fast erschreckend war. Erst als er zu Desinfektionsmittel und Gaze griff, um die Wunde zu reinigen, zuckte sein Patient immer wieder unter seiner Behandlung zusammen. Jeremy tat das Wesen leid, doch das musste getan werden. Wer sonst soll ihm hier draußen helfen? Nachdem er sichergestellt hatte, dass die Wunde gereinigt und frei von Fremdkörpern war, verband er das Bein des Wolfs geschickt. Das lief alles besser als gedacht, doch es dauerte dennoch eine Weile. Gerade in dem Moment, als er den Verband festzog, rührte sich der Wolf wieder. Als hätte er ganz genau verstanden, was gerade passiert war. Jetzt konnte er endlich den schweren Ast hochheben. Sobald das Tier frei war, stand es auf. Der Wolf humpelte noch ein wenig, doch Jeremy konnte spüren, dass er es geschafft hatte, seine Schmerzen zu lindern. Ihre Blicke trafen sich und Jeremy hatte das Gefühl, als wollte der Wolf sich bedanken. Dann verschwand das Geschöpf schnell irgendwo zwischen den Bäumen. Jeremy saß noch immer im Schnee und schaute ihm hinterher. Er wünschte ihm still alles Gute. Ihm war kalt, er war durchnässt, doch auch erleuchtet. Dieses Erlebnis hatte ihm gezeigt, was er wirklich hier oben in der Abgeschiedenheit der Berge suchte. Keine Erholung, keinen ruhigen Abend, sondern zu lernen – besser gesagt: wieder zu erlernen – was es heißt, eins mit der Natur zu sein. Die Augen offenzuhalten und nicht zuletzt natürlich auch die Ohren. Hilferufe nicht zu ignorieren. Frieden finden. Er war zu lange nicht hier gewesen, hatte vergessen, wie es war, ließ sich vom Stress der Großstadt die Sinne vernebeln. Doch nun hatte er es wieder gelernt und er versprach sich eins: Nie würde er zulassen, das Geschehene an diesem Abend zu vergessen. Er würde diese Erfahrung mitnehmen und wenn er wieder in die Stadt zurückkehrte, würde er daran denken und Kraft aus ihr ziehen. Endlich war er wieder mit sich im Einklang und mit der Welt um sich herum.

Das Vermächtnis der weissen Wölfin
von Ane Schönyan

»Die Macht des Vollmondes fließt durch meine Adern und ich, Eyota, die letzte weiße Wölfin, schwöre dir, Racalla, Tochter des Neumondes, dass kein Kind deiner dunklen Sippe mehr Nachwuchs bekommen wird. Deine Herrschaft wird eines Tages zu Ende gehen, denn eine Tochter des Vollmondes wird kommen und ihren rechtmäßigen Platz auf dem Lichtthron einnehmen. Sie wird dich von meinem Thron verdrängen und im Angesicht meines Todes prophezeie ich dir, dass sie die Kinder des Neumondes zurück in die Schatten drängen wird.«

Kapitel 1

»Faola, willst du nichts zum Frühstück essen?«

Die Frage, die ihre Mutter fast täglich stellte, ignorierte sie und ließ den Blick über den Tisch schweifen, um irgendetwas zu entdecken, worauf ihr Magen mit Freude reagierte. Der Tisch war reichlich gedeckt, aber nichts davon begeisterte sie.

»Nein, mir ist nicht nach Frühstück.«

»Schatz, du musst etwas essen, bevor du zur Schule gehst. Ich habe eine neue Marmelade gemacht. Birne mit Ingwer. Möchtest du sie probieren?« Lächelnd hielt sie Faola das Glas vor die Nase.

»Mum, wie du weißt, mag ich keine Marmelade.«

»Du hast sie ja noch nicht probiert. Vielleicht schmeckt sie dir ja. Sie ist nicht so süß wie die anderen Sorten.«

Faola holte tief Luft. »Nein danke Mum. Haben wir eigentlich noch Reste vom Gänsebraten?«

Ja, das wäre jetzt genau das Richtige. Ihr Magen knurrte bereits bei der Vorstellung. Sie schaute zu ihrer Mutter, die sie ansah, als wäre ihre Tochter verrückt geworden.

»Du kannst morgens keinen Gänsebraten essen!« Entschlossen stellte sie das Marmeladenglas auf den Tisch zurück. »Mason Chandler-White, könntest du bitte die Zeitung aus der Hand legen und deiner Tochter sagen, dass Gänsebraten für eine Achtzehnjährige kein geeignetes Frühstück ist!«

Ihr Vater ließ seufzend die Zeitung sinken und warf seiner Frau einen wissenden Blick zu. »Liebling, sie ist in der Pubertät. Lass sie essen, was sie will. Ich war in ihrem Alter nicht anders. Nichts ging über ein gutes Mettbrötchen am Morgen.«

»Mett?« Ihre Mutter schob energisch ihren Stuhl zurück und stapfte Flüche murmelnd zum Kühlschrank.

Faola beobachtete, wie die Mundwinkel ihres Vaters sich zu einem Grinsen verzogen, was sie ebenfalls lächeln ließ.

»Gut«, sagte ihre Mutter und knallte einen Teller mit Mett auf den Tisch. »Wenn ihr euch lieber rohes Fleisch auf eure Brötchen schmieren wollt, bitte! Guten Appetit dabei.«

»Danke Mum.« Faola stürzte sich auf den Teller. Am liebsten hätte sie das Brötchen weggelassen, allerdings hätte ihre Mutter sie dann bestimmt zum Arzt geschleppt. Als sie hineinbiss, verdrehte sie die Augen vor Wonne. Das war so lecker! Sie spürte die skeptischen Blicke ihrer Mutter, also riss sie sich zusammen und versuchte, nicht total glücklich auszusehen, was bei dieser Geschmacksexplosion in ihrem Mund wirklich eine Herausforderung war.

Ihre Mutter räusperte sich. »Du weißt schon, dass Obst und Gemüse wichtig sind für die Entwicklung deines Körpers, oder?«

»Natürlich Mum, aber es schmeckt einfach nicht.« Sie strich sich eine Strähne ihres weißblonden Haares aus dem Gesicht. »Wozu habe ich Zähne? Mit Sicherheit nicht, um auf weich gekochtem Gemüse herumzukauen. Und von Rohkost bekomme ich Magenschmerzen.«

»Das heißt jedoch nicht, dass man sich ausschließlich von Fleisch ernähren muss!«

Ein Auto hupte draußen auf der Straße und erleichtert sprang Faola auf. »Lexie ist da, ich muss los. Bis nachher.« Sie schnappte sich ihr Mettbrötchen und flitzte los. Als sie die Haustür ins Schloss fallen ließ, hörte sie bereits die Musik, die aus dem Auto ihrer besten Freundin dröhnte. Lexie drehte sofort leiser, als Faola sich seufzend auf den Sitz fallen ließ.

»Das nenne ich Rettung in letzter Sekunde«, sagte sie stöhnend und ließ den Kopf nach hinten gegen die Lehne fallen.

Lexie grinste. »Deine Mum?«

»Wer sonst? Ich weiß ja, dass sie es nur gut meint, aber es nervt!« Ihre Freundin lachte und fuhr los.

»Eltern nerven immer!« Lexie verzog das Gesicht zu einer Grimasse und hielt den Wagen an, um einige Schulkinder über die Straße zu lassen. »Ich weiß nicht, worüber du dich beschwerst. Deine Eltern sind total relaxt und nett. Das bisschen Stress am Morgen ist nicht der Rede wert.«

»Du hast recht. Es gibt bestimmt Schlimmere, jedoch jammere ich eben gerne auf hohem Niveau.« Die beiden schauten sich an und fingen an zu kichern, während Lexie versuchte vor dem viktorianischen Haus zu parken, in dem ihr gemeinsamer Freund Ramon wohnte. Lexie drückte auf die Hupe und die Haustür flog auf. Wie jeden Tag hoffte Faola, dass auch wirklich ihr bester Freund aus dem Haus kam und keiner seiner Akita Inu Hunden. Sie hörte die Hunde bellen und ihre Gedanken sprangen um Jahre zurück.

Zurück zu dem Tag, der ihr Leben schlagartig verändert hatte:

Sie war sechs Jahre alt, als sie in Begleitung ihrer Mutter auf eine Golden Retriever Hündin zulief und ihre Hand ausstreckte, um das Tier zu streicheln. Die Besitzerin versicherte ihr, dass die alte Hündin völlig lieb sei und so näherte sich Faolas Hand dem Kopf des Tieres. In Bruchteilen von Sekunden verwandelte sich der Hund in eine reißende Bestie. Er knurrte und sprang Faola an. Instinktiv hatte sie ihre Arme vor das Gesicht gehalten und der wahnsinnige Köter verbiss sich in ihrem Unterarm. Faola sah das Blut an ihrem Arm herunterlaufen und ein intensiver Geruch waberte um sie herum. Sie spürte die verzweifelte Angst, die durch ihren kleinen Körper jagte, und erkannte sofort, dass es nicht die ihre war, sondern die des Tieres. Sie verlor das Bewusstsein und wachte erst im Krankenhaus wieder auf.

Jeden Tag wurde sie an diesen Unfall erinnert, denn die Narben, die der Hund hinterlassen hatte, liefen über ihren Unterarm und waren für jeden sichtbar. Aber das waren nur die äußerlichen Verletzungen, die sie nie vergessen ließen, was an diesem Tage geschehen war. Sollte ihr Verstand einmal diesen Vorfall kurzzeitig verdrängt haben, reichte ein Blick auf ihr Handgelenk und ihre vernarbte Seele schrie verzweifelt auf.

Stocksteif saß Faola auf ihren Platz und sah zu, wie Ramon pfeifend auf das Auto zulief.

Lexie berührte sie vorsichtig am Arm. »Du musst atmen! Es ist kein Hund in Sicht.«

Ihre Freundin hatte recht.

Schwer atmend öffnete ihr gemeinsamer Freund die Tür, warf seinen Rucksack hinein und ließ sich auf den Rücksitz fallen. »Guten Morgen.«

Lexie begrüßte ihn und wandte sich ihrer Freundin zu. »Du und Hunde. Ist schon komisch, wie sie auf dich reagieren. Vielleicht liegt es an deiner ungewöhnlichen Haarfarbe?«

Faola zog eine Augenbraue in die Höhe und blickte ihre beste Freundin skeptisch an. »Das ist so ziemlich das Bescheuertste, was ich je gehört habe. Ich habe keine Farbpigmente in den Haaren. Das ist alles!«

»Ich weiß«, erwiderte Lexie und blies sich eine hellbraune Haarsträhne aus dem Gesicht. »Genau diese Tatsache macht es ja so ungewöhnlich. Albinismus kommt nicht in Frage, weil deine Wimpern tiefschwarz sind. »Welchen Grund sollte es sonst geben? Und komm mir jetzt nicht mit mieser Aura oder schlechtem Karma.«

»Keine Ahnung, aber es nervt gewaltig!« Resigniert ließ sie den Kopf gegen die Kopfstütze fallen.

»Dich scheint heute ja alles zu nerven. Wird bestimmt ein super Tag.« Lexie warf ihr einen *Hör-auf-dich-selbst-zu-bemitleiden-Blick* zu und konzentrierte sich wieder auf die Straße. Faola wusste, dass ihre Freundin recht hatte. Heute war wieder einer dieser Tage, an denen sie am liebsten das Bett nicht verlassen hätte. Wenn es hochkam, hatte sie zwei Stunden geschlafen. Zu ihren Haar- und Tierproblemen kamen nämlich noch Mondphasen-Probleme hinzu. Wie viele andere Menschen auch konnte sie bei Vollmond nicht schlafen. Dies kündigte sich bei ihr schon drei Tage vorher an. Warum sie? Eine Frage, die sie sich nicht erst seit gestern stellte und worauf niemand eine Antwort hatte. Ihre Eltern brachten sie, auf ihr eigenes Drängen hin, zu zahlreichen Ärzten, um den Grund ihres weißen Haares in Erfahrung zu bringen. Die Standardantwort der Mediziner lautete: eine Laune der Natur.

Faola litt als kleines Kind sehr unter den Hänseleien der anderen Kinder. Von alter Oma über böse Schneekönigin bis hin zur Albinohexe wurde sie mit so ziemlich allem betitelt, was ein Kleinkind in Tränen ausbrechen ließ. Sie hatte ihre Mutter damals überredet, sich die Haare färben zu dürfen, doch das Ergebnis war ernüchternd gewesen. Ihr Haar nahm die Farbe nicht an und kein Friseur konnte sich dieses Phänomen erklären.

Eine Vollbremsung riss Faola aus ihren trübsinnigen Gedanken.

»Welcher Idiot hat seinen Wagen auf meinem Parkplatz abgestellt?« Lexie starrte den schwarzen Wagen mit zusammengekniffenen Augen an, als könne er etwas dafür, dass sein Besitzer ihn dort abgestellt hatte.

Ramon schnallte sich ab. »Ist doch jetzt egal. Such einen anderen, wir sind nämlich verdammt spät dran.«

»Ist ja gut!« Lexie reagierte aufgebracht. »Hetz mich nicht!«

»Ich muss dich hetzen, zumal ich weiß, wie lange du beim Einparken brauchst.« Er verzog sein Gesicht zu einer Grimasse.

Lexie drehte sich zu ihm um und funkelte ihn wütend an. »Du kannst in Zukunft gerne zu Fuß gehen, wenn dir mein Fahrstil nicht gefällt.«

Faola verdrehte die Augen. »Herrgott noch mal, park das schwarze Auto einfach zu, dann wirst du auf jeden Fall erfahren, wer es gewagt hat, dir deinen Parkplatz wegzunehmen. Wenn du erst einen anderen suchen musst, kommen wir mit Sicherheit zu spät zu Bio.«

»Du kannst ja so böse sein. Das ist ein super Plan, so machen wir das!« Mit einem gehässigen Grinsen auf dem Gesicht parkte sie ihren Wagen der Länge nach hinter das fremde Auto.

Faola schüttelte verständnislos den Kopf. »Das hat mit *böse sein* nichts zu tun. Ich habe einfach keine Lust, mir einen Vortrag von Mr. Jenkins über Pünktlichkeit anzuhören. Und nun beeil dich!«

Kapitel 2

Nikka stapfte lange nachdem es zum Unterricht geläutet hatte, wütend aus dem Schulgebäude. Er benötigte die Unterschrift seiner Mutter. Ohne diese konnte er nicht zur Schule gehen. Das warf ein ganz anderes Licht auf das Projekt Highschool, denn jetzt hatte er wirklich ein Problem. Seine Mutter würde niemals ihre Unterschrift unter dieses Schriftstück setzen. Sie war alles andere als begeistert gewesen, als er sie von seiner Entscheidung in Kenntnis gesetzt hatte. Als Alphawölfin der Gestaltenwandler und Königin des Lichtthrones war sie es nicht gewohnt, dass sich jemand ihren Befehlen widersetzte. Jedoch war Nikka es leid, durch die Wälder Kanadas und Alaska zu wandern, um den Auftrag seiner Mutter auszuführen. Achtzehn Winter lang hatte er getan, was von ihm verlangt wurde. Nun reichte es. Jemand anderes konnte die Suche nach der letzten weißen Wölfin fortführen, die laut Aussagen seiner Mutter irgendwo leben sollte. Blödsinn. Absoluter Schwachsinn. Ein Hirngespinst, nichts weiter als eine alte Legende, die seiner Mutter schlaflose Nächte bereitete.

Missmutig kickte er einen Stein aus dem Weg. Er hob den Kopf und strich sich eine Strähne seines schwarzen wuscheligen Haares aus dem Gesicht, als er wie angewurzelt stehen blieb. Sein Blick huschte über seinen dunklen SUV und blieb an dem rosa Etwas hängen, dass einige Menschen wirklich als Auto bezeichneten. Er glaubte, sich zu erinnern, dass es sich hierbei um eine Ente handelte. Absolut grauenvoll. Die Art und Weise, wie dieses Auto geparkt war und die abscheuliche Farbe ließen darauf schließen, dass mit Sicherheit eine Frau am Steuer gesessen hatte. »Na toll!«, entfuhr es ihm genervt. Was sollte er nun machen? Er könnte das Auto einfach beiseiteschieben. Nichts leichter als das, allerdings war die Gefahr, dass ihn jemand aus einem Fenster des Schulgebäudes beobachtete, zu groß. Niemand wusste, dass es Gestaltenwandler gab und genau so sollte es bleiben. Also musste er in den sauren Apfel beißen und sein Auto später holen. Bei der Gelegenheit könnte er der Tussi auch mal gehörig die Meinung sagen.

Frustriert über diesen Vormittag marschierte er auf den Wald zu, der sich vom Ende des Schulgeländes ungefähr vierzig Kilometer weit nach Osten ausbreitete. Er fiel in einen lockeren Dauerlauf, um seine Muskeln zu lockern. Im Wald angekommen sprang er über einen Busch und landete in der Gestalt seines Wolfes auf vier Pfoten. Er blieb stehen. Witternd hielt er die Nase in den Wind. Sein Fell sträubte sich und er sah zurück. Er nahm einen Geruch auf, den er nicht einordnen konnte. Er erinnerte ihn entfernt an Mitternachtsjasmin. Nikka schüttelte sich und ging verwirrt weiter. Wahrscheinlich hing ihm immer noch das Parfum der Sekretärin in der Nase.

Er würde eine Stunde bis zur Höhle brauchen. Genug Zeit also, um sich einen Plan zurechtzulegen, wie er seine Mutter überzeugen konnte, dieses Schriftstück zu unterzeichnen. Wieder einmal vermisste er seinen Vater Nigan, der vor neunzehn Jahren starb, und der ihn mit Sicherheit bei dieser Sache unterstützt hätte. Nie würde Nikka den Tag vergessen, als seine Mutter Racalla zu ihm gekommen war. Sie hatte gesagt, dass Nigan in einen Hinterhalt der weißen Wölfin Eyota geraten war und brutal ermordet wurde. Oh, sie war verdammt wütend auf ihren Mann gewesen, weil er so naiv gewesen war und an eine Allianz zwischen weißen und grauen Wölfen geglaubt hatte. Einen dummen, törichten schwarzen Wolf hatte sie ihn genannt. Dann war sie in Tränen ausgebrochen. Bis heute hatte sie sich keinen neuen Gefährten genommen. Durch den Tod seines Vaters wurde Racalla Anführerin der Neumondkinder – der grauen Wölfe.

Hastig verschärfte Nikka sein Tempo, als könne er die schmerzliche Vergangenheit hinter sich lassen. Er wusste genau, dass sie ihn einholen würde, aber nicht jetzt. Konzentriert nahm er seine Umgebung in sich auf und überließ dem Wolf die Führung. Durch und durch Raubtier rannte er durch den Wald und genoss den Wind, der ihm um die Nase wehte.

Mit einem Satz sprang Nikka auf eine Lichtung und blieb stehen. Eine zwanzig Meter hohe Felswand ragte am Ende empor, an dessen Hang sich ein Haus schmiegte. Links und rechts am Waldrand patrouillierten Wachposten, die ihn aufgehalten hätten, wenn sie ihn nicht bereits am Geruch erkannt hätten. Langsam setzte er sich wieder in Bewegung. Friedlich lag sein Zuhause da, zu friedlich für seinen Geschmack. Etwas Entscheidendes fehlte: die Welpen. Vor ungefähr achtzehn Jahren kam der letzte Wurf zur Welt. Seitdem herrschte eine bedrückende Stille auf der Wiese vor dem Haus.

Auf der Verandatreppe nahm Nikka seine menschliche Gestalt an und betrat das Haus. Er gelangte in eine Art Eingangshalle und rechts führte eine leicht geschwungene Treppe zu den oberen Etagen hinauf. Die Tür zu seiner Rechten führte in das Arbeitszimmer seiner Mutter und die zu seiner Linken, in das Esszimmer. Nikka marschierte geradeaus in die Küche, ging um den Küchenblock herum, und blieb vor dem hohen Wandschrank stehen.

»Hey Nikka. Schon Schulschluss?«, vernahm er die spöttische Stimme seines jüngsten Bruders Galjan. Langsam drehte Nikka sich um und sah ihn am Tisch sitzen. Die Beine lässig auf den Tisch gelegt und ein Stück gebratenes Hühnchen in der Hand.

»Und du? Wieder mal Frustessen?«

»Mutter hat mich aus den Höhlen geworfen.« Er seufzte missmutig. »Sie ist ziemlich mies drauf. Und entschuldige, wenn ich dir sage, dass das allein deine Schuld ist, weil du dich ja unbedingt ihrem Willen widersetzen musstest.« Er runzelte die Stirn und warf seinem ältesten Bruder einen wütenden Blick zu.

»Mutter wirft dich ständig raus. Nicht umsonst hat sie dir deinen Namen gegeben. Als Welpe hast du sie schon immer dermaßen verärgert, dass ihr ständig die Galle hochkam.« Nikka zwinkerte seinem Bruder zu. Man hätte meinen sollen, dass Galjan als letzter Wurf seiner Mutter besonders behütet worden wäre, aber dies war nicht der Fall gewesen. Racalla hatte ihn regelrecht vernachlässigt und mitunter auch kräftiger zugebissen, als nötig gewesen wäre. Nikka und seine anderen Geschwister hatten nie verstanden, warum. Sie bemühten sich, ihn so gut es ging zu beschützen. Ein schwieriges Unterfangen, denn Galjan war wild gewesen und hatte ziemlich viel Mist gebaut. Seine Geschwister – zumindest die, die noch im Rudel gewesen waren – hatten abwechselnd die Schuld auf sich genommen, um den jüngsten ihrer Sippe vor dem Zorn ihrer Mutter zu bewahren.

Galjan stöhnte auf und haute mit der Faust auf den großen Eichentisch. »Verdammt, wie viele Winter muss ich denn noch unter ihrer Fuchtel stehen? Wie hältst du das nur aus und dass schon seit dreiundzwanzig Wintern?«

»Du vergisst, dass ich lange unterwegs war. Außerdem bist du erst neunzehn.« Nikka trat zu ihm an den Tisch und legte ihm die Hand auf die Schulter. »Es wird schon noch ein wenig dauern, bis sie dich auf die Wildnis loslässt. Du wirst dich erst einmal mit der Patrouille zufriedengeben müssen.«

Wütend sprang Galjan auf und ein Knurren drang aus seiner Kehle. »Patrouille? Mutter sagt, das kommt für mich nicht in Frage, denn dann könnte sie auch eine Laterne an den Waldrand stellen mit einem

Schild, wo draufsteht: hier lang zum Wolfsrudel.« Galjans Augen begannen zu glühen und er drängte sich wütend an seinem Bruder vorbei. Er rannte zur Haustür und Nikka lief ihm nach und sah gerade noch, wie er die Verandatreppen heruntersprang und als Wolf auf seinen hellen Pfoten landete. Nikka beobachtete, wie Galjan, über die Lichtung rannte, als wäre der Teufel persönlich hinter ihm her. Wie er selbst, würde sein Bruder lernen müssen, dass man vor seinem Leben nicht davonlaufen konnte.

Nachdenklich drehte er sich um und ging zurück in die Küche. Er öffnete die hohe Schranktür in der Wand und schlüpfte hindurch. Die kühle Luft des Tunnelsystems schlug ihm entgegen. In diesen unterirdischen Höhlen und Gängen lebten die meisten Wölfe des Rudels. Das Haus wurde gepflegt und von einigen bewohnt, doch die meisten zogen dennoch den Geruch von Erde und das Gefühl von Sicherheit vor, dass die Höhlen boten. Fackeln tauchten die Gänge in warmes Licht und hin und wieder schmückten Zeichnungen von seiner Schwester Rilahja die Wände. Bei den Menschen gehörte diese Lichtung offiziell der Familie Forrester – seiner Familie.

Langsam machte er sich auf den Weg zu seiner Mutter, die wahrscheinlich in der großen Haupthöhle auf ihrem Thron hockte und schlechte Laune verbreitete. Auf dem Weg in den Thronsaal kam er an der Höhle seiner Schwester Rilahja vorbei. Ohne anzuklopfen, öffnete er die Tür und trat ein.

»Verdammt Nikka! Kannst du nicht anklopfen?«, fauchte sie ihn auch gleich an und stemmte wütend ihre Fäuste in die Hüften. »Dein Alphatiergehabe geht mir langsam auf die Nerven!«

»Tut mir leid«, entschuldigte er sich sofort und sah sie eindringlich an. »Es geht um Galjan. Ich dachte …«

»Was ist mit ihm?« Sofort stand sie direkt vor ihm. Nervös strich sie sich die dunkelbraunen Haare aus dem Gesicht und die Sorge um ihren Lieblingsbruder konnte Nikka in ihren dunklen Augen lesen wie in einem offenen Buch.

»Er ist abgehauen und war wütend. Er hat mich sogar angeknurrt, was sehr untypisch für ihn ist.«

»Stimmt. Dennoch wundert es mich überhaupt nicht, denn Mutter hat ihm mal wieder vorgeworfen, dass sein Fell zu hell ist. Sie hat sogar noch einen draufgesetzt und gesagt, dass er nichts weiter ist, als ein Gendefekt seines Vaters.« Wütend trat sie gegen das Bett, das in der Mitte des Raumes stand, und die Zornesfalte zwischen ihren Brauen vertiefte sich. »Ich werde sofort aufbrechen und ihn suchen.«

»Das dachte ich mir. Ich weiß, dass er auf dich hören wird.« Er nickte seiner Schwester zu, drehte sich um und ging zur Tür.

»Und was machst du in der Zwischenzeit?«, fragte sie und kam einen Schritt auf ihn zu. »Warum kommst du nicht mit?«

Er verzog missmutig das Gesicht. »Ich werde wahrscheinlich dafür sorgen, dass Mutters Laune noch schlechter wird.« Er seufzte und zog schnell die Tür hinter sich zu, damit sie nicht mehr antworten konnte.

»Noch schlechter geht nicht!«, hörte er seine Schwester allerdings durch die Tür hindurch rufen.

Kopfschüttelnd machte Nikka sich auf den Weg zur Haupthöhle. Er verstand seine Mutter einfach nicht. Warum war sie so anders als andere Wolfsmütter? Fürsorge, Liebe oder Verständnis waren Fremdwörter für sie. Wie konnte sie ihrem Sohn sagen, er wäre ein Gendefekt? Sicherlich, Vaters Fell war schwarz wie die Nacht gewesen und Galjans Fell war von einem hellen Grau mit einigen dunklen Strähnen. Aber ein Gendefekt? Niemals. Nikka wusste, dass sein Ururgroßvater ebenfalls eine hellere Fellfarbe hatte und niemals beschimpft wurde. Im Gegenteil, er wurde verehrt und als Anführer der Neumondkinder vergöttert.

Schneller als ihm lieb war, kam das Tor zum Thronsaal in Sicht. Das Tor zur Hölle wäre die wohl treffendere Bezeichnung gewesen. Jedoch führte kein Weg an diesem Gespräch vorbei, wenn er auf diese verdammte Schule wollte. Er wünschte sich einen geregelten Tagesablauf, der nichts mit Rudelangelegenheiten zu tun hatte. Keine Schwester, die ihn drängte den Thron zu besteigen, oder Wächter, die Angst vor ihm hatten, weil er irgendwann auf dem Lichtthron sitzen würde.

Zwei Wachen standen gelangweilt vor der Doppeltür und nahmen Haltung an, als sie ihn sahen. Ohne einen Ton zu sagen, ließen sie ihn vorbei, ganz so, als würde seine Mutter ihn bereits erwarten. Er trat ein und schloss die Tür hinter sich.

Nikkas Wolf spürte sofort die schlechte Laune seiner Mutter und seine Nackenhaare stellen sich auf. In ihrer menschlichen Gestalt tigerte sie hin und her, wobei ihr taubenblaues, bodenlanges Kleid sich bei jedem Schritt verhedderte. Immer wieder warf sie einen bösen Blick auf das Porträt seines Vaters, das links an der Wand hing und von der Decke bis zum Fußboden reichte.

Ruckartig blieb sie stehen und drehte den Kopf in seine Richtung, wobei sich eine Haarsträhne, aus ihren schwarzen aufgetürmten Haaren löste.

Sie betrachtete ihren erstgeborenen Sohn und ihre Mundwinkel hoben sich zu einem spöttischen Grinsen. »Erster Schultag und schon von der Schule geflogen?« Der Sarkasmus aus ihrer Stimme blieb Nikka nicht verborgen. Wenn er ihre Unterschrift wollte, musste er sich zusammenreißen.

»Noch nicht.«

»Und was machst du dann hier? Müsstest du nicht um diese Uhrzeit im Unterricht sitzen und dem Geschwätz eines Menschen zuhören?« Sie ging zu ihrem Thron, nahm darauf Platz und blickte ihn streng an. Nikka schluckte den Kloß hinunter, den der Gesichtsausdruck seiner Mutter bei ihm verursachte. Normalerweise müsste er nun den Kopf senken, jedoch weigerte sich das Alphatier in ihm. Stattdessen verdrehte er die Augen und seufzte laut. »Mutter, ich will nicht mit dir streiten. Ich wollte lediglich eine Unterschrift von dir, damit ich auf diese Schule gehen kann. Wärest du so freundlich, das für mich zu tun?« Er zwang seine Mundwinkel sich zu heben, auch wenn ihm gar nicht danach war.

Racalla brach in schallendes Gelächter aus und Nikka ballte die Hände zu Fäusten. Er musste ruhig bleiben. Das Raubtier in ihm fletschte bereits die Zähne und nur durch seinen eisernen Willen verhinderte er, dass sein Wolf die Oberhand übernahm.

Racalla wischte sich die imaginären Lachtränen aus dem Gesicht. »Du bist schon so erwachsen und brauchst eine Unterschrift von mir? Warum gibst du dir die Blöße und kommst damit zu mir? Du hättest sie fälschen können, um der Demütigung zu entgehen. Was habe ich bloß falsch gemacht bei dir?« Sie schüttelte verständnislos den Kopf.

»Ich hätte da durchaus eine Idee.« Nikka holte kurz Luft und funkelte seine Mutter an. »Du hast alles falsch gemacht, was eine Mutter falsch machen kann. Was ist los mit dir? Erst demütigst du Galjan vor all deinen Wachen und nun bist du bemüht, mich zu verletzen. Mir ist es egal, doch Galjan ist sensibel. Dass du so abweisend zu ihm bist, quält ihn.« Nikka spürte die Macht seiner Mutter. Racalla sprang auf und ließ sie durch den Saal strömen. Eine Macht, die er ebenso besaß, aber verzweifelt versuchte zu unterdrücken.

»Pass auf, was du sagst, Nikka. Sohn hin oder her, ich scheue mich nicht davor, dich angemessen zu bestrafen.« Ihre Augen glühten. Sie stand kurz vor der Verwandlung.

Er hob beschwichtigend die Hände, damit sie sich beruhigte, denn ansonsten wäre die Unterhaltung vorbei. »Bestrafen? Wofür? Weil ich die Wahrheit gesagt habe?«

»Was weißt du schon von der Wahrheit? Ich habe kaum einen Unterschied zwischen Galjan und euch anderen gemacht. Vielleicht etwas, wie ich zugeben muss – und trotzdem habe ich ihn als meinen Sohn angenommen, obwohl er der Bastard deines Vaters war.« Wütend schnappte sie sich einen Kelch, der auf der Lehne des Thrones stand, und warf ihn an die Wand.

Nikka zuckte zusammen. Weniger wegen des Kelches, sondern wegen ihrer Worte. Galjan war nicht ihr Sohn? Das konnte nicht sein. Sein Vater hätte niemals …

»Nun bist du sprachlos, nicht wahr?« Sie warf ihm einen finsteren Blick zu und die Wut stand ihr ins Gesicht geschrieben. »Dein Vater hatte ein Kind mit einer verfluchten weißen Wölfin. Ihren Namen hatte er mir nie verraten. Ich habe sie und deinen Vater beobachtet, wie sie *glückliche Familie* gespielt haben. Ich kann dir versichern, dass mein Herz damals auseinanderbrach. Ich wartete, bis er mit dem Welpen in den Wald ging, und schlich mich ins Haus. Ich habe getan, was jede andere Wölfin auch gemacht hätte. Ich habe verteidigt, was mir gehört. Ihren leblosen Körper ließ ich zurück und wartete zuhause auf deinen Vater.« Racalla trat ans Fenster und Nikka entging nicht, dass sie sich verstohlen über das Gesicht wischte. Ruckartig drehte sie sich um und eine Träne saß immer noch auf ihrer Wange. Wut, Hass und Enttäuschung waren in ihrer Stimme zu erkennen und Nikka wollte nicht glauben, was er da hörte.

»Dein Vater kam mit dem Bastard hierher und beichtete mir die Geschichte.« Sie lachte hart auf. »Er besaß sogar die Frechheit, um diese weiße Wolfstöle zu trauern, die er angeblich liebte.«

»Stammt daher dein Hass auf die weißen Wölfe? Hast du deshalb den Krieg begonnen?«

»Die Lebensaufgabe deines Vaters war die Vereinigung der Wölfe. Dass er das so wörtlich nahm, konnte ich ja nicht wissen. Das Einzige, was ich nach seinem Tod wollte, war Rache.« Racalla warf dem weißen Wolfsfell, das neben dem Porträt seines Vaters hing, einen verhassten Blick zu. »Eyota, die weiße Königin hatte deinen Vater in einen Hinterhalt gelockt und ihn hinterrücks ermordet. Sie dachte wohl, er habe die Wölfin umgebracht, um seine Spuren zu verwischen.« Sie drehte sich zu ihrem Sohn um. »Ja, ich nehme an, dass diese Sache der Grund für den Krieg war. Und jedes Mal, wenn ich Galjan ansehe, wird mir klar, was dein verfluchter Vater uns Neumondkindern angetan hat.«

»Ich verstehe das nicht Mutter. Was ist so schlimm an einer Vereinigung von Vollmond- und Neumondkindern? Wir sind doch alle Kinder des Mondes.« Dieses Gespräch verlief komplett anders, als Nikka erwartete hätte. Endlich bekam er die Gelegenheit mehr über sich und die weißen Wölfe in Erfahrung zu bringen. Bisher hatte seine Mutter seine Fragen diesbezüglich ignoriert. Als er zu oft die gleichen Fragen gestellt hatte, schickte sie ihn nach Alaska. Damals war er fünf Jahre alt gewesen. Für einen Gestaltenwandler noch ziemlich jung, aber dennoch ausgewachsen und gut ausgebildet.

»Wir leben im Schatten des Mondes, die weißen Wölfe nicht. Sie sind rein und tragen die Farbe des Vollmondes. Wir nicht. Sie bekamen den Lichtthron zugesprochen, weil sie die perfektesten Wesen sind.« Racallas braune Augen verdunkelten sich, als sie die Hände zu Fäusten ballte. »Bedenke Nikka, wo Licht ist, ist auch Schatten. Wo es Gutes gibt, gibt es auch Schlechtes. Wir sollen das Übel sein, nur dazu da, den Weißen zu dienen. Die Tatsache, dass dein Vater sich mit einer von ihnen eingelassen hat, ist ein Schlag ins Gesicht für alle grauen Wölfe. Ich habe deinen Halbbruder gebraucht, um mein Ziel niemals zu vergessen. Die Vernichtung der weißen Brut!«

»Das ist schon Jahre her«, versuchte Nikka seine Mutter zu

beruhigen. »Wir haben den Krieg gewonnen. Es gibt keine weißen Wölfe mehr. Lass Galjan in Ruhe und genieße endlich dein Leben.«

Racalla trat dicht an ihn heran. »Ich kann mein Leben noch nicht genießen. Erst muss ich diese weiße Wölfin aus der Prophezeiung finden und ihrem Leben ein Ende bereiten. Dann kann ich vielleicht meinen Frieden finden.«

Da war sie wieder. Die Prophezeiung. Etwas worüber Racalla nie sprach. Sie befahl nach dieser Wölfin zu suchen, ohne jemandem zu erklären, was es damit auf sich hatte. Ohne nachzufragen, war Nikka Jahre lang durch die Wildnis gestromert, um einen Geist zu suchen, den es vermutlich nur in Racallas Kopf gab. Welch ein Irrsinn! Selbst wenn es sie gab – irgendwo in Kanada, Alaska oder Russland – na und? Wen interessierte es?

Nachdenklich runzelte er die Stirn. »Was ist mit den Polarwölfen?«

Verwundert hob Racalla eine Augenbraue. »Was sollte mit ihnen sein?«

»Willst du sie alle umbringen, weil ihr Fell weiß ist? Oder, weil diese eine Wölfin sich unter ihnen verstecken könnte?« Nikka wusste, dass dies wahrscheinlich nicht geschehen würde, denn das Fell der weißen Wölfin wäre zu kurz und zu dünn, um im Land der Kälte zu überleben. Außerdem wäre ihr Körperbau anders. Sie musste aussehen, wie eine von ihnen, nur mit einem schneeweißen Fell. Es war aber interessant zu erfahren, wie seine Mutter über die normalen Wölfe dachte.

Seine Mutter stöhnte auf und schüttelte leicht den Kopf. »Es geht nicht um die Polarwölfe. Weißt du denn gar nichts?« Racallas Macht strömte durch den Thronsaal und ließ die Fackeln in ihren Wandhalterungen knistern. »Die Polarwölfe haben ein Anrecht auf das Leben, welches sie führen. Sie müssen weiß sein, um zu überleben.« Sie warf die Hände in die Luft und funkelte ihn wütend an. »Außerdem interessieren mich keine normalen Wölfe. Sie leben ihr tierisches Leben und wir das unsere. Genetisch sind wir völlig verschieden. Wir sind halb Wolf, halb Mensch. Wir sind mächtiger und schlauer. Merk dir das!«

Nikka brummte der Schädel. Viele Neuigkeiten gab es zu verdauen und diese lagen ihm wie Blei im Magen. Die Sache mit seinem Bruder ging ihm nach wie vor durch den Kopf. Sollte er es Galjan sagen?

Darüber musste er erst einmal gründlich nachdenken. Vergessen war die Unterschrift, die er wollte, er würde sie einfach fälschen. Er musste jetzt schnell Abstand zwischen sich und seine Mutter bringen. »Etwas mehr Menschlichkeit hätte dir bei der Aufzucht deiner Kinder gut zu Gesicht gestanden, Mutter.« Er drehte sich um und ging auf die Tür zu, als ein finsteres Knurren ihn zwang sich umzudrehen.

Racalla stampfte regelrecht mit zerfurchter Stirn auf ihn zu und riss ihm den Anmeldezettel aus der Hand. Leise vor sich hinfluchend ging sie zu ihrem Schreibtisch, der in der linken Ecke des Saales stand, und unterschrieb ihn. »Du weißt gar nichts über Menschlichkeit.« Sie spie ihm die Worte entgegen. »Die Menschen sind wesentlich grausamer, als ich es jemals sein könnte. Ich töte, um zu überleben oder die Meinen zu schützen. Menschen töten aus viel niederträchtigeren Motiven. Aus Spaß, aus Langeweile, aus Profitgier oder aus Angst davor, nicht mehr am Ende der Nahrungskette zu stehen. Sie misshandeln Tiere, Frauen, Kinder. Eben alles, was schwächer ist.« Sie lachte hart auf.

Nikka erkannte am Prickeln seiner eigenen Haut, dass es ihrer ganzen Selbstbeherrschung bedurfte, um sich nicht in eine Wölfin zu verwandeln.

Racalla trat an Nikka heran und drückte ihm den Zettel auf die Brust. »Nimm ihn! Du solltest wirklich auf diese Schule gehen. Dann wirst du lernen, was Menschlichkeit wahrhaftig bedeutet.« Sie drehte sich um und rauschte durch die Hintertür des Thronsaales.

Da stand er nun. Unzufrieden mit sich und der Situation. Sicherlich er hatte sein Ziel erreicht, aber leider hatte er die Gelegenheit verpasst, seine Mutter über dieser Prophezeiung auszufragen. Wie kam es überhaupt dazu? Wer hatte sie ausgesprochen? Verärgert machte er sich auf den Weg nach draußen. Er ging gerade an Rilahjas Zimmer vorbei, als er hörte, wie Holz splitterte und sie laut vor sich hinschimpfte. Hastig riss Nikka die Tür auf und sah seine Schwester, wie sie wütend auf ihren Kleiderschrank einschlug. Sie wirbelte herum und funkelte ihn rasend vor Wut mit glühenden Augen an.

»Verdammt, du sollst anklopfen!«, knurrte sie ihn an.

»Entschuldige. Es hörte sich an, als könntest du Hilfe gebrauchen. Ich wusste natürlich nicht, dass ich nur deinem Schrank zu Hilfe kommen würde.« Er betrachtete stirnrunzelnd den zerschmetterten

Schrank. »Was hat er getan, um das zu verdienen?«

Rilahja warf Nikka einen finsteren Blick zu und er bemerkte, dass sie bemüht war, den Wolf in Zaum zu halten.

»Ich habe Galjan gefunden und konnte ihn überreden mitzukommen. Wir sind nur bis zum Höhleneingang gekommen, da haben Mutters Wächter ihn sich geschnappt und weggeschleppt. Als wäre er irgendeine dahergelaufene Wolfstöle. Verdammt, er ist ihr Sohn! Wie kann sie ihn so schäbig behandeln?« Sie warf Nikka einen verzweifelten Blick zu. »Sie hat ihn von ihrem Leibwächter, von Duncan, bestrafen lassen. Galjans Winseln und Jaulen konnte ich bis in mein Zimmer hören. Unternimm endlich etwas gegen diese tyrannische Frau, die sich selbst als Mutter bezeichnet!« Rilahja trat dicht an ihn heran und bohrte ihren Zeigefinger in seine Brust. »Du bist der Erstgeborene! Nimm dir diesen Lichtthron und schmeiße sie in den dunkelsten Kerker, damit sie Galjan nichts mehr antun kann. Sie wird ihn noch umbringen.«

Die unterschiedlichsten Emotionen wallten in ihm auf. Seine Schwester ahnte ja nicht, wie recht sie hatte mit ihren Worten. Sollte Racalla ihr Ziel, nämlich den Tod dieser weißen Wölfin, erreicht haben, würde sie Galjan umbringen. Sein Alphawolf schrie auf und drängte ihn, sich das zu nehmen, was ihm zustand – den Thron und das Rudel.

Nikka drehte sich auf dem Absatz um und stürmte aus dem Zimmer. Er ließ die Verwandlung zu, rannte hinaus und hielt erst an, als er den sicheren Wald erreicht hatte. Was sollte er tun? Der Wind fegte durch sein Fell und witternd hielt er die Nase in den Wind. Langsam setzte er sich in Bewegung und schlug die grobe Richtung der Schule ein, um später sein Auto holen zu können. Seine Gedanken kreisten einzig um die Lösung seines Problems. Wie konnte er, ohne einen Kampf, seine Mutter davon überzeugen, ihren Thron aufzugeben?

Kapitel 3

Was für ein blöder Tag. Faola stapfte wütend durch das verlassene Schulgebäude. Sie hatte wirklich nachsitzen müssen, weil sie im Unterricht bei einer Filmvorführung eingeschlafen war. Die Hälfte der Klasse hatte geschlafen, allerdings hatte sie das Pech, als einzige erwischt worden zu sein. Das ist doch unfair. Flüche murmelnd näherte sie sich dem Ausgang der Schule. Immerhin hatte Lexie ihr das Auto überlassen und war gemeinsam mit Ramon bei Sarah mitgefahren.

Sie blickte durch die verglaste Doppeltür auf den verwaisten Parkplatz hinaus. Ruckartig blieb sie stehen. Ein Junge lehnte, mit verschränkten Armen vor der Brust, an Lexies Auto und schien zu warten. Verdammt, das musste der Fahrer des zugeparkten Autos sein, und wenn sie sich nicht täuschte, schien er stinksauer zu sein. Verständlicherweise, wie sie zugeben musste. Faola legte den Kopf schief und betrachtete den fremden Jungen. Viel konnte sie aus der Entfernung nicht erkennen. Seine Haare waren schwarz und standen ihm wirr vom Kopf ab. Sein Körper wirkte wie der, eines durchtrainierten Sportlers. Ihre Haut fing an zu kribbeln und sie strich sich über die Arme, um dieses lästige Gefühl zu verscheuchen. Was war los mit ihr? Er war nichts anderes, als irgendein fremder Junge. Zugegeben, ein ziemlich Wütender, aber was sollte er schon machen, außer sie fürchterlich zu beschimpfen.

Sie zog ihre Kapuze über den Kopf, öffnete die Tür und steuerte auf den Parkplatz zu. Wie sie es erwartet hatte, stieß er sich von dem Auto ab, kniff die braunen Augen zusammen und funkelte sie wütend an. Himmel, er war mindestens ein Meter neunzig groß und sein Shirt wirkte, als sei es ihm auf den Körper gepinselt worden. Faszinierend, wie Faola erschreckt feststellen musste. Bisher hatte sie sich noch nie sonderlich für Jungs interessiert. Die meisten waren total bescheuert und lediglich auf das Eine aus. Diesen kannte sie nicht. Sein Äußeres sah wirklich umwerfend aus und er roch verwirrend gut. Nach Sandelholz. Ihre Haut spielte erneut total verrückt. Das Prickeln wurde stärker und ihr Herz raste, als hätte sie gerade einen Marathon hinter sich gebracht.

»Na endlich!«, fauchte er sie an. »Bist du eigentlich so dämlich oder ist dir der Sprit ausgegangen? Wie du vielleicht bemerkt hast, kann ich meinen Wagen nicht einen Millimeter bewegen, weil du deine Schrottkarre hinter mein Auto gestellt hast.«

Faola bemerkte, dass seine Stimme vor Wut zitterte und sein Körper angespannt war. Sie hob den Kopf, zog eine Braue in die Höhe und versuchte einen möglichst gleichgültigen Eindruck zu machen. »Du solltest mal dein Testosteron herunterfahren, sonst wächst dir noch ein Fell.« Seine Augen weiteten sich und Verwirrung war in ihnen zu lesen. Seine Nasenflügel bebten und bevor er etwas erwidern konnte, ging sie an ihm vorbei. »Keines dieser Autos gehört mir. Ich bin zu Fuß.« Innerlich entsetzt von ihren Worten wurde ihr bewusst, was sie gerade getan hatte. Um den Tiraden dieses Jungen zu entkommen, musste sie nun zu Fuß gehen. Wäre nicht schlimm, wenn sie dafür nicht durch den Wald müsste, den sie normalerweise mied, als würde man sich dort die Pest holen. Tollwütige Hunde und wer weiß was noch konnten einem dort über den Weg laufen und über einen herfallen.

»Oh, dann tut es mir leid, dass ich dich so blöd angequatscht habe.« Faola blieb stehen und drehte sich zu ihm um. »Kein Problem.«

Ein Lächeln spielte um seine Lippen. »Wie heißt du?«

»Faola«, antwortete sie mechanisch. Allmächtiger, er hatte wirklich nach ihrem Namen gefragt. Und dieses Lächeln. Dafür würde sie mehrmals täglich durch diesen Wald laufen, auch wenn ihr zwanzig Hunde entgegenkommen würden. Es wäre ihr egal! In ihrem Bauch begann, sich etwas zu regen. Waren das die besagten Schmetterlinge, von denen ihre Freundinnen ständig sprachen? Faola hatte sich nie vorstellen können, dass es ein schönes Gefühl sein könnte, wenn man dachte, dass sich Insekten im eigenen Körper tummelten, doch das, was sie gerade empfand, war neu … und unglaublich aufregend.

Wie sie so dastand, ihn anstarrte und in seinem Sandelholzduft schwelgte, musste sie ziemlich dämlich aussehen. »Und wie heißt du?«, fragte sie krächzend und war verwundert, dass sie lächelte, ohne es eigentlich gewollt zu haben.

»Ich heiße Nikka. Freut mich, dich kennenzulernen. Ich würde dich ja nach Hause fahren, aber irgendjemand hat mich zugeparkt.« Er verzog sein Gesicht zu einer Grimasse. »Ich werde wohl ebenfalls zu Fuß gehen müssen. Darf ich dich vielleicht begleiten?« Er warf ihr einen intensiven Blick zu und Faola konnte nichts sagen, aus Angst, die Schmetterlinge, die in ihrem Bauch tanzten, würden aus ihrem Mund herausflattern. Also nickte sie. Sicher war sicher.

»Gut. Wo musst du denn hin?«, fragte er ohne eine Spur Nervosität in der Stimme. Wie beneidenswert.

»Äh … ich muss durch den Wald. Du … du musst wirklich nicht …«

»Das passt gut«, unterbrach er ihr Gestammel. »Das ist auch meine Richtung.« Er warf ihr ein hinreißendes Lächeln zu, das ihr die Knie weich werden ließ. »Kommst du?«

»Klar.« Faola setzte langsam einen Fuß vor den anderen, ganz darauf konzentriert nicht zu stolpern. Allein der Gedanke, sie könnte sich so albern, wie die Mädchen auf ihrer Schule benehmen, die mit verklärten Blicken durch die Korridore liefen und dümmlich vor sich hin grinsten, ließ ihr eine Gänsehaut über den Rücken kriechen. So hatte sie nie werden wollen und dennoch tat sie im Moment genau das. Innerlich seufzend folgte sie ihm.

Gemeinsam gingen sie über den Parkplatz und näherten sich langsam dem Wald. Dunkel und bedrohlich ragte er vor Faola auf. Die ersten Zweifel regten sich in ihr und drängten die Schmetterlinge, die freudig umhergeflattert waren, zu Boden. Der gefährliche Wald, ein fremder Junge und sie mittendrin. Das war gar nicht gut. Ihre Mutter würde durchdrehen, wenn sie davon erfuhr.

Der erste Schritt hinein lenkte Faola von den düsteren Gedanken ab, denn es war anders, als sie erwartet hatte. Sie hatte fest daran geglaubt, dass die bekannte Angst über sie zusammenbrechen würde, wie eine meterhohe Welle, aber nichts dergleichen geschah – im Gegenteil. Der Geruch der Bäume und Pflanzen war sensationell. Sie konzentrierte sich, um Nikkas Sandelholzgeruch auszuklammern – was ziemlich schwierig war – und gab es letztendlich auf, denn sein Duft wurde intensiver. Konnte das überhaupt sein? Die Jungs in ihrer Schule rochen nicht so … natürlich. Eher nach Aftershave und Deo.

Nikka räusperte sich. »Was für Kurse hast du belegt?«

»Warum willst du das wissen?«, fragte sie und war innerlich froh über die Ablenkung. Wer weiß, in welche Richtung ihre vernebelten Gedanken noch gegangen wären.

»Ich werde mich morgen an eurer Schule anmelden und es wäre schön, dort jemanden zu kennen, mit dem man zu Mittag essen könnte«, antwortete er und blieb stehen.

Seine Stimme glitt wie Seide über ihre Haut und sie spürte tatsächlich, wie ihr die Röte in die Wangen stieg. Verflucht! Wie sollte sie darauf reagieren? Er wollte sie also wirklich wiedersehen. Faola konnte nicht verhindern, dass ihr Herz begann, Purzelbäume zu schlagen und die Wärme, die sich in ihrem Inneren ausbreitete, die Schmetterlinge erneut dazu animierte, sich machtvoll vom Boden zu erheben. Sie ging weiter und zog die Kapuze nach hinten, um die Hitze, die in ihrem Innern glühte, zu vertreiben. Ein Lächeln schlich sich auf ihr Gesicht und sie genoss dieses Gefühl, das so neu für sie war.

Ohne Vorwarnung hörte Faola, wie Nikka laut aufkeuchte. Verunsichert drehte sie sich um. Er stand da und starrte sie an. Jeder Muskel in seinem Körper schien angespannt zu sein, und als sie sein Gesicht betrachtete, waren die braunen Augen, die sonst den Eindruck von flüssiger Schokolade vermittelten, verschwunden. Überall am Körper spürte sie die Gefahr, die von Nikka ausging, als sie in seine glühenden, bernsteinfarbenen Augen blickte, die sie zu verschlingen drohten.

***

Nikkas Blut geriet von einer Sekunde zur Anderen in Wallung, als Faola ihre Kapuze nach hinten schob. Haare so weiß wie der Vollmond, wenn er in seiner vollkommenen Pracht am sternklaren Himmel stand und erhaben auf die Welt hinunter schaute. Seine Emotionen konnte er noch begrenzt in Zaum halten. Mit aller Macht versuchte er, seine Verwandlung zu unterdrücken und konnte nicht mehr verhindern, dass sie die glühende Veränderung in seinem Gesicht sah.

»Bitte nicht weglaufen.« Seine Stimme war rau und krächzend. Er wusste nicht, ob er dann noch die Verwandlung aufhalten könnte, wenn sie wie ein Reh flüchten würde. Allerdings musste er sich diesbezüglich wohl keine Sorgen machen, denn sie stand da wie eine Statue und starrte ihn an. Die Angst war ihr anzusehen. Und was nun? Er vermutete, dass die Suche nach der weißen Wölfin endlich ein Ende hatte. Dieses Mädchen musste es sein. Jetzt ergab auch alles andere einen Sinn. Ihr schwerer Geruch nach Mitternachtsjasmin, auf den sein Körper sofort reagierte, indem sein eigener Geruch sich intensivierte. So reagierte kein Gestaltenwandler auf einen normalen Menschen, sondern ausschließlich auf die eigene Spezies. Diese Erkenntnis half ihm allerdings nicht weiter, ebenso wie das Wissen, dass ihr Gesicht das Schönste war, welches er je betrachten durfte. Ihre Augen glitzerten in einem strahlenden Blau – wie zwei Teiche aus flüssigen Saphiren, in die er hinabtauchen wollte, um zum Grund zu gelangen, wo ihre unbefleckte Seele auf ihn wartete.

Himmel, wenn seine Mutter ihn hören könnte, würde sie ihn enterben und ihm das Fell über die Ohren ziehen. Angst flackerte in Nikka auf, als er daran dachte, was normalerweise seine Pflicht wäre. Nämlich sie sofort seiner Mutter vor die Füße zu werfen, damit Racalla ihren Rachefeldzug beenden konnte. Das durfte nicht passieren. Ein ungeheurer Drang dieses Mädchen zu beschützen breitete sich in ihm aus. Er senkte die Lider, holte tief Luft und trat einen Schritt auf Faola zu. Sie bewegte sich immer noch nicht, aber er konnte ihr wachsendes Unbehagen spüren. Wie Peitschenhiebe empfand er ihre Ablehnung, obwohl ihre Reaktion mehr als verständlich war. Ihr ganzes Leben lang war sie allein auf dieser Welt gewesen. Sie hatte Angst vor ihm, und wenn er sich nicht so zu ihr hingezogen gefühlt hätte, wäre sie auch berechtigt gewesen.

»Du musst keine Angst vor mir haben. Hör mir zu«, versuchte er so sanft wie möglich zu sprechen. Trotz seiner behutsamen Stimme senkte sie vor Schreck den Kopf und er fing ihr Kinn mit einer Hand auf und zog ihre Aufmerksamkeit wieder zurück zu seinen Augen, die mittlerweile wieder ihre normale Farbe angenommen hatten. »Du musst aus diesem Wald raus. Sofort!«

»Wa... warum? Ich verstehe nicht, was hier vor sich geht. Deine … sie … sie haben geleuchtet. Ich habe es genau gesehen.« Ein Zittern lief durch ihren Körper und sie schlang die Arme um ihren Körper.

Oh ja, er hatte definitiv mehr als ein Problem. Zum Ersten musste er seine Mutter überzeugen, diese Wölfin nicht zu töten und zweitens hatte sein Wolf begonnen, Besitzansprüche zu stellen. Der moschusartige Paarungsduft vermischte sich mit seinem eigenen

Geruch und nichts, nicht einmal seine Mutter, könnten ihn noch davon abbringen, dieses Mädchen für sich zu beanspruchen. Dabei war es seinem Wolf egal, ob die beiden Frauen damit einverstanden waren oder nicht. Hinzu kam, dass Faola ziemlich verwirrt wirkte, als sie von seinen transformierten Augen sprach. Konnte es sein, dass sie nicht wusste, was er war? Oder was sie war?

»Ich werde dir alles erklären.« Er nahm ihr Gesicht in beide Hände. »Faola, wir haben jetzt keine Zeit. Dein Duft verbreitet sich im Wald und wird die Wölfe meines Rudels auf dich aufmerksam machen. Das ist gefährlich. Ich werde alles tun, um sie davon abzulenken. Es gibt für mich nichts Wichtigeres, als dich zu beschützen.« Sein Herz schlug ihm bis zum Hals und der Drang, jeden zu bekämpfen, der ihr auch nur ein weißes Haar krümmen wollte, tobte durch seinen Körper. Er spürte dieses fremde Mädchen bis in die letzte Faser seines Körpers. Ein heller Punkt, der die dunkelsten Winkel in seiner Seele erhellte. Sie war die Frau, mit der er den Rest seines Lebens verbringen wollte.

Nikka sah, wie sie ihre Stirn runzelte. »Du kennst mich doch überhaupt nicht. Und warum sprichst du von Wölfen und Rudeln?«

»Das ist eine lange Geschichte und ich verspreche dir, dass ich sie dir erzählen werde. Mir ist nur wichtig, dass du keine Angst vor mir hast und mir vertraust. Und? Kannst du das?«

***

»Ja.« Faola war überrascht wie einfach ihr dieses Wort über die Lippen kam. Er wollte sie beschützen und sie glaubte ihm. Schwerfällig hob sie ihre Lider und suchte Blickkontakt. Sie versank in der Tiefe seiner Augen.

Er trat auf sie zu und streckte seine Hände nach ihr aus. Ohne nachzudenken legte sie ihre hinein und genoss die Wärme die durch ihren Körper strömte. Nikka führte ihre Hand zu seinem Oberkörper und drückte sie auf sein Herz.

»Spürst du das?« Seine Stimme war nur ein Flüstern und streifte ihre Sinne, wie ein lauer Sommerwind.

»Ja, … sie schlagen im gleichen Takt.« Das Lächeln, das Nikka ihr schenkte, ließ ihr einen wohligen Schauer über den Rücken laufen.

»Nicht nur das … schließ deine Augen und hör genauer hin.«

Faola senkte ihre Lider und lauschte dem gemeinsamen Klang ihrer beiden Herzen. Es glich einer Symphonie, wie sie verwundert feststellen musste. Etwas Schöneres hatte sie bisher noch nie gehört. Wie konnte das sein? Wo kam es her? Sie seufzte leise. »Was … was ist das? Es ist wunderschön!« Sie schlug die Augen auf, als sie seine Hand an ihrer Wange spürte.

»Das ist das Liebeslied der Mondkinder. Es ertönt nur, wenn zwei Wesen sich gefunden haben, die füreinander bestimmt sind.«

»Aber wir kennen uns überhaupt nicht, wie …«

»Das stimmt natürlich, aber unsere Seelen warten schon lange aufeinander. Das Lied unserer Herzen beweist es. Solange wir leben sind wir miteinander verbunden. Egal wo du sein wirst, ich werde es wissen. Wir sind eins.«

Es klang verrückt. Doch sie musste zugeben, dass sie sich ihm ganz nah fühlte. Auf eine unerklärliche Weise, konnte sie seine Seele spüren. Sie wusste nicht, wo dieser Weg sie hinführen oder welche Konsequenzen es nach sich ziehen würde. Ein Umstand, der sie allerdings nicht interessierte. Sie wusste nur eines und das mit absoluter Gewissheit: Sie wollte nie wieder ohne ihn sein. Nie wollte sie das Lied der Liebe missen, das sich von ihrem Herzen ausgehend überall in ihrem Körper ausbreitete und ihre Seele erstrahlen ließ.

»Ja«, hauchte sie. »Wir sind eins!«

Nikka nahm ihr Gesicht in beide Hände und kam näher. Seine Lippen streiften die ihren, bevor er sie in die Arme zog und festhielt. »Für immer.«

***

Einen viel zu kurzen Augenblick kostete Nikka das Gefühl der Vollkommenheit aus. Dieses Mädchen gehörte in seine Arme und er würde alles dafür tun, damit es dabei blieb. Schwerfällig löste er sich von ihr. »Hör mir zu, du musst schnell aus dem Wald heraus. Wir treffen uns heute Abend um acht Uhr auf dem Schulhof, dann werde ich dir alles sagen, was du wissen willst. Über mich, über dich und über unsere Spezies.«

Mit gerunzelter Stirn betrachtete sie ihn. »Unsere Spezies? Wovon redest du?«

»Faola bitte. Lass es mich später erklären. Es ist zu gefährlich für dich in diesem Wald. Vertrau mir einfach. Lauf zum Auto und fahre nach Hause.« Er drückte ihr einen Kuss auf die gerunzelte Stirn, drehte sie in seinen Armen um und schubste sie liebevoll in die Richtung, aus der sie gekommen waren.

»Also gut, aber du kommst auch ganz bestimmt?« Sie hatte sich noch mal umgedreht und Nikka konnte ihr am Gesicht ablesen, dass sie mit der Trennung von ihm ebenso wenig einverstanden war, wie er.

»Ja, wir sehen uns bald wieder. Versprochen.«

Widerstrebend setzte sie sich in Bewegung und Nikka war immer noch überrascht von der Wärme, die durch seine Adern sickerte, als er ihr nachsah, wie sie stolpernd auf das Schulgelände zulief. Sie würde das Auto nehmen, denn er hatte von Anfang an gewusst, dass sie ihn angelogen hatte, als sie behauptete, sie wäre zu Fuß gegangen. Trotz der grauenvollen Situation, in der er sich befand, huschte ein Lächeln über sein Gesicht, welches allerdings schnell wieder verschwand. Er brauchte einen Plan. Zuallererst musste er seinen Bindungsduft und vor allem ihren Duft loswerden. Zitronenmelisse wäre genau das Richtige. Während er loslief, verwandelte er sich und nahm Witterung auf. Um Faola zu schützen, würde er sich, wenn es sein musste, stundenlang in dem Grünzeug wälzen. Egal, wie falsch ihm das vorkam.

Als er auf eine kleine Lichtung sprang, um sie zu überqueren, lief er genau in eine Patrouille seines Rudels. Allerdings waren sie in ihrer menschlichen Gestalt unterwegs, was ziemlich ungewöhnlich für die Wächter war. Verdammt – wie hatte ihm das nur entgehen können.

»Na, sieh mal einer an, wen haben wir denn da.« Duncan, der brutale Lieblingswächter seiner Mutter, hielt witternd die Nase in Nikkas Richtung. »Da hatte Racalla wohl recht. Du bist verliebt. Dein moschusartiger Geruch ist erbärmlich!« Er verzog seinen Mund zu einem sardonischen Lächeln.

Nikka verwandelte sich. »Geh mir aus dem Weg, Duncan.« Sein Alphatier war mit seiner Rückverwandlung nicht einverstanden und lief Amok in seinem Verstand. Nikka ließ sich nicht gerne etwas sagen, schon gar nicht von dem Schoßhund seiner Mutter. Duncan war ein sadistischer Wolf, der nichts mehr liebte, als die Quälereien auszuführen, die Racalla in Auftrag gab. Wahrscheinlich konnte der Mistkerl nicht mal etwas dafür, denn als Welpe wurde er schrecklich misshandelt. Er kannte nichts anderes als Hass, Wut und Schmerz. Eine gute Voraussetzung, um Leibwächter der Königin zu werden. Seine Mutter hatte keine Anstalten gemacht, Duncans geschundene Seele zu heilen, sondern ihr nur noch mehr Nahrung gegeben.

»Tut mir leid. Deine Mutter schickt mich, dich zu holen.« Er drehte sich zu den anderen Wächtern herum. »Ihr vier! Holt die Wölfin, die so penetrant nach Mitternachtsjasmin riecht, dass mir schlecht wird und bringt sie in den Thronsaal. Lebend!« Duncan machte eine kleine Pause und wandte sich wieder Nikka zu, während einige der Wächter losliefen. »Und du kommst lieber freiwillig mit, sonst müsste ich dir dein königliches Fell ruinieren, was ich mit Freuden in Kauf nehmen würde.«

Nikkas Hirn lief auf Hochtouren. Natürlich konnte er den Mistkerl in einem Kampf besiegen, aber es waren immer noch fünf andere Wächter da. Gegen alle zusammen hatte nicht mal er den Hauch einer Chance. Also musste er klein beigeben. Das war die einzige Möglichkeit, Faolas Leben noch zu retten. Allein der Gedanke, dass ihr etwas zustoßen könnte, verursachte ihm Schmerzen, als würde man ihm bei lebendigem Leib das Fell über die Ohren ziehen.

»Wenn dein Frauchen nach mir verlangt, werde ich selbstverständlich diesem Wunsch sofort nachkommen«, säuselte er süffisant. Duncans Augen begannen vor Wut zu glühen und Nikkas Alphatiergeruch hing schwer in der Luft. Nikka trat dicht an ihn heran. »Ich warne dich Duncan! Gib mir noch einen Grund und ich verspreche dir, dass dein Fell das erste sein wird, das irgendwann in meinem Thronsaal hängen wird.« Mit diesen Worten ging Nikka einfach an ihm vorbei. Oh ja, er freute sich auf den Tag, wo er diesen Bastard zur Rechenschaft ziehen würde. »Komm, bei Fuß! Dein Frauchen wartet auf uns«, rief er ihm zu und verwandelte sich.

Nun war der Tag also gekommen. Er würde sich seiner Mutter stellen und er hoffte, dass Faola und er diesen Tag überleben würden.

Kapitel 4

Faola lief, als wäre der Teufel persönlich hinter ihr her. Ihr Körper und ihr Verstand waren ausschließlich auf eine Sache fixiert: Nikka. Völlig außer Atem erreichte sie den Schulparkplatz. Ängstlich schaute sie zum Wald zurück. Er hatte wirklich etwas nervös gewirkt. Wovor hatte er Angst? Zielstrebig steuerte sie auf das Auto ihrer Freundin zu und fischte mit zitternden Fingern in ihrer Jackentasche nach dem Schlüssel. Verdammt – er war nicht da. Wahrscheinlich lag er irgendwo im Wald, zusammen mit ihrem Rucksack, den sie fallen gelassen hatte. Verzweifelt ließ sie sich an dem Wagen heruntergleiten, verschränkte die Arme auf den Knien und legte den Kopf darauf. Was sollte sie jetzt machen?

Ein Kribbeln lief über ihre Arme und ruckartig hob sie den Kopf. Vier junge Männer, groß, muskulös und durchaus gut aussehend, kamen direkt auf sie zu. Hastig sprang sie auf die Füße und ignorierte die Gänsehaut, die ihren Körper überzog.

»Da bist du ja«, äußerte sich einer von ihnen. »Schön, dass du gewartet hast. Das erspart uns die Jagd.« Seine Kollegen lachten und betrachteten Faola wie ein Beutetier.

Sie runzelte die Stirn und stemmte die Fäuste in die Hüften. Angriff war bestimmt die beste Verteidigung, so hoffte sie jedenfalls. »Was wollt ihr von mir? Ich werde jeden Moment abgeholt, also könnt ihr eure jämmerlichen Pläne vergessen.«

Der Größte von ihnen, vermutlich der Anführer, lachte und seine dunkelbraunen Augen funkelten amüsiert. »Tut mir leid für dich. Du wirst dich wohl oder übel unseren Plänen anpassen müssen. Nikka wird nämlich nicht kommen, um dich zu holen.«

Faola schnappte nach Luft. Angst breitete sich in ihr aus. Woher kannten sie Nikka? War er in Gefahr? Wo war sie da nur reingeraten? Drogengeschäfte? Gangrivalitäten? »Wo ist er?«, fragte sie mit rauer Stimme.

»Pass auf, wir möchten dir wirklich nicht wehtun. Begleite uns und wir bringen dich zu ihm. Versprochen.« Er hob beide Hände und ein Lächeln spielte um seine Lippen.

Faola konnte Menschen eigentlich ziemlich gut einschätzen und er wirkte auf seltsame Weise glaubhaft. »Geht es ihm gut? Ist er in Gefahr?«

»Wenn du dich weigerst mitzukommen, sieht es schlecht aus für ihn. Leider dürfen wir dir nicht mehr sagen. Bitte komm mit.« Er warf seinen Freunden einen Blick zu, den Faola nicht deuten konnte. Nachdem die drei anderen Jungs ihm einstimmig zunickten, warf er verzweifelt die Hände in die Luft. »Hör zu. Nikka ist ein toller Kerl und seine Mutter verlangt, dich zu sehen. Es ist bess...«

»Moment«, fuhr Faola ihm hastig ins Wort. »Um seine Mutter kennenzulernen, ist es vielleicht noch ein wenig zu früh. Ich kenne ihn ja kaum.« Sie bemerkte, wie ihr Gegenüber verwirrt die Stirn runzelte.

»So ist das nun mal bei uns Wölfen. Das solltest du doch eigentlich wissen. Nikkas Bindungsduft hängt an dir wie ein Magnet, und deiner hängt an ihm. Da ist nichts zu machen. Ihr gehört zusammen. Wir könnten dich natürlich laufen lassen, allerdings würde dich jeder andere aufspüren können. Außerdem wäre es ziemlich übel für Nikka, denn ...« Er unterbrach sich selbst, denn ihm schien aufzufallen, dass Faola weiß wie eine Wand wurde. »Geht es dir gut?«

»Nein!« Faola konnte ein Schluchzen nicht unterdrücken. »Hör auf zu reden. Was hat das alles mit Wölfen zu tun? Ich verstehe das alles nicht.« Sie war den Tränen nahe. Wann war ihr Leben so kompliziert geworden? »Bitte sag mir endlich, was hier los ist.«

Verwirrt schaute er seine Freunde an, bevor er sich ihr wieder zuwandte. »Ähm, du weißt nicht, was wir sind? Was Nikka ist, oder noch wichtiger, was du bist?«

Sie schüttelte den Kopf. Diese Fragen verwirrten sie und das ständige Kribbeln auf ihrer Haut machte sie wahnsinnig. Genau! Das war die Erklärung für alles: Sie wurde verrückt.

»Na gut, dann halte dich lieber fest! Wir sind Wölfe. Gestaltenwandler, um genau zu sein.«

Das ging jetzt eindeutig zu weit und sie brach in schallendes Gelächter aus. »Eine etwas realistischere Antwort wäre glaubhafter gewesen.« Glucksend hielt sie sich die Hand vor den Mund.

»Du glaubst mir nicht?«

»Natürlich nicht! Ich bin ja nicht total bescheuert.«

Er zog eine Braue in die Höhe. »Soll ich es dir beweisen?«

»Selbstverständlich. Ich bin schon sehr gespannt, wie du das anstellen willst.« Sie bedachte ihn mit einem selbstgefälligen Blick.

Etwas Unglaubliches geschah und von einer Sekunde zur anderen veränderte sich alles in ihrer kleinen Welt. Schon wieder! Der Anblick, wie aus dem Jungen ein Wolf wurde, raubte ihr den Atem. Schwankend hielt sie sich am Auto fest. Die Angst vor dem großen bösen Wolf kroch ihr den Rücken hinauf und Erinnerungen an den Überfall aus Kindertagen überschwemmten ihren Verstand. Sie zitterte und umklammerte sich selbst mit den Armen, aus Angst auseinanderzufallen. Es musste ein Traum sein. Der ganze verdammte Tag war ein skurriler Albtraum, aus dem sie sofort erwachen wollte. Leider geschah nichts dergleichen. Wie gelähmt stand sie da und schaute in die braunen Augen des Raubtieres.

Eine Hand legte sich auf ihre Schulter und sie sah einen seiner Freunde neben sich stehen. »Hab keine Angst. Er wird dir nichts tun«, flüsterte er ihr ins Ohr.

»Ich … ich kann nicht … atmen«, wimmerte sie und ließ sich auf ihre Knie fallen. Ihre Beine versagten ihr einfach den Dienst. Sie stützte ihre Ellenbogen auf die Beine und vergrub ihr Gesicht in den Händen. Diese unfassbare Beklommenheit fegte ihren Kopf leer und zerstörte jeden vernünftigen Gedanken. Gefangen zu sein in der eigenen Angst, war ein Zustand, den Faola zu gut kannte, als dass sie sich vorgaukeln könnte, ihr jemals zu entfliehen. Zu mächtig war dieses kalte Gefühl. Es hielt sie mit eisernen Ketten fest und zog sie immer tiefer ins Verderben, bis es irgendwann keinen Rückweg mehr gab.

Etwas Weiches berührte ihre Haut und ruckartig riss sie den Kopf hoch, nur um sich Nase an Nase mit einem echten Wolf wiederzufinden. Zu ihrem Erstaunen machte das Tier keinen aggressiven Eindruck, im Gegenteil. Vollkommen ruhig saß es vor ihr, den Kopf leicht schief gelegt, und schaute sie an. Langsam hob sie eine zitternde Hand und berührte vorsichtig das Fell des Tieres. Ein wohliges Gefühl stieg in ihr auf. Ein Licht glühte in der Dunkelheit ihres Kopfes auf, und bevor es erlosch, griff sie gierig danach. Sie krallte beide Hände in den Hals des Tieres und spürte die Wärme, die sich langsam in ihrem Körper ausbreitete. Wie ein Willkommensruf. Es war unfassbar. Hier saß sie nun, einträchtig neben einem Wolf, der eigentlich keiner war und sie fühlte sich zum ersten Mal in ihrem Leben unbeschwert. Befreit von der Angst, die sie schon ihr ganzes Leben lang empfand.

Sie blickte zu dem Jungen hoch, der neben ihr stand. »Wie heißt er?«, fragte sie, ohne das Tier loszulassen.

»Noam.«

»Noam«, wiederholte sie leise. »Ich danke dir. Du kannst dir nicht vorstellen, wie wichtig das für mich war.« Faola schlang beide Arme um den Wolf und drückte ihr Gesicht in das weiche Fell. Ein Augenblinzeln später hockte sie da und umarmte den Jungen. Vor Schreck quiekte sie auf, erhob sich und trat hastig zwei Schritte zurück.

Noam grinste sie an. »Tut mir leid, ich bin nicht so der Kuscheltyp. Außerdem wird Nikka es riechen und ernsthaft sauer werden.«

Nikka. Wie konnte sie ihn nur vergessen?

»Jetzt du. Ich habe noch nie eine weiße Wölfin gesehen.« Neugierig betrachtete er sie.

Verdattert schaute sie ihn und seine Freunde an. »Ich? Nein, ich bin keine Wölfin. Ich bin ein normaler Mensch.«

»Nein, bist du nicht. Glaub mir, du bist eine Wölfin, und zwar eine besondere. Die letzte lebende weiße Wölfin auf dieser Welt.« Noam verschränkte die Arme vor der Brust und musterte sie.

»Du spinnst ja!« Faola schüttelte den Kopf. »Ich würde es wohl wissen, wenn ich ab und zu als Wolf durch die Gegend laufen würde.«

»Bist du schon neunzehn Jahre alt?«, fragte er und lächelte sie wissend an.

»Nein, noch nicht. Ich werde …«

»Demnächst neunzehn.« Noam beendete den Satz für sie.

Faola war sprachlos. »Woher weißt du das?«

»Die erste richtige Verwandlung erfolgt an deinem Geburtstag. Bei uns Gestaltenwandlern ist es so, dass der neunzehnte Geburtstag immer auf einen Vollmondtag fällt.« Er strich ihr behutsam über den Arm und stutzte, als er vermutlich die Narben unter ihrem langärmeligen Shirt spürte. Faola zog sich der Magen zusammen. Schnell versuchte sie sich ihm zu entziehen. Vergeblich, denn die Schnelligkeit mit der er ihr Shirt nach oben zog, war kaum zu übertreffen. Wütend senkte er seine Augenbrauen, als er den vernarbten Unterarm betrachtete. Hektisch riss sie sich los und zog ihren Ärmel wieder herunter.

»Wo hast du das her?«

»Von einem alten Hund. Er griff mich aus heiterem Himmel an, als ich noch sehr klein war. Ich möchte allerdings nicht darüber sprechen.« Nervös knetete sie ihre Finger. Konnte es wirklich sein, dass sie ebenfalls eine Gestaltenwandlerin war? Das klang total absurd, aber sie hatte es selbst gesehen. Es gab diese Wesen wirklich!

»Ein Hund würde niemals einen Wolf angreifen. Sie haben Angst vor dir, deshalb werden sie zuerst aggressiv, bis ihnen klar wird, dass sie dir unterlegen sind. Der Hund, der dich gebissen hat, tat es, weil du vermutlich zu klein warst, um zurückzubeißen.« Er zuckte mit den Schultern. »Ich kann es allerdings nur vermuten.«

Faola runzelte die Stirn. »Was meintest du eben mit der ersten richtigen Verwandlung? War ich schon mal eine Wölfin? Gehören meine Eltern auch zu eurer Spezies?«

Noam tauschte mit seinen Freunden einen verunsicherten Blick aus, bevor er seufzend antwortete. »Können wir aufbrechen? Ich erzähle dir alles, was ich weiß, auf dem Weg zu Nikka. Ist das in Ordnung für dich?«

»Ja klar.« Ohne weiter darüber nachzudenken, entschied sie sich, alles in Erfahrung zu bringen, was sie wissen wollte. Dies könnte die Erklärung sein, warum sie so anders war als ihre Freunde. Hinzu kam, dass sie zu Nikka wollte. Er fehlte ihr und sie wünschte sich nichts sehnlicher, als wieder in seinen Armen zu liegen. Also ging sie mit den vier Jungs, die sie überhaupt nicht kannte, erneut in den Wald. Himmel, ihr war wirklich nicht mehr zu helfen.

Noam räusperte sich. »Wir Gestaltenwandler kommen als Wölfe zur Welt. Wenn die Wölfin sich allerdings nach der Geburt in einen Menschen zurückverwandelt, nehmen die Welpen auch ihre menschliche Gestalt an. Sie bleiben dann in dem Körper, bis die erste Wandlung an ihrem achtzehnten Geburtstag erfolgt. Das geschieht allerdings so gut wie nie. Wir bevorzugen Welpen. Menschliche Babys und Kleinkinder fallen eher auf, wenn sie irgendwo im Wald rumlaufen.«

Faola erkannte ein Zögern, so als wollte Noam eigentlich nicht weiterreden. Ein Zittern lief durch seinen Körper und sie war gespannt auf die Worte, die nun kommen würden.

»Was deine Eltern betrifft, kann ich dir eigentlich nichts Genaues sagen. Außer, dass sie keine Menschen sind. »

Ruckartig blieb sie stehen und schnappte nach Luft. »Willst du mir gerade sagen, dass sie gar nicht meine Eltern sind? Ich bin adoptiert?« Übelkeit kroch ihr die Speiseröhre hoch. Das war alles zu viel für sie. Nicht ihre Eltern? Wer waren dann ihre Eltern? Lebten sie noch?

»Sie sind definitiv nicht deine Eltern. Ob du adoptiert wurdest, kann ich dir nicht sagen. Keiner von uns, außer Nikkas Mutter, wusste irgendetwas über dich. Wir haben dich gesucht, überall auf der Welt. Dass du so dicht in der Nähe lebst, konnte keiner ahnen. Hier haben wir nicht gesucht. Racalla, das ist Nikkas Mutter und Königin des Lichtthrons, wird dir deine Fragen beantworten können.«

»Eine Königin?« Ihre Stimme kletterte einige Oktaven nach oben.

Noam drehte sich zu ihr um, packte sie an den Schultern und sah sie durchdringend an. »Hör mir jetzt gut zu. Das ist sehr wichtig. Racalla ist keine liebende Wolfsmama. Sie würde Nikka oder eines ihrer anderen Kinder ohne mit der Wimper zu zucken töten, nur um ihren Willen zu bekommen. Ich kenne ihre Beweggründe nicht. Ich weiß allerdings, dass in ihrem Thronsaal schon das Fell einer weißen Wölfin hängt. Vermutlich das deiner leiblichen Mutter. Ich befürchte, dass sie deines dazuhängen will. Also bitte, sei vorsichtig und lass Nikka reden. Er wird alles dafür tun, um dein Leben zu retten. Hast du das verstanden?«

Faolas Augen wurden größer und es dauerte eine Weile, bis ihr die Bedeutung seiner Worte klar wurde. »Du … du bist so freundlich zu mir und anscheinend mit Nikka befreundet, warum bringst du mich zu dieser Frau, damit sie mich umbringt?« Fassungslos ging sie zwei Schritte rückwärts und hielt die Arme abwehrend nach vorne.

Noam senkte den Blick. »Ja genau und es tut mir wirklich von Herzen leid. Racalla würde Nikka umbringen, weil er sich weigern würde, dich zu holen. Ich kann das nicht zulassen. Er ist mein Bruder. Ich liebe ihn!«

»Oh.« Mehr kam nicht. Na toll. Sie sollte ihre Beine in die Hand nehmen und weglaufen. Vielleicht auch noch schreien. Am besten beides gleichzeitig! Dem ungeachtet kam aus ihrem Mund lediglich ein *Oh!* Ihre Gedanken drehten sich im Kreis. Faola dachte an Nikka und spürte deutlich seine geistige Anwesenheit. Die Schmetterlinge, von denen sie dachte, sie wären tot zu Boden gefallen, erhoben sich kampfbereit. Sie musste alles tun, um ihn zu retten. Die Vorstellung, dass ihm etwas zustoßen könnte, nur weil sie weglief, ertrug sie nicht.

»Also gut, Noam. Ich bin ...« Ein Wolf, der eilig durch die Bäume gerannt kam, ließ Faola ihren Satz abbrechen. Schlitternd hielt das Tier an und verwandelte sich. Eine Frau kam zum Vorschein.

Noam ging mit angespanntem Gesichtsausdruck auf sie zu. »Rilahja, was ist los?«

Entschlossen wischte die Frau sich Tränen aus dem Gesicht. »Ihr müsst euch beeilen. Mutter ist sehr ungeduldig. Sie wartet auf die weiße Wölfin. Und jede Sekunde, die verstreicht, muss Nikka leiden, Noam.« Ihre Stimme zitterte. »Es geht ihm wirklich schlecht. Sie bringt ihn um!«

Faolas Verstand verabschiedete sich bei diesen Worten. »Na dann verplempern wir keine Zeit und beeilen uns!« Ihr Herz raste und ihren Pulsschlag hörte sie wie Kriegertrommeln in ihren Ohren rauschen.

»Gut. Folgt mir!« Noam setzte sich im Laufschritt in Bewegung und alle folgten ihm. Faola entging nicht, dass die Wölfin sie verwundert anstarrte. Die beiden Frauen liefen nebeneinander und sie fasste sich ein Herz. »Bist du Nikkas Schwester?«

»Ja.«

»Tut mir leid, dass ich das sagen muss, aber eure Mutter ist ein Miststück!«

Rilahjas Augen blitzten auf. »Wenn du wüsstest, wie recht du damit hast.«

Faola hörte Wut in der Stimme der Wölfin. Sie wusste natürlich nicht, was in dieser Familie wirklich los war, jedoch schien es einige Probleme zu geben. Die Frage war, was hatte sie damit zu tun?

»Liebst du meinen Bruder?«

Diese Frage kam nun etwas unerwartet. Liebe? Faola wusste nicht, wie sich Liebe anfühlen sollte. War es das Gefühl, welches sie für Nikka empfand? Vermutlich, denn etwas Intensiveres konnte nicht möglich sein. Wenn man sich nicht vorstellen konnte, ohne den anderen zu sein und wenn man sich in Gegenwart des anderen vollständig fühlte. Das musste Liebe sein! »Ja. Immerhin lasse ich mich freiwillig zur königlichen Schlachtbank führen, weil ich den Gedanken nicht ertrage, dass er meinetwegen leiden muss.«

Ihre Antwort zauberte ein kleines Lächeln auf Rilahjas Gesicht. »Wir durften damals nie Kontakt mit den anderen weißen Wölfen haben. Hätte ich allerdings gewusst, dass sich der Aufwand lohnen würde, hätte ich es dennoch riskiert.«

Faola japste, weil sie einmal kurz das Atmen einstellte, was ziemlich schlecht bei einem Dauerlauf war. «Es gibt noch andere wie mich?« Etwas wie Hoffnung machte sich in ihr breit.

Nikkas Schwester warf ihr einen traurigen Blick zu. »Nein, leider nicht. Du bist die Letzte. Mutter hat während des Krieges alle anderen töten lassen.«

»Es gab einen Krieg und sie hat was gemacht?«

»Die weißen Wölfe hatten meinen Vater in einen Hinterhalt gelockt und umgebracht. Meine Mutter wurde wahnsinnig durch diesen Verlust und hatte den Krieg begonnen. Rache ist ein mächtiges Gefühl. Erst als sie die weiße Königin getötet hatte, gehörte der Lichtthron ihr und …« Rilahja unterbrach sich selbst, um die Stirn zu runzeln. »Moment mal, wenn man es genau nimmt, gehört der Thron dir. Der Lichtthron gehört den Kindern des Vollmondes. Wegen ihres weißen Felles und ihrer reinen Gesinnung, verkörpern sie die Vollkommenheit des Mondes. Wir grauen und schwarzen Wölfe sind die Kinder des Neumondes. Nicht ganz rein. Einst waren wir alle schwarz. Aber mit den Jahrhunderten wurden wir immer heller, denn in unserer Blutlinie befinden sich Gene des normalen Wolfes. Vermutlich hat man sich irgendwann mal mit ihnen eingelassen.« Rilahja zuckte mit den Schultern. »Das ist alles schon sehr lange her.«

Faola wusste nicht, welche Frage sie zuerst stellen sollte. Zu viele Informationen prasselten auf sie ein. Dass sie eventuell die rechtmäßige Königin sein sollte, ignorierte sie einfach. Das war ja total lächerlich.

»Wir sind da.« Noam riss sie mit seinen Worten aus den verworrenen Gedanken, denen sie sowieso nicht mehr folgen konnte. Sie standen mitten auf einer Lichtung, an dessen Ende sich ein dreistöckiges

Gutshaus an die Felsen schmiegte. Vor Erstaunen klappte ihr der Unterkiefer nach unten.

»Schnell. Die Wachen warten bereits.« Noam drehte sich zu Faola um und sah sie mit funkelnden Augen an. »Pass auf! Egal was ich zu dir sage, du darfst nie vergessen, wir fünf sind auf deiner Seite. Hast du das verstanden?«

Sie nickte und schluckte den Kloß, der ihr im Halse steckte, entschlossen herunter. »Lasst uns reingehen und Nikka retten.«

Ein breites Grinsen machte sich auf Rilahjas Gesicht breit. »Gesprochen wie eine wahre Königin.«

Kapitel 5

Nikka keuchte auf. Zwei Wächter zu seiner Linken und zwei zu seiner Rechten, hielten ihn in einem steinernen Griff, während Duncan mit sichtlicher Genugtuung auf ihn einschlug. Nikka hoffte aus tiefster Seele, dass Noam es geschafft hatte, Faola weit von hier fortzubringen. Racalla war zu allem entschlossen. Sie hatte das halbe Rudel in den Thronsaal gerufen, damit sie Zeugen wurden, wie sie die weiße Brut ein für alle Mal dem Erdboden gleichmachte.

Seine Mutter ging aufgeregt vor ihrem Thron hin und her. Ihr rubinrotes Kleid raschelte bei jedem ihrer Schritte und schleifte über den Boden. Sie blieb vor ihm stehen, um ihn erneut zu beschimpfen. »Wie konntest du mir das antun und dir diese weiße Töle zur Gefährtin nehmen? Du kannst froh sein, dass du mein Fleisch und Blut bist, sonst würde ich dir sofort das Fell abziehen!« Wütend starrte sie ihn an. »Duncan, das reicht! Und ihr könnt ihn jetzt loslassen. Er sieht nicht aus, als wäre er in der Lage einen Fluchtversuch zu unternehmen.«

Mit dem Handrücken wischte er sich das Blut von der Nase. »Verzeih mir Mutti.«

Ihre Reaktion auf seine Verhöhnung traf ihn nicht unvorbereitet. Sie schlug ihm mit ihrer beringten Hand fest ins Gesicht.

»Womit habe ich dich verdient? Sieh dich doch an. Du bist so erbärmlich!«

»Ach ja?«, knurrte er. »Ich bin nicht so erbärmlich wie du. Du weißt genau, dass ich dich in einem fairen Kampf besiegen würde.«

»Ach schau mal einer an«, spottete sie. »Da will mir jemand den Thron streitig machen. Das ist ja sehr interessant.«

»Es ist nicht dein Thron, sondern …«

»Meiner«, erklang Faolas Stimme vom Ende des Saales. Alle Köpfe flogen nach hinten, um zu sehen, wer es wagte, so eine Äußerung von sich zu geben. Verdammt! Was hatte sie hier zu suchen? Noam stand direkt hinter ihr, den Blick starr auf Racalla gerichtet. Dieser verräterische Mistkerl hatte sie direkt in die Hände seiner Mutter gebracht. Angst gepaart mit Wut flackerte in Nikka auf und er wusste nicht, wie lange er die Wandlung noch zurückhalten konnte. Er beobachtete, wie Faola langsam ihre Kapuze nach hinten schob und ihre weißen Haare zum Vorschein kamen. Ein Raunen ging durch den Saal. Aus den Augenwinkeln konnte er erkennen, wie seine Mutter den Kopf schief legte und ein bösartiges Lächeln um ihre Mundwinkel spielte.

»Na sieh mal einer an. Da ist ja die weiße Wolfsbrut. Du hast dir viel Zeit gelassen, um mich um Gnade anzuflehen.« Sie lachte laut auf. »Noam mein Guter, über deine Unfähigkeit ein kleines Mädchen einzufangen, kannst du dich später mit Duncan unterhalten. Er wird dich schon lehren, was es heißt, sich zu beeilen.« Sie schnippte mit den Fingern. »Bringt sie zu mir!«, befahl Racalla. Nikka drehte sich aus Sorge um das Mädchen, das er liebte, der Magen um. Wenn nicht irgendein Wunder geschah, würden er und Faola heute noch sterben.

***

Faola wirbelte herum und funkelte die zwei Wachen wütend an. »Fasst mich nicht an! Ich kann durchaus alleine gehen.« Sie hob den Kopf und marschierte entschlossen auf die Königin zu. Sie würde sich ihr stellen und ihre einzige Waffe, die sie besaß, war die Liebe, die sie für Nikka empfand. Das musste reichen.

Als sie Nikka nun zum ersten Mal erblickte, weil ihr vorher die Sicht auf ihn versperrt worden war, hätte sie vor Verzweiflung laut aufschreien können. Er blutete aus Nase, Mund und mindestens vier

Platzwunden. Ihn so zu sehen verursachte ihr ebenso Schmerzen wie ihm. Allerdings würde sie Racalla nicht zeigen, wie sehr sie unter Nikkas Anblick litt. Anhand seines Gesichtsausdruckes konnte sie erkennen, dass er nicht begeistert war über ihre Anwesenheit.

Faolas Blick glitt an Nikka vorbei und blieb hinter ihm an der Wand hängen. Ein Aufkeuchen konnte sie leider nicht verhindern. Ihre Augen weiteten sich und ein beklemmendes Gefühl machte sich in ihr breit.

»Allmächtiger!«, entwich es ihr. Der Anblick des weißen Wolfsfells, das an die Wand genagelt worden war, ließ sie kurzzeitig vergessen, wo sie sich befand. Mit zitternden Knien ging sie darauf zu und streckte langsam die Arme danach aus. Je näher ihre Fingerspitzen dem Fell kamen, desto intensiver wurde das Kribbeln auf ihrer Haut. Entschlossen legte sie beide Hände auf das Fell und mit einem Mal stand die Welt für sie still. Auch mit halb geschlossenen Lidern sah sie nichts als undurchdringliche Finsternis. Faola blinzelte und dann erschien ein Bild vor ihrem geistigen Auge. Zwei weiße Wölfe. Ihre Eltern. Faola spürte eine Verbundenheit tief in ihrem Herzen. Langsam verblasste es wieder und sie versuchte verzweifelt danach zu greifen, jedoch gelang es ihr nicht. Viele weitere Bilder folgten und zeigten ihr vermutlich die Vergangenheit. Wie ein Film wurde alles abgespielt, aber Faola konnte die Zusammenhänge nicht erkennen. Was sollte das alles? Wie kam es, dass sie diese Einblicke in die Vergangenheit überhaupt betrachten konnte? Zauberei oder Magie? Das Problem allerdings war, dass diese Szenen viele verschiedene Wölfe und Menschen zeigten. Sie wusste einfach nicht, welcher Wolf zu welchem Menschen gehörte.

Als Nächstes erschien ein Säugling mit weißem Flaum auf dem Kopf, wie es in den Armen seiner weinenden Mutter lag. Großer Gott. Das war sie selbst, bevor ihre Mutter sie am Stadtrand abgelegt hatte! Faolas Herz krampfte sich zusammen und hinterließ nur noch einen Klumpen Stein.

Das nächste Bild zeigte die weiße Wölfin, wie sie tot, neben dem Leichnam eines Welpen, auf dem Boden lag. Über ihr stand niemand geringerer als Racalla, Nikkas Mutter.

Sämtliche Gefühle in Faola verbrannten zu Asche und rieselten zu Boden ihres versteinerten Herzens. Kraftlos ließ sie ihre Arme sinken und unterbrach den Kontakt zu dem Fell. Augenblicklich prasselten die Geräusche auf sie ein, die sie vorher überhaupt nicht wahrgenommen hatte.

»Faola?« Nikkas Stimme ließ sie zusammenzucken und ging ihr durch Mark und Bein. Ein Blick in sein geschundenes Gesicht reichte und er entfachte die Glut unter der Asche ihrer Gefühle. Wild loderten sie wieder auf und wurden auf den Flügeln der Schmetterlinge durch ihren Körper getragen.

Sie warf einen letzten Blick auf das Fell ihrer Mutter und drehte sich gerade um, als sie das Porträt eines schwarzen Wolfes bemerkte. Es war groß und deshalb ging sie einige Schritte nach hinten, um es besser erkennen zu können. In der Mitte des Saales blieb sie stehen.

Racalla lachte auf. »Bist du langsam fertig? Ich würde dein Fell gerne neben das andere hängen und ich habe nicht den ganzen Tag Zeit. Ich habe schon genug Zeit verschwendet, um dich zu finden.«

Faola reagierte gar nicht auf ihre Worte. »Wer zur Hölle ist der schwarze Wolf auf dem Gemälde?«, fragte sie und sah die Königin an. Faola bemerkte, wie Racalla wütend die Augen zusammenkniff.

»Das ist Nikkas Vater. Eyota, dieses Miststück«, sie zeigte auf das weiße Fell an der Wand, »hat ihn heimtückisch umgebracht und deshalb hängt sie an meiner Wand. Und du hast nicht das Recht, seinen Namen in den Mund zu nehmen.«

Das konnte nicht sein, oder doch? Faolas Gedanken schwirrten wie verirrte Kolibris durch ihren Kopf. Konzentriert runzelte sie die Stirn und langsam fügten sich die Bilder von alleine zusammen. Erschrocken riss sie die Augen auf.

»Du hast diesen schwarzen Wolf umgebracht.« Sie zeigte mit dem Finger auf das Porträt an der Wand. Racalla schnappte empört nach Luft. Faola entging allerdings nicht das kurze ängstliche Aufflackern in den Augen der heuchlerischen Königin.

»Das ist absoluter Unsinn. Warum sollte ich meinen Gefährten umbringen? Du versuchst nur, deinen Tod mit wüsten Anschuldigungen hinauszuzögern.

»Nein, ich weiß es!«, entgegnete Faola aufgebracht, woraufhin Racalla ihr einen warnenden Blick zuwarf, den sie jedoch ignorierte.

»Erst hast du eine weiße Wölfin umgebracht, dann Nikkas Vater, und weil dir das noch nicht reichte, hast du meine Mutter abgeschlachtet. Sie hatte keine Chance, weil sie zu geschwächt war. Erst gebar sie mich und brachte mich in Sicherheit. Anschließend zog sie sich zurück, um einen weiteren Welpen auf die Welt zu bringen. Du hast erst den Welpen und abschließend sie feige ermordet. Warum? Für diesen Thron?« Sie ballte die Hände an ihrer Seite zu Fäusten.

Die Stille, die sich über den Saal gelegt hatte, wirkte bedrückend. Faola warf Nikka einen flehentlichen Blick zu. »Nikka, bitte glaub mir. Ich habe es gesehen, nachdem ich das Fell an der Wand berührt habe. Sie hat meiner Mutter den Tod deines Vaters in die Schuhe geschoben.« Nikka nickte leicht mit dem Kopf und ließ sie mit nur einem Blick wissen, dass er ihr glaubte. Er drehte den Kopf zu Noam und dieser nickte ihm ebenfalls zu, als Duncan gerade nicht aufpasste.

»Ihr weißen Wölfe seid so armselig mit eurer verfluchten Magie. Meinst du wirklich, dass es irgendjemanden gibt, der dir diesen Schwachsinn abnimmt?« Racalla wirkte nervös und ihre Augen glühten in einem feurigen Orange.

Bevor Faola antworten konnte, brach ein Chaos hinter ihr aus. Noam und ein anderer sehr heller Wolf lenkten die Wachen ab, die dicht neben Nikka standen, sodass er sich abrollen konnte, um dem Messer des wütenden Duncan zu entgehen. Vier andere Wölfe stürzten sich auf ihn, entwaffneten den brutalen Wächter und hielten ihm ein Messer an die Kehle, damit er sich nicht verwandeln konnte.

Nikka ragte hinter Faola auf, schlang die Arme um sie und funkelte seine Mutter wütend an. »Ich glaube ihr, Mutter. Du hast Vater aus Eifersucht getötet, weil er sich in eine weiße Wölfin verliebt hatte, mit der er sogar ein Kind hatte. Es passt alles zusammen. Du hast uns alle in einen blutigen Krieg geschickt, der uns nichts als Tod und Unglück gebracht hat. Sieh dich doch um. Siehst du irgendwelche Jungwölfe herumlaufen? War das der Preis für den Thron, der dir nicht einmal zusteht?« Faola bemerkte das bernsteinfarbene Aufglühen seiner Augen und legte beruhigend ihre Hand in seine.

Racallas Körper erzitterte. »Ich habe deinen Vater bis zu seinem letzten Atemzug geliebt. Du hast ja keine Ahnung, wie demütigend das ist.« Schnaubend funkelte sie ihren ältesten Sohn an. »Nachdem ich seine Geliebte getötet hatte und er mit Galjan, seinem Bastard, vor mir stand, teilte er mir mit, dass er schon vor langer Zeit aufgehört hatte, mich zu lieben. Angeblich hätte ich mich verändert.« Sie lachte hart auf. »Er war ein Narr, der an das Liebeslied der Mondkinder glaubte, und es stimmt, ich habe seinem armseligen Leben ein Ende bereitet. Er hatte es verdient! Er hat uns alle hintergangen und an die Weißen Wölfe verraten. Sie waren schuld an dem ganzen Drama. Ich hatte keine andere Wahl, denn ich musste unser Rudel beschützen. Mein Plan war perfekt. Woher hätte ich wissen sollen, dass Eyota, während des Sterbens noch in der Lage war, so einen mächtigen Fluch auszusprechen.«

Faola trat vor Nikka und sie spürte eine Wut, die sie bisher noch nicht erlebt hatte. »Ich habe noch niemals in meinem Leben so einen Quatsch gehört. Unter dem Strich hast du nichts gewonnen. Der Mann, den du geliebt hattest, ist tot. Du hast die grauen Wölfe dazu verdammt, sich nicht vermehren zu können. Warum? Weil sich Weiße und Graue nicht vermischen dürfen? Aus verletzter Eitelkeit?«

Racalla trat einen Schritt auf Faola zu und der Hass in ihrer Stimme war deutlich zu hören. »Deine verfluchte Mutter sagte mit ihrem letzten Atemzug, dass eine Tochter des Vollmondes kommen wird, um die grauen Wölfe wieder zurück in die Schatten zu drängen. Ich denke, damit bist du gemeint! Meine Pflicht ist es, das zu verhindern!«

Es ging alles ziemlich schnell und Faola war nicht in der Lage rechtzeitig zu reagieren. Von einer Sekunde zur anderen verwandelte Racalla sich in eine Wölfin und sprang auf sie zu. Kräftige Arme schlangen sich erneut um ihren Körper und zerrten sie nach hinten. Etwas Helles raste an ihr vorbei und fing den Angriff ab. Faola blinzelte verwirrt, als sie den hellen Wolf betrachtete, der sich entschlossen in einen Kampf mit Nikkas Mutter stürzte. Er schien rasend vor Wut zu sein. Ängstlich stellte sie fest, dass ihr Retter nicht so groß, wie seine Gegnerin war.

»Jemand muss ihm helfen!«, schrie Faola und warf Nikka einen entsetzten Blick zu, als sie sah, wie Racalla ihre Zähne in das Nackenfell des Wolfes grub.

Rilahja trat zu ihr und verbeugte sich leicht. Wie Ihr wünscht, meine Königin.« Mit einem verschmitzten Grinsen auf dem Gesicht änderte sie ihre Gestalt und griff in den Kampf ein. Gemeinsam schafften sie es Racalla zu überwältigen und schleiften die knurrende und um sich beißende Racalla aus dem Saal. Nikka drehte Faola zu sich herum, strich mit dem Finger über ihre Wange und lächelte.

»Ich glaube, meine Schwester mag dich.«

»Oder auch nicht.« Sie verzog das Gesicht zu einer Grimasse. »Nikka, ich weiß gar nicht, wie ich es sagen soll. Ich … ich will diesen Thron nicht.« Die Vorstellung, eine Königin zu sein verursachte ihr Magenschmerzen. Sie hatte an diesem Tag so viel erfahren, so viel gelernt. All ihr bisheriges Wissen reichte nicht, um dieses Rudel anzuführen. Die Wölfe hatten mehr verdient, als eine Königin, die von nichts eine Ahnung hatte.

»Er gehört dir aber. Komm mit«, flüsterte Nikka und nahm sie an die Hand. Gemeinsam ging er mit ihr zum Thron und setzte sich darauf. Liebevoll zog er sie auf seinen Schoß. »Siehst du, ist gar nicht schlimm. Es ist nur ein Stuhl und er macht keinen anderen Menschen oder Wolf aus dir.« Er küsste sie auf die Stirn. »Was hältst du davon, wenn wir uns diesen ungemütlichen Stuhl teilen?«

Ein warmes Gefühl breitete sich in ihr aus und die Schmetterlinge tobten vergnügt durch ihren Bauch. Ja, es war richtig. Nikka und sie konnten gemeinsam alles schaffen, wozu ihre Eltern nicht in der Lage waren. Mit ihm konnte sie die verwirrenden Bilder, die sie noch nicht so richtig verstand, vielleicht deuten. Sicherlich würde es ein langer, beschwerlicher Weg werden, denn es machte sich ein unbestimmtes Gefühl in ihr breit. Sie spürte, nein, sie wusste, dass es irgendwo da draußen noch einen weißen Wolf gab, der darauf wartete, von ihr gefunden zu werden.

Wolfsschnee
von Fianna Cessair

Dan humpelte durch den Wald. Mit schmerzverzerrtem Gesicht benutzte er sein Gewehr als Gehhilfe. Es war bitterkalt und er konnte die ersten Anzeichen des angekündigten Schneesturms spüren.

Er war sich sicher gewesen, den Hirsch bis zum Mittag erlegt zu haben. Ein Sechzehnender, ein prächtiges Tier. Die Trophäe hätte ihm eine Menge Geld eingebracht. Aber anstatt das Tier zu stellen, war er in das verdammte Kaninchenloch getreten. Inzwischen war sein Fuß angeschwollen und tat höllisch weh. Er würde es unmöglich schaffen, bis zu seinem Pickup zu gelangen.

Dan beschloss, sich eine geschützte Ecke zu suchen und den Sturm abzuwarten. Sein Handy lag zuhause auf der Kommode. Fluchend blieb er stehen und lehnte sich an einen Baum. Er zog eine Flasche aus der Innentasche seiner Jacke und nahm einen tiefen Schluck. Zum Glück hatte er den Whisky eingesteckt. Seine Augen musterten die Gegend, während er die Flasche wieder verstaute.

Links von ihm gab es Erdhügel zwischen den Bäumen. Dorthin würde er gehen. Zwischen den Hügeln wäre er dem Sturm nicht so ausgesetzt.

Schweißgebadet erreichte er schließlich sein Ziel. An einem der Hügel befand sich ein Einschnitt, der zumindest von drei Seiten Schutz bieten würde. Mit seinem Messer schnitt er Tannenzweige ab und polsterte die Mulde. Vier Äste mit Gabeln bildeten das Grundgerüst für ein Schutzdach. Auch dieses deckte Dan mit Zweigen ab. Dann ließ er sich in seinem Unterschlupf nieder und kramte die Flasche hervor. Hier sollte er den Sturm unbeschadet überstehen können.

Nachdem er die Schnürsenkel seiner Stiefel gelockert hatte, streckte er die Beine aus. Der Wind wurde schneidender und Dan rutschte tiefer in die Mulde. Er zog den Kragen seiner Jacke höher, dann lehnte er sich zurück.

Schnell fiel er in einen Dämmerschlaf. Jedes Mal, wenn er daraus erwachte, nahm er einen Schluck aus seiner Flasche. Um ihn herum tobte inzwischen der Sturm. Der wirbelnde Schnee nahm ihm jede Sicht und er fluchte ungehemmt, als die Flasche leer war.

Hoffentlich flaute der Sturm bald ab. Sonst würde das Zittern einsetzen, dieses Zittern, wegen dem seine Frau gegangen war und seine Söhne mitgenommen hatte. Als sie damals die Flaschen entdeckte, hatte sie ihm mit der Trennung gedroht, aber er hatte das nicht ernst genommen. Dann kam der Morgen, an dem sie in der Küche stand, bevor er etwas trinken konnte. Sie starrte auf seine Hände und sah ihn dann an. Ihren entsetzen, traurigen Blick würde er nie vergessen.

»Du kannst dich bei uns melden, wenn du wieder am Tisch sitzen kannst ohne zu zittern. Dan, du bist ein Wrack. Ich möchte nicht, dass unsere Söhne dich jeden Morgen so sehen müssen.«

Dann stand er alleine im Haus und konnte es nicht fassen. Ja verdammt, er trank zu viel, aber er ging arbeiten und er wurde nie aggressiv. Niemals würde er seiner Frau und den Kindern etwas tun. Also trank er weiter. Warum sollte er auch aufhören? Sie waren ja weg.

Dan dachte an seine Söhne und schlief wieder ein. Es war bereits dunkel, als er mit trocknem Mund erneut erwachte. Sein verletzter Knöchel pochte.

Vorsichtig beugte er sich aus seinem Unterstand und nahm eine Handvoll Schnee. Er ließ ein wenig davon in seiner Hand schmelzen und leckte das Wasser dann ab.

Dans Kopf fuhr hoch, als er ein Geräusch hörte. Er spähte hinaus und hielt den Atem an. Vorsichtig tastete er nach seinem Gewehr. Seine Hand griff ins Leere. Dunkel erinnerte er sich daran, dass er es an einen Baum gelehnt hatte, um die Zweige abzuschneiden.

Seine Nachlässigkeit konnte ihm teuer zu stehen kommen: Keine fünf Meter von ihm entfernt stand ein mächtiger Wolf und ließ ihn nicht aus den Augen …

***

Er hatte die Höhle verlassen, um sich zu erleichtern. Die Höhle musste sauber bleiben. In ihrem Inneren befanden sich vier Jungtiere vom letzten Jahr sowie sechs Welpen, die erst seit kurzer Zeit nicht mehr von seiner Gefährtin gesäugt wurden.

Sie hatten gestern erfolgreich gejagt. Alle waren gut genährt und gesund. Jetzt begann allmählich die Zeit, in der es schwerer wurde. Die Beutetiere fielen in den Winterschlaf, einige überwinterten in anderen Gegenden.

Er hatte sein Revier in diesem Sommer mehrfach verteidigen müssen. Andere Rudel kamen aus dem Süden, versuchten sich hier ihren Platz zu erobern.

Er schüttelte sich, um den Schnee aus seinem dichten Fell zu entfernen. Plötzlich hielt er inne und witterte. Sein Nackenfell sträubte sich und geduckt machte er sich auf den Weg um den Hügel herum.

Da war ein fremder Geruch. Seltsam vertraut und doch gehörte er nicht hierher. Langsam kam die Erinnerung. Das war der Geruch dieser seltsamen Wesen, denen er als Halbwüchsiger begegnet war, als sein Rudel auf der Suche nach einem neuen Revier durch das Land zog.

Ein bedrohliches Knurren stieg in seiner Kehle auf. Diese Wesen, sie waren gefährlich. Sie töteten, ohne anzugreifen. Sie kämpfen nicht. Sie standen da, dann kam ein lautes Geräusch, nicht wie Donner, auch nicht wie ein brechender Ast. Lauter, viel lauter.

Und mit diesem Geräusch kam der Tod. Unaufhaltsam. Man konnte ihnen nur aus dem Weg gehen. Er lebte jetzt schon lange Zeit mit seinem Rudel hier und noch nie war dieser Geruch so nahe gewesen.

Als er jetzt um die Ecke bog, sah er das Wesen. Es kauerte am Boden und hatte ihn noch nicht bemerkt. So hatte er Zeit, es genau zu betrachten. Er kannte nichts, was diesen Wesen glich.

Sie bewegten sich anders, ihr Fell war seltsam und auch ihr Geruch. Jedes Tier hatte einen typischen Geruch, selbst wenn es sich in Dung wälzte, um ihn zu überdecken, aber dennoch war er da. Diese Wesen rochen immer anders. Nicht nach dem Wald, den Wiesen.

Er wusste, welche Tiere wie er Jäger waren. Sie rochen anders, als die Tiere, die Pflanzen fraßen. Es gab auch welche, die jagten und Pflanzen fraßen, doch selbst die hatten einen typischen Geruch.

Nur eben diese Wesen nicht. Jetzt hatte das Wesen ihn entdeckt. Sofort spürte er die Anspannung, die Angst. Angst?

Seine Neugier erwachte. So nah war er ihnen noch nie gewesen, dass er ihre Angst spüren konnte. Das Wesen bewegte sich nicht. Es blieb dort sitzen und sah ihn an.

Drohend knurrte er. Dieses Wesen war in sein Revier eingedrungen, es war gefährlich. Sein Instinkt sagte ihm: Töte es!

Und doch war da etwas, was ihn davon abhielt. Langsam ließ er sich in dem Schnee nieder, sprungbereit und weiter knurrend.

***

Dan zweifelte an seinem Verstand. Der Wolf stand dort, knurrte und sah ihn an. Jetzt hatte er sich hingelegt und ließ ihn nicht aus den Augen, ohne indes mit dem Knurren aufzuhören.

Warum griff er nicht an? Ohne sein Gewehr würde er sich nicht wehren können. Sicher, er hatte sein Messer, aber er bezweifelte, dass er sich mit seinen steifgefrorenen Fingern erfolgreich verteidigen konnte. Er hatte noch nie einen so großen Wolf gesehen. Wenn das Tier sich auf die Hinterläufe stellen würde, wäre es sicherlich größer als er, obwohl er mit 1,80 m nicht gerade klein war.

Anders als bei manchen Hunden, bestand ein Wolf fast nur aus Muskeln. Seltsamerweise stieg keine Panik in ihm hoch. Trotz des dumpfen Knurrens wirkte der Wolf nicht angriffslustig auf ihn. Es kam Dan fast vor, als würde das Tier genauso über ihn nachdenken, wie er über das Tier nachdachte. Ein Lachen entfuhr ihm und der Wolf setzte sich auf und sah ihn interessiert an.

Ein mächtiger Kopf mit einer schönen Fellzeichnung, bernsteinfarbene Augen und Ohren, die aufmerksam zuzuhören schienen. Wieder musste Dan lachen.

»Alter, entweder du schläfst oder du bist verrückt. Sie hatte recht, der Alkohol macht dich kaputt. Du sitzt hier draußen in einem Schneesturm und denkst, ein Wolf denkt über dich nach. Wenn du zurückkommst und das jemandem erzählst, weisen sie dich ein!«

Der Wolf hatte den Kopf schief gelegt und lauschte dem Gemurmel. Dan schloss die Augen und lehnte sich zurück. Die Erschöpfung ließ ihn wieder in einen Dämmerzustand fallen.

***

Das Wesen hatte keine Angst mehr ... Es wirkte auch nicht bedrohlich. Eher seltsam. Schritt für Schritt ging er näher heran, lauschte und witterte konzentriert. Vorsichtig roch er an den Beinen, immer bereit zu flüchten.

Das Wesen schlief. Er könnte es töten. Ein Biss in die Kehle und es wäre vorbei. Fressen würde er es nicht. Der Geruch behagte ihm nicht.

Er suchte langsam und sorgfältig die Umgebung ab. Vielleicht waren hier noch mehr von den Wesen. Vor einem Baum blieb er stehen und fletschte drohend die Zähne. Da war der Geruch, der sich in sein Gedächtnis eingebrannt hatte.

Damals, als er diesen Wesen das erste Mal begegnete und den Knall hörte. Der Leitwolf brach zusammen. In seiner Erinnerung verwirbelten der Geruch des Blutes und der Geruch des Todes, als er den seltsamen Ast sah. Er knurrte den Ast an, dann sprang er und biss zu.

Schnell öffnete er seinen Fang wieder. Jetzt lag der Ast auf dem Boden. Misstrauisch betrachtete er ihn. Dann begann er, ihn zuzuscharren. Erst als er unter Laub und Erde verschwand, ließ er davon ab und trottete zu dem Wesen zurück.

Noch immer konnte er sich nicht überwinden, es zu töten. Jetzt stellte es keine Gefahr da. Er würde wiederkommen und es beobachten. Langsam drehte er sich um und lief zu der Höhle, in der sein Rudel wartete.

***

Ein Geräusch ließ Dan aus seiner Lethargie hochfahren. Er war alleine. Mühsam holte er sich Schnee in seinen Unterschlupf. Während er ihn in den Händen schmolz, dachte er nach. War da wirklich ein Wolf gewesen? Die Schneedecke vor ihm sah unberührt aus.

Je länger er überlegte, desto sicherer war er sich, dass er nur geträumt hatte. Er hatte Indianer von dem Wolf reden hören. Er stellte für sie ein mächtiges Totem-Tier da. Träume von Wölfen besaßen Macht und mussten bei ihnen gedeutet werden.

Die Kälte lähmte ihn. Wie lange mochte er hier schon sitzen? Einige Stunden, wenn er seine Hände betrachtete. Das Zittern war nicht zu übersehen. Er machte sich nichts vor. Dieses Zittern lag nicht an der Kälte, sondern am fehlenden Alkohol. Er musste mit dem Saufen aufhören.

Er hätte sich den Fuß niemals verletzt, wäre er nüchtern gewesen. Sämtliche Regeln für einen Jagdausflug hatte er missachtet. Niemand wusste, wo er war und was er vorhatte. Sein Handy lag in seiner Hütte. Er trug weder Streichhölzer noch Feuerzeug bei sich. Keinen Rucksack mit Verbandzeug und den Sachen, die man in einer Notlage brauchte.

Der Alkohol hatte ihn leichtsinnig werden lassen. Jetzt musste er hoffen, dass der Sturm bald vorbeiging und er es schaffte, zu seinem Pickup zu kommen. Und wenn er wieder zuhause war, würde er aufhören zu saufen.

Er sah Wölfe und glaubte, sie wollten sich mit ihm verständigen. Es war höchste Zeit, etwas zu unternehmen. Wer weiß, vielleicht käme dann auch Kathy mit den Jungs zurück …

Dan fiel zurück in seinen Dämmerzustand und träumte.

Er befand sich in einer Höhle. Es war kalt und die Wände kamen immer näher auf ihn zu. Er hätte sie aufhalten können, aber seine Arme weigerten sich, ihm zu gehorchen. Er hörte seine Söhne rufen und wollte antworten, aber über seinem Gesicht lag etwas, das ihn daran hinderte. Irgendetwas zog an ihm, aber ihm fehlte die Kraft zu schauen, was es war. Er ließ sich einfach in die Dunkelheit fallen.

***

Der Sturm hatte nachgelassen und es fielen nur noch einzelne Flocken. Er verließ die Höhle erneut und die Neugier trieb ihn wieder zu der Stelle, an der er das Wesen zurückgelassen hatte.

Aus einiger Entfernung sah er hinüber. Dort, wo es gelegen hatte, befand sich jetzt ein kleiner Hügel aus Ästen und Schnee. Langsam näherte er sich dem Hügel. Das Wesen war noch da, er konnte es riechen.

Sollte er es einfach dort liegenlassen, verscharrt, wie den seltsamen Stock, der nach Tod roch?

Eine Bewegung unter dem Hügel ließ ihn aus seiner Erstarrung erwachen. Er begann, den Schnee und die Äste an die Seite zu scharren.

Dann bekam er das Fell des Wesens zu fassen. Alle vier Pfoten fest auf den Boden gestemmt, zog er mit all seiner Kraft. Schließlich hatte er es unter dem Schnee und den Ästen hervorgezogen. Da lag es jetzt. Der Geruch war nicht mehr so fremd, er hatte sich mit den vertrauten Gerüchen des Waldes vermischt. Jetzt wirkte das Wesen nicht mehr gefährlich. Es war hilflos und er könnte es problemlos töten. Die Kehle lag offen vor ihm, ein Biss und es wäre vorbei.

Eine Bewegung des Wesens ließ ihn einige Meter zurückweichen. Aufmerksam beobachtete er, wie es sich hustend aufsetzte.

Er begegnete dem Blick des Wesens, das ihn jetzt erstaunt, aber nicht ängstlich ansah.

***

Dan kam mit einem Hustenanfall zu sich. Mühsam setzte er sich auf und sah sich um. Da war er wieder, der Wolf, keine fünf Meter von ihm entfernt. Seine bernsteinfarbenen Augen beobachteten ihn aufmerksam, aber nicht bedrohlich.

Der Mann hustete noch einmal.

»Ich würde gerne wissen, wer oder was du bist. Bist du ein echter Wolf oder ein Totem-Tier? Du hast mich da rausgeholt, oder? Eigentlich müsstest du mich töten, ich bin dein Feind. Es fühlt sich an, als ob ich noch lebe, jedenfalls halbwegs. Der Sturm ist vorbei, aber du bist noch da.«

Er unterbrach sich und sah das Tier an, das ihn nicht aus den Augen ließ. Vorsichtig streckte er seine Hand aus.

Der Wolf kam näher, langsam, immer auf der Hut. Dann berührte die Wolfsschnauze Dans Hand. Schnuppernd. Dan spürte den Atem des Tieres und eine raue Zunge glitt über seinen Handrücken. Das Tier wich einige Schritte zurück und sah ihn weiterhin an.

»Du bist echt …«, Dans Stimme klang ehrfürchtig, »ich schwöre, ich werde nie wieder trinken. Und ich werde nie wieder jagen. Ich werde dich und dein Rudel schützen. Vielleicht komme ich im Sommer mit meinen Jungs hierher. Sie werden mir sonst wohl nicht glauben. Du hättest mich töten können. Noch vor wenigen Tagen hätte ich dich getötet. Geh in Frieden, mein Freund, von mir hast du nie wieder etwas zu befürchten.«

Der Mann stellte sich mühsam auf. Er zog einen Stock aus dem Haufen und stützte sich darauf ab. Noch einmal sah er dem Wolf in die Augen, dann drehte er sich um und humpelte davon, beobachtet von dem Wolf, der erst zu seiner Höhle zurückkehrte, als der Mann nicht mehr zu sehen war.

EPILOG

Der kleine Junge hüpfte aufgeregt an der Hand seines Vaters.

»Dad, ist das wirklich so passiert?«

»So hat Grandpa es erzählt, als er nach zwei Tagen wieder aus dem Wald kam. Er war plötzlich ganz anders. Er machte eine Therapie und trank nie wieder. Im Sommer hat er uns dann mit in den Wald genommen. Er hat uns das Rudel gezeigt.

Die Wölfe schienen keine Angst zu haben. Sie beobachteten uns, so wie wir sie beobachteten. Grandpa hat nie wieder eine Waffe angefasst.«

»Konntet ihr sie auch streicheln, Dad?«, das Gesicht des Jungen strahlte vor Aufregung.

»Wir konnten sie fotografieren und sie liessen zu, dass wir ihre Welpen beim Spielen beobachteten. Man muss warten, bis sie von alleine kommen. Vielleicht hast du ja Glück, Dylan. Aber du musst leise sein und still sitzenbleiben. Wir sind gleich dort.«

Dylan nickte glücklich: »Ich werde ganz leise sein und dann werden die Wölfe bestimmt meine Freunde!«

Der Wendigo

von Andrea Mertz

Sinclair Montgomery erwachte schweißgebadet. Es war tiefe Nacht. Ein Wolf heulte von irgendwo sein Klagelied in die Dunkelheit. Sinclair fühlte ein heftiges Beben, das durch seinen Körper lief. Seine Brust schien wie mit einem engen, kalten Eisenring umschlossen und der Herzschlag dröhnte in seinem Inneren wie das Donnern von Hufen auf ausgetrocknetem Boden. Schon wieder dieser scheußliche Albtraum. Mit einem Ruck setzte er sich auf und bemerkte, dass er seinen Colt mit der rechten Hand schmerzhaft fest umklammert hielt. Er fluchte leise und wischte sich den klebrigen Schweiß von der Stirn. Wenn er so weitermachte, würde er wahnsinnig werden. Keine Frage.

»Sin, ist alles in Ordnung mit dir?« Lukes schlaftrunkene Stimme drang an sein Ohr und erinnerte ihn daran, wo er war. »Du hast wieder geschrien.«

»Ich habe schlecht geschlafen«, gab Sinclair unleidiger als gewollt zurück. »Leg dich wieder hin. Der Hahn wird bald krähen und uns erwartet viel Arbeit.«

»Hast du von den Indianern geträumt?«

»Nein.« Das war eine glatte Lüge, doch glücklicherweise war sein kleiner Bruder Luke zu müde oder schlau genug, nicht weiter nachzuhaken.

»Das ist gut.«

Schon bald vernahm Sinclair ruhige Atemzüge aus der Koje nebenan. Er seufzte, lockerte seine angespannten Muskeln und legte den Colt zurück an seinen Platz. Heute Nacht würde er ihn nicht brauchen. Die quälenden Geister der Vergangenheit, die ihn stetig heimsuchten, würde er nicht mit einer Waffe und Kugeln vertreiben können. Ob es jemals aufhören würde? Er legte sich zurück auf das grobe Leinen und starrte an die Holzdecke.

Er war mit seinem kleinen Bruder Luke, dem einzig Überlebenden seiner einst wohlhabenden und stolzen Familie, vor annähernd zwei Jahren in den Westen gegangen. In Alabama hatten sie zuvor alles verloren. Die Plantage im fruchtbaren Black Belt war von Yankees und befreiten Sklaven geplündert und niedergebrannt worden. Seine fürsorgliche und gottesfürchtige Mutter sowie seine schöne Schwester Susanna waren etwas später von marodierenden Konföderierten geschändet und ermordet worden. Sinclairs Vater Gabriel war wenige Tage vor seiner Rückkehr umgekommen. All das hatte sein kleiner Bruder, gerade zwölf Jahre alt, mit ansehen müssen. Viele Monate zuvor waren Sinclair und sein älterer Bruder Sam hochtrabend, euphorisch und siegesgewiss in den Krieg gegen die Nordstaaten gezogen. Zurückgekommen war nur Sinclair, verwundet, demoralisiert und seiner Familie, seines ganzen Lebens beraubt. Er hatte sie im Stich gelassen, als sie ihn am dringendsten gebraucht hatten. Hatte den jugendlichen Helden gespielt und wie so oft nicht auf seine Eltern gehört, die ihn gewarnt hatten. Das würde er sich bis ans Ende seines Lebens nicht verzeihen. Doch seltsamerweise galten seine wirren, kraftraubenden Träume nicht seiner Familie.

So leise er sich mit seinen steifen Knochen bewegen konnte, erhob sich Sinclair von seinem kargen Lager. Er stieg in seine Stiefel, nahm den Colt und tastete sich die hölzerne Treppe hinab, die ihren Schlafraum mit der unteren Etage der Farmhütte verband. Dann trat er ins Freie und wusch sich in einem Trog Gesicht und Oberkörper. Das kalte Wasser brachte etwas Leben in seine Muskeln zurück, aber sein Geist war unendlich müde. Er fühlte sich ausgebrannt, gehetzt wie ein Tier auf der Flucht. Er spürte, wie sich seine Lippen aufeinanderpressten. Sinclair blickte in die dunkle, sternenlose Nacht und lauschte dem Wind, der allerlei Geschichten erzählen konnte, wenn man zuhörte.

Aber da waren sie wieder, die anklagenden Gesichter, die hilflosen Schreie, das viele Blut … Er würde den Geistern der Vergangenheit nicht entkommen können. Die große Schuld lastete ihm schwer auf der Seele.

Luke und Sinclair waren nach dem Tod ihrer Eltern dem Lockruf des Goldes bis nach Colorado gefolgt. Völlig verarmt hatten sie nichts zu verlieren gehabt. Bereits Jahre zuvor hatte es am South Platte River, nördlich von Pike's Peak, Gold- und Silberfunde gegeben. Manche waren reich geworden, doch die Zahl der Goldsucher und Glücksritter war zu groß, als dass sich die Brüder einen vielversprechenden Claim hätten sichern können. So hatte Sinclair sich in einer Ansammlung von Zelten, Saloons, Bordellen und Beherbergungsbetrieben aller Art, die Denver getauft worden war, als Blacksmith verdingt. Wie zu erwarten war, zog der Ort neben Goldgräbern eine Gesellschaft aus Spielern, Revolverhelden und Prostituierten an, die auf Dauer kein Umfeld für Luke sein konnten. In den Goldgräberlagern herrschte das Chaos. Hurerei, Dreck, Müll, verschmutztes Wasser und eine Rattenplage lösten Krankheiten aus, an denen viele Menschen gestorben waren. Auseinandersetzungen mit Schusswaffen waren an der Tagesordnung. Aus diesem Grund hatte Sinclair schließlich das Angebot seines Freundes Silas Soule angenommen, wieder in den Dienst der Armee zu treten. Was für ein Fehler! Sinclair ballte die Fäuste und versuchte, den beständig lodernden Zorn und Selbsthass zu besänftigen. Noch immer hatte er nicht vergessen, was er an der Seite von Silas Soule und annähernd siebenhundert Soldaten der Coloradokavallerie hatte erleben müssen. Sie hatten unter der Führung von Colonel Chivington ein Indianerlager am Sand Creek angegriffen, anstelle von aufständischen Kriegern aber größtenteils Frauen, alte Männer und Kinder angetroffen. Dennoch hatte Chivington befohlen, die Indianer zu attackieren. Sie hatten ein Blutbad unter den Wehrlosen angerichtet. Nur Silas Soule hatte sich geweigert, dem Befehl Chivingtons Folge zu leisten. Er hatte seiner Kompanie nicht erlaubt, auf die Indianer zu feuern. Doch sie hatten zugesehen, direkt in die Augen der um ihr Leben flehenden Menschen. Niemals würde Sinclair diese Bilder vergessen, die selbst lang gedienten Soldaten Tränen in die Augen hatten steigen lassen. Ein elendiges Massaker an Unschuldigen. Männern, Frauen und Kindern. Er hatte Schuld auf sich geladen und den wehrlosen Menschen nicht geholfen. Das konnte er sich nicht verzeihen. Und auch ihre Geister verziehen ihm nicht. Sie wollten Rache.

Sie riefen nach ihm.

»Du bist ja schon auf.« Lukes Stimme drang wie durch einen Nebel zu Sinclair und er bemerkte, dass er eine kleine Ewigkeit in die Nacht gestarrt haben musste. Am Horizont schimmerte bereits das erste Morgenrot. Ein Schwarm Sperlinge stob in den Himmel, als wollten sie dem Sonnenlicht entgegenfliegen. Ein seltsamer Frieden lag über dem Land, der täuschend war.

»Noch nicht lange.« Sinclair zwang sich zu einem Lächeln und wuschelte durch das flachsblonde Haar seines Bruders. »Hast du Hunger? Lust auf Speck und Eier?«

»Einen Bärenhunger.« Luke nickte und rieb sich den mageren Bauch. »Reiten wir später zu den Richmonds?«

»Ja, wir wollen nachfragen, ob wir ihnen auf den Feldern helfen können. Für Ike und Margaret ist die Arbeit zu schwer und nach all dem ...« Er stockte.

»Ich mag die beiden.« Luke grinste. »Und es stört mich nicht, dass wir ihnen helfen. Was denkst du, sehen wir Aaron wieder?«

»Ich weiß es nicht. Wir wollen hoffen und beten, dass wir ihn wiedersehen.« Sinclair legte den Arm auf Lukes Schulter und gemeinsam gingen sie zurück zum Haus.

Er ging entgegen seiner Worte jedoch davon aus, dass ihr Freund Aaron tot war. Es war ein hartes und manchmal grausames Land, das Opfer forderte. Die Richmonds waren ein älteres Ehepaar aus Georgia. Der Erstgeborene Tom war bereits vor einem Jahr unter mysteriösen Umständen ums Leben gekommen, und nun war auch noch der verbliebene Sohn Aaron in einer Vollmondnacht spurlos verschwunden. Wie vom Erdboden verschluckt. Jegliche Suche war bislang erfolglos geblieben. Man konnte nur vermuten, dass ihm Furchtbares widerfahren war, denn Aaron hätte seine Eltern niemals im Stich gelassen. Sie hatten dazu Wolfsspuren gefunden. Gewaltige Abdrücke, die auf ein ausgesprochen großes Tier hindeuteten. Aber kein Blut, kein Fetzen Stoff, rein gar nichts. Es musste ein Einzelgänger sein, vielleicht ein tollwütiges Tier, denn die wenigen Rudel mieden Menschen und hatten sich weit zurückgezogen, nachdem das Land besiedelt worden war.

Luke und Sinclair hatten vor gut einem halben Jahr für wenig Geld ein kleines Stück Land von den Richmonds erwerben können und waren ihnen freundschaftlich verbunden. In der Not war es in diesem wilden Land wichtig, verlässliche Freunde und gute Nachbarn zu haben. Doch es war mehr als das. Die Richmonds hatten sie aufgenommen, als wären sie ihr eigen Fleisch und Blut. Auch Sinclair und Luke hatten die Familie tief in ihr Herz geschlossen. Aus diesem Grund empfanden sowohl Luke als auch Sinclair das nebulöse Schicksal Aarons als persönlichen Verlust, der beständig schmerzte.

Eine Stunde später hatten Sinclair und Luke die Pferde gesattelt und folgten dem Flusslauf in östliche Richtung. Sie ritten vorbei an den heißen Quellen bis ins fruchtbare Hinterland. Sinclair beglückwünschte sich zu der Entscheidung, der lauten und verkommenen Stadt den Rücken gekehrt zu haben. Wenn sie auch bescheiden lebten, sie hatten ihr Auskommen und eigenes Land. Er würde hoffentlich nie wieder töten müssen. Und Luke konnte halbwegs sicher aufwachsen und zum Manne reifen. Vielleicht in der Nähe eine eigene Familie gründen und glücklich werden. Hoffentlich würde er nicht die gleichen Fehler machen wie er selbst.

Plötzlich durchriss ein lauter Schrei die Stille: Der Schrei einer Frau in Todesangst. Lukes Pferd scheute und wieherte ängstlich, doch er hatte den Braunen schnell wieder im Griff.

»Leise«, raunte Sinclair seinem Bruder zu und zückte seinen Colt. »Bleib dicht hinter mir.«

»Woher kam das?« Luke war aufgeregt und sein Gesicht hatte sich gerötet.

Doch Sinclair antwortete nicht. Er trieb seinen Rappen langsam voran. Wieder hallte ein Schrei, begleitet von einem monströsen Knurren und Keuchen. Das war weder Wolf noch Bär. Oder doch? Sinclair konnte sich nicht erinnern, ähnliche Laute schon mal gehört zu haben. Die Härchen in seinem Nacken stellten sich auf. Er spürte die drohende Gefahr beinahe körperlich. Hier war etwas ganz und gar nicht in Ordnung. Der Pfad führte bis auf eine kleine Lichtung. Sinclair spähte angespannt umher und hielt seinen Colt schussbereit. Erneut ein Schrei. Dann erblickte Sinclair eine junge Indianerin. Sie lief flink wie ein Wiesel in seine Richtung. Ihre kleinen Füße schienen den Boden kaum zu berühren. Das Dickicht hinter ihr bewegte sich, als führe ein Sturmwind durch das Geäst. Dabei war es windstill. Plötzliche Kälte griff mit eisigen Fingern nach Sinclair. Sie barg etwas Böses, Verdorbenes.

»Hierher!« Sinclair trieb seinen Rappen an und gestikulierte, damit das Mädchen auf ihn aufmerksam wurde. »Spring aufs Pferd! Schnell!«

Sie gehorchte zum Glück. Die Gefahr ließ sie jegliche Scheu vor dem weißen Mann vergessen. Mit dem Colt zielte er auf das Gebüsch und schoss zweimal, bevor er das ängstliche Mädchen hinter sich auf das tänzelnde Pferd ziehen konnte. Das Knurren schwoll zu einem unmenschlichen Heulen an. Dieses furchtbare Geräusch hätte Tote wecken können. Aus dem Augenwinkel sah Sinclair eine Kreatur, die weder Mensch noch Tier sein mochte. Spielte ihm seine Fantasie einen Streich? Da waren diese brennenden, roten Augen, die einem beinahe in die Seele blickten. Gespenstisch! Was dieses Ding auch immer war, es war gefährlich. Sinclair musste seinen Bruder und das Mädchen so schnell es ging aus der Gefahrenzone bringen. Er platzierte noch einen Schuss, der die Kreatur in die haarige Brust traf, dann gaben er und Luke den verängstigten Pferden die Sporen. Erst nach Minuten war die Kälte in ihnen gewichen und sie zügelten die Tiere auf einer Lichtung.

»Heilige Hölle.« Luke lüftete den Stetson. Sein Gesicht war kalkweiß.

Sinclair spürte das Zittern der Indianerin, die sich eng an ihn klammerte. Ihre Kleidung bestand aus Fellen und gegerbtem Leder sowie Geflecht aus Pflanzenfasern, das sie nach Art der Indianerfrauen als eine Art von Schürze trug. Als sich ihre mandelförmigen Augen auf ihn richteten, stockte ihm für einen Moment der Atem. Er hatte selten ein so schönes Mädchen gesehen. Ihr Teint schimmerte wie Gold und ihre langen, schwarzen Haare glänzten wie die Federn eines Raben. Teufel, in der letzten Zeit hatte er kaum mehr eine Frau gesehen. Schon viel zu lange nicht. Er half dem Mädchen, vom Pferd zu steigen, und sprang mit einem Satz selbst ab.

»Was war das?« Sinclair griff den Arm des Mädchens, das bereits zur Flucht angesetzt hatte. »Wir werden dir nichts tun, habe keine Angst.«

»Wendigo!«, hauchte sie schließlich furchterfüllt und ihre Augen schienen noch größer zu werden. In diesen Tiefen konnte ein Mann sich ganz sicher verlieren. Sinclair schluckte schwer.

»Wendigo?« Luke blickte von seinem Pferd verständnislos von seinem Bruder zu dem Mädchen. »Was heißt das? Sin, hast du das Wort schon einmal gehört?«

»Nein.« Sinclair kratzte sich am Kinn. Borstig fühlte es sich an.

Obwohl er an ganz andere Dinge hätte denken sollen, fragte er sich, warum er sich gerade diesen Morgen nicht rasiert hatte. Sein Dreitagebart machte sein Gesicht abweisender und härter, als es aussehen müsste. »Keine Ahnung, was sie damit meint. Ich kann beschwören, dass ich so ein seltsames Ding noch nie gesehen habe. Und die Kälte …«

»Hast du sie auch gespürt? Richtig gruselig.« Luke war noch immer blass.

»Wir müssen das Mädchen zu ihren Leuten bringen.« Sinclair blickte sie lange an. »Sie ist nicht sicher, wenn sich eine solche Kreatur in der Gegend rumtreibt.«

»Du hast recht.« Luke nickte. »Solange müssen wir sie beschützen. Sie ist eine Ute, oder Sin?«

Luke und Sinclair waren schon ein paarmal auf die friedlichen Ute Indianer getroffen. Die meisten lebten in den Teilen des Landes, die man ihnen zugewiesen hatte. Einst waren die Gebirgstäler von Utah, Colorado, Nevada und New Mexiko die Heimat der Ute gewesen, doch der weiße Mann war dabei, ihren Lebensraum immer mehr einzuschränken. Wie weit und mit welch blutigen Mitteln, hatte Sinclair selbst im Falle der Cheyenne und Arapaho am Sand Creek erlebt. Es war kein Wunder, dass die meisten Indianer den Weißen feindlich gesinnt waren. Jeder Weiße hätte sein Land genauso verteidigt, würde es ihm genommen werden. Vielleicht aus diesem Grund und ganz sicher aus seiner gefühlten Schuld wuchs der Wunsch in ihm, diesem Mädchen zu helfen. Es nicht schutzlos einer Bestie zu überlassen, die er nicht zu beschreiben vermochte. Dazu war sie wunderschön und faszinierend. Sinclair hatte das Bedürfnis, sie beruhigend zu streicheln. Das wäre allerdings vermessen gewesen.

»Ja.« Sinclair ließ die Hand der jungen Indianerin vorsichtig los, beobachtete jegliche Regung in ihrem schönen, bronzefarbenen Gesicht. Er hatte das Gefühl, dass sie seine Worte verstand. Jetzt musste sie nur noch Vertrauen fassen. Das war viel verlangt. Aber schließlich hatte er sie vor diesem Monster gerettet. »Kannst du mich verstehen?«

Sie nickte leicht, wobei ihr langes, schwarzes Haar wie ein Schleier in ihr Gesicht fiel. Mit einer anmutigen Geste strich sie es zurück.

»Ein wenig«, sprach sie in gebrochenem Englisch. »Mein Vater ist heiliger Mann, Schamane.«

»Ein Medizinmann also?« Sinclair stutzte.

Er hatte nicht erwartet, dass sie seine Sprache sprach, aber das machte die Sache einfacher. Er hatte gehört, dass Schamanen einen hohen Rang in der Gesellschaft der Ute einnahmen. Vielleicht war die Tochter eines Schamanen deshalb gebildeter, als andere Indianermädchen. Er wusste, dass sich die Ute dem Bären eng verbunden fühlten und es bestimmte Rituale gab, die ähnlich religiös anzusehen waren wie ein Gebet der Christen in der Kirche. Bei den meisten nordamerikanischen Indianern war der Glaube an übernatürliche Kräfte stark ausgeprägt. Hinter jeder Naturerscheinung, ob es der Wind, der Regen oder Blitz und Donner waren, sahen sie eine höhere Macht in Form von Geistern. Die Indianer glaubten, dass alle Dinge, ob es Lebewesen oder unbelebte Dinge waren, eine Seele hatten. Vielleicht hatten sie eine eigene Erklärung für das Ding, das vorhin dieses Mädchen angegriffen hatte. Sie hatte es Wendigo genannt.

»Wie heißt du?«, sprach er sie noch einmal an.

»In deiner Sprache ... Kind der Sonne«, antwortete sie und ein kleines Lächeln überzog ihre Lippen. »Nuci.«

»Also schön, Nuci. Das ist Luke und mein Name ist Sinclair. Führst du uns zu deinem Vater? Dem Schamanen? Du kannst hier nicht allein bleiben. Das ... Ding könnte wiederkommen.«

»Das werde ich.« Schon war sie flink wie ein Reh auf den Rücken des Rappen gesprungen und wartete, dass auch Sinclair aufsaß. Der staunte nicht schlecht und folgte ihr etwas behäbiger.

So ritten sie, gefolgt von Luke, unter der Führung des Mädchens weiter in den Canyon hinein. Es wurde immer wärmer und die Sonne strahlte unerbittlich vom Azur des Himmels. Zum Mittag hin würde es wahrscheinlich unerträglich sein.

»Du hast dieses Ding Wendigo genannt«, brach Sinclair irgendwann die angespannte Stille. »Was ist ein Wendigo?« Er spürte, dass sich Nuci augenblicklich versteifte.

»Wendigo ist böse. Hat Herz aus Eis.« Ein erneutes Zittern lief durch ihren schlanken Körper und sie schlang die Arme um Sinclair, als suche sie Schutz.

»Du brauchst keine Angst zu haben. Ich werde dich beschützen«, raunte er ihr über seine Schulter hinweg zu und erntete einen langen, tiefgründigen Blick.

»Das spüre ich«, entgegnete sie.

Obwohl Sinclair sich auf die Umgebung konzentrierte, genoss er die Nähe der schönen Frau. Es war gut, dass sie sich wohl und beschützt bei ihm fühlte. In diesem Moment hätte er beinahe alles vergessen und ewig weiterreiten können. Wenn es nur dieses Wendigo Ding nicht gegeben hätte. Aber dann wäre er auch Nuci nie begegnet. In diesem harten Land wurde einem Mann nichts geschenkt.

Nach etwa einer halben Stunde Ritt gab Nuci Luke und Sinclair ein Zeichen, die Pferde zu zügeln. Sie sprang ab und lief schnellen Schrittes zu einer Felsspalte, verschwand in ihr. Auch Sinclair und Luke saßen ab und warteten. Der Ort hatte etwas Unwirkliches, die Sonne färbte die Felsen rötlich ein und ihre Spitzen glänzten wie Gold. Es war mittlerweile unangenehm heiß geworden. Sinclairs einfaches Bauwollhemd klebte auf seiner Haut. Er lüftete den Stetson und fuhr sich fahrig durch das Haar. Hatte Nuci sie genarrt und war verschwunden? Bei Indianern konnte man nie genau wissen. Da tauchte sie wieder in der Felsspalte auf und winkte ihnen zu, ihr zu folgen. Das taten die beiden Männer und ließen ihre Pferde grasend zurück. Die Spalte war eng und Sinclair musste sich öfters bücken, doch schließlich kamen sie zu einer Art Tunnel, der abwärts führte. Den vielen Zeichnungen an den Felsen nach musste dieser Ort für die Indianer etwas Besonderes, vielleicht Heiliges sein. Es roch modrig und Wasser perlte von den Wänden. Der Gang mündete in eine Höhle, die von vier Fackeln erhellt war. Da stand auch schon Nuci an der Seite eines imposanten Mannes, der wie sie auf indianische Art gekleidet war. Unverkennbar war dieser Mann Nucis Vater, der Schamane.

»Seid willkommen«, begrüßte er sie freundlich, doch sein Gesicht blieb beinahe ausdruckslos. »Ihr habt meine Tochter gerettet, ich danke euch.«

»Das haben wir gerne gemacht, Sir.« Luke nahm seinen Stetson vom Kopf und verbeugte sich leicht. Man merkte ihm an, dass er nicht wusste, wie er sich verhalten sollte. Sinclair ging es nicht anders.

Die Situation war definitiv ungewöhnlich und die Ausstrahlung des Schamanen beeindruckend. Erwartete dieser nun etwas von ihnen? War es unhöflich, ihn stumm anzustarren?

»Setzt euch«, forderte der Indianer sie auf und nahm ebenso Platz. Nuci zog sich derweil in einen hinteren Winkel der Höhle zurück, der mit weichen Fellen ausgelegt war. Dort setzte sie sich und wartete schweigend, den Blick gesenkt.

»Meine Tochter hat mir gesagt, dass ihr Fragen habt. Also fragt.«

»Wer oder was ist ein Wendigo?« Unter dem scharfen Blick des Alten fühlte sich Sinclair beinahe nackt.

»Der Wendigo ist eine grausame Bestie mit einem Herzen aus Eis, die sich an Menschenfleisch labt«, begann dieser und der Klang seiner Stimme nahm die beiden Brüder sofort in ihren Bann. »Wer Menschenfleisch isst, wird zum Wendigo und für immer von einem unstillbaren Hunger auf mehr davon gequält.«

»Also ist das Ding ein Mensch?« Sinclair spürte, wie sich seine Wangenmuskeln anspannten. Diese Kreatur hatte wenig Menschliches an sich gehabt.

»Nicht mehr.«

»Ein Wolf?« Sein Blick tauchte in die Augen des Indianers.

»Mehr Wolf als Mensch«, erklärte der Schamane. »Und noch mehr.«

»Menschenfleisch?« Luke stand der Mund weit auf und er schüttelte sich angeekelt. »Ein Wolfsmensch? Das klingt wie ein Märchen.«

Der Schamane nickte. »Der Wendigo hat einerseits eine menschliche Gestalt, in der er nur an roten Augen zu erkennen ist. Andererseits hat er die Gestalt einer Bestie, mit Klauen, spitzen Zähnen und vielen Haaren wie ein Wolf. Er kann eine Schattenform annehmen, um sich zu verbergen oder Opfern aufzulauern. Alle Tiere fürchten ihn. Der Wendigo ist hauptsächlich zur Nacht des Vollmonds aktiv sowie eine davor und eine danach.«

»Aber es war früher Morgen«, warf Luke ungläubig ein. Sinclair konnte es ihm nicht verdenken. Selbst für ihn klang das alles wie ein toller Hokuspokus.

»Daher war er nicht vollständig verwandelt und seine Kraft reichte nicht aus, Nuci zu fangen und euch zu folgen«, erklärte der alte Indianer geduldig. »Aber er wird wieder töten, wie er es bereits getan hat. Der Vollmond naht und heftiger Hunger quält ihn.«

»Ich kann das alles kaum glauben«, gestand Sinclair und fuhr sich erneut mit der Hand durch sein Haar. Das tat er immer, wenn er nervös war. Eine dumme Geste. Sein Verstand wollte die Worte als indianischen Aberglauben abtun. Sein Gefühl sagte ihm jedoch, dass der Medizinmann die Wahrheit sprach.

»Ist einer deiner Freunde nicht bei Vollmond verschwunden?« Der wachsame Blick des Schamanen schien sich direkt in Sinclairs Seele zu bohren. Sie zu durchforsten und zu ergründen.

»Ja, Aaron, der Sohn einer befreundeten Farmerfamilie. Das soll ... der Wendigo gewesen sein?« Sinclair blieb skeptisch. Es gab sicher vieles zwischen Himmel und Erde, aber das ...

Der Schamane nickte erneut. »Deshalb bin ich hier. Der Bestie Einhalt zu gebieten.«

Da hatte sich der Alte viel vorgenommen. Er selbst hätte sich nur minimale Chancen gegen diese höllische Kreatur eingeräumt, dabei war er viel jünger und kräftiger. »Woher stammt der Wendigo?«

»Es gibt vier Möglichkeiten, wie eine Person ein Wendigo wird; im Traum den Ruf eines Wendigo-Geistes zu vernehmen oder zu träumen, selbst ein Wendigo zu sein, Menschenfleisch zu verzehren, ein Verwandlungsritual zu vollziehen oder von einem Wendigo verletzt zu werden. Daher bin ich dankbar, dass ihr meine Tochter gefunden habt, bevor die Bestie sie verletzen konnte. Sonst wäre vielleicht auch sie ... Wendigo geworden.«

Nucis Augen trafen Sinclairs Blick. »Wir hätten jedem geholfen«, erklärte Sinclair leise. In diesem Moment musste er jedoch wieder an die ermordeten Indianer denken, denen er nicht hatte helfen können.

Der alte Schamane maß ihn mit einem langen, würdevollen Blick. »Der erste Wendigo überhaupt war eine Frau, die von ihrem Verlobten betrogen wurde. Aus Rache hat sie ihm das Herz aus dem Leib gerissen und gegessen. Aus ihr gingen andere Wendigo hervor.«

»Aber wie kann man einen Wendigo töten?«, fragte Luke, und auf seinen Wangen hatten sich hektische Flecken gebildet. »Und warum treibt sich gerade hier eine solche Bestie herum?«

»Der Wendigo kann durch Feuer getötet werden, da nur auf diese Weise sein Herz aus Eis zerstört wird. Er muss verbrennen oder heißer

Talg muss ihm eingeflößt werden, auf dass er sein Eisherz erbrechen möge. Mit seinem Tod genesen alle, die er mit dem Fluch infiziert hat. Die letzten Alten haben die ruhelosen Seelen der Wendigo auf ewig in einen heiligen See gebannt, dem sie nicht entkommen konnten. Das war vor vielen Jahrhunderten. Aber die Ruhe des heiligen Sees wurde von einem weißen Goldsucher gestört. Einige böse Geister sind entkommen. Wie dieser Wendigo …«

Sinclairs Zähne knirschten. Auch wenn das, was der Schamane ihnen erzählte, unglaublich klang, ahnte er instinktiv, dass mehr als ein Körnchen Wahrheit in den mahnenden Worten steckte. Dass sein Bruder, die beiden Indianer und alle anderen Menschen in großer Gefahr schwebten. Dass es dort draußen irgendwo ein Wesen gab, das abgrundtief böse und auf Menschenfleisch aus war. Aaron war ihm sehr wahrscheinlich zum Opfer gefallen, vielleicht sogar der erste Sohn der Richmonds. Wer wusste schon, wer noch. In dieser Zeit fiel nicht weiter auf, wenn ein Goldsucher, Tramp oder Glücksjäger fehlte. Morgen würde der Vollmond scheinen, der Wendigo also nach Aussage des Schamanen in der kommenden Nacht erstarkt und auf Beute aus sein. Das musste er irgendwie zu verhindern wissen. Er musste seinen Bruder beschützen, die Richmonds, Nuci und ihren Vater. Er musste diesen Wolfsmenschen vernichten, und wenn es sein eigenes Leben kostete.

»Ich habe den Großen Geist um Hilfe und um ein Zeichen gebeten. Er hat euch zu mir geführt. Wir müssen dem Wendigo gemeinsam begegnen.« Der Schamane machte eine prägnante Pause. »Und du wirst wieder schlafen können.«

Sinclair hielt die Luft an. Woher wusste der Indianer davon? Er musste in seine Gedanken gedrungen sein. So wie seine schöne Tochter, die ihm schon jetzt nicht mehr aus dem Kopf gehen wollte. Das Schicksal hatte sie zusammengeführt. Das mochte stimmen. Würde seine Seele auf diese Art und Weise erlöst werden? Konnte er gegen dieses Monster bestehen?

Die Richmonds staunten an diesem späten Nachmittag nicht schlecht, als sie Besuch ihrer Freunde Luke und Sinclair Montgomery in Begleitung eines Indianers und seiner Tochter bekamen. Noch größer wurde ihre Verwunderung, als auch sie die unglaubliche Geschichte um den grausamen Wendigo vernahmen, dem auch ihre Söhne zum Opfer gefallen sein könnten. Argwöhnisch, voller Unglauben und ganz sicher ängstlich beobachteten sie die seltsamen Vorbereitungen des Schamanen, seiner Tochter und der beiden Brüder, die in der Scheune der Richmonds eine Falle für den Wendigo bauten. Sinclair hatte sich dazu als Lockvogel angeboten. Ike und seine Frau nahmen bestimmt an, dass er verrückt geworden war. Die nächste Nacht würde ihnen jedoch beweisen, dass das nicht stimmte.

Endlich war es Nacht. Der pralle Mond leuchtete auf das schlafende Land hernieder und leichte Nebelschwaden waberten über dem ausgetrockneten Boden. Eine gespenstische Szenerie. Minute um Minute verging und die Anspannung der Wartenden wuchs. Würde sich das Monster zeigen? Konnten sie es besiegen? Sinclair saß in der geöffneten Scheune auf einem Stuhl, den Colt in der Armbeuge verborgen, während sich der Ute Schamane und Nuci im oberen Gebälk der Scheune versteckt hielten. Die Richmonds und Luke warteten mit Gewehren bewaffnet im hoffentlich sicheren Haus, dessen Fenster mit zusätzlichen Brettern vernagelt worden waren. Mehr hatten sie in dieser kurzen Zeit zu ihrem Schutz nicht tun können.

Es musste weit nach Mitternacht sein und Müdigkeit griff nach Sinclair. Der Schemel war hart und unbequem. Seine Glieder verkrampft. Von den beiden Indianern war kein Geräusch zu vernehmen, das lag anscheinend in ihrer Natur. Irgendwo rief ein Käuzchen ein Klagelied in die Dunkelheit. Das ausgedörrte Unterholz des Waldes raschelte im Wind. Sinclair unterdrückte ein Gähnen. Der Wendigo ließ auf sich warten. Vielleicht hatte er Lunte gerochen und hielt sich fern. Doch plötzlich spürte er die beißende Kälte und beinahe schlagartig verstummten alle Stimmen der Nacht. Der Wendigo war anscheinend auf der Jagd und näherte sich. Er war bestimmt hungrig und wütend, weil ihm am Morgen eine sicher geglaubte Beute entgangen war. Ein großer und stattlicher Mann wie Sinclair versprach eine gute Mahlzeit und musste unglaublich verlockend sein. Hoffentlich würde er nicht allzu vorsichtig sein und in die Falle tappen. Sinclair hörte einen dürren Ast knacken. Das konnte natürlich auch irgendein Tier sein. Seine Muskeln waren zum Zerreißen angespannt, aber er konnte keinen Angreifer in der Nähe der Scheune entdecken. Also wieder warten. Minuten vergingen wie Stunden. In diesem Moment meinte Sinclair, ein kurzes Aufflackern roter Augen zu sehen. Wie aus dem Nichts kommend, stürzte sich ein großer Schatten auf ihn, der erst im letzten Moment Gestalt annahm.

Der Wendigo!

Sinclair riss den Colt hoch und schoss. Der Wendigo jaulte. Zwei Schüsse konnte Sinclair auf den Schatten abgeben, dann stürzte er unter dem enormen Gewicht des Angreifers zu Boden. Es war zu spät, sich wegzurollen. Die langen Fangzähne der haarigen Bestie hatten sich tief in das Fleisch seiner Schulter gegraben, rissen und zerrten an ihm. Sinclair schrie auf. Der Schmerz war schier unerträglich. Er wusste nicht, ob er die Bestie mit seinem Colt überhaupt verletzt hatte, denn seine Kraft schien übermächtig zu sein. Sinclair zückte sein Bowie-Messer aus dem Gürtel und hieb immer wieder auf seinen dämonischen Gegner ein, bis er dessen Blut riechen und schmecken konnte. Der Wendigo brüllte, verbiss sich aber umso fester in Sinclairs Arm. Er musste das Messer fallen lassen. Es war ein ungleicher Kampf und allein hätte er diese Bestie nicht besiegen können. Warum hatte er sich bloß als Opfer zur Verfügung gestellt? Wo blieben die anderen? Er wurde schwächer, verlor zu viel Blut. Der Atem des Biestes war wie ein giftiger Pesthauch und seine Zähne näherten sich bedrohlich Sinclairs Hals. Endlich war der Schamane neben ihnen. Blitzschnell schlang er ein in einer Zeremonie geweihtes Seil um den Körper des Wendigo, zog es fester und fester. Auch Nuci hatte ihr Seil um den Dämon geworfen und band es mit fliegenden Bewegungen immer weiter um die vor Wut tobende Kreatur. Doch noch immer wollte die Bestie nicht von Sinclair ablassen. Der Blutdurst war anscheinend zu groß. Sinclair biss die Zähne zusammen. Am liebsten hätte er den unerträglichen Schmerz in die Nacht gebrüllt. Gemeinsam und unter enormer Anstrengung schafften es die Indianer schließlich, den Wendigo bewegungsunfähig zu machen. Sinclair blieb schwer verletzt auf dem Boden liegen. Sein Körper zitterte. Die roten Augen des Dämons funkelten mordlustig und brannten sich tief in seine Seele.

Wenn dieses Ding jemals ein Mensch gewesen war, hatte es seine Menschlichkeit gänzlich verloren. Soviel stand fest. Zusammen mit Luke und Mr. Richmond, die aus dem Farmhaus herbeigeeilt kamen, konnten Nuci und ihr Vater den vor Wut fauchenden Wendigo nach minutenlangem Kampf in einen Holzverschlag zerren. Die riesige Holzkiste hatten sie am Nachmittag aus trockenem Holz gezimmert und mit in Lampenöl getränktem Stroh ausgelegt. Wenigstens dieser Teil des Plans schien aufzugehen. Sinclair war kurz davor, das Bewusstsein zu verlieren. Mit letzter Kraft kämpfte er sich auf die Ellenbogen und sah die hellen Flammen, in denen der Wendigo in seinem Gefängnis verbrannte. Er hörte das entsetzliches Jaulen und Heulen und die monotonen Beschwörungsformeln des Schamanen. Dann fiel sein Kopf zurück. Sie hatten die Bestie wirklich besiegt und hoffentlich für alle Ewigkeit in die Geisterwelt zurückgeschickt. Seine spröden Lippen verzogen sich zu einem Grinsen.

Tage später erholte sich Sinclair nur langsam von seinen Verletzungen. Dank Nucis Pflege war das hohe Fieber der ersten Stunden gesunken. Nuci saß lächelnd an Sinclairs Bett, als er die Augen aufschlug.

»Du bist hier?«, krächzte er hocherfreut. Seine Stimme wollte ihm nicht recht gehorchen.

»Mein Vater ließ mich hier, dich zu pflegen«, antwortete sie leise und fühlte die heiße Stirn ihres Schutzbefohlenen.

»Das freut mich.« Sinclair griff vorsichtig nach ihrer Hand. »Mehr als du ahnst.«

»Ich bin gerne hier«, erwiderte sie schlicht. Doch ihre strahlenden Augen sagten mehr als Worte.

Sinclair räusperte sich. Er war nicht gut in diesen Dingen. Außerdem schmerzte sein Körper, als wäre er unter einen Zug gekommen. Auch Nuci schien befangen zu sein. Manchmal war es schwer, das zu sagen, was man sagen wollte. Gefühle zu verstehen und zuzulassen.

»Was ist das?« Er blickte auf ein buntes Geflecht aus Federn und Bändern, das Nuci über sein Bett gehängt hatte.

»Ein Traumfänger.« Sie zwinkerte ihm zu. »Von nun an wirst du nie wieder böse Träume haben. Die Geister der Vergangenheit sind besänftigt.«

Sinclair zuckte zusammen. Erst jetzt dachte er an die Worte des

Schamanen. Die Bestie hatte ihn gebissen und vielleicht mit einem unseligen Fluch belegt. Wenn es so war, würde er seinen Colt zu nutzen wissen. Er wollte keine Gefahr für die Menschen sein. Keine blutrünstige Bestie oder ein Wolfsmensch, der sich an Menschenfleisch labte.

»Bin ich nun … Wendigo?«, brachte er so ruhig wie möglich hervor.

»Der Fluch des Wendigo verging mit der Bestie im Feuer. Vater wird seine Asche bei einer Zeremonie in den heiligen See streuen und seinen Geist für immer bannen. Alles ist gut.«

»Das ist es, weil du bei mir bist.« Erleichtert drückte Sinclair Nucis Hand. Dankbar. »Verstehst du, was ich sagen möchte?«

»Ja.« Sie lehnte ihren Kopf an seine Schulter und Sinclair meinte, dass sein Herz vor Freude einen Sprung machte. »Ich verstehe dich.«

Auch wenn sie aus unterschiedlichen Kulturen stammten, spürte er eine tiefe Verbundenheit zu ihr. Sie waren zwei Menschen, Mann und Frau, die einander zugetan waren. Die Hautfarbe war nicht entscheidend. Was zählte waren das Herz, die Seele. Vielleicht würde irgendwann ein ganz anderer Traum wahr werden, der Brücken schlagen und Unterschiede überwinden konnte. Das würde die Zukunft zeigen. Möglich war alles. Schließlich hatten sie gemeinsam einem Wendigo getrotzt.

Noscere

Mit Wolfsgespür auf der Fährte zur Wahrheit

von Barbara Kloska

Es ist für mich unbeschreiblich schön, dass ich dieses eigenwillige Kaff in Brandenburg noch genauso vorfinde, wie ich es vor über zwei Jahren kennengelernt habe. Dieses kleine Dorf am gefühlten Ende der Welt, in der die Uhren vergessen haben, weiterzugehen, ist genau das, was ich nun brauche. Was eignet sich besser, um sich von den Grabenkämpfen des Lebens zurückzuziehen und sich wie ein geschundenes, verletztes Tier die Wunden zu lecken? Und davon gibt es reichlich. Blessuren, die die widerlichste aller jemals geführten Scheidungen mit sich gebracht hat, brauchen Ruhe und Zeit, um zu heilen. Paul hatte keine Skrupel gehabt, mich auszunutzen, zu hintergehen, zu verletzen. Nach seinem Abschied glich mein Dasein einem einzigen Trümmerhaufen. Scherben und Splitter, über die ich seitdem versuche, irgendwie hinweg zu kommen – wobei ich mir jedoch noch immer hin und wieder schmerzhafte Verwundungen zuziehe. Aber das Meiste habe ich wohl inzwischen geschafft, sodass es jetzt nur noch gilt, Abstand zu gewinnen und die Zeit machen zu lassen. Hier, in diesem verschlafenen Dörfchen irgendwo in Brandenburg, fühle ich mich zurückversetzt – in meiner Kindheit, in der alles schlicht und einfach gewesen ist.

Vor wenigen Jahren hat es mich schon einmal hierher verschlagen, als ich den Auftrag hatte, eine Reportage über die ersten Wölfe zu schreiben, die über die polnische Grenze gekommen waren. Und nun fühle ich mich selbst wie ein einsamer Wolf – zurückgezogen, verletzt und ganz auf sich gestellt. Zum ersten Mal kommen mir die vielen Parallelen meines Lebens mit denen dieser majestätischen Tiere zu Bewusstsein, die ich seinerzeit mit ungeahntem Enthusiasmus in Bild und Text dokumentiert hatte. Und diese Leidenschaft war es wohl auch, die die Reportage so besonders machte, dass der damalige Chefredakteur mich regelrecht mit Beifall überschüttet hatte. Hochanerkennendes Lob vom alten Kremburg – einem harten, schlechtgelaunten, zynischen Mann, von dem jeder sagt, dass ein Nicht-Nörgeln schon ausreichende Anerkennung sei. Wie gern denke ich an die Zeit zurück, als ich hier mit Kamera und Notizblock unterwegs gewesen bin. Mit dem Rad fahre ich altbekannte Wege entlang und lasse meine Gedanken treiben. Bis zum Abendessen sind es noch ein paar Stunden hin, die ich auf diese Weise nützen möchte. Mein Weg führt durch ein angenehm kühles Waldstück, dessen würzige, reine Luft ich automatisch bis in die Tiefen meiner Lungen sauge. Hohe Bäume, dichtes Unterholz – und mittendrin ich. Ganz allein. Plötzlich umfasst ein beklemmendes Gefühl mein Herz wie eine kalte Hand, als mir bewusst wird, auf welch einsamer Route ich hier bin. Die Schlagzeile »Brutaler Überfall auf abgelegenem Feldweg«, die vor wenigen Tagen alle anderen Nachrichten in den Schatten gestellt hatte, gewinnt in diesem Moment eine beängstigende Aktualität. Einsamer als ich ist die Frau sicher auch nicht unterwegs gewesen. Hier ist weit und breit niemand, der meine Hilfeschreie hören könnte. Mit aller Kraft trete ich in die Pedale, als ich im nahen Gesträuch eine Bewegung wahrnehme und ein Rascheln höre.

Völlig erschöpft erreiche ich in der nächsten Ortschaft ein Straßencafé. Es ist schwer zu sagen, was schlimmer nachwirkte – die Anstrengung oder die Verärgerung, mich geradezu in diese Hysterie hineingesteigert zu haben. Erst nach und nach scheint sich mein Adrenalinspiegel wieder auf ein Normalniveau zu senken. Der Wirt, der eilig das bestellte Mineralwasser bringt, ist der Einzige, der eine gewisse Hektik an den Tag legt. Die anderen Leute, die ihrem Alltagsgeschäft nachgehen, zeigen keinerlei Zeitdruck. Ich schaue ihnen zu und verliere mich etwas in dem Gedankenspiel, wie sehr sich deren Leben von meinem unterscheiden mag – offenbar ohne Termine, ohne Stress, ohne Ärger. Ja, ich bilde mir ein, in ihren Gesichtern eine gewisse, wohltuende Zufriedenheit zu sehen. Nervös spiele mit meiner Kette und ihrem großen, silbernen Anhänger, der fast die Hälfte meines Handtellers abdeckt. »Ahhh …!«, höre ich und bin schlagartig in der Realität zurück. Eine ältere, recht einfach gekleidete Frau stellt abrupt ihren Korb ab und hält ihre Hände vor die Augen, kaum dass sie vor mir steht. »Ist Ihnen ein Insekt ins Auge geflogen?« Besorgt springe ich auf, um ihr ein Taschentuch zu reichen.

»Nein«, sagt sie und versucht, die Augen wieder zu öffnen. »Das war wie ein Blitz!«

Vorsichtig blinzelt mich die Frau mit den grauen, zu einem dicken Zopf geflochtenen Haaren an. »Sie waren das! Sie – beziehungsweise das da«, fügt sie an und zeigt auf meinen Kettenanhänger. »Mein Schmuck?«

»Er hat mich geblendet – muss einen Sonnenstrahl reflektiert haben. Aber lassen Sie mich doch einmal sehen – das ist wirklich ein sehr ausgefallenes Stück.«

Erstaunt über das große Interesse, halte ich ihr den Anhänger in der offenen Hand entgegen, ohne die lange Kette vom Hals zu nehmen. Eine ganze Weile ruht ihr aufmerksamer Blick darauf.

»Darf ich ...?«, fragt sie leise. Ihre Augen bekommen einen eigenwilligen Glanz. Als ich nicke, nimmt sie das Amulett vorsichtig in die Hand und umfährt mit ihren Fingern fast andächtig die zwei ineinander liegenden Silberkreise, in deren Mitte sich ein dreiteiliger Frauenkopf befindet. Links – das Profil ein junges Mädchen, das seinen Blick geradeaus richtet. In der Mitte eine Frau mittleren Alters, die den Betrachter direkt anzuschauen scheint und die rechts ebenfalls im Profil zu sehende Greisin macht den Eindruck, ruhig und zufrieden zurückzuschauen. Auf dem das Trio umgebenden Silberreif lässt sich ein Wolfskopf herum schieben, dessen Augen aus winzig kleinen Steinen besteht. Der äußere Silberring bietet dem Mond eine feste Umlaufbahn. »Noscere – nicht nur eine nette Spielerei«, flüstert sie und lässt die Sichel einige Male um Wolf und Frauenkopf kreisen. Ihr Gesicht hellt sich auf, ein zaghaftes Lächeln umspielt ihren Mund. Sie hält einen Moment die Luft an, als ringe sie mit ihrer Selbstbeherrschung – so, als wäre sie von der Freude überwältigt, unerwartet einem seit Jahren vermissten, guten Freund zu begegnen. »Spannend. Woher haben Sie das?« »Wer mir das einmal geschenkt hat, weiß ich nicht – hatte es jedenfalls schon als Kind. Aber wie nannten Sie das?«

»Noscere – so heißt das Amulett. Der Name leitet sich aus dem Lateinischen accognoscere ab und bedeutet so viel wie ‚erkennen, wiedererkennen'.«

»Ein Kettenanhänger hat einen Namen? Haben Sie das angefertigt und Ihrem Werk diese Modellbezeichnung gegeben? Modell Noscere?«

»Nein, nein – Sie verstehen das völlig falsch. Sie tragen kein gewöhnliches Schmuckstück, sondern – wie ich bereits sagte – ein Amulett. Und sein Name ist weit mehr, als eine Modellbezeichnung. Er hat einen tieferen Sinn, ist von symbolischer Bedeutung.«

»Und Sie wissen, was es mit diesem hier auf sich hat?«

»Oh ja«, sagt sie leise. »und ob!«

Mehrmals wischt sie sich über die Augen und sieht mich an, als wolle sie jedes Detail meines Gesichts erfassen. Dann wechselt ihre Aufmerksamkeit zwischen meinem Kettenanhänger und mir. »Endlich …«, flüstert sie. »Wird auch allerhöchste Zeit …«

Irritiert ziehe ich mein Amulett zurück und lasse es eilig in meinem Blusenausschnitt verschwinden.

»Sie brauchen keine Angst zu haben«, sagt sie freundlich. Ihr Lächeln wirkt warm und herzlich. »Ich weiß Bescheid.«

»Bescheid? Worüber?«

»Über Sie, Rebecca, und über den Wolf und dieses Amulett.«

»Rebecca? Sie wissen, wie ich heiße? Kennen wir uns?«

»Eigentlich schon. Aber es ist nicht Ihre Schuld, dass ich für Sie im Grunde eine Fremde bin. Kommen Sie doch einfach auf einen Tee vorbei. Dann kann ich Ihnen alles erklären. Ich wohne …«

»Jetzt mach, dass du weiterkommst.« Der aufgebrachte Wirt stürmt wild gestikulierend auf uns zu. »Belästige nicht meine Gäste, du olle Hexe!«

Völlig gelassen nimmt die Alte ihren Weidenkorb auf und lächelt ihn geradezu provozierend freundlich an.

Bedrohlich baut sich der Hausherr vor der gut einen Kopf kleineren Person auf, während diese davon absolut unbeeindruckt bleibt und mit jedem Atemzug zu wachsen scheint.

»Die Dame hat mich nicht belästigt«, mische ich mich beschwichtigend ein.

»Sie sind fremd hier und haben keine Ahnung, mit wem Sie es zu tun haben!«, braust der Wirt weiter auf.

»Ja, ich bin fremd. Doch mit wem ich es zu tun habe, finde ich gern selbst heraus. Sie gehören seit eben jedenfalls nicht dazu. Guten Tag!«

Abrupt lege ich das Geld auf den Tisch und schnappe mein Fahrrad, um die Alte einzuholen, die inzwischen ein Stück weitergegangen ist und sich in einiger Entfernung wartend nach mir umsieht.

»Was meinten Sie vorhin mit ‚Endlich'?« Meine Frage geht fast in dem Bremsgeräusch unter. Ich steige ab, laufe mein Rad schiebend langsam neben der Frau her und platze mit all den anderen Fragen heraus, die mir seit wenigen Minuten unter den Nägeln brennen.

»Und mit dem ‚es wird auch Zeit' und ‚ich weiß Bescheid'? Vor allem aber – woher kennen Sie meinen Namen? Wer sind Sie überhaupt?«

»Lyndana. Sag einfach Lyndana zu mir.«

»Ein seltsamer Name. Und woher kennen Sie mich?«

»Du bist meine Nichte. Ich wusste, dass du bald herkommst. Die Zeit ist reif.«

Ich hasse es, wenn jede neue Antwort neue Fragen gebiert!

»Nichte? Nein, das muss ein Irrtum sein. Meine Mutter hatte keine Geschwister – und mein Vater einen jüngeren Bruder, der schon als Kind verunglückt ist. Dass wir in dieser Weise verwandt sind, ist somit ausgeschlossen. Aber wieso wussten Sie, dass ich komme? Das war mir bis vor wenigen Tagen doch selbst nicht klar.«

»So wie manches andere auch.«

Lyndana stellt ihren Korb ab.

»Entschuldigung«, sage ich verschämt und klemme diesen auf meinen Gepäckträger. »Ich bin so verwirrt, dass meine Aufmerksamkeit wohl gelitten hat.«

Schon gut. Ich bin körperliche Arbeit gewohnt. Das Tragen macht mir nichts, muss nur einen Moment verschnaufen. Aber wenn es mal leichter geht, wehre ich mich auch nicht.« Ihr Lachen ist herzlich und ihre Augen verschwinden fast hinter der faltigen Haut. Da ist etwas an ihr, das ich mag. Lyndana erzählt von ihrem genügsamen Leben weit ab von der letzten Behausung des Ortes und betont, dass sie die Gesellschaft der Menschen nicht sonderlich schätzt. Enger Kontakt zu Nachbarn sei mit lästigen Verpflichtungen und Erwartungen verbunden, auf die sie bislang ohne Probleme verzichten konnte. Im Fall eines Falles müsse eh jeder selbst sehen, dass er klarkommt. Gerade diese Dorfgemeinschaften seien sehr trügerische Zusammenschlüsse.

»Und wenn ich nicht von deinem Amulett geblendet worden wäre, hätte ich dich niemals wahrgenommen. Obwohl ich auf deine Ankunft gewartet habe …« Wieder so eine seltsame Andeutung, die mich neugierig macht. »Wenn du etwas Zeit hast, dann komm mit.

Ich lade dich zu einer Tasse Tee ein – zu einem Plauderstündchen, wenn du magst.«

Wenig später sitzen wir in einer kleinen Kate, die inmitten eines Wildwuchses steht, den Lyndana liebevoll als ihren Garten bezeichnet. Wir nehmen in der Küche Platz, durch deren winzige Fenster nur wenig Sonnenlicht fällt. Lyndana macht Feuer im Herd und setzt in einem alten Kessel Wasser auf. In ihrem Küchenschrank sehe ich eine Menge alter, abgegriffener Bücher, bei denen ich gewisse Zweifel habe, dass sie überlieferte Familienrezepte für die Koch- und Backkunst beinhalten. Diese kunstvoll verzierten Ledereinbände, die teilweise Metallbeschläge und mystische Ornamente aufweisen, erinnern mich eher an mittelalterliche Alchimistenliteratur. Inzwischen stellt Lyndana zwei Tassen auf den Tisch und gießt das Wasser in eine vorbereitete Kanne. Ein würziger Duft steigt auf und schon bald dampft vor mir in der Tasse ein wohlriechender Tee. »Dieses Amulett – ein wirklich ganz außergewöhnliches Schmuckstück. Deine Mutter hat es bis zu ihrem Tod getragen.« »Nein, meine Mutter hat es niemals getragen.« »Wir müssen da unterscheiden zwischen deiner Mutter und der Frau, die dich aufgezogen hat. Du bist die Tochter meiner Schwester Estany.«

»Nein! Bin ich nicht. Meine Eltern sind …«

»Henriette und Konrad Dagebach.«

»Ja, genau.«

»Falsch. Das sind die Leute, die dich aufgezogen haben – nicht deine Eltern!«

»Was?«

»Henriette und Konrad sind nicht deine leiblichen Eltern, sondern ein Ehepaar, das keine eigenen Kinder bekommen konnte. Meine Schwester Estany, die bei deiner Geburt starb, war deine leibliche Mutter. Dein Vater war Sörvy Sveigirsson.«

»Wer? Sörvy Was? Und wieso ‚war'? – Der ist also auch tot.«

»Ja, schon vor deiner Geburt verunglückt.«

»Oh, das tut mir Leid. Somit lebt offenbar kaum noch jemand aus Ihrer Familie.«

»Du lebst noch. Und nun lass dieses alberne ‚Sie'. Ich bin deine Tante.«

»Nein, wir sind nicht miteinander verwandt. Meine Eltern sind Henriette und Konrad. Wenn es anders gewesen wäre, hätten sie mir davon erzählt.«

Unbehagen steigt in mir auf – genau wie früher, wenn jemand meine Eltern darauf angesprochen hatte, dass ich keinen von beiden auch nur annähernd ähnlich sehe. Nach so einer Bemerkung war Mutter immer so seltsam angespannt, wurde kreidebleich, dass ich dachte, gleich passiert etwas ganz Schreckliches.

»Nicht unbedingt. Sie hatten gewiss ihre Gründe, warum sie es nicht getan haben. Einerseits kann ich die beiden verstehen, aber auf der anderen Seite war es sicher mein großer Fehler, nicht stärker drauf zu drängen, die Wahrheit zu sagen, Kysira.«

»Kysira?«

»Ja, das ist dein richtiger Name. Du heißt genau wie deine Ururgroßmutter, um die es im weitesten Sinne geht. Henriette hat dir einen Namen gegeben, der in ihrer Welt nicht ungewöhnlich ist. Sie wollte so gut wie möglich deine wahre Herkunft, dein wahres Wesen verschleiern. Sie wollte vermeiden, dass irgendwie ans Licht kommt, dass du genau wie deine Mutter und ich eine ganz besondere Natur hast. Wir sind keine gewöhnlichen Frauen.«

»Ich verstehe kein Wort«, sage ich verwirrt.

»Das kann ich wohl nachvollziehen. Es verlangt dir viel ab, zu erfahren, dass all das, was dein Leben bisher ausmachte, gar nicht deine Welt ist. Ich bin als deine Patin so gut es ging in deiner Nähe gewesen. Unauffällig und mit Distanz. Meiner Schwester habe ich auf dem Sterbebett versprochen, mich um dich zu kümmern, konnte dich jedoch nicht selbst aufziehen. Es kam damals alles anders als geplant. Plötzlich musste ich die Leitung unseres Zirkels übernehmen und dadurch viel unterwegs sein. Es würde zu lange dauern, dir von meiner Tätigkeit zu erzählen und im Einzelnen zu schildern, wie gefährlich das für Kinder sein kann. Doch glaube mir, ich habe wohl überlegt, wem ich dich anvertrauen kann. Die Einzige, die mir geeignet erschien, war meine langjährige Freundin Henriette – eine Frau, die – obwohl sie wusste, dass Estany und ich ein anderes Naturell haben – mit uns eine tiefe, innige Freundschaft pflegte. Bei niemandem hätte ich dich besser aufgehoben gewusst, Kysira.

Und darüber hinaus verhalf ich Henriette zu dem, was das Leben ihr verweigerte: Zu dem Glück, ein Kind zu haben. Zwischen ihr und mir gab es eine Abmachung: Ich durfte dich in deinem Leben begleiten, deine Patin sein, doch ich musste schweigen über all das, was du eigentlich sonst über deine Herkunft, deine Besonderheit wissen solltest. ‚Das wächst sich aus, das verdorrt, wenn es nicht gefördert wird …' hat Konrad gemeint und dich mit Henriette zusammen aufgezogen, wie er es für gut und richtig hielt. Und ich habe geschwiegen, weil ich beide nicht verunsichern wollte. Doch dein Wesen wächst weder aus, noch verdorrt es. Ich wollte dich in Sicherheit aufwachsen lassen und habe auf den richtigen Zeitpunkt gewartet, dich mit der Wahrheit vertraut zu machen. Ich war immer in deiner Nähe, habe stets ein Auge auf dich gehabt – doch nur so, dass du mich nicht bemerkst. Mit dreizehn warst du nach meiner Einschätzung in dem richtigen Alter, mich vorzustellen. Die Zeit war reif, dich ganz behutsam an die Besonderheiten deiner anderen Seite heranzuführen. Doch kurz bevor ich meinen Plan in die Tat umsetzen konnte, wurde ich zu einem Kongress unseres Zirkels in die Karpaten zitiert. Es war wieder eine jener Laune des Schicksals, die mir schon so oft alle Pläne in den Grundfesten erschüttert hat! Nicht nur, dass ich durch Komplikationen, Irrungen und Wirrungen dort über ein Jahr aufgehalten wurde, nein – danach waren Henriette und Konrad mit dir verschwunden – oder sollte ich besser ‚geflohen' sagen?«

»Wenn ich mir auch nicht vorstellen kann, dass das so stimmt, muss ich zugeben, dass unser Umzug an die Küste tatsächlich damals irgendwie überstürzt und unerwartet war.«

»Siehst du – ich gehe davon aus, dass Henriette Angst hatte, dass du deine magische Ader in dir entdeckst. Wohlmöglich befürchtete sie, dich dadurch zu verlieren. Ich habe all die Jahre mit allen mir zur Verfügung stehenden Mittel versucht, auf magischem Wege zu dir Kontakt aufzunehmen. Ich weiß seit Langem, dass du an der Ostsee lebst, aber ich wollte nicht dort auftauchen. Henriettes Abwehr hätte dich beeinflusst und du würdest dich damit nie dem Anderen, dem Neuen, dem zunächst Unerklärlichen öffnen können.«

»Das kann und will ich jetzt auch nicht.«

»Wovor fürchtest du dich?«

»Ich habe keine Angst – nur eine Abneigung gegenüber all der ganzen Esoterik mit diesen absurden Gedanken.« Mein Herz rast, meine Wangen glühen, mein Verstand bemüht sich vergeblich, auch nur einen klaren Gedanken zu fassen. Lyndana geht zu einer alten Holztruhe, die in einer Ecke der Küche steht und kommt mit einer Steinschale wieder, die sie mit heißem Wasser aus dem Kessel füllt und auf den Tisch stellt. Mir gegenüber nimmt sie Platz und beginnt mit unverständlichem Gemurmel. Schwaden steigen auf. Lyndana gestikuliert und flüstert geheimnisvoll, bis sich das Dunstgebilde zu formen scheint. Sie greift meine Hand, führt sie über die Schale, bis der Nebel sie umhüllt. Es sieht so aus, als entstünde ein Gesicht. So nach und nach erkenne ich erste schemenhafte Züge – und dann ist es so, als sähe ich mich selbst.

»Die alte Magie hat nichts von ihrer Kraft verloren«, flüstert Lyndana zufrieden.

»Magie?«

Die Show ist wirklich beeindruckend ...!

Irritiert ziehe ich meine Hand zurück.

»Wir sind noch nicht fertig«, sagt Lyndana streng, »und haben vor allem keine Zeit zu verlieren! Hast du das Gesicht gesehen?«

»Ja, habe ich. Aber daheim habe ich einen Spiegel, der mich klarer zeigt.«

»Das warst ja nicht du, sondern deine Mutter. Du gleichst ihr unwahrscheinlich. Nur die robuste Natur und kräftige Figur, die hast du von deinem Vater.«

Kann jetzt nicht mein Handy klingeln, damit ich einen Grund habe, gehen zu müssen?

»Ich verstehe deine Angst, Kysira. Aber vertrau mir doch einfach. Ich will dir ganz sicher nichts Böses. Du kannst mir glauben, dass ich dich lieber behutsam an die Sache herangeführt hätte, wenn wir mehr Zeit hätten!«

»Zeit? Wofür?«

»Es wurde immer wieder in den Medien davon berichtet, dass im Osten wieder Wölfe aufgetaucht sind.«

»Ja, ist mir bekannt. Diese waren sogar Thema einer Reportage, die ich gemacht habe. Doch was bitte hat das mit all dem zu tun, mit dem du mich hier konfrontierst?«

»Das hängt alles zusammen. Und wenn du Gelegenheit gehabt hättest, diese Bücher, die dort im Schrank stehen, zu lesen, wüsstest du, worum es geht.«

Wahrscheinlich ist es alles ein wirrer Traum – ein äußerst realistisch erlebter, unheimlicher, konfuser Traum, der irgendwann durch das sonst so gefürchtete, verhasste, laute Klingeln meines Weckers beendet wird.

Noch nie habe ich dieses schrille Geräusch so sehr herbeigesehnt.

Vergeblich.

Stattdessen setzt Lyndana ihr Ritual fort. An meiner Hand, die sie wieder über die Steinschale in den Dunstschwaden hält wird durch dieses mystische Gemurmel noch einmal ein Gesicht geformt – eines, das mir ähnelt, aber auch fremde Züge aufweist und insgesamt älter als ich zu sein scheint.

»Das ist Kysira, deren Namen du trägst«, erklärt Lyndana leise. Dann taucht daneben ein Wolfskopf auf. »Siehst du? Das ist Kuljor, ihr Gefährte.«

Ich schrecke zurück.

»Der sieht aus wie der Wolf, den ich in meiner Reportage näher beschrieben habe. Ein sehr dunkler war das. Einer, der zwar stets wieder in der Nähe des Rudels auftauchte, aber nach meiner Einschätzung nur ein geduldeter Mitläufer war … Irgendwas hatte das Tier an sich, das mich wie magisch angezogen, ja regelrecht gefesselt hat. Und manchmal, wenn ich ihn mit der Kamera herangezoomt hatte, war es, als würde ich ihn ewig kennen. Seltsam – als er mich scheinbar ansah, war mir ganz eigenartig zumute.«

Lyndana hält mein Handgelenk fest, als sie merkt, dass ich den Arm zurückziehen will, weil ich in meiner Tasche ein Foto habe, das ich ihr unbedingt zeigen möchte.

»Deine Hand darf nicht aus dem Nebel genommen werden. Der Kontakt zwischen den Elementen und deiner Haut muss bestehen bleiben! Schau dir die Bilder genau an!« Die Schwaden formieren sich neu, der Wolf wird deutlicher und dann durchfährt ein Blitz meine Magengegend.

»Das gibt es doch nicht! Das ist er! Dieser besagte Wolf, von dem ich gerade gesprochen habe. Schau nur, Lyndana, sein Ohr! Siehst du da seitlich die Kampfspuren? Der Rand ist ja regelrecht zerfetzt …

Moment, ich habe da auch noch Aufnahmen in meiner Brieftasche, die das beweisen.«

»Kysira und Kuljor«, murmelte Lyndana geheimnisvoll und lässt mich los. »Die Wölfe sind wieder da … So wie die Sonne aufgeht, um einen neuen Tag beginnen zu lassen, so tauchen auch sie im Osten auf, damit etwas Neues entstehen kann.«

»Was meinst du damit?«

»Die Wölfe sind zurückgekehrt, du bist aufgetaucht – zur gleichen Zeit, im richtigen Augenblick. Du, die Frau, deren Name in so ganz eigener Art mit diesen Tieren verbunden ist. Es ist, als ob unscheinbare Kleinigkeiten sich wie fehlende Mosaiksteine in ein seit Jahrhunderten unvollständiges Bild einfügen, auf das so viele unruhige Seelen warten.«

Mit zittrigen Fingern krame ich in meiner großen Tasche, in der ich eigentlich viel zu viel mit mir herumschleppe und suche nach einem bestimmten Foto.

»Da, schau dir diesen Wolf an, Lyndana. Hier, siehst du, am rechten Ohr diese ausgefranste Kante und die fehlende Ecke …? Ist das Zufall? Ich meine, Wölfe sind nicht zimperlich, wenn sie ihre Rangordnung klären. Aber dass dieses extrem dunkle Tier dem Nebelgebilde so ähnelt und dann auch noch die gleichen Verletzungen hat, ist schon seltsam …«

»Das ist weder seltsam noch Zufall, Kysira. Halte deine Hand bitte in die Schwaden und lass mich sehen …«

Hin- und hergerissen zwischen Angst und Neugier lasse ich zu, dass Lyndana meine Hand abermals in den Nebel hält, den sie eben noch einmal heraufbeschworen hat. Das ältere Gesicht und der Wolfskopf formieren sich erneut, erst schemenhaft, dann klar und deutlich und scheinen sich bald darauf aufzulösen. Eine weitere Frau erscheint, die ebenfalls Ähnlichkeit mit mir hat und auch der dunkle Wolf, dessen zerfetztes Ohr nun mehr als auffällig ist, als er sich scheinbar der Frau zuwendet und sanft seine Schnauze an ihre Wange schmiegt.

»Siehst du das?«, fragt Lyndana fast andächtig. »Das sind Tanarea und Julraj. Die, mit denen die ganze Sache angefangen hat.«

»So so … Auch eine Frau und ihr ungewöhnlicher Gefährte … ich verstehe.«

Doch genau das tue ich im Grunde nicht. Was sollen mir diese mystischen Wasserdampfillusionen sagen? Was soll ich damit anfangen? Was habe ich überhaupt mit all dem zu tun?

Lyndana scheint meine Gedanken in meinem Gesicht lesen zu können, denn sie flüstert nur, während sie meine Hand loslässt:

»Hier geht es nicht um irgendeinen unrealistischen Hokuspokus, Kysira. Hier geht es um mehr – nicht um Fantastereien, sondern um das echte Leben! Das Leben derer, zu denen du auch gehörst!«

»Was? – Zu wem gehöre ich? Ich begreife kein Wort.« Zwar höre ich Lyndanas Erklärungen, doch es fällt mir schwer, sie aufzunehmen, zu glauben, geschweige denn, sie zu verstehen. Sie erzählt von Menschen, die anders sind, ein anderes Wesen haben, andere Fähigkeiten besitzen. Eine eigenwillige Laune der Natur, diese Menschen, mit Besonderheiten zu beschenken, die jedoch bei den anderen auf Unverständnis stoßen und damit Angst machen.

»Daher ist es so wichtig, nach außen all das zu verbergen. Aber auch wenn es geheim gehalten wird, so ist dieses besondere Naturell dennoch da. Auch in dir. Es wird weitervererbt und du kannst dich nicht dagegen entscheiden. Du bist, was du bist und wie du bist. Und nun wird es Zeit, dass ich dir zeige, was das ist.«

Lyndana holt alte Bücher hervor, deren verschlissener Ledereinband fleckig und abgegriffen ist – stumme Zeugen liebevoller, aufwändiger, edler Buchbinderkunst mit mystischen Verzierungen und schweren Metallriegel, die den Einband geschlossen halten. Sie klappt das dickste davon aus. Fremde, seltsame Schriftzeichen und Runen anstelle der Buchstaben erhöhen meine Verwirrung. Lyndana nimmt meine Hand und führt meinen Zeigefinger über eine aufgeschlagene Seite. Am Rand leuchten rubinrote Runen auf.

Kaum legt sie das Foto auf meine Hand und klappt darüber das Buch zu, da strahlt etwas in seinem Innern auf, als würden tausend Kerzen um die höchste Leuchtkraft wetteifern. Lyndana wischt sich verschämt über die Augen und lächelt, als müsse sie damit Tränen der Erleichterung unterdrücken.

»Endlich«, sagt sie nur. »Endlich!«

Sie erzählt weiter von den besonderen Menschen, zu denen auch Tanarea gehörte, mit der alles angefangen hatte.

»Sie hat einen Mann geliebt, für den sie aber einfach eine ganz normale Frau sein wollte. Ihr besonderes Naturell verheimlichte sie aus Sorge, es würde ihn ängstigen und damit vertreiben. Doch eine einzige Unachtsamkeit reichte und der Vollmond enthüllte ihr gut gehütetes Geheimnis.«

»Der Mond konnte ihr Geheimnis lüften? Wie das?«

»Bei Frauen unseres Schlages bündelt sich das Licht des Vollmonds in den Haaren, sodass uns eine leuchtend blaue Aura umgibt.«

»Bei Frauen deines Schlages! Ich habe so ein Phänomen an mir noch nicht festgestellt.«

»Das kann ich mir kaum vorstellen. Du warst nie bei Vollmond draußen?«

»Als Kind sowieso nicht – und ansonsten habe ich nie das Bedürfnis gehabt, mich nachts draußen im Spiegel zu betrachten. Vielleicht ist es ein kaum nachvollziehbarer Zufall, dass weder mir noch sonst jemandem diese Besonderheit aufgefallen ist. Logischer wäre allerdings, dass es diese Erscheinung bei mir gar nicht gibt, weil ich einfach keine Frau deines Schlages bin.«

»Nein, du bist genau wie ich. Morgen kannst du es selbst erleben, wenn du deine Haare dem Mondlicht preisgibst. Tanarea wusste zwar, was in solchen Nächten geschieht, passte aber einmal nicht auf. Als Julraj sah, was für eine Frau sie war, geschah, was sie befürchtet hatte: Seine Angst vor dem Unbekannten war zu stark und sein Glaube an das, was die Leute so sagen, zu groß, als dass seine Liebe dem standhalten konnte. Verzweifelt versuchte Tanarea ihn von sich zu überzeugen, aber er wehrte ab. So begnügte sie sich damit, Julraj zu sehen – mittels ihrer magischen Fähigkeiten auf die Elemente einzuwirken, wie du es eben auch erlebt hast. Sie wollte erfahren, was er tut, wie es ihm ging. Jeden Tag. Und immer hat sie nur die gleichen Bilder gesehen: Der Mann, für den sie alles gegeben hätte, litt unter dieser Trennung wie ein Hund. Das, was ihn quälte, war das Gleiche, was sie selbst aushalten musste. Beide liebten sich eben und konnten weder dagegen an noch aufgrund der Welt, wie sie war, zueinander kommen. Eines Nachts dann war Julraj mit anderen Männern auf der Jagd nach umherstreifenden Wölfen. Noch während Tanarea einen Schutzzauber über die Tiere legen konnte, wurde Julraj von einem verirrten Pfeil getroffen und starb wenig später in ihren Armen. Ach, Kysira, wenn du wüsstest, was diese Frau alles unternommen hatte, um dem Tod diesen einen Menschen wieder zu entreißen. Ich habe das nachlesen können, in den besagten Büchern, die eine Mischung aus Tage- und Lehrbücher sind. Leider hatten Tanareas besonderen Fähigkeiten und Kräfte ihre Grenzen. Als sie in uralten Schriften die Anmerkung fand, dass allein die Liebe noch stärker sei als der Tod, dachte sie, dieser Hohn würde ihr das Herz zerreißen! Aber sie hatte nur noch nicht verstanden. Der Tod gab zwar diesen Menschen nicht mehr her, doch die Besonderheit ihres Naturells, die Fähigkeiten, Naturgesetze zu beeinflussen und die Kraft ihrer Liebe ließen das Leben siegen. Auf ganz eigene Art. Tanareas Tränen hatten den sterbenden Julraj benetzt. Sein Gesicht, sein Herz und auch sein Ohr, an dem die Verletzung durch einen herausgerissenen Ohrring nicht heilte. Und eines Tages begegnete Tanarea auf dem Heimweg einem großen schwarzen Wolf. Sie spürte unerklärlicherweise keinerlei Angst. Stattdessen erschien es ihr völlig normal, in seiner Nähe zu bleiben. Selbst als die Distanz immer kleiner wurde, gab es in ihr keinerlei Alarmzeichen, das sie zur Flucht mahnte. Stattdessen setzte sie sich auf einen umgestürzten Baum, hielt ihre Hand dem mächtigen Tier entgegen und erlaubte ihm, ihre Witterung aufnehmen. Dann legte der Wolf seinen Kopf auf ihren Schoß und genoss es, als Tanarea ihn streichelte. Erst als sie sein Ohr berührte, zuckte er zurück – da, wo eine zerfetzte Kante und eine fehlende Ecke besonders empfindlich zu sein schienen …«

Inzwischen ist es Nacht geworden und ich fühle mich fast wie früher, wenn ich in den Ferien bei meiner Großmutter war. Wie sehr hatte ich es gemocht, wenn sie Geschichten erzählte, während im Ofen das Feuer knisterte und draußen der Sturm tobte. Aber damals hatte ich gewusst, dass Oma sich alles ausgedacht hatte. Und jetzt?

»Ich spüre, du glaubst mir kein Wort.« Lyndanas Fähigkeit, offenbar Gedanken zu lesen, macht mir zu schaffen.

»Wenn ich ehrlich bin, nein.«

»Gewöhne dich an den Gedanken, dass ab heute nichts mehr so ist, wie du es bisher erlebt hast. Dieser Wolf, Tanarea, das, was zwischen den beiden war – nichts davon war gewöhnlich. Doch jetzt muss, was damals angefangen hat, im guten Sinne abgeschlossen werden. Das Schicksal hat in Kysira und Kuljor noch einmal Wolf und Mensch zusammengeführt. Die beiden waren ebenfalls Gefährten. Aber sie sind beide Opfer ihrer Zeitgenossen geworden, bevor deine Ururgroßmutter die letzten Geheimnisse lüften konnte, um die Sache abzuschließen. Sie hatte recht spät erfasst, dass Kuljor kein gewöhnlicher Wolf war, sondern Teil einer mystischen Bestimmung – genau wie sie selbst. Doch als sie begann, das zu tun, was erforderlich war, wurde sie offenbar von den Ereignissen der damaligen Zeit überrollt. Die Menschen damals haben nichts verstanden – und die von heute tun es immer noch nicht. Nun ist es an dir, den Kreis zu schließen.«

»Ich? Nein, ganz gewiss nicht. Wenn es sich hier um eine so wichtige Sache handelt, wie du sagst, dann solltest du sie besser selbst angehen. Du bist doch offenbar mit der Materie bestens vertraut. Ich hingegen habe nicht die geringste Ahnung, was ich zu tun oder zu lassen habe.«

»Du denkst und fühlst noch wie Rebecca. Du musst lernen, als Kysira zu denken, zu empfinden, zu existieren. Dann würdest du erkennen, dass du – und nur du – all das in dir trägst, was zum Schließen dieses Kreises nötig ist. Deine Mutter hat dir ganz bewusst den Namen Kysira gegeben, weil sie zu Beginn ihrer Schwangerschaft wiederholt einen Traum hatte, in dem Mensch und Wolf eine eigenwillige Verbindung hatten. Und nun fügt sich alles so deutlich und klar zusammen, dass es keinen Zweifel gibt, wozu du bestimmt bist.«

Bestimmt? So wie ich mich im Moment fühle, habe ich ausschließlich die Bestimmung, heim zu fahren. Es ist inzwischen nach Mitternacht und längst an der Zeit, bis zum Morgen noch ein paar Stunden zu schlafen, ohne so wild zu träumen.

»Ich rufe ein Taxi und komme morgen zurück, um mein Rad zu holen.«

»Du könntest im Gästezimmer schlafen.«

»Nein, bestimmt nicht!« Ich durchschaue so Vieles nicht richtig, in meinem Kopf wirbeln die Gedanken durcheinander und überhaupt ist mir die gesamte Situation irgendwie unheimlich. In meinem Handy ist noch die Telefonnummer des Taxidienstes gespeichert, der mich zu Beginn des Urlaubs hier am Ende der Welt vom Bahnhof zur Pension gebracht hat.

Nur wenige Minuten soll es bis zur Ankunft des Wagens dauern, da eben ein Fahrgast in der naheliegenden Ortschaft abgesetzt wurde. Mit Herzklopfen packe ich meine Fotos in meine Tasche.

»Aber du kommst morgen ganz bestimmt, Kysira, ja?« Ein seltsamer Unterton der Besorgnis schwingt in der Frage mit.

»Sicher. Mein Fahrrad ist ja noch da.«

»Ich möchte, dass du auf jeden Fall morgen wiederkommst. Da gibt es mehr, als du im Moment wohl verstehen kannst, doch es wird Zeit, dass du davon erfährst und danach handelst. Es ist wichtig!«

Noch bevor ich meine Frage stellen kann, für wen meine Rückkehr letztendlich so bedeutsam ist, hellt ein Lichtkegel den Wildwuchs vor dem Haus gespenstisch auf. Ich verabschiede mich und eile zur Straße. Froh um jeden Meter, den mich der Wagen fortbringt, starre ich während der Fahrt gedankenverloren in die Nacht. Meine Finger spielen nervös mit dem Amulett. Zwischendurch habe ich den Eindruck, als würden die kleinen, steinernen Wolfsaugen bernsteinfarben aufleuchten. Aber hier auf dem langen Waldweg ist gar kein Lichteinfall, der so etwas bewirken kann. Wie ist das zu erklären?

Der Fahrer verringert die Geschwindigkeit.

»An dieser Stelle etwa ist mir neulich fast ein Reh in den Wagen gerannt. Blöde Viecher!«

Wieder funkelt etwas an meinem Amulett auf.

»Seit dem Vorfall neulich habe ich das Gefühl, die hocken da im Unterholz und warten nur darauf, jeden Moment herauszuspringen.«

Suizidgefährdete Rehe? Wohl kaum.

Es geht mit gefühltem Schritttempo weiter. Spiegelt sich das Gefunkel meines Amuletts nun in der Seitenscheibe oder leuchtet da zwischendurch etwas im Dickicht? Angestrengt versuche ich, im Schwarz der Nacht etwas auszumachen. Vergebens. Doch dann beschleunigt der Wagen, kaum dass der Waldrand erreicht ist und wenig später stehe ich erleichtert vor der Pension.

Am nächsten Morgen lächelt mich die Wirtin freundlich an, als sie den Kaffee einschenkt.

»Waren Sie gestern noch aus? Ist spät geworden. Hatte das Taxi gehört, als ich noch mal raus musste.« *Neugierig ist sie offenbar gar nicht.* Ihr Blick verrät, dass sie ernsthaft eine Antwort erwartet. »Oder sind Sie mit dem Fahrrad liegen geblieben? Ich habe es gar nicht an seinem Platz im Schuppen gesehen.«

»Ich hole es gleich ab. Habe es bei der Frau zurücklassen müssen, bei der ich gestern zu Gast war.«

»Soll ich Sie hinfahren?«

»Ach was. Danke. Ich werde eine kleine Wanderung machen und die nette Plauderstunde dann mit ihr fortsetzen. Dennoch besten Dank.«

»Sagten Sie nicht, dass Sie hier niemanden kennen?«

»Diese Frau habe ich gestern kennengelernt und ihre Einladung zu einem Tee angenommen. Eine eigenwillige Person, aber dennoch ...«

»Doch nicht etwa Lyndana?«

»Sie kennen Sie?«

Die Mimik der Wirtin verfinstert sich.

»Wenn ich Ihnen einen guten Rat geben darf – halten Sie sich von ihr fern. Die Leute sagen, sie sei eine Hexe. Und mir ist sie auch unheimlich. Niemand traut ihr so richtig über den Weg und manchmal habe ich den Eindruck, dass sie auch was mit der Rückkehr der Wölfe zu schaffen hat.«

»Ach du liebe Güte!« Es fällt mir schwer, ernst zu bleiben. »Die Rückkehr der Wölfe hat völlig natürliche, für jeden Interessierten nachvollziehbare Gründe. Die Anwesenheit dieser Frau hat gewiss nichts damit zu tun.«

»Wenn nicht ihre Anwesenheit, dann ihr mysteriöses Treiben.«

»Mysteriöses Treiben?«

Wahrscheinlich will sie mir noch weißmachen, dass sie nachts mit dem Besen übers Land fliegt.

Meine Skepsis scheint sich in meiner Mimik widerzuspiegeln.

»Sie nehmen mich nicht ernst, was? Okay, das kenne ich schon. Doch sagen Sie nachher nicht, ich habe Sie nicht gewarnt.«

Die Wirtin verschwindet in der Küche und taucht nicht mehr auf.

Dieses eigenartige Gespräch beschäftigt mich nachhaltig. Auch als ich mit Wanderschuhen und etwas Proviant im Rucksack die Landstraße entlang marschiere, gehen mir diese seltsamen Andeutungen nicht aus dem Kopf.

Eine Hexe! – Diese Lyndana scheint ja in der ganzen Gegend als solche berüchtigt zu sein. Auch der Gastwirt gestern hatte Angst vor ihr. Und diese seltsamen Bücher in ihrem Haus, diese Show mit dem Wasserdampf, ihr geheimnisvolle Gerede ... Zugegeben, diese Frau ist seltsam – sie und alles, was um sie herum geschieht. Aber, verdammt, wir schreiben das einundzwanzigste Jahrhundert! Hier in diesem Kaff ist die Zeit offensichtlich nicht stehen geblieben, sondern rückwärts gegangen.

Fast verliere ich mich gedanklich in diesem Mysterium, als mich ein Bus überholt, der dann wiederum nach rechts blinkt, um an einer Haltestelle wartende Fahrgäste aufzunehmen. Eigentlich keine schlechte Idee, mitzufahren, denn die Landstraße zieht sich doch mehr, als ich gedacht habe. Winkend renne ich los.

»Danke, dass Sie gewartet haben.« Als ich völlig aus der Puste einsteige, schmunzelt der Fahrer mich an.

»Tja, bei uns auf dem Lande ist es ärgerlich, einen Bus zu verpassen. Der nächste kommt nicht schon in zwanzig Minuten ...«

Ich bezahle und nehme gleich hinter dem Fahrer Platz. Es geht übers freie Land mit abgeernteten Getreidefeldern und schließlich durch dieses besagte Waldstück. Hier zwischen den hohen Bäumen wird es im Bus fast dämmerig. In der Scheibe hinter dem Fahrer blitzt es auf. Feines, bernsteinfarbenes Funkeln lenkt meinen Blick zunächst auf das Glas, dann auf mein Amulett, das sich darin spiegelt. Tatsächlich! Die Wolfsaugen leuchten, als wären sie winzige batteriebetriebene Lämpchen. Das gleiche Phänomen wie in der Nacht, als ich mit dem Taxi in Gegenrichtung unterwegs gewesen bin.

Kaum ist der Waldrand erreicht, schaut mich der silberne Wolfskopf wieder aus völlig unspektakulären Steinsplitteraugen an, als sei nichts gewesen.

Der Bus holpert durch einige kleine Ortschaften. Kaum, dass er den Biergarten passiert hat, in dem ich gestern mit Lyndana zusammengetroffen bin, frage ich, wie weit die nächste Haltestelle entfernt sei.

»Knapp einen Kilometer«, meint der Fahrer und lenkt sein Gefährt über die rege befahrene Landstraße. »Da hinten, kurz nach der langgezogenen Kurve – soll ich Sie da herauslassen?«

»Ja«, sage ich gedankenverloren, als wir den Wildwuchsgarten mit der alten Kate passieren. Etwas Dunkles bemerke ich, das zwischendurch in der wuchernden Botanik auf- und abtaucht und dass mein Fahrrad nicht mehr am Zaun lehnt. Entweder ist es gestohlen worden oder Lyndana hat es, um genau das zu vermeiden, in Hausnähe zurückgeholt. Mein Plan, es einfach zu greifen und davon zu radeln, zerplatzt wie eine Seifenblase an einem Kaktus.

Von der Haltestelle muss ich ein Stück zurücklaufen und mein Herz schlägt nicht nur wegen der Anstrengung wie wild. Am Ziel erkenne ich, dass es Lyndanas Rücken ist, den ich als dunkles Etwas vom Bus aus zwischen den hohen Pflanzen gesehen habe. Kaum fällt das Törchen hinter mir ins Schloss, da richtet sie sich auf und winkt mir zu.

»Na endlich! Komm schnell, Kysira! Ich muss dir was zeigen …« Zögernd gehe ich zu ihr hin. Dieses erdbraune Kleid hängt an ihr wie an einem Kleiderbügel und die weiten Ärmel rutschen immer wieder über ihre Hände.

»Ich habe keine Zeit und bleibe auch nicht. Im Grunde bin ich nur da, um mein Rad zu holen.«

Lyndana schiebt sich die Ärmel erneut hoch und schaut mich erstaunt an.

»Ich verlange von dir doch nicht den Rest deines Lebens, sondern nur wenige Stunden. Nein, ich verlange nicht, ich bitte dich – um nicht einmal einen Tag! Nur durch dich ist es möglich, das zu retten, was seit zig Jahrzehnten auf diesen Moment wartet. Bitte, Kysira! Gib dem Schicksal die Chance, sich zu erfüllen.«

Lyndana greift mein Handgelenk und zieht mich energisch hinter sich her, um mir etwas zu zeigen.

»Schau her«, sagt sie aufgeregt. »Er war da!« Kaum habe ich mich verärgert aus ihrer Umklammerung gezerrt, da bückt sie sich und zupft dunkle Haare aus den Gräsern. »Und hinter dem Haus, da wo der Boden um den kleinen Tümpel etwas weicher ist, habe ich seine Fährte gesehen.«

»Wessen Fährte?«

»Die des Wolfes! Und es war nicht irgendein Wolf, sondern DER Wolf. Ich habe es gewusst. Er ist hier! Genau wie du! Nächste Nacht ist Vollmond … Und ich habe noch so viel zu tun … Los, komm, schau dir die Spur am Tümpel selbst an und dann müssen wir rein.«

Jetzt wird es mir deutlich zu viel.

»Stopp. Bitte gib mir einfach mein Fahrrad und lass mich gehen. Mit all dem, was du mir gestern offenbart hast, was dich jetzt im Moment so aufregt, was du noch zu tun gedenkst, kann man wirklich den Eindruck bekommen, dass die Leute recht haben.«

»So? Was sagen sie denn – dass ich eine Hexe sei? Hhmm … wer weiß.«

»Hexen gibt es bestenfalls im Märchen.«

»Aber mich gibt es wirklich. Und doch merkst du, dass ich anders bin, nicht wahr? Was sind Hexen denn für dich? Besenreitende, mit dem Teufel Unzucht treibende, nur auf Unheil bedachte Weibsbilder?«

»Ja, irgendwie schon. Aber was soll das jetzt?«

»Kysira, sei gewiss, dass du mit deinem Argwohn nicht allein dastehst. Für jemanden, der nie mit dieser Laune der Natur konfrontiert war, ist diese Abwehr, dieser Zweifel, dieses Verwerfen völlig normal. Ich verstehe dich da sogar. Aber lass dir sagen, dass es mehr zwischen Himmel und Erde gibt, als die Naturwissenschaften belegen können. Es gibt die normalen Menschen und es gibt Menschen, die aus einer eigenwilligen Laune der Natur heraus so ganz anders sind. Ja, ich bin tatsächlich von ganz eigener Art – von exakt dieser eigenen Art, wie auch du bist.« Abrupt reiße ich mich aus ihrer Umklammerung und drehe mich um. »Kysira, bitte! Bitte bleib! In der nächsten Vollmondnacht ist seit einigen Jahrzehnten die erste Gelegenheit, den Kreis zu schließen, der sich seit Jahrhunderten um sich selbst dreht, bis alles erfüllt ist. Gib Tanarea, Kysira und ihren Gefährten die Chance, endlich Ruhe zu finden.«

»Lyndana, ich weiß nicht, ob ich dem, was du mir da zeigst und abverlangst, gewachsen bin. Ich habe hier in der Abgeschiedenheit Abstand und Stille gesucht! Hier wollte ich zu mir zurückfinden, weil meine Scheidung eine Schlacht war, nach der mein Leben aussieht wie Dresden 45.«

»Du möchtest zu dir zurückfinden? Gut! Daran will ich dich gar nicht hindern, sondern dir vielmehr helfen, dich überhaupt erst einmal zu finden – dein wahres Ich, dein wahres Wesen, dein wirkliches Leben!«

»Mit dem, was du da ansprichst, wird alles immer komplizierter und es scheint, dass sich mein Wunsch, einfach Ruhe zu finden, auflöst wie eine Rauchfahne im Wind.«

»Falsch. Kompliziert wird es, weil du dich mir nicht anvertraust und dich nicht von mir führen lässt. Sobald dein Widerstand nachlässt, wird dir alles Undeutliche klar werden, alles Zweifelhafte glaubhaft, alles Unglaubwürdige selbstverständlich. Du darfst sicher sein, dass sich dann auch der innere Frieden einstellt, den du dir so sehr wünschst. Kysira, versteh doch! Du kannst deiner Bestimmung nicht davonlaufen. Meinst du wirklich, all das, was bisher geschehen ist, wäre reiner Zufall? Dass deine Ehe kaputt ging zum Beispiel, musst du weder dir noch Paul vorwerfen. Ihr habt beide keine Schuld. Das unterliegt alles einem viel höheren Plan! Darin ist für dich ganz anderes vorgesehen! Selbst dass deine Seele durch den widerlichen Verlauf so verletzt ist – so aufgerissen – all das hat seinen Sinn, auch wenn er dir noch so abwegig erscheint. Sie ist wie aufgebrochener Ackerboden, in den nun die Saat des Schicksals fallen kann, um endlich zu keimen. Deine Reportage vor einiger Zeit, deine Rückkehr – alles ist vorherbestimmt. Wäre es nicht so, hättest du an jedem anderen Ort der Welt deine Wunden lecken können. Aber du bist hierhergekommen. Zufall? Denke das bloß nicht!«

Diese Frau wird mir noch unheimlicher, als sie es bislang schon war. Wie kann sie von diesen persönlichen Dingen und Namen wissen? Wie groß war denn da bloß die Distanz, wenn so eine intensive Beobachtung möglich war? Erzählt habe ich ihr davon doch ganz bestimmt nichts!

Noch immer hält sie die schwarzen Haare in der Hand und starrt mit weit aufgerissenen Augen plötzlich auf mein Amulett. Sie macht einen kleinen Schritt auf mich zu. Die steinernen Wolfsaugen leuchten stärker als je zuvor. Je mehr sich die dunklen Haare nähern, desto heller werden sie.

»Verstehst du noch nicht?« Lyndanas Stimme klingt leicht verzweifelt. »Kysira! Diese Haare sind aus dem Fell des schwarzen Wolfes und dein Amulett, das nicht nur ein außergewöhnliches Schmuckstück ist, sondern höheren Dingen geweiht, reagiert darauf. Erkennst du den Zusammenhang nicht? Kysira, hast du sonst schon einmal beobachtet, dass die bernsteinfarbenen Augen funkeln? Sei gewiss, dass das nicht das Sonnenlicht ist, meine Liebe!«

Lyndana nimmt meine Hand und zieht mich ins Haus. Ich lasse es geschehen, weil ich keinen klaren Gedanken fassen kann. In der Küche kocht wieder Wasser im Kessel und ich erwarte ein ähnliches Ritual wie gestern. Doch Lyndana setzt nur Tee auf und öffnet eines der uralten Bücher vor mir. »Ich kann diese Zeichen nicht lesen.«

Stumm geht sie zur Truhe und holt eine kinderfaustgroße, steinerne Skeletthand hervor, die an einem Ende einen fingerlangen Kristall umfasst.

»Umschließe die Steinfaust mit deiner Hand und lies.« Gehorsam folge ich ihren Anweisungen und staune nicht schlecht, als sich die Runen unter dem Kristall in lesbare Buchstaben verwandeln. Tatsächlich werden die Sätze nun auch für mich verständlich.

»... und bis sich endlich der Kreis schließen kann, wird das Schicksal immer und immer wieder in das Leben meiner Nachkommen eingreifen – vielleicht unverständlich hart, mitunter unerwartet brutal, wenn es sein muss, vereinzelt rabiat. Doch irgendwann wird die Liebe ihren Platz behaupten und gelebt werden dürfen. Irgendwann wird sie ihren Triumph feiern – über den Tod, über die Uneinsichtigkeit der Menschen, über die Grenzen der Natur hinweg. Sie ist die Stärkste aller Kräfte, die Mächtigste aller Mysterien, die Gewaltigste aller Magien. Lass sie wirken und stelle dich ihr nicht entgegen! Wehre dich nicht gegen sie, weil du befürchtest, ihretwegen leiden zu müssen. Verweigere dich ihr nicht, weil sie Kraft kostet. Versage dich ihr nicht, weil sie dich vereinnahmt. Nichts ist ohne Sinn. Alles, was du durch sie fühlst – ob Freude oder Leid –, macht dich empfindsam dafür, dass du dein Leben leben und ihm nicht nur zuschauen sollst. Aber erst dann, wenn der Kreis sich schließen kann, wird alles gut – für alle ...«

»Bitte, Lyndana, es reicht. Ich kann nicht mehr!« Abrupt stehe ich auf und gehe zur Tür.

»Wenn du jetzt gehst, gibt es kein Zurück mehr. Deine aufgerissene Seele wird nie der fruchtbare Ackerboden sein können, sondern ausdörren. Geh nur – und schau dem Leben anderer zu, während du für dich die Gelegenheit verwirfst, selbst zu leben. Denn ohne gelebte und erlebte Liebe degradierst du dein Dasein zur banalen Existenz. Es ist grausam, wenn die Seele tot ist und der Körper erst viel später stirbt.«

Ist das fair? Jemandem, dessen Inneres sich anfühlt, als wäre es einer Eisernen Jungfrau zum Opfer gefallen, noch mit solchen Worten zu attackieren? Nicht einen klaren Gedanken kann ich fassen. Stattdessen stehe ich wie angewurzelt und versuche, die Eindrücke der letzten Augenblicke zu sortieren. »Nun komm«, sagt Lyndana leise und führt mich zu meinem Platz zurück. »Trink einen Tee und lies weiter. Lass dich auf das Unbekannte ein und ich helfe dir, dich in der neuen Realität zurechtzufinden.«

Ihre Worte verwirren mehr, als dass sie für Klarheit sorgen. Erneut widme ich mich den Runen unter dem Kristall. Da ist die Rede von der Verbundenheit über den Tod hinaus, von der Verbundenheit der Frauen untereinander, die diese nicht allen Menschen gegebenen Eigenart besitzen, die Verbundenheit mit allen Kreaturen und dem Universum.

»Kannst du mir das bitte so übersetzen, dass auch ich das verstehe?«

»Das ist ganz einfach: Du und ich, wir haben eine ganz besondere Natur, mit Fähigkeiten, die sich dem Verständnis normaler Menschen entzieht. Alles, was sich den Naturwissenschaften unterwirft, umgeben sie mit dem Mantel des Mystischen. Sie holt die Steinschale aus der Kiste und fordert mich auf, mein Amulett von der Kette zu ziehen. Kaum ist dieses zusammen mit den Wolfshaaren mittig hineingelegt, da scheinen die drei Frauen ihre Lippen zu bewegen. Der Wolfskopf rotiert wie von Geisterhand auf seinem Silberreif und seine Steinaugen leuchten. Auf der äußeren Bahn kreist die Sichel in Gegenrichtung. Fasziniert beobachte ich dieses Spektakel. Der Wolfskopf bleibt unter der mittleren Frau stehen, während der Mond exakt oberhalb stoppt. Als Lyndana kochendes Wasser drüber gießt, nehmen die Wasserdampfschwaden durch ihre Gestikulation Gestalt an. Tanarea erscheint, dann der Wolf mit dem zerfetzten Ohr, der seine Schnauze in ihr Haar schmiegt, bevor er vom Wolfskopf des Amuletts aufgesaugt wird und Tanarea sich im Mädchenprofil verliert. Lyndana setzt neu an. Mit Kysira und Kuljor zeigt sich die gleiche Szene, nur dass diesmal das Gesicht der Greisin zum Einsatz kommt.

Lyndana dreht und kreist ihre Hände erneut mit geheimnisvollem Gemurmel. Diesmal formen sich die Schwaden zu meinem Gesicht! Doch obwohl Lyndana ihre Bewegungen ununterbrochen fortsetzt, wird meine Erwartung, dass auch hier ein Wolf auftauche, nicht erfüllt.

»Kysira, du blockst! Lass es endlich zu!«

Lyndana nimmt meine Hand, führt sie in den Wasserdampf, ohne ihre beschwörenden Gebärden zu unterbrechen. Der Wolfskopf erscheint, nähert sich meinem Abbild – wabert dann an meinem Arm entlang, umkreist meine Brust und kehrt ins Amulett zurück. Zeitgleich verschwindet mein Antlitz im Gesicht der dortigen mittleren Frau. Der Schwaden löst sich auf, die Mondsichel leuchtet kurz auf und der Spuk scheint vorbei zu sein.

»So was habe ich noch nie erlebt!« Lyndana lehnt sich erschöpft zurück, als hätte dieses magische Ritual ihr die Energie stundenlangen Holzhackens abverlangt.

»Was bedeutet das alles?« frage ich verständnislos.

»Tanarea hat als junge Frau diese große Liebe erlebt, die so mächtig war, dass sogar der Tod ausgetrickst wurde. Das Leben hat ihr in dem Wolf ein Stück ihres Julraj zurückgegeben. Doch damit war die Liebe nicht erfüllt. Der Kreis, der beide Leben vereinigt und schützend umgibt, damit sie sich eins fühlen, konnte nicht geschlossen werden. Bei Kysira hat dieses Mysterium Liebe einige Generationen später erneut versucht, den Kreis zu schließen. Abermals ließ es den Weg einer Frau unseres Schlages mit dem eines Wolfes kreuzen – und wieder entstand eine besondere Verbindung. Wenn auch Kysira und Kuljor einander Gefährten waren und miteinander alt geworden sind, hatte unsere Ahnin den alten Schriften nicht die letzten Geheimnisse entlocken können, wie der Kreis zu schließen wäre. Vielleicht war aber auch die Zeit noch nicht reif. Doch Kysira hat ihren ganz eigenen Beitrag geleistet und dieses Amulett gefertigt, mit aller Liebe zu Kuljor, mit aller Hingabe zur Mystik, mit aller Kraft, die ihr die Magie verliehen hat. Hiermit konnte sie Kontakt zu Kuljor halten, egal wie weit er entfernt war. Hierdurch waren ihre Seelen verbunden. Hast du gesehen, dass beide Wölfe gleich aufgetaucht sind und so vertraut mit ihren menschlichen Gefährtinnen waren? Doch wie anders war das bei dir? Der Wolf ist erst aufgetaucht, als du dich mit deiner Hand in den Zauber eingelassen hast. Er brauchte offenbar den Kontakt mit deiner Hand, nutzte deinen tatkräftigen Arm, um die Chance zu bekommen, dein Herz zu erreichen. Erst dann kann er zu Julraj und Kuljor zurück, um den Kreis zu schließen. Hast du den Mond auf dem Amulett gesehen, wie er geleuchtet hat? So stark, dass es nicht mehr erkennbar war, dass auf dem Reif lediglich eine symbolische Sichel ist?«

»Du verstehst es, etwas auszulegen und zu interpretieren.«

»Ich lege nichts aus, ich erkläre dir. Warum sperrst du dich so dagegen? Hattest du nicht eben selbst gesagt, dass dir der schwarze Wolf besonders aufgefallen war, als du für deine Reportage entsprechende Aufnahmen machen wolltest? Hattest du nicht davon gesprochen, dass er dich fasziniert hat? Hattest du nicht erwähnt, dass dir ganz seltsam war, als du das Gefühl hattest, er schaue dich direkt an? Gilt der Wortlaut nicht mehr? Jetzt, wo es offensichtlicher ist als jemals zuvor? Lasse dich auf das ein, was ich dir mit auf den Weg geben möchte, um zu vollenden, was seit Jahrhunderten auf seine Erfüllung wartet. Was hast du zu verlieren?« Auf unerklärliche Weise wird das Eis meines Widerstandes brüchig.

Lyndana stopft mich den ganzen Tag über mit allerlei Geheimnissen aus den uralten Büchern voll und ich sauge es auf wie verdorrter Boden den ersehnten Regen. Während sie erzählt, helfe ich ihr, im Garten in der Nähe des Tümpels einen Platz für ein komplexes Ritual vorzubereiten.

»Und heute musst du es einfach wagen, mit dem Wolf in Kontakt zu kommen. Nur dann schließt sich der Kreis.«

»Ich bin doch nicht lebensmüde. Ein Wolf ist kein Schoßhündchen, sondern ein ernst zu nehmendes Raubtier.«

»Er wird auf dich zukommen, aber dir nichts tun. Glaub mir. Du setzt dich hier auf diesen Findling und wartest auf ihn.« Lyndana gestikuliert geheimnisvoll, während sie mit einem brennenden Weidenzweig um den Stein schleicht und mystische Beschwörungen murmelt. Anschließend legt sie den Zweig auf dem Stein ab und tröpfelt Wasser aus dem Tümpel rings um diesen herum. »Ich werde gebührenden Abstand halten müssen«, meint sie danach.

»Du und der Wolf – ausschließlich ihr beide könnt es zusammen zum Wohle aller vollenden. Da darf niemand zwischen euch sein. Halte ihm dein Amulett entgegen und schau, was passiert.«

»Was ist, wenn er mich anfällt – vielleicht, weil er nicht der ist, den du vermutest?«

»Er ist es! Vertrau mir! Dein Amulett spricht eine zu deutliche Sprache, als dass es ein Irrtum sein könnte. Nun ist es lediglich an dir, die Angst auszuhalten und in Vertrauen zu verwandeln. So wie es Julraj hätte tun müssen – Angst überwinden, auf die innere Stimme hören, Vertrauen fassen.«

»Meine innere Stimme schreit nach Flucht!«

»Nein, deine Angst hält deiner inneren Stimme den Mund zu. Erinnere dich an deine Eindrücke, als du ihm mit der Kamera ganz nah warst – an deine Faszination, an das Gefühl, ihn ewig zu kennen und von ihm vereinnahmt zu sein. Dieses Empfinden war deine innere Stimme, denn dein Herz hatte längst erfasst, dass da mehr zwischen euch ist, als dein Kopf zulassen konnte. Vertrau dieser Wahrnehmung, vertrau mir, vertrau dem Schicksal. Schau, wenn der Wolf fressen wollte, würde er leichtere Beute beim Vieh auf umliegenden Weiden haben. Er will etwas von dir verinnerlichen, doch sicher nicht dich selbst.«

Die Nacht ist sternenklar und der Vollmond leuchtet den Garten wie eine Bühne aus. Angst raubt mir fast den Atem, aber ich sitze da und habe sowohl mein Amulett als auch das Dickicht im Blick. Lyndana schaut zu mir rüber während sie weiterhin beschwörend Unverständliches murmelt. Grillen zirpen. Laub raschelt und Gras bewegt sich. Im bläulichen Halbdunkel nähert sich etwas Schwarzes dem Wasser. Bernsteinfarbene Augen im Dickicht – etwa kniehoch über dem Boden – starren mich an. Der Wolfskopf auf dem Silberreif des Amuletts rotiert, seine Steinaugen leuchten immer heller. Das schwarze Raubtier vor mir kommt langsam auf mich zu, beschnuppert meine Hand und umkreist mich leise knurrend. Das Herz schlägt mir bis zum Hals.

Ob der Wolf meine Angst riechen kann? Empfinden Wölfe nicht ähnlich, wenn sie auf uns Menschen treffen? Was geht bloß im Augenblick in diesem Tier vor, dass es trotzdem immer näher kommt?

Es durchfährt mich wie ein Blitz, als ich plötzlich sein dichtes Fell an meiner Hand fühle, mein Herz droht stehen zu bleiben und mein Atem stockt. Jeden Moment erwarte ich, die scharfen Zähne zu spüren. Doch da ist nur dieser warme, dichte Pelz, der sich erst nur gegen meinen Arm, dann gegen meine Seite drängt. Ganz allmählich lässt meine Anspannung nach und ein wohliges, lang nicht mehr erlebtes Glücksgefühl macht sich in mir breit. Zaghaft strecke ich dem Schwarzen das inzwischen warm gewordene Amulett entgegen, auf dem die Steinsplitter bernsteinfarben aufleuchten.

Der Wolf hält in der Bewegung inne und hebt den Kopf. Zum ersten Mal sehe ich ihn in voller Größe.

‚*Genau so*', höre ich Lyndana in Gedanken. ‚*Der Funke springt über, der die Angst weichen lässt, um Vertrauen wachsen zu lassen.*' Wie selbstverständlich legt der Wolf seine Pfote auf meinem Schoß und reibt seine Schnauze an meinen Hals. ‚*Durch dich wird in diesem Moment Fehlendes ergänzt, Versäumtes nachgeholt und Getrenntes endlich wieder eins.*'

Meine Angst weicht wachsendem Vertrauen. Langsam ahne ich, von welcher Besonderheit, Stärke und Innigkeit dieses eigenwillige Band zwischen Mensch und Wolf gewesen sein muss, wenn sie sich nicht nur einmalig in außergewöhnlicher Situation einander auslieferten, sondern sich durch das gefasste Vertrauen danach als Gefährten verbunden fühlten. Wie von einer unsichtbaren Hand wird mir alle Last von den Schultern genommen, jegliche Verletzung gelindert, sämtliche Zweifel zerstreut. Während eine unbekannte Kraft in mir aufsteigt, die mich mehr und mehr durchströmt, scheint unter meinem Körper die Erde zu beben. Ich spüre in mir Weltuntergang und Urknall, Zerfall meines bisherigen Lebens und Geburt einer neuen Existenz. Es ist, als erschließe sich auf einmal die gesamte Essenz einer so immer verstandenen Ur-Balance – ein Gefühl, wie es wohl sonst nur einem Gott zusteht. Mit der Gewalt entfesselter Urkräfte werde ich aus dem Gestein der Gewohnheit herausgebrochen. Langsam zu Boden sinkend, habe ich dennoch den Eindruck zu schweben – erlebbares Gleichgewicht zwischen Himmel und Erde. Alles stimmt – in sich. Symbiose zweier Welten – Sinn jeglicher Existenz. Wie hinter Nebel verschwinden Erinnerungen an Scheidung, Stress, Zweifel und neue Prioritäten – sich Neuem zu öffnen, der inneren Stimme zu vertrauen, sich zuversichtlich auf Unbekanntes einlassen – rücken in den Fokus. Jede weitere Wahrnehmung wird mir genommen – von der Empfindung, angekommen zu sein.

Am nächsten Tag mache ich mich mit dem Rad auf den Heimweg. Im Wald ist die Straße heute durch Forstfahrzeuge mächtig verschmutzt, sodass mein Hinterreifen öfter unangenehm wegrutscht. Und dennoch regt mich das nicht sonderlich auf. Meine Gedanken kreisen um all diese Mystik der letzten Tage. Habe ich das alles wirklich erlebt – oder war es doch nur ein Traum? Jedenfalls ist mir, als ob all die Verletzungen, die mich seit der Scheidung gepeinigt hatten, eine erste feine Haut bekommen hätten. Magie der letzen Tage?

»Magie«, wiederhole ich und muss lachen, diese Frage überhaupt gestellt zu haben. »Es gibt keine Magie! Alles, was existiert, hat eine ganz natürliche Ursache – Und die Sache mit dem Wolf …?«

Spätestens an der Stelle bekomme ich Erklärungsprobleme. » Ach, wahrscheinlich war da irgendwas im Tee …«

»Halt! Bitte warten Sie. Wie gut, dass Sie kommen!«

Diese tiefe Männerstimme, die so unerwartet aus dem dichten Gesträuch herüberschallt, das am Straßenrand wuchert, lässt mich erschrocken zusammenfahren. Auf dem Boden sitzt ein Mann neben seinem Fahrrad, der sich mit schmerzverzerrtem Gesicht seinen Knöchel reibt. »Können Sie mir wohl bitte helfen, ich habe mein Handy vergessen …«

Sofort steige ich ab und rufe einen Krankenwagen.

»Und sonst alles in Ordnung?«, erkundige ich mich, während ich mich neben ihn ins weiche Moos setze, um mit ihm zu warten.

»Ja, vielen Dank. Bis auf den verknacksten Knöchel und das verbogene Vorderrad ist alles okay. Vielen Dank für Ihre Hilfe …«

Er bemüht sich, zu lächeln, als ich ihm etwas zu Trinken anbiete. Seine dunklen, schulterlangen Haare fallen zur Seite und da sehe ich, dass sein rechtes Ohr stark blutet. Er muss wohl beim Sturz auf den Baumstumpf geschlagen sein …

Luperrus rex – Könige der Wölfe

von Claudia Romes

Gedankenverloren sitzt Thalies am prasselnden Kaminfeuer. Sie blickt in die lodernden Flammen, deren orangerote Zacken ungebändigt und hungrig scheinen. Rasch wirft Berison ein Holzscheit nach.

»Ist dir immer noch kalt?«, fragt er und reicht ihr eine Tasse mit heißem Tee.

»Es geht schon besser.« Lächelnd nimmt Thalies sie entgegen und nippt vorsichtig am Rand.

Die Hände in die Hüfte gestemmt, steht Berison vor ihr. »Was hattest du da draußen überhaupt verloren? Du hättest erfrieren können!«

Wie gebannt starrt sie vor sich, dann seufzt sie tief. »Ich dachte, ich hätte ihn gesehen.«

Berison runzelt die Stirn. »Wen gesehen?«

Langsam blickt sie zu ihm auf. »Amijal.«

Kritisch hebt Berison eine Braue, geht vor ihr in die Hocke und streicht ihr liebevoll über die Hand. »Mutter, er ist seit über sechzig Jahren verschwunden.«

Sie schnauft, dann schüttelt sie energisch den Kopf. »Nein, er ist und er war nie verschwunden. Er war immer in meiner Nähe, all die Jahre.«

»Was redest du da? Du hast dich unterkühlt, ich werde nach dem Arzt schicken.«

Er richtet sich auf, aber seine Mutter hält ihn zurück.

»Das brauchst du nicht, mir geht es gut.«

»Großmutter!« Ein kleines Mädchen mit braunen Zöpfen betritt das Zimmer und fällt Thalies in die Arme. Sanft streicht sie ihr über den Kopf. »Mein liebes Kind, meine kleine Mira«, haucht sie und ihre zittrigen Hände umfassen die Wangen des Mädchens.

»Gönn deiner Großmutter ein wenig Ruhe. Sie war lange im Schnee und ist immer noch ganz kalt.«

»So ein Mumpitz!«, fährt diese ihren Sohn an. »Mir geht es prächtig. Ich wollte gerade anfangen von meinem Zwillingsbruder Amijal zu erzählen. Wie ihr wisst, war er ein ausgezeichneter Jäger.« Berison schüttelt mit dem Kopf. »Das hast du uns doch schon tausendmal erzählt.«

»Nun«, belehrt sie ihn, »aber was wirklich mit ihm geschehen ist, warum er fortging, das habe ich euch bisher noch nicht erzählt.«

»Ich dachte, er wäre gestorben?« Mira kratzt sich fragend am Kopf. Auch Berison sieht ungläubig zu seiner Mutter, die mit einem lang gezogenen »Nein«, antwortet.

»Das ist er nicht. Lasst mich euch erzählen, wie es damals wirklich war. Ihr werdet euch wundern.« Sie grinst. Dann blickt sie zurück, auf eine Zeit, die für sie alles veränderte.

»In jenem Jahr war der Winter so früh hereingebrochen, dass niemand mit den Vorbereitungen für die kalte Jahreszeit fertig geworden war. Weder Mensch noch Tier. Alle hatten mittendrin aufhören müssen, um im Schnee, der bereits sieben Tage alles bedeckte und unaufhörlich vom Himmel rieselte, nicht die Orientierung zu verlieren. So hoch lag er, dass wir ihn nur mit Mühe durchqueren konnten und als die Kälte andauerte, mussten wir unsere Vorräte gut einteilen; unser Vieh war lebensnotwendig für uns. Drei Ziegen besaßen wir, die in einem winzigen Stall, direkt neben der Hütte, untergebracht waren. Vorsichtig verrichteten wir sämtliche Arbeiten außerhalb des Hauses. Alles musste rasch geschehen, denn im Dorf machten Berichte über ein Wolfsrudel die Runde, das sämtliches Vieh riss und da unsere Hütte weit abgelegen, in einem Waldstück lag, mussten wir besonders umsichtig sein. Es war eiskalt und der Wind nagte erbarmungslos an unserem Dach. Eines Nachts hörten wir unheilvolles Wolfsgeheul ganz in unserer Nähe. Unser Vater sagte, dass bei einem solch harten Winter, auch die Tiere hungerten und es die Wölfe nicht kümmerte, was sie erbeuteten, solange es nur irgendetwas wäre. Wir sollten gut auf uns achtgeben und den Wald nicht betreten, sofern dies nicht unbedingt notwendig sein würde. Die Tage vergingen und unsere Nahrungsmittel neigten sich dem Ende zu. Wir beschlossen eine der Ziegen zu schlachten. Mit ihrem Fleisch würden wir über die nächsten Wochen kommen. Als Vater mit ihr hinausging, ahnten wir nicht, dass die Wölfe uns auflauerten und nur darauf warteten, dass sich außerhalb des Hauses etwas bewegte. Sie kamen von allen Seiten, umzingelten Vater und die Ziege, dann griffen sie an. Auch wenn sie es eigentlich nur auf das Vieh abgesehen hatten, verletzten sie ihn schwer. Er hatte versucht, es mit seinem Leben zu verteidigen. Er wusste, würden die Wölfe die Ziege reißen, so müssten wir alle Hunger leiden. Denn der Winter war noch lange nicht vorüber.

Meine Mutter weinte verzweifelt, als sie Vaters Schreie hörte und sie rief immer wieder. Wir sollten im Haus bleiben. Aber Amijal nahm sich Pfeil und Bogen und trat vor die Tür. Er zielte und traf einen der Wölfe am Hinterlauf. Er zielte wieder und schlug sie damit in die Flucht, sodass wir Vater hineintragen konnten. Unsere Ziege war in den dichten Wald gerannt. Mein Bruder verfolgte sie, in der Hoffnung sie lebend wiederzufinden. Aber er fand etwas anderes …«

Blut tränkte den Schnee, und als Amijal an eine Lichtung kam, die von hohen Fichten umringt war, sah er den Wolf, den er mit seinem Pfeil verletzt hatte. Er lag einfach nur da. Auf der Seite. Den Kopf nach außen geneigt, blinzelte er schwach in die weiße Welt, die ihn umgab. Amijal beugte sich zu ihm hinunter, und nun als er das Tier vor sich liegen hatte, sah es beinahe aus wie ein gewöhnlicher Hund, der keinem etwas zuleide tun konnte. Sanft strich er über das schwarzgraue Fell des Wolfs. Das klägliche Winseln, das dieser von sich gab, trieb Amijal die Tränen in die Augen. Er fühlte sich so unsagbar traurig, weil er diesem armen Tier das angetan hatte. So schuldig, wollte dieser doch nur, in dem nicht enden wollenden Winter, seinen Hunger stillen. Eine Tatsache, die sie beide miteinander teilten, die sie miteinander verband. Und als der Wolf fast unmerklich den Kopf anhob und Amijal mit seinen großen, Augen anblickte, glänzten diese in einem purpurfarbenen Ton. Mit seinem letzten Atemzug heulte er auf, und sowie er langsam verstummte, verschwand der Glanz. In Amijals Augen fand er sich jedoch wieder und flackerte dort mit einer solchen Helligkeit auf, dass er geblendet davon, das Bewusstsein verlor. So lagen sie nun nebeneinander. Jäger und Gejagter. Der Schnee bedeckte allmählich ihre Körper und ließ den des Wolfes, in der Masse jener weißen Pracht, für immer verschwinden. Als Amijal erwachte, fühlte er die Veränderung in sich. Seine Sinne waren geschärft. Er hörte das leise Nagen der Mäuse, roch das Kaninchen, das neugierig aus seinem Bau lugte, und als er aufsprang, schüttelte er unwillkürlich die Flocken von sich. Erschrocken blickte er an sich hinunter. Die grauen Pfoten tief in den Schnee gedrückt. Seine Erinnerungen waren getrübt, all das, was vorher war, schien ungreifbar für ihn. Er hatte das Gefühl in einer neuen Gestalt erwacht zu sein, die für ihn bestimmt gewesen war, deren Lebensenergie ihn durchströmte und alles verdrängte, was er zu kennen geglaubt hatte. Von ferne hörte er das Heulen des Rudels, das nach einem von ihnen rief. Und plötzlich drang es aus ihm heraus, wie ein Ruf der Freiheit, er streckte seinen Hals zum wolkenbehangenen Horizont und antwortete den Wölfen, in deren Sprache, die ihm nun zuteilgeworden war.

Er nahm Witterung auf. An einem Berg aus weißem Stein machte er halt, wissend, dass er angekommen war. Die Höhle, in der das Rudel lebte, befand sich tief im Gestein des Berges. Auch sie hatten Amijal längst gerochen. Der fremde Duft lockte sie vor den Höhleneingang.

Eine Wölfin knurrte unheilvoll, als er vor sie alle trat, aber ein weißer Wolf hielt sie zurück. Er war deutlich größer als die anderen und trug seine Rute am höchsten, was seinen gehobenen Rang innerhalb des Rudels verdeutlichte.

»Marigor nicht!«, rief er, als sie sich zähnefletschend auf Amijal stürzte. Überrascht davon die Worte des Tieres verstehen zu können, ließ er sich wehrlos wegschleudern.

Der weiße Wolf ermahnte sie aufs Neue. »Nathaniel hat ihn ausgewählt. Lass ihn in Ruhe.«

Aber sie hörte nicht auf ihn, wieder griff sie Amijal an, diesmal gelang es ihm jedoch sie auf den Rücken zu werfen, kraftvoll drückte er ihr seine Pfote auf die Kehle, dabei fielen ihm ihre purpurfarbenen Augen auf und Bruchstücke von Erinnerungen, an den Wolf auf der Lichtung, überkamen ihn.

»Genug jetzt!« Der weiße Wolf stellte sich ihm entgegen. »Wie lautet dein Name?«

»Amijal«, antwortete er und löste seine Pfote vom Körper der Wölfin.

»Ich bin Tian, der Leitwolf. Marigor, meine Tochter, kennst du bereits. Eslan und Warok sind die Jagdwölfe. Leila, Bagosch, Wenilo …« Er deutete auf drei Wölfe, die aus dem Schatten der Höhle traten. »Unsere Spurenleser.« Sie alle hatten leuchtende Augen von derselben Farbe.

»Ich habe noch nie solche Augen gesehen!« Amijal sprach vielmehr zu sich als zu dem Rudel, dennoch trat Tian an seine Seite.

»Es ist schwer zu verstehen. Aber du wirst es lernen. Du bist nun einer von uns.«

Amijal sah sich unter ihnen um. »Was bedeutet das, einer von euch zu sein? Wer seid ihr?«

Tian ging ein paar Schritte voraus und deutete Amijal, er solle ihn begleiten. Die letzten Sonnenstrahlen verliefen sich allmählich, und als Tian den Gipfel des Berges betrat, tauchte der funkelnde Mond direkt neben ihm am Himmel auf. Und es war, als würden beide zusammengehören, denn der Leitwolf erhob seinen Kopf und heulte lautstark in die anbrechende Nacht, als wolle er den Mond, als einen guten Freund begrüßen. Dieser antwortete auf seinen Gruß, indem er aufglühte und sodann Tians weißes Fell in einer Farbe erstrahlen ließ, die seinen Augen und denen aller Wölfe des Rudels glich.

»Wir sind die ersten unserer Art. Erschaffen als Hüter des Mondes, tragen wir ein Stück von seiner Energie in uns. Unsterblich wie er, wachen wir eine jede Nacht über ihn. Hier an diesem Berg aus purem Mondgestein. Tief unter ihm, im Erdreich, wurden die Ersten von uns vor Tausenden von Jahren geboren. Nur durch ihn halten wir die Verbindung mit unserem Schöpfer aufrecht. Luperrus rex. Die Könige der Wölfe. So werden wir genannt.«

»Aber, der Wolf auf der Lichtung …« Amijal blickte verstört.

Tian beendete seinen Satz. »Er hat sich selbst dafür entschieden, dir seinen Platz zu überlassen. Er muss erkannt haben, dass du von derselben Natur bist wie wir.«

Die Tage zogen ins Land und für Amijal war es, als wäre er nie etwas anderes gewesen als ein Wolf. Er schlief, er jagte und er fraß mit dem Rudel, und auch wenn Eslan und Warok ihn herausforderten, wann immer sie konnten, war es für ihn ein gutes Gefühl zu wissen, dass Marigors Wut auf ihn langsam erlosch. Mittlerweile hatte er erfahren, dass der Wolf, der ihm seinen Platz überließ, ihr Gefährte gewesen war, und so konnte er ihren anfänglichen Groll gegen ihn verstehen. Nun, als er an seiner statt im Rudel lebte, und sie ihn kennenlernte als tapferen, loyalen Freund, schien sich ein zartes Band zwischen ihnen zu entwickeln. Oftmals verbrachten sie den ganzen Tag zusammen im Wald und Marigor zeigte ihm die Vielfalt und Schönheit der Natur.

Mehr als einmal folgten sie dem Fluss. Wetteifernd hetzten sie dann am Ufer entlang. Marigor war unglaublich schnell und so blieb Amijal meist hinter ihr. Erst an dem Wasserfall machte sie halt, um auf ihn zu warten. Irgendwann kniff er ihr liebevoll ins Ohr, als er endlich bei ihr angekommen war. Unter ihnen brach sich der Fluss und er ging über in ein ruhiges Gewässer. Marigor und Amijal spielten an diesem Tage so unbekümmert am Rande, dass sie hinunterstürzten. Sie fielen tief, aber landeten weich und sicher im kühlen Nass des dahinrauschenden Stroms. Rasch schwammen sie unter den Wasserfall. Dort wo der Felsen einen Unterstand geschaffen hatte, standen sie sich gegenüber. Mit nassem, zerzaustem Fell näherte sich Marigor Amijal. Sie kuschelte sich mit ihrem Kopf an den seinen. Er genoss sichtlich ihre Nähe und als sich die Blicke der beiden trafen, wussten sie, dass sie füreinander bestimmt waren. Hell funkelten ihre purpurnen Wolfsaugen, in denen sich ein Glitzern widerspiegelte, das wie das Abbild des Vollmondes aussah. Es war, als hätte der Mond selbst sie zusammengeführt. Sie lagen dicht beieinander. Amijal legte seinen Kopf zärtlich auf ihren Rücken. Er versank in ihrem weichen Fell, das für ihn den schönsten Duft verströmte, den er je wahrgenommen hatte.

Erst als die Nacht hereingebrochen war, eilten sie nach Hause. Der Vollmond erhellte den Wald, und als Amijal mit Marigor am Berg ankam, waren Leilas Welpen geboren. Das ganze Rudel erfreute sich an den Jungen. Und besonders Marigor kümmerte sich, neben Leila, aufopferungsvoll um sie.

Eines Tages streifte Amijal allein durch den Wald. Er näherte sich einer kleinen Hütte. Irgendetwas in ihm sagte, das er an jenem Ort schon einmal war. Da hörte er nicht weit entfernt, eine Stimme, die ein vertrautes Lied sang. Am Flussufer erblickte er eine junge Frau. Vorsichtig ging er heran. Ihr Geruch kam ihm bekannt vor. Er weckte Gefühle, die von Verbundenheit sprachen. Und als er neben ihr stand und in das langsam vor sich hin fließende Wasser blickte, verstummte sie und auch er hielt inne. Denn das Spiegelbild, welches er sah, zeigte den Menschen, der er einst gewesen war. Sie blickte sich um, aber bevor sie ihn erfassen konnte, war er auch schon wieder verschwunden.

Unterdessen hatte sich im Dorf der Angriff des Rudels auf unseren Vater herumgesprochen. Der Sohn, der sich allein in den Wald aufgemacht hatte, wurde für tot erklärt. Auch wenn niemand zu sagen vermochte, ob er erfroren oder auf anderem Wege umgekommen war. Für die Männer des Dorfes waren es die Wölfe gewesen, die ihn in sein Unheil gestürzt hatten, und so sammelten sie sich, um das Rudel aufzuspüren und endgültig auszulöschen.

Es wurde wärmer. Der Schnee verschwand und es schien als hätte ihn das Land einfach abgelegt wie einen alten, aus der Mode gekommenen Mantel.

Der Frühling hatte sich eingefunden und der Wald erblühte in dem frischen Grün eines neugeborenen Jahres.

»Es ist soweit!«, sagte Tian. »Die Zeit des Ruhens ist vorüber.«

Solange die Natur von Schnee und Eis bedeckt war, schlief alles einen bedächtigen Schlaf und wartete darauf erweckt zu werden, von den Luperrus rex.

Als der Mond an jenem Abend auftauchte, erklomm Tian den Berg. Stolz hob er den Kopf und verströmte seinen Atem in die kühle Nachtluft. Dort mehrte er sich zu einem glitzernden Staub, der sich über den Wald legte. Von überall her kamen die Tiere aus ihren Höhlen und Erdlöchern. So viele waren zum Berg gekommen, und sie verbeugten sich feierlich. Auch Tian verbeugte sich vor ihnen, dann zerstreuten sie sich im Wald. *Ein überwältigendes Ritual*, dachte Amijal und zum ersten Mal, verspürte er wahrhaftiges Glück darüber, einer von ihnen sein zu dürfen.

Am Morgen erhob sich eine rote Sonne am Horizont. Tian blickte sorgenvoll. Auch Marigor und die anderen Wölfe warfen sich beunruhigende Blicke zu. Sie alle wussten, dass dies ein schlechtes Omen war. Blut würde an jenem Tage vergossen werden. Bagosch und Wenilo brachen auf, um das Gebiet zu erkunden. Und schon bald hörte das Rudel das warnende Heulen der beiden.

»Die Menschen kommen!«, rief Marigor entsetzt. »Bringt die Welpen fort von hier.«

Leila und Eslan trugen die Kleinen zu einem geheimen Felsvorsprung, aber die Menschen rückten schnell vor und näherten sich dem Berg. Aufgeregt starrten alle in die Richtung, aus der die Gefahr auf sie zupreschte. Jeder Schritt der heraneilenden Jäger ließ sie aufschrecken. Das Rudel hasste solche Kämpfe. Sie waren stets bemüht, ihnen aus dem Wege zu gehen. Die Flucht wäre eine Möglichkeit gewesen, ihr Leben zu retten. Aber sie konnten den Berg nicht aufgeben. Die Welpen wären schutzlos den Menschen ausgeliefert. Würden sie sterben, wäre das Schicksal aller Luperrus rex besiegelt.

Tian richtete sich vor den anderen auf.

»Wir müssen uns verteidigen«, sagte er. »Schnell, bildet eine Linie. Beschützt den Berg, beschützt die Welpen.«

Pfeile schnellten heran. Viele Männer waren gekommen. Die Wölfe waren bereit. Für sie war es nicht das erste Mal, dass sie ihr Leben verteidigen mussten. Sie rümpften die Nasen, öffneten die Mäuler, bleckten die Zähne und richteten ihre Ohren auf. Ein Knurren und Fauchen unterstrich ihre warnende Haltung. Mit wildem Gebrüll stürmten die Männer mit ihren Speeren auf Warok und Eslan ein, die die Spitze der Linie bildeten. Warok gelang es einen der Speere zu zerbeißen. Aber die Männer zückten ihre Messer. Eslan versuchte die Gruppe zu verteidigen und stürzte sich heldenhaft auf einen der Angreifer, dieser streckte ihn mit einem Hieb nieder. Ein rasch ersticktes Winseln. Eslan spürte noch, wie der Mann sein Messer ruckartig aus seinem Bauch zog. Dann wurde alles schwarz für ihn. Leblos blieb er zurück, während die Menschen weiter jagten. Ein Pfeil traf Marigor am Bein. Rasch versuchte sie sich in Sicherheit zu bringen, aber einer der Angreifer verfolgte sie. Hilflos kauerte sie sich hinter einem Felsen zusammen. Sie zitterte am ganzen Leib und war unfähig zu fliehen, als er erneut mit dem Bogen auf sie zielte. Winselnd tappte sie mit den Vorderläufen auf der Stelle, ihre Ohren waren angelegt, sie hatte schreckliche Angst.

»Jetzt sitzt du in der Falle!«, sagte der Mann stolz über seine wehrlose Beute. Verstört drehte sich Marigor um ihre eigene Achse, verzweifelt suchend nach dem Ausweg, den es nicht gab. Sie sah den Pfeil heranschnellen, das Herz klopfte ihr bis zum Hals. In letzter Sekunde sprang Tian dem Geschoss entgegen. Er bäumte sich auf, und noch bevor der Pfeil einen von ihnen hätte treffen können, zerbiss er ihn in der Luft. Zum Angriff bereit, verlagerte er sein Gewicht nach vorn. Die Pfoten zum Lauf angespannt. Der Mann legte nach, aber sogleich hastete Tian auf ihn zu und vergrub die Zähne in sein Fleisch. Der rote Saft des Menschen verfärbte das Fell rund um seine Schnauze und verlieh ihm das Erscheinungsbild eines blutrünstigen Monsters. Drei weitere Menschen waren vor ihm aufgetaucht. Sie schrien: »Das muss der Leitwolf sein. Schnappt ihn euch!«

Mutig stellte er sich ihnen entgegen, das Fell gesträubt vor Zorn. Warnend fletschte er die Zähne. Er war ein riesiger Wolf. Mehrere Tausend Jahre alt. Voller Anmut. Furchteinflößend für seine Feinde. Allein stand er ihnen gegenüber. Er würde das Rudel bis zum Schluss verteidigen und wenn es ihn sein Leben kosten würde.

Amijal brachte Marigor zu den Welpen, wo sie in Sicherheit war, dann rannte er wieder hinaus in den Kampf. Die Menschen schienen es sich zum Ziel gemacht zu haben, Tian zu erlegen. Sie zückten ihre Bögen, spannten ihre Pfeile, hielten die Messer zum Stich bereit. Sich sicher, diesen gigantischen Wolf zur Strecke zu bringen. Plötzlich trat Amijal an seine Seite.

»Ich kämpfe mit dir«, sprach er.

»Zusammen!«, rief Tian aus, bevor sie gemeinsam auf die Menschen losstürmten. Einen von ihnen hatte Tian bereits unter sich begraben, aber während Amijal mit seiner eigenen Verteidigung beschäftigt war, wurde ihm ein Messer ins Genick gerammt. Ein klägliches Heulen drang aus ihm heraus, als ihn der grässliche Schmerz umfing. Zögernd ließ der Mann von ihm ab. Das Messer steckte tief in Tians Körper. Es hatte mühelos seine Haut durchdrungen, welche sich unter seinem prächtigen Fell befand und es hatte ihm mit seiner Spitze massive Verletzungen zugefügt. Er versuchte aufzustehen, aber es gelang ihm nicht. Der Schmerz raubte ihm die Luft zum Atmen. Schließlich ließ er sich fallen und starrte stumm vor sich hin. Einer der Männer spannte den Bogen und zielte auf ihn. Tian rührte sich nicht. Seine Augen blickten kurz aber durchdringend zu den Menschen auf, die sein friedliches Rudel so völlig überlegen angegriffen hatten. Die sich mit einer solchen Brutalität auf sie gestürzt hatten, mit dem Ziel sie alle auszulöschen. Sie hatten *ihn* besiegt, den großen Leitwolf Tian, den König unter den Königen. Lebensgefährlich verletzt lag er am

Boden und mit einer Trauer in seinem Herzen, die dem Schmerz gleichkam, den er durch das Messer der Menschen erfahren hatte.

In dem Moment jedoch, als der Mann im Begriff war den Pfeil loszulassen, stellte sich Amijal schützend vor ihn. Er war wie aus dem Nichts aufgetaucht. Die Männer warfen einander verunsicherte Blicke zu.

»Töte ihn!«, forderte einer von ihnen. Noch einmal wurde der Bogen gespannt, mit aller Kraft. Die Pfeilspitze nun auf Amijal gerichtet, der furchtlos den Leitwolf zu schützen versuchte.

»Tut es nicht!« Eine junge Frau trat aus dem Schatten der Bäume, sie stellte sich neben den Mann mit dem Bogen und ließ ihre Hand auf dessen Waffe ruhen, die dadurch allmählich zu Boden sank.

»Bist du verrückt, Weib? Was hast du hier verloren?«, fragte der Mann, ohne den Wolf aus den Augen zu lassen.

»Ich bin euch gefolgt. Lasst sie am Leben. Ich bitte euch!«

Die Männer lachten sie aus. »Das sind Bestien. Wenn wir sie nicht jagen, so jagen sie uns.«

»Das werden sie nicht tun.«

»Geh zur Seite.« Mit einem Stoß wirbelte er sie auf die Erde. Eilig kam sie wieder auf die Beine, dann stellte sie sich ihm entgegen.

»Warum sollten wir diesen nicht noch töten? Einer weniger«, sagte der Mann mit einem bösen Blick.

»Weil es Amijal ist!«, fuhr es aus der Frau heraus und sogleich waren Amijals menschliche Erinnerungen an sie zurückgekehrt. Wie die schemenhaften Farben aus einem längst vergessenen Traum. Sie erfüllten ihn und verschmolzen mit dem, was er nun geworden war und allem, was sich seither ereignet hatte.

Die Männer sahen einander an.

»Dies sind keine gewöhnlichen Wölfe. Ich habe es gesehen. Menschen wie wir verbergen sich hinter ihrer Gestalt.«

Ein seltsames Schweigen durchfuhr die Männer. Sie hatten Achtung vor den Mythen, die seit jeher über jenen Wald erzählt wurden. Es hieß, er würde von Königen bewacht. Der alte Glaube drängte sich ihnen auf und schließlich lenkte einer von ihnen ein.

»Lass uns gehen.« Er legte dem Mann mit dem Bogen die Hand auf die Schulter. Langsam rührte auch dieser sich und machte kehrt.

Vorsichtig drehte die Frau sich zu den Wölfen um. Amijal beugte die Vorderpfoten und senkte seinen Kopf zum Dank. Sie lächelte ein wenig und nickte ihm zu, bevor sie wie die anderen Menschen im Wald verschwand.

Amijal wand sich Tian zu, dessen Blut sein Fell benetzte. In seinen Augen schwand bereits die purpurne Farbe, das Sprechen fiel ihm schwer.

»Ich weiß nun, warum er dich auserwählt hat.« Amijal wusste, dass er von dem Wolf auf der Lichtung sprach.

»Der Mond flüsterte es mir zu.« Tian keuchte.

»Amijal, sorge gut für das Rudel und den Wald.«

Tränen drangen aus Amijals Augen. So viel hatte er von Tian gelernt, so viel hatte ihm dieser Wolf gezeigt.

»Es ist deine Bestimmung, der Leitwolf zu sein. Nimmst du sie an?«

Amijal schluckte. »Ja«, hauchte er, dann schlossen sich Tians Augen für immer und er wurde zu dem glitzernden Staub, mit dem er in seinen zahlreichen Jahren den Frühling erweckt hatte. Der Staub legte sich auf Amijals Fell und verband sich mit ihm. Sogleich wuchs er zu einem riesigen Wolf heran, dessen Fell im Sonnenlicht weiß schimmerte. So weiß, wie das, welches einst Tian getragen hatte.

Der Kampf mit den Menschen hatte Leben gekostet. Für Amijal war klar, dass dies nicht der Letzte gewesen sein würde. Andere Menschen würden kommen, irgendwann.

Für die Luperrus rex war dieser jedoch vorüber. Beständig würden sie ihren Berg beschützen. Einander und den Wald. Neue Wölfe würden vielleicht zu ihnen stoßen. Sollte es noch Menschen geben, die es verdient hatten, einen Platz im Rudel zu erhalten. Amijal hoffte darauf, dass es so sein würde. Aber bis diese Zeit gekommen war, würden sie allein den Mond hüten und all seine Geheimnisse, so wie sie es immer getan hatten, seit Anbeginn der Zeit.

Thalies seufzt. Die kleine Mira hat den Kopf auf ihren Schoß gelegt. Ihre kindlichen Augen können das Staunen über diese Geschichte nicht verbergen.

»Wie ging es weiter, Großmutter?«

»Schluss für heute. Es ist schon spät.« Berison nimmt seine Tochter auf den Arm. »Großmutter muss nun schlafen und du auch.«

»Nur noch ein paar Minuten«, fleht das Mädchen.

»Na, na, na, Berison«, sagt Thalies, »ich hab doch das Ende der Geschichte noch gar nicht erzählt.«

Zaghaft nickt er, dann lässt er Mira herunter und nimmt sich einen Stuhl. Thalies lächelt, während sie fortfährt.

»Die Jahre vergingen und ich habe nie daran gezweifelt, dass mein Bruder mir immer nah geblieben war. Im letzten Sommer sang ich erneut das Lied aus unseren Kindertagen am Ufer des Flusses, so wie ich es einst getan hatte, als ich noch eine junge Frau war, die den Verlust ihres Bruders beklagte. Schon bald erblickte ich ihn am anderen Ufer, und ich war so überaus glücklich ihn wiederzusehen, dass ich jenen Ort wieder und wieder aufsuchte. So tat ich es auch heute Morgen.«

»Und, hast du ihn gesehen?«, fragt Mira.

Thalies nickt. »Ja, das habe ich und er war nicht allein. Eine wunderschöne Wölfin war an seiner Seite, mit drei jungen Wölfen.«

Miras Augen weiten sich vor Faszination. »Aber, sag mal, woher weißt du das alles nur so genau? Ich meine, was passiert ist? Woher weißt du denn, dass er glücklich ist?«

»Oh, meine Kleine«, Thalies seufzt. »Als ich ihn heute Morgen am Fluss traf, da setzte er sich mir gegenüber, sodass ich direkt in seine Augen blicken konnte. Sie waren so umwerfend schön. Von einem Purpur, dass sich mit nichts auf dieser Welt vergleichen lässt. Als ich in sie hineinsah, war es, als wäre ich selbst dabei gewesen, jede einzelne Sekunde, die er bisher als Wolf zugebracht hatte, offenbarte sich mir. So ausführlich und so lebendig, als hätte er mich stets bei sich gehabt, in seinem Herzen. Ich weiß, dass es viele Jahre waren, aber das, was diese Wölfe zu tun vermögen, lässt sich nicht erklären. Ich nahm alles wahr, was in ihm vorgegangen war. Verlust, Schmerz, Liebe. Und er zeigte mir das alles aus einem Grund.«

Miras Augen strahlen all ihre Verwunderung aus. »Auch ich möchte ihn sehen und in seine Augen blicken.«

Thalies drückt ihre Enkelin an sich. »Das wirst du sicher, mein Kind. Irgendwann.«

Als Thalies sie sanft zur Nachtruhe auf die Stirn küsst, glimmt eine

Frage in dem Mädchen auf und ihre Neugierde lässt sie nicht los. Ganz nah kommt sie an Thalies Gesicht heran, sie umfasst mit den kleinen Händen die Wangen ihrer Großmutter und flüstert: »Aus welchem Grund hat Amijal es dir gezeigt?«

Aber Thalies lächelt nur und drückt die Kleine an sich.

»Mein Kind, schon bald wirst du es wissen.«

Die Nacht ist hereingebrochen und Thalies begibt sich hinaus. Ein allerletztes Mal sieht sie sich nach ihrem Haus um und denkt zurück. Ein schönes Gefühl zu wissen, dass sie noch die Wahrheit erzählen konnte, jetzt wo diese auch ihre werden sollte. Sie hofft darauf, dass Mira es eines Tages versteht, weshalb sie diesen Zeitpunkt wählte, um die Geschichte zu erzählen und um zu gehen. Dass Mira begreifen würde, dass diese Nacht nicht das Ende bedeutete, sondern einen Anfang. Der Schnee fällt vom Himmel und die Flocken erstrahlen im sanften Licht des Mondes. So funkelnd und glitzernd, dass sie darin tanzt. Von Eis umgeben liegt der Fluss, nur ein winziger Strom bewegt sich durch den Wald. Ihr Lied auf den Lippen taucht Thalies die Hand in das eisige Wasser. Und als die Wölfe kommen, spürt sie schon längst keine Kälte mehr.

»Du bist gekommen«, flüstert sie, dann nimmt sie einen letzten Atemzug mit diesem menschlichen Körper, der alt geworden ist.

An diesem Abend stirbt Thalies.

Beständig fallen die weißen Flocken auf sie herab, und sie lassen sich auf ihr nieder, bis sie vollends von ihnen bedeckt ist. Zu einem wärmenden Fell reihen sie sich aneinander.

Langsam öffnet sie ihre Augen. Die Flocken sieht sie nun klar vor sich. Ihr Auftreffen auf dem gefrorenen Waldboden hört sie so deutlich wie die Schritte eines herannahenden Rehs. Sie spitzt die Ohren und blickt auf, zu dem riesigen, weißen Wolf an ihrer Seite.

»Amijal?«

»Ja Schwester, ich bin es.«

Zusammen leben sie nun am Berg der Wölfe. Als Luperrus rex auf ewig vereint.

Passt genau auf, vielleicht könnt ihr sie hören, wenn der Mond voll steht oder sogar sehen: die purpurfarbenen Augen der Könige der Wölfe.

Rücken an Rücken

von Swantje Berndt

Sein Rücken brannte, das Kabel zischte wieder durch die Luft. Soo knurrte, doch das würde ihm nichts bringen, solange seine Hände in Eisenklammern steckten.

Der helle, ziehende Schmerz klatschte auf seine wunde Haut. Er biss sich auf die Lippen, bis seine Fangzähne Löcher hineinbohrten. Der Mistkerl würde keinen weiteren Laut von ihm hören.

»Schnapp noch einmal nach meinen Bein, Flohpelz, und du bist dran.«

Die Stimme des Mannes klang nach Gewittergrollen über der Ödnis. In derselben Tonlage hatte er mit den Nomaden um Soo gefeilscht. Sie hatten ihn behandelt wie ein Tier. Weil er noch ein Fell trug. Weil seine Ohren zuckten. Aber er war kein Tier, sondern ein Viku-Krieger.

Soo träumte sich in die Steppe zu seinem Rudel. Warum hatte er Wahrik verlassen? Das war ein Fehler gewesen. Der Kriegsherr war zwar auch ein Mensch, aber gedemütigt hatte er ihn nie. Wahrik war stolz auf sein Viku-Rudel. Er hatte es selbst gezüchtet.

Verdammte Neugierde. Dreimal verdammter Trotz. Nur um sich zu beweisen. Nur um ein Revier zu vergrößern, das nicht seines war. Wie ein Welpe war er den Nomaden in die Falle getappt.

Er musste sich befreien. Musste von diesem elenden Pfosten weg. Musste die Metallfesseln loswerden und vor allem musste er den Mann töten, der sie ihm umgelegt hatte. Boris war sein Name. Soo würde ihn erst dann vergessen, wenn er mit leerem Blick vor ihm lag.

Und dem Kerl, der mit zwei widerlich geifernden Hunden neben ihm stand, musste er auch an die Kehle gehen. Soo sah sie nicht. Seine Augen waren verklebt. Aber er roch sie.

Die Männer redeten über einen Zwinger. Über Kämpfe. Nur zu. Er besiegte jeden Gegner, wenn er erst wieder sehen konnte.

»Ist mickrig für einen Viku«, sagte der Mann neben Boris. »Ich gebe dir zweihundert Kredite für ihn. Dafür kriegst du ihn heute nicht mehr los.«

»Dreihundert. Immerhin bin ich das Risiko eingegangen und habe mit ihm die Ödnis durchquert.«

»Schwachsinn!« Der Mann lachte zu laut. Soo zuckte zusammen. Sofort trauten sich die Hunde näher an ihn heran. Er knurrte sie an und sie wichen zögernd zurück.

»Ein Schwächling wie du betritt höchstens den Rand der Ödnis. Und daher hast du auch den Viku. Ich weiß, wo die Nomaden ihre Märkte abhalten, also spare dir das Prahlen.«

Es ging hin und her. Soo kauerte sich dicht an den Pfahl. Sein Magen schmerzte vor Hunger stärker als sein Rücken und seine blutenden Handgelenke.

»Hey, Kleiner.«

Eine freundliche Stimme kam näher. Sie wurde begleitet von Schweiß und einem Hauch Maschinenöl.

»Ich habe von Wesen wie dir gehört. Ich kenne jemanden, der dir helfen kann, aber du musst noch ein bisschen durchhalten und darfst dich auf keinen Fall verkaufen lassen.«

Soo war nicht nach Lachen. Sonst hätte er es getan. Gebunden wie er war, konnte er nichts verhindern. Seinen eigenen Verkauf schon gar nicht.

Der Mann stand auf und seine Schritte wurden schneller und leiser, bis sie im Gemurmel verschluckt wurden, das schon die ganze Zeit um Soo herrschte. Es kam von Menschen. Vielen Menschen. Viel mehr als in Wahriks Gefolge.

Soo bettete seinen Kopf auf die Arme. Ihm war furchtbar schlecht. Vor Hunger. Nicht vor Angst. Ein Viku kannte keine Schwäche.

***

Keine schöne Nacht. Coel blieb auf seiner Matratze liegen, obwohl sein Rücken schmerzte. Das Ding war alt und die Metallfedern stachen ihm in den Rücken. Aber es war besser als auf dem nackten Asphalt zu schlafen. Max hob den dicken Kopf. Der Hund wedelte mit dem Schwanz und streckte sich grunzend. Sam machte es ihm nach. Also hatten die beiden Hunde ebenso wenig Wache geschoben wie er selbst.

»Ihr seid mir zwei Helden. Hätte uns Merap Teus beim Pennen erwischt, hätte ich mir meine Kredite für diesen Monat in die Haare schmieren können.«

Gut, dass sich der Tycoon selten hier unten herumtrieb.

Coel zog den Schlauch von der Waschanlage vom Wasserhahn und füllte eine Plastikschüssel.

Sein Kinn war stoppelig. Wurde Zeit für eine Rasur.

Eigens für diesen Zweck hatte er für fünf Kredite einen Spiegel gekauft. Er hing zwischen der kaputten und daher zweckfreien Wasseruhr und dem Brett, auf dem Rasiermesser, Pinsel, Handtuch und Seife lagen.

Coel war aus der Zivilisation verbannt worden, doch das bedeutete nicht, dass er unzivilisiert aussehen musste.

Er schäumte die Seife in einer Tasse auf. Das Klacken des Pinsels, wenn er an den Tassenrand schlug, war ein schönes Geräusch. Wie damals in seinem Appartement im Zentrum. Von unten drang der Seifengeruch und aus der Küche der Kaffeeduft. Oft war Claire mit der ersten Tasse zu ihm ins Bad gekommen und hatte einen dritten Duft mitgebracht. Ihren.

Hinter seiner Stirn pochte es. Nicht denken. Was vorbei war, war vorbei. Claire sah er nie wieder. Er hatte damals gewusst, dass es passieren würde. Seine Entscheidung. Mit den Folgen musste er leben. Sie auch. Aber sie lebte zwischen schützenden Wänden und schlief in einem weichen und vor allem sauberen Bett.

Sam und Max fiepten. Ihre Blicke gingen zur Auffahrt und ihre Schwänze wedelten beinahe im selben Takt. Mike kam und die Hunde liebten ihn.

»Morgen, Coel!«

Mike schlitterte die Schräge hinunter. Es hatte geregnet und das Moos auf dem Asphalt war glitschig.

»Alles klar, oder hat ein Freak versucht, Meraps Karren und sein heiliges Benzin zu stehlen?«

Coel war als Chauffeur eingestellt worden, nicht als Parkplatzwächter, obwohl er im Moment genau das war. Seit Merap Teus eine Todesdrohung erhalten hatte, verließ er sein achtzehnstöckiges Imperium nicht mehr, unter dem Coel hauste.

Die Hunde trabten dem Security-Mann entgegen. Auch diesmal verschwanden seine Hände in seinen Hosentaschen. Was immer er den Hunden hinhielt, sie verschlangen es mit einem Happs.

»Boris ist im Bezirk.« Mike kraulte vier Hundeohren, bevor er sich an den wackelnden Schwänzen vorbei einen Weg in Coels Verschlag bahnen konnte. »Er hat einen Viku.«

»Erzähle mir keine Geschichten.«

Die Viku ließen sich nicht fangen. Schon gar nicht von einem schmierigen Hänfling wie Boris.

»Ist keine Geschichte. Er hat ihn den Nomaden abgekauft.«

Dann musste das Exemplar entweder sehr jung oder sehr geschwächt sein.

Coel legte das Rasiermesser zur Seite und wusch den restlichen Schaum von seinem Gesicht. Ein Viku im Süd-Ost-Bezirk. Als ob es hier nicht genug Schwierigkeiten gab.

»Boris ist ein Schwein.« Mike stellte eine Tüte mit Tomaten aus Meraps Dachgarten auf den Tisch. »Egal was ihm in die Hände kommt, er sorgt dafür, dass es sein Leben verflucht.«

»Warum erzählst du mir das?« Was ein Schurke wie Boris tat oder unterließ, war ihm gleichgültig. Früher oder später würde er einem der Tycoone, die die Außenbezirke untereinander aufteilten, lästig werden und mit einer Kugel im Kopf am Straßenrand enden.

»Max und Sam hast du damals auch von ihm gekauft.« Mike schob die Tüte näher. Frisches Gemüse und Obst war selten und unverschämt teuer. Außer, man arbeitete für einen Tycoon, dessen Gärtner regelmäßig zur Mittagszeit einschlief, statt auf die Beete zu achten.

Der würzig herbe Duft der Früchte ließ Coel das Wasser im Mund zusammenlaufen.

»Der Viku ist fast noch ein Welpe.«

»Komm mir nicht so, Mike. Ein Viku ist kein Hund. Du kannst ihn nicht erziehen.« Halb Mensch, halb Wolf. Eine fatal eigensinnige und vor allem gefährliche Mischung.

Mike gab nicht auf. »Boris sagt, er will ihn in den Zwingern kämpfen lassen.«

»Damit kommt der Viku klar.« Und wenn er noch so jung war.

»Mit dem Zwinger kommt niemand klar.« Mike pflückte sich eine Tomate von der Rispe und biss hinein.

»Du isst mir meine Bestechung weg?«

Mike zuckte die Schultern. »Ich war bei einem Hundekampf. Ist schon etwas länger her. Was ich da gesehen und gehört habe, will ich nie wieder sehen und hören. Jetzt stell dir mal vor, sie sperren einen Viku in den Zwinger.«

»Pech für die Hunde.«

Die Zwitterwesen waren für den Kampf gezüchtet worden.

Künstliche Viren schleusten die Gene des Raubtieres in menschliche Zellen und der Brüter sorgte dafür, dass zumindest jeder hundertste Embryo überlebte.

Die Wahl fiel auf den Wolf, weil er sich in der Gegend neu angesiedelt hatte und daher für die ersten, nicht genehmigten Versuche unauffällig und in ausreichender Anzahl zur Verfügung stand.

Ob Häuserkämpfe oder Überfälle auf die Verstecke der Kriegsherren in der Ödnis. Den Viku gedachte man einen ausgedehnten Wirkungsbereich zu. Auch auf die Tycoone, die die Außenbezirke der Städte in ihren kriminellen Händen hielten, wollte man die Rudel loslassen. Doch dann verlor ein Idiot mit Sicherheitscode Rot fünf die Nerven und setzte den geimpften Virus frei. Innerhalb der nächsten Jahre stieg die Mutationsrate der Neugeborenen um sechzig Prozent. Viele Eltern retteten ihre mit Fangzähnen und Fell versehenen Kinder vor bewaffneten Regierungsbeamten. Sie brachten sie nicht in die Außenbezirke, wo die behördlichen Jäger noch Zugriff hatten, sondern in die Ödnis. Mittlerweile kannte kein Institut die tatsächliche Populationsdichte der neugeschaffenen Gattung. Aber sie war groß genug, dass niemand, der es verhindern konnte, die Ödnis betrat.

Fortan wurden die Viku gezüchtet, um gegen ihre wilden Brüder und Schwestern zu kämpfen. Auch das ging daneben.

Bereits in ihren ersten Lebenszyklen bewiesen die Viku, dass sie keinen Gehorsam kannten. Er ließ sich nicht einprügeln, nicht einstreicheln und weder rohes Fleisch noch üppige Kredite konnten die Wolfsmenschen zähmen.

Wen sie mochten, mochten sie, wen sie nicht mochten, den bissen sie aus ihrem Revier.

Sie fielen über ihre Wärter her, die das nicht begreifen wollten und schließlich wurde das Projekt abgebrochen.

Am Tag, als die Rudel getötet werden sollten, flohen die Viku in die Ödnis.

Eine beachtliche Leistung für Wesen, die sowohl Tier als auch Mensch waren und sämtliche Sicherheitszonen durchdringen mussten. Auch wenn Coel ihnen dabei geholfen hatte.

Das letzte Rudel in Gefangenschaft hatte er betreut. Als der Befehl zur Eliminierung durchgestellt wurde, quittierte er seinen Dienst. Seine Protestschreiben beachtete keiner seiner Vorgesetzten und die Drohung, den zugeordneten Projektleiter zu erschießen, wenn der Befehl nicht rückgängig gemacht wurde, brachte ihm den Rausschmiss aus der urbanen Gemeinschaft ein.

Es gab schlimmeres.

Die Außenbezirke waren verwildert aber nicht chaotisch. Es galt das Gesetz des Stärkeren oder desjenigen, der sich den Stärksten leisten konnte.

Merap Teus zählte zur zweiten Kategorie. Der dürre Mann mit dem schütteren Haar stand in dem Ruf, mit den Kriegsherren nicht nur Geschäfte zu machen, sondern sie auch noch zu überleben. Er hatte Coel nach seiner Verbannung aus der Zivilisation aufgenommen.

»Boris hat ihn angekettet.«

»Wen?« Bevor Mike alle Tomaten selbst aß, packte Coel sie auf seinen Vorratsschrank.

»Den Viku. Er gibt ihm nichts zu essen und zu trinken.« Mikes trauriger Blick glitt zwischen Coel, Sam und Max hin und her. »Sicher hat der Welpe sein Rudel verloren. Du weißt ja wie das ist, allein in der Ödnis. Niemanden, der einem hilft. Auch dann nicht, wenn man krank und hungrig ist.« Seufzend fuhr er mit der Hand durch Max' zottiges Fell. »Ist schon tragisch was passieren kann, wenn hilfloses Leben in brutale Hände gerät.«

»Ein Viku ist nicht hilflos. Sie sind Bestien. Rate, warum wir uns hinter einem Schutzwall mit Selbstschussanlagen und Starkstrom verschanzen.« Es war ohnehin ein Wunder, dass Boris den Viku durch die Umzäunung hatte schleusen können. Er musste die Wachen bestochen oder ihnen eingeredet haben, dass ein einzelner Viku-Welpe nichts ausrichten konnte.

»Und wenn Boris den Kleinen an einen Kriegsherren verkauft?«

»Aus deren Händen werden ihn die Nomaden gestohlen haben.«

Die Viku kamen ihnen gerade recht. Mutige, taktisch auch ohne Kommunikationstechnik wie ein Mann agierende Rudel, die an Effizienz jede menschliche Einheit übertrafen. Bessere Einsatztruppen für die Ödnis gab es nicht.

Die Kriegsherren lockten die Viku mit zwei von drei Dingen, die sie interessierten: Kampf, geschürt durch ihren Instinkt, ihr Revier zu verteidigen, und Beute. Das dritte war Gemeinschaft, aber das wusste nur derjenige, der mit ihnen lange Zeit gelebt hatte.

»Der Kleine wird verhungern.«

»Mike! Tu nicht so, als sei ein Wolfsmensch ein Schoßhund.«

»Oder im Kampf zerfetzt werden.«

»Mike!«

»Du kennst dich mit den Wolfsmenschen aus, Coel. Du hast mit den Welpen gearbeitet. Du hast es mir selbst erzählt. Ich weiß auch, warum dich die Weißkittel verbannt haben. Tu nicht so, als hättest du kein Herz.«

Er hatte mitten unter ihnen gesessen. Sie waren auf seinen Schoß gekrochen und hatten ihm an den Haaren gezogen. Kleine, pelzige Kinder. Die Krallen an ihren Händchen waren noch elastisch, der Bauch noch frei von Fell.

Coel goss das Waschwasser in den Ausguss. Seine Erinnerungen an Kinderlachen und prahlendes Knurren-Üben schwemmte er damit nicht aus seinem Kopf. Die Mütter hatten zugesehen. Sie kannten Coel und mochten ihn. Die Väter interessierten sich nicht genug für die Jungen, um sie rund um die Uhr im Auge zu behalten. Sie pirschten durchs Gelände und kontrollierten nebenbei die Zäune, statt sich von ihren Ausbildern trainieren zu lassen. Coel hatte in den zehn Jahren mit den Viku nie zu seiner Waffe greifen müssen. Sie reagierten auf das, was ihnen geboten wurde. Zorn mit Zorn. Gelassenheit mit Gelassenheit. Nur zähmen ließen sie sich nicht.

»Geh zu Merap und rede ihm ein, dass du an einen Viku kommen könntest. Verkaufe es ihm als Statussymbol.«

»Du glaubst doch nicht wirklich, dass der Viku bleibt?«

»Muss er nicht.« Mike zwinkerte mit einem breiten Grinsen. »Wenn er abhaut, wird er sich einen Weg durch die Absperrung suchen und wieder dahin verschwinden, wo er hingehört. In die Freiheit. Und du sagst Merap die Wahrheit. Er sei dir entlaufen. Merap kürzt dir die Kredite für ein paar Monate, aber dann ist alles wieder gut.«

Mike hielt ihm seinen Kommunikator hin. »Mach. Du rettest ein Leben damit. Ich weiß, dass dir das etwas bedeutet.«

Einen Dreck tat es.

Oder nicht?

Mikes Hand samt Kommunikator schwebten vor seiner Nase. »Vielleicht gehörte der Kleine zu deinem Rudel? Stell dir das mal vor! Dann kennst du ihn, hast ihn vielleicht auf dem Schoß gehabt und ihn gebürstet.«

Der moralische Tiefschlag traf. Mike bemerkte es und grinste. »Ruf Merap an. Sag ihm, wenn er einen Viku in seinen Dienst nimmt, wäre er fast so gut ausstaffiert wie ein Kriegsherr. Das wird ihn überzeugen.«

Es funktionierte.

Merap gestand ihm dreihundert Kredite für den Viku zu. Das war viel. Einzige Bedingung: Er sollte ihn zähmen. Coel log, das sei kein Problem für ihn.

»Boris ist in der Unterführung bei der Oase.« Mikes Mundwinkel erreichten fast seine Ohren. »Beeil dich. Sonst kauft ein anderer Tycoon Meraps neues Statussymbol.«

Coel zog sich einen Pullover und eine Jacke über und hangelte sich am rostigen Geländer die Auffahrt hinauf. Um die Straßen und Plätze kümmerte sich in den Außenbezirken niemand mehr. Das Gras in den Asphaltrissen und die Blumen in den Mauernischen war das einzig Bunte und lenkte von den Müllbergen und ihrem Gestank ab.

»Du hast was bei mir gut, Coel«, rief ihm Mike nach.

Das konnten nicht die Scherereien aufwiegen, in die ihn ein heranwachsender Viku stürzen würde.

Bis zur Oase, einer Ansammlung einer Handvoll Bäume und Sträucher inklusive einer funktionierenden Trinkwasseranlage, waren es knappe dreißig Minuten Fußmarsch. Öffentliche Verkehrsmittel in den Außenbereichen gab es schon lange nicht mehr. Im Zentrum gondelten die Mitglieder der urbanen Gemeinschaft mit Magnetschwebebahnen von A nach B.

Coel wischte den Anflug Melancholie aus seiner Seele. Nur weil das Zentrum glitzerte, war es kein Gold. Korruption war ebenso an der Tagesordnung wie in den Außenbezirken, aber wenigstens war es hübscher verpackt.

Hochhausruinen und Wellblechbaracken gähnten ihn gleichermaßen an, als er sich mit vielen anderen einen Weg zur Oase bahnte.

Ein Viku-Welpe. Wieder einmal. Der Kerl würde ihm alle braunen Haare kosten, die er noch besaß. Es waren nicht mehr viele. Das Leben im Außenbezirk war nerven- und kraftraubend.

Er musste ihn in sein Rudel integrieren, das zurzeit nur aus ihm, Sam und Max bestand. Und er musste ihm klarmachen, dass die nach altem Öl stinkende Tiefgarage ein lohnendes Revier war.

In der Passage eines ehemaligen Einkaufszentrums reihten sich die Verkaufsstände aneinander. Die Bauern der Grenzgebiete boten ihre Waren an, die sie der Ödnis abgetrotzt hatten. Fleisch, Obst und Gemüse zu Schwarzmarktpreisen, aber frisch. Die Landleute überlebten deshalb da draußen, weil sich die Kriegsherren ihrer angenommen hatten. Zwangsabgaben, dafür Schutz vor plündernden Nomadenhorden und feindlichen Krieger Clans.

Das Zeug schmeckte besser als der hochgezüchtete Mist aus den Gewächshäusern der Zentren, doch man musste es sich leisten können.

Coel kaufte in einer der mobilen Garküchen ein grässlich aussehendes, aber gut riechendes Gemisch aus Gemüse, Mais und Fleisch. Der Mann mit der Schöpfkelle in der Hand wollte sich, was das Fleisch anging, nicht festlegen. Im Zweifel war es Ratte oder Nutria oder beides.

Als ihn Coel mit M-T-Krediten bezahlte, leuchteten seine Augen. Innerhalb des Süd-Ost-Bezirks bekam er dafür alles, was er wollte.

Im hinteren Bereich der Passage waren die Stände mit Kleidung, Werkzeugen und allem, was man meinte, hier draußen zu brauchen. Noch weiter hinten wurden die Waren lebendig und nur die vierbeinigen waren für den Kochtopf bestimmt.

Für die Zweibeinigen durfte keiner aus Meraps Gefolge Kredite ausgeben. Privatvergnügen wurden aus eigener Tasche bezahlt. Coels Taschen waren leer, also blieb er an einem Stand mit Kutten und Mänteln stehen.

Einem erwachsenen Viku sah man die wölfische Abstammung zwar weniger an, da die menschlichen Gene sich im Laufe ihrer Entwicklung durchsetzten, doch Augen, Fangzähne, ein kräftiger Haarwuchs und Krallen blieben erhalten. Und die Entschlossenheit im Kampf gepaart mit einem messerscharfen Instinkt.

Bei einem Welpen spross das graue Fell sogar noch auf dem Rücken und an den Ohren. Er musste den Kleinen auf dem Weg zur Garage vor neugierigen Blicken verbergen. Aufsehen zu erregen war nie sein Ding gewesen.

Ein Mantel mit weiter Kapuze war genau das Richtige. Wie alt mochte der Viku sein?

Viel Auswahl gab es nicht. In den zusammengeflickten Stoffmantel passte er selbst. Wenigstens hatte der Viku damit auch gleichzeitig eine Decke für die Nächte.

Je näher Coel der Oase kam, desto betriebsamer wurde es. Boris' Fang musste sich herumgesprochen haben.

»Erschlagen sollte man ihn, solange er noch jung ist«, brabbelte neben ihm ein gedrungener Mann mit Grind auf der kahlen Kopfhaut. »Das sind wilde Tiere. Sie zerreißen alles, was ihnen vor die Fänge gerät.«

»Er ist noch ein Welpe«, schnatterte eine Frau mit dickem Bauch.

»Unsinn. Er hat vier Nomaden die Kehle durchgebissen, bevor sie ihn endlich in Ketten legen konnten.«

»Vier? Zehn!«

»Zwanzig!«

»Ab in den Zwinger mit ihm, dann haben wir alle etwas davon.«

»Mich verfolgt das Pech. Auf wen ich auch setze, er krepiert.«

»Das dünne Kerlchen wird es auch tun, wenn sich der Zwingermeister nicht an die Gewichtsklassen hält.«

Schadenfrohes Lachen aus stinkenden Mündern.

Über einen jungen Viku hinter Gittern konnten sie spotten. Doch eine Nacht in der Ödnis würde keiner von ihnen überleben.

In der Unterführung roch es nach Pisse und Tier. Aus den Serviceschächten klang Bellen. Hundekampf-Wetten waren eine beliebter Zeitvertreib. Nach Sonnenuntergang würde hier nichts mehr bellen, nur noch knurren und jaulen.

Coel kämpfte sich an den Schaulustigen vorbei, die gaffend einen

Betonpfosten umstanden. Daneben kauerte ein Bündel aus grauem Fell und Gestank. Die Hände waren zusammengekettet und machten den Eisenring um den Hals sinnlos.

Er war schmächtig, aber längst kein Welpe mehr. Das Fell auf dem Rücken wurde bereits dünner. Mike hatte ihm einen Bären aufgebunden. In ein bis zwei Jahren war der Viku ausgewachsen.

Umdrehen und verschwinden, bevor sich ihre Blicke trafen. Danach war es zu spät.

Boris stand ein paar Schritte weiter, ein altes Kabel lässig in der Hand, und feilschte mit einem bulligen Mann. Zu dessen Füßen saßen zwei Hunde. Massig wie ihr Herr, das kurze Fell von Narben übersäht.

Coel kannte den Kerl flüchtig. Er organisierte Hundekämpfe und schickte hin und wieder auch selbsternannte Gladiatoren in den Zwinger. Wer nicht das Glück besaß, unter den Fittichen eines Tycoons untergekommen zu sein, musste sehen, wo er blieb.

Der Viku rührte sich nicht. Nur die Ohren zuckten, wenn eine Fliege ihnen zu nah kam.

Die Haut auf dem Rücken war aufgeplatzt und die Wunden entzündeten sich schon jetzt. Das Fell starrte vor Dreck.

Umdrehen und gehen. Was dort an der Kette hing, war kein Schoßhund und würde sich nicht an der Leine durch den Bezirk führen lassen.

Welpe. Von wegen.

Verdammter Mike.

Der Viku hob den Kopf, witterte in seine Richtung. Seine Augen waren vor Eiter verklebt.

Armer Kerl.

***

Futter. Der Duft kam von links. Am liebsten hätte Soo nachgesehen, aber seine Augen gingen immer noch nicht auf.

Es roch gut. Richtig gut. Sein Magen krampfte vor Hunger. Der Duft wurde intensiver. Mischte sich mit dem Geruch alten Öls und Hundefell. Und Mensch. Und etwas, das komisch roch. Nicht unangenehm. Nur komisch.

»Woher hast du den Viku?«

Eine gute Stimme. Tief, befehlend. Käme sie von einem Rudelführer und nicht von einem Menschen, wäre sie vertrauenerweckend.

»Geht dich nichts an«, blaffte Boris.

»Doch. Ich will ihn kaufen.«

Soos Herz holperte an seine Rippen. Kaufen? Wozu? War der Mann ein Kriegsherr?

»Du hast ihn geschlagen?«, fragte der Mann.

»Und wenn?«

»Dann bist du dumm und bald tot. Ein Viku vergisst nie, wer ihm Unrecht getan hat.«

Das würde er gewiss nicht. Gedanklich fiel Soo Boris an und ließ nicht von ihm ab, eh die Beine mit Zappeln aufhörten.

»Kennst dich mit den Viechern wohl aus?«

Er war kein Vieh!

Der Mann antwortete nicht, aber sein Geruch wurde stärker. An Soos linker Gesichtshälfte wurde es warm. Seine Hand?

***

Ein Häufchen Elend mit räudigem Fell. Coel hockte sich zu dem Viku und hielt ihm die Hand hin. Ganz leicht ging der Kopf nach links und er schnupperte.

»Kannst du mich verstehen?«

Der Junge nickte. Er war in einem erbärmlichen Zustand.

Fürs Umkehren war es zu spät. Nur durch seine Nähe hatte Coel Hilfe in Aussicht gestellt. Sie jetzt wieder wegzunehmen, wäre grausam.

Der Viku war kein Wildwuchs. Er verstand die Normsprache, war demnach menschliche Gesellschaft gewohnt. Das machte die Lage nicht rosig, aber wenigstens war sie nicht mehr völlig aussichtslos.

Die Augen sahen schlimm aus.

»Was hast du mit ihm gemacht?«

Boris zuckte die Schultern. »Sand und Fliegen. Was sonst? Der Weg durch die Ödnis ist weit und die Nomaden werden nicht dazu gekommen sein, ihm unterwegs das Fell zu striegeln.« Er lachte gehässig. »Ist vielleicht ganz gut, wenn er blind ist. Dann bemerkt er nicht, was in den Zwingerecken auf ihn wartet.«

»Gar nichts. Ich habe dir gesagt, dass ich ihn kaufen werde.« Er reichte Boris das Bündel Kreditscheine und der Händler pfiff durch die Zähne. »Willst du nicht feilschen?«

»Ich will dich nicht länger als nötig in meiner Nähe ertragen müssen.« Und dabei Gefahr laufen, doch noch einen Rückzieher zu machen.

Boris spuckte aus. »Du gehörst Merap Teus. Deshalb fühlst du dich sicher. Aber das bist du nicht.« Grinsend wandte er sich dem Zwingermeister zu. »Nicht wahr, Raik?«

»Um Kerle wie den hinter meine Gitter zu sperren, brauche ich keinen Muttizettel seines Tycoons.« Der Koloss tätschelte die breiten, narbenzerfurchten Schädel seiner Hunde, ohne Coel aus den Augen zu lassen. »Ich nehme ihn mir, und wenn er wieder aufwacht, kämpft er.«

Raik. Namen und Gesicht musste er sich merken.

»Was ist jetzt, Boris? Verkaufst du mir den Viku? Um die Gebote nach oben zu treiben, ist er zu schmächtig. Er taugt nichts für den Zwinger.« Coel wandte sich zu Raik. »Ebenso wenig wie ich. Deine Prügelknechte hätten mir in zwei Minuten das Genick gebrochen. Denkst du, das fänden die Zuschauer spannend?«

Verdammt, donnerte sein Herz. Wegen eines verlausten Wolfsjungen setzte er sein Leben aufs Spiel.

Raik nickte träge. »Kannst den Viku haben. Wenn du ihn aufgepäppelt hast, komme ich wieder und kaufe ihn dir ab. Sei klug und treibe dann den Preis nicht in die Höhe.« Er schnippte und seine Hunde trotteten hinter ihm her.

So weit war es noch nicht. Der Süd-Ost-Bezirk war bekannt für seine Fähigkeit, Schicksale abrupt zu beenden. Morgen war Raik vielleicht schon tot.

Coel hielt seine Hand näher an die nur noch leicht bepelzte Nase. Das Gesicht war sehr menschlich. Trotz der gespaltenen Oberlippe und der breiten, flachen Nase, von der sich kurzes Fell bis über die Stirn zog.

»Ich kann dir helfen. Du musst dich aber benehmen.«

Der Viku schnupperte wieder.

Die Ohren zuckten vor.

»Ich würde dich nicht an einen Pfahl binden. Nahrung und Wasser bekämst du auch.«

Der Junge kroch näher zu ihm. Die aneinander gebundenen Hände tasteten sich nach vorn, bis sie Coels Bein berührten.

»Tatzen weg!« Boris trat dem Jungen in die Seite. Keuchend krümmte sich der Viku zusammen.

War er von allen guten Geistern verlassen?

Verdammt! Der erste Kontakt war wichtig und der Bastard hatte ihn versaut.

»Tritt ihn noch einmal, und ich wickele die Ketten um deinen erbärmlichen Hals, bis du blau wirst.«

Boris sah ihn verständnislos an. »Der beißt. Aber bitte, ist ja nicht mein Bein.«

Nach drei Anläufen hatte Coel seine Wut soweit bezwungen, dass er wieder ruhig reden konnte. Er blendete Boris aus seinem Bewusstsein aus und achtete nur auf den gekrümmten Rücken des Jungen. Er war es wert, gerettet zu werden. Ebenso wie seine Artgenossen es damals wert gewesen waren. Tatsachen verdrängen zu wollen, nur weil sie unbequem waren, brachte nichts. Er hatte geholfen, die Viku in die Welt zu setzen. Dass die Wolfsmenschen ihr nicht gefielen, war nicht deren Schuld. Sie waren so, wie sie kreiert wurden. Nicht mehr und nicht weniger.

Ein neuer Versuch. »Ich will dich in meinem Rudel. Du hast deines verloren. Ich weiß, dass du die Einsamkeit nicht magst. Was sagst du?«

»Reden musst du mit dem nicht.« Boris hielt ihm das abgeschnittene Kabel hin. »Wenn er nicht pariert, schlag zu.«

»Ich bin nicht lebensmüde.« Jetzt, wo der Viku seine Witterung hatte, konnte er ihn überall finden. Kurz flackerte Angst in Boris' blassen Augen. Überlebte der Junge, war er früher oder später dran.

»Hat mir niemand gesagt, dass die Biester Mimosen sind.«

»Sind sie nicht. Sie sind konsequent. Sei friedlich, dann sind sie es auch. Sei aggressiv, dann hast du selbst Schuld.«

Ein Wesen schlagen, dessen Gelenke bereits bluteten? Coel konzentrierte sich auf die bepelzten Hände, die die Kette umklammerten. Das war besser, als sich herumzudrehen und Boris die Faust aufs Kinn zu rammen.

Boris rief einem abgerissenen Kerl zu, Wasser zu holen. Als der mit einem aufgeschnittenen Plastikkanister zurückkam, nickte Boris zu dem Viku. Ohne Vorwarnung klatschte der Kerl das Wasser auf den wunden Rücken.

Der Junge sprang knurrend auf ihn zu, bis die Kette sirrte. Der Eisenring schnitt in seinen Hals und er ging keuchend in die Knie.

»Idiot! Das Wasser hättest du ihm besser zum Trinken gegeben.« Wie sollte er das Vertrauen des Viku gewinnen, wenn er in seiner Gegenwart ständig gequält wurde? Er würde den Schmerz nicht nur mit Boris in Verbindung bringen, sondern auch mit ihm.

»Willst du ihn dreckig mitnehmen?«, fauchte Boris. »Ich wollte dir nur die Ware herrichten.«

Der Viku schüttelte sich mit gefletschten Lefzen. Seine Ohren waren angelegt und sein Knurren war erstaunlich tief für seine Jugend. Boris ging einen Schritt zurück. Es würde ihm nur für den Moment etwas bringen.

Keiner der Wärter aus der Zuchtanlage hatte seine Grausamkeiten den Viku gegenüber überlebt. Sie hatten sie eingekreist und angefallen. Die Regierung hatte das milliardenschwere Projekt nicht umsonst abgebrochen.

»Essen und Wasser.« Coel hielt einen Sicherheitsabstand zu dem Wolfsjungen ein. »Einen Platz in meinem Rudel und damit geschützten Schlaf. Dafür kommst du mit mir, ohne Ärger zu machen.« Das überzeugendste Argument hatte er noch nicht präsentiert: Die Schachtel mit dem Gemüse-Fleisch-Brei. Coel nahm sie aus seinem Rucksack und öffnete sie.

Sofort gingen die Ohren des Viku nach vorn. Er schnupperte, schluckte. Coel schob die Schachtel noch ein Stück näher.

»Wenn du mir deinen Namen verrätst, muss ich nicht immer Viku oder Junge denken und sagen. Ich bin Coel.« Wieder hielt er dem Jungen die Hand hin.

»Soo.« Seine Stimme klang kratzig und jung. »Ich weiß, wie du riechst. Kannst die Hand wegnehmen. Gib mir das Futter.«

Trotz und Stolz. Coel berührte Soo an der Schulter. Der Junge hielt still. Das erste Eis war gebrochen.

»Soll ich dir die Augen auswaschen? Dann kannst du sehen, was du isst.«

Soo reckte den Kopf in seine Richtung. »Mach. Aber dann will ich essen.«

»Kannst du.«

Boris war für einen Mistsack zu gut gekleidet. Coel riss ihm ein Stück aus seinem Hemd heraus.

»Hey!«

Um ihn zum Schweigen zubringen, genügte ein Blick. Training aus seinem alten Beruf. Mit den männlichen Viku hatte er sich oftmals Blickduelle liefern müssen, um ihnen klarzumachen, dass es sein Revier war, das sie mit ihm teilten.

Die Methode funktionierte auch bei Boris. Ohne Raik im Rücken fühlte er sich offenbar weniger stark.

»Ich mache das selbst.« Soo tastete wegen der Ketten mit beiden Händen nach dem Tuch. »Musst es nur nass machen.«

Coel tränkte den Lappen in der Pfütze, die noch im Kanister war, und reichte ihn Soo.

»Flöhe habe ich auch«, nuschelte er, während er die Krusten auf seinen Lidern einweichte. »Und mein Rücken brennt schlimmer, als wenn Wahrik mir sein Eisen aufdrückt.«

»Ist Wahrik dein Herr?«

Soo sah ihn aus entzündeten Augen blinzelnd an. »Geht dich nichts an.«

»Warum bist du ihm entlaufen?« Angeblich waren die Viku loyal, wenn sie einen Kriegsherrn akzeptiert hatten.

Soo kniff die Lippen zusammen und drehte den Kopf weg.

Sie hatten Zeit. Soo würde in den langen Tagen und noch längeren Nächten zwischen Beton und rissigem Asphalt dankbar für jedes Wort sein, das sie wechselten.

Coel löste die Kette vom Pfosten.

»Und die Hände?« Soo streckte sie ihm hin.

»Läufst du mir weg?«

»Ja. Aber nicht heute. Erst will ich etwas zu essen und auf einer Decke schlafen, die nicht nach meinem eigenen Scheiß riecht.«

Das tiefe Geräusch aus seiner Kehle war ein Knurren. Sein Blick zu Boris passte dazu.

»Kann ich dir trauen? Dann kommt die Kette ab.«

»Kannst du nicht«, knurrte Soo. »Ich bin eine Bestie. Schon vergessen?«

Eine, die am Verhungern war und sich nicht allein auf den Beinen halten konnte.

»Schließ die Kette auf.«

Mit im Spott verzogenem Mund warf ihm Boris den Schlüssel zu. »Das machst du selbst.«

Leichtsinnig. Coel befreite die dünnen Handgelenke und hoffte, dass er keinen Fehler beging. Wieso hatte er seine Pistole nicht dabei? Jeder, der für Merap Teus arbeitete, war in der Lage, sich selbst zu beschützen. Sie lag in seinem Vorratsschrank. Ein guter Platz für ein Ding, das er hasste.

»Die Leute sagen, du hättest zwanzig Nomaden angefallen, bevor sie dich festsetzen konnten.«

In Soos bernsteinfarbenen Augen glühte blanker Stolz. »Sagen sie das?« Soos Gebiss war ebenso beeindruckend wie seine Krallen. Sein Grinsen betonte seltsamerweise beides.

»Dann wird es wohl richtig sein.«

Die Fesseln schleuderte er von sich und fixierte die Schachtel mit Essen.

Coel reichte ihm den Fleischbrei. Soo aß mit den Fingern. Gierig, aber menschlich.

Bevor sie gingen, humpelte Soo auf allen Vieren in Boris' Windschatten und sog tief seinen Geruch ein. Sein Grinsen dabei war eindeutig wölfisch. »Man sieht sich immer zweimal.«

Der Mann wurde blass. »Komm mir nur einen Schritt zu nah, und ich erschlage dich wie einen Straßenköter.«

Soo grinste noch breiter, drehte sich um und ließ den Mann stehen.

Zwischen den Gaffern bildete sich eine breite Gasse, als Coel Soo den Mantel überlegte und ihm die Kapuze tief ins Gesicht zog. So würde er wenigstens auf dem Heimweg seine Ruhe haben.

»Eine halbe Stunde Fußmarsch. Schaffst du das?« Soo ging es nach dem Essen zwar besser, aber einen topfitten Eindruck machte er nicht.

Der Junge nickte verbissen und ging in Coels Geschwindigkeit neben ihm her.

Keine zehn Minuten später schlurfte er. Nach zwanzig Minuten blieb er stehen und lehnte sich an. »Muss mal pinkeln.« Wacklig drehte er sich mit dem Gesicht zur Wand.

»Du kannst zugeben, wenn du eine Pause brauchst.« Verdammt, was redete er da? Ein schwacher Viku war nichts wert. Soos menschliche Züge hatten ihn dazu verleitet, ihn wie einen Menschen zu behandeln.

Der kalte Blick aus schmalen Augen traf ihn wenigstens nicht unvorbereitet.

»Ich gebe zu, dass ich pissen muss«, fauchte Soo. »Geh weiter. Ich hole dich ein.«

Coel schlenderte weiter. Selbst wenn Soo versuchen würde zu fliehen, hätte er ihn schnell wieder eingefangen. Davon abgesehen hatte ihn das Futter mit Sicherheit überzeugt.

Nach einer Weile tappte es hinter ihm und Soo schloss auf. Um es ihm leichter zu machen, ging Coel langsamer. Soo hechelte dennoch.

»Da vorn ist es.« Meraps Hochhaus ragte weit über die umstehenden Gebäude. Soo starrte an der grauen Fassade hinauf.

»Ich soll da hoch?« Am Rand seiner Kinnbehaarung zur Wange hin wurde es blass.

»Nein, du sollst runter. Ich bewache Meraps Autos, sein Benzin und passe auf, dass keiner durch die alten Fahrstuhlschächte ins Haus eindringt.« Dass das der Job der Security war, brauchte Soo jetzt noch nicht zu wissen. Bis er sich eingelebt hatte war es sinnvoll, dass er Coel für einen Typen mit verantwortungsvollen Aufgaben hielt.

Kaum passierten sie den Grenzbalken der Garageneinfahrt, da kamen Sam und Max angerannt. Kläffend umkreisten sie Soo mit gesträubtem Fell. Soo duckte sich und fletschte die Zähne.

Coel stellte sich vor ihn. »Max! Sam! Aus!«

Aus den Hundekehlen drang nur noch ein dumpfes Knurren. Aus Soos ebenfalls. Das konnte ja heiter werden.

»Die zwei Köter sind dein Rudel?«, fauchte Soo. »Dass ich mich denen unterordne, kannst du vergessen.«

Er schlitterte an ihnen vorbei und ging schnuppernd zwischen den Betonpfeilern entlang.

Solange er die Ecken nicht markierte, war es Coel egal.

Das übernahm Max. Er stolzierte hinter dem Neuzugang her

und stellte mit einem kurzen Heben des Hinterlaufs klar, in wessen Zuhause sie sich befanden. Kurz flackerte der Gedanke in Coel auf, überzumarkieren. Nur um die Frage des Ranges ein für alle mal für sich zu entscheiden. Allerdings stank es schon genug.

»Wenn du schlafen willst, kannst du das hier tun.« Coel zeigte zu seinem Verschlag. Der Kasten aus Glas und Metall heuchelte wenigstens mental Abgeschiedenheit vor.

»Dein Lager?« Soo nickte zu der einzigen Matratze. »Was ist mit meinem?«

»Du hast einen Mantel. Nutze ihn.« Wo war das Problem?

Soo zuckte die Schultern und rollte sich auf dem Boden zusammen. Schnaufend bettete er seinen Kopf auf die Arme und schloss die Augen.

»Beiß mich heute Nacht und ich bringe dich persönlich zu Raik und seinen Zwingerkötern.« Er hatte nie neben einem Viku schlafen müssen und schon gar nicht so dicht.

Soo grunzte in seine Armbeuge. »Mach ich nicht.«

Einen Moment später war er eingeschlafen.

Coel streute den Hunden Futter hin. Mike sorgte dafür, dass es nie ausging. Die getrockneten Brocken rochen leckerer als manches Gericht, was man in den Garküchen kaufen konnte. Für ihn selbst gab es Zwieback, Gurkenscheiben und zwei Tomaten. Er hatte schon schlechter gegessen.

Draußen wurde es dunkel und von Soo kam bis auf ein gelegentliches Grunzen kein Ton.

Drei Quadratmeter mit einem Viku teilen. Ade, entspannter Schlaf. Coel pfiff die Hunde zu sich. Im Notfall mussten sie ihn verteidigen.

Coel wickelte sich in seine Decke. Soo blieb friedlich. Nur zum Test die Augen schließen. Fühlte sich gut und schwer an.

Das Aufklatschen der Wassertropfen, die in regelmäßigen Abständen durch die Risse der Betondecke sickerten, schläferte ihn ein.

Träume aus seinem alten Leben. Das schlichte Appartement, das Angebot, für die Regierung zu arbeiten, der Moment, als er den ersten Viku-Welpen in Händen hielt. Bis hierher war der Traum auszuhalten. Der Rest versank in hilfloser Wut, entlud sich darin, dass er einem der Wachposten die Waffe an die Schläfe hielt und ihn zwang, die elektronisch verriegelten Tore der Zuchtstation zu öffnen.

Wochen im Gefängnis, Tage vor Gericht, dann der Rausschmiss. Claire hatte er nur über eine überwachte Telefonleitung Lebewohl sagen dürfen. Er hatte ihr verboten, ihm in die Außenbezirke zu folgen. Das Leben im Zentrum der urbanen Gemeinschaft war kein Paradies, aber es war sicher.

Claires Schluchzen war das Letzte, was er von ihr gehört hatte. Wer in den Außenbezirken landete, befand sich in einem anderen Universum. Keine Möglichkeit, ins Zentrum zurückzufinden. Auch nicht per Kommunikator. Das Zentrum schirmte sich vor allem ab, was auch nur ansatzweise bedrohlich war.

Etwas Hartes, Warmes drückte sich gegen ihn. Soo. Er war auf die Matratze gekrochen und bohrte Coel den spitzen Ellbogen ins Kreuz.

»Hey, verschwinde! Das ist mein Bett.«

»Rücken an Rücken«, murmelte Soo und quetschte sich zwischen die Hunde und ihn. »Ist so, bei einem Rudel. Bewachter Schlaf. Du hast es mir versprochen.«

Wahrscheinlich würde er morgen früh mit Flohstichen aufwachen. Bevor er sich darüber tiefere Gedanken machen konnte, lockte ihn das Plätschern der Wassertropfen wieder in den Schlaf. Diesmal ohne Träume.

***

Rütteln an seiner Schulter. Soos Kopf rollte hin und her. Es roch nicht nach Boris. Das war gut. Öl, Hund und Regen. Und dieser Mann, der ihn gestern mitgenommen hatte. Coel.

Soo blinzelte in das Flackern einer Neonröhre. Coels Gesicht schob sich davor.

»Du bist ein Langschläfer.«

»Ich bin müde.« Wenn Coel Arbeit für ihn hatte, musste die warten. Soo rollte sich auf der anderen Seite zusammen.

Weg von Boris. Schlafen können, ohne Angst zu haben. Das Rudel war mickrig, aber es war besser als allein zu sein. Und Coel war nett für einen Menschen.

Wieder rüttelte Coel an ihm. Das Licht war anders. Kam von draußen.

Neben ihm stand ein Teller mit Brot und Gurkenscheiben.

»Mit freundlichen Grüßen von Merap Teus. Deinem neuen Besitzer. Iss das. Das ist gesund.«

Grünzeug. Soo schnupperte. Nicht der winzigste Tropfen Speichel bildete sich in seinem Mund. »Ich bin kein Kaninchen.«

»Dann würdest du auch nicht auf meiner Matratze liegen, sondern in meinem Topf schmurgeln.«

Wenn es nichts anderes gab, musste es gehen. Bei Boris hatte er nur Fraß bekommen und davon zu wenig.

Coel nickte zu einem Gaskocher. »Besorge uns ein Abendessen nach deinem Geschmack. Wo wir eben bei Kaninchen waren, das wäre nett. Gern auch zwei oder drei. Kriegst du das hin oder lässt du dich von deinen verwilderten Kumpeln fressen?«

»Du schickst mich in die Ödnis?« Wenn er einen der stillgelegten Abwasserkanäle fand, durch die Wahrik seine Rudel zum Plündern schickte, war das Rein- und Rauskommen aus dem Außenbezirk kein Problem. Er musste sich nur vor den Nomaden in Acht nehmen. Sie waren lästiger als die wilden Viku, die nicht einmal sprechen konnten.

»Ich helfe dir, du hilfst mir. So ist das bei einem Rudel.« Coel zwinkerte. Na gut. Soo schmerzten zwar alle Knochen, aber er war mit der Futtersuche dran.

Coel reichte ihm den Mantel. »Zeige niemandem dein wahres Gesicht. Dann kriegst du auch keinen Ärger. Jedenfalls nicht innerhalb des Schutzwalls.«

Menschen. Soo schnaubte. Wie konnten sie sich nur auf ihre nackten Gesichter etwas einbilden?

***

»Den sehen wir nicht wieder.« Coel kraulte Sam den Kopf. »Früher oder später wäre er ohnehin verschwunden. Dann soll er es lieber gleich tun, bevor wir uns an ihn gewöhnen.«

Um das seltsame Gefühl von sich abzuschütteln, zog er mit den Hunden eine Runde um den Block. Danach übernahm er für Merap ein paar Botengänge und fuhr dessen Schläger zu einem Treffen mit einem Konkurrenten, zwecks handgreiflich überbrachter Mahnung, nicht mehr Merap Teus' Wege zu kreuzen. Danach hatten die sonst stillen Kerle gute Laune.

Sie aßen gemeinsam an einer Garküche, plauderten über ihre Leben, bevor sie im Außenbezirk gelandet waren.

Ein guter Tag.

Auch ohne etwas Felligem den Hintern zu retten.

Der Abend kam und mit ihm das Bedürfnis, sich hinter schützende Mauern zurückzuziehen. Wer sich jetzt noch draußen herumtrieb, hatte es nicht anders verdient.

Soo war in der Ödnis. Auf der Suche nach seinem Rudel. Er würde es finden. Warum nicht? Er war ein Viku.

Die Nacht war kalt und ihre Feuchtigkeit zog in Coels Decke. Mit geschlossenen Augen klangen die Geräusche von draußen auch nicht freundlicher. Er konzentrierte sich auf das warme Hundefell an seiner Wange. Ob Soo einen sicheren Platz zum Schlafen gefunden hatte?

Ein leises Tappen. Von der Einfahrt. Es kam näher. Max wedelte mit dem Schwanz, als Soo in den Verschlag kam.

»Hier.« Drei schlaffe Kaninchen landeten neben dem Gaskocher, etwas Blutiges vor dem Bett. »Ich habe sie unterwegs ausgenommen. Dann haben deine Hunde auch was davon.«

Max und Sam sprangen vom Bett. Schmatzen und Schlingen, dann hopsten sie wieder auf die Matratze und legten ihre Schnauzen zwischen die Vorderpfoten.

»Hast gedacht, ich komme nicht mehr, hm?«

Im matten Schein der Notfallbeleuchtung schimmerte ein Fangzahn.

»Brauchst es nicht leugnen. Ich rieche, dass du schon gegessen hast.« Soo schüttelte die Regentropfen von seinem Mantel und legte sich seufzend zu den Hunden. »Ich nehme es dir nicht übel. Die Fellviecher kannst du auch zum Frühstück kochen. Ich hatte unterwegs ebenfalls einen Snack.«

Soo blieb.

Coel bat um eine zweite Matratze für ihn und in dem Verschlag wurde es zwar enger, aber wärmer.

Mit tief ins Gesicht gezogener Kapuze schloss sich Soo nach ein paar Tagen Meraps Schlägertrupp an. Merap war begeistert. Seine Leute auch. Niemand lehnte im Süd-Ost-Bezirk Verstärkung ab. Schon gar keine, die so effizient wie Soo war.

Meist fuhr Coel die Männer. Das war gut, denn dann konnte er ein Auge auf Soo werfen und musste sich nicht allein in der Garage langweilen.

Der Viku war unkompliziert. Im Umgang mit Meraps Leuten und im Töten von Meraps Feinden.

Das Angebot, ein paar Stockwerke hinaufzuziehen, lehnte Soo ab. Er wollte kein eigenes Zimmer, sondern bei seinem Rudel bleiben. Als Soo ihm seine Beweggründe genannt hatte, war es Coel warm im Innern geworden.

Die Tage vergingen.

Für ein Leben im Süd-Ost-Bezirk war Coels verhältnismäßig schön geworden. Daran konnte auch der Herbst mit nasskaltem Regen nichts ändern.

Merap war kein Unmensch und ließ einen Eisenofen in die Tiefgarage bringen. Soo sorgte für das Brennholz ohne zu verraten, woher er es hatte. Ziemlich oft wanderten Stühle und Tischbeine in die Feuerluke.

Nach seiner Schicht leistete ihnen Mike hin und wieder Gesellschaft. Je kälter es draußen wurde, desto öfter kam er mit einer Thermoskanne Tee und einem Kartenspiel in die Garage. Wie immer trollte sich Soo nach einer Weile.

»Will er sein Revier vergrößern?« Mike sah ihm nach, wie er die Ausfahrt hinaufhuschte. »Nicht dass er Ärger mit der Konkurrenz bekommt.«

»Bis jetzt ging es immer gut.« Ein paar Kratzer, mehr nicht. Soo war schnell mit Krallen und Fängen.

Mike rührte in seinem Tee. »Wann lässt du ihn gehen?«

»Er hat nicht gesagt, dass er es will.« Wozu auch? Er hatte einen Job, den er freiwillig machte, bekam Kredite dafür und sparte sich die Brandzeichen der Kriegsherren. Auch wenn sie eine Auszeichnung für gewonnene Kämpfe waren, nach dem, was Soo bei ihrem ersten Treffen gesagt hatte, riss er sich nicht darum.

»Boris ist im Bezirk. Er plant mit Raik im großen Stil ins Wettgeschäft einzusteigen. Hundekämpfe sind die kleinste Hausnummer. Es heißt, er hätte auf dem Schwarzmarkt ein Rudel Viku-Welpen gekauft. Zur Zucht, angeblich. Aber alle, die Bescheid wissen, behaupten, es sei Wildwuchs.«

Verdammt. Raiks Drohung lag ihm noch ihm Ohr.

»Soo ist groß und stark geworden, in den paar Monaten bei dir. Lass ihn zurück in sein altes Leben, bevor er Raiks Wege zum zweiten Mal kreuzt.«

Coel wurde schlecht. Der Bastard wollte die Viku gegeneinander hetzen? In den Steppen und der Wüste der Ödnis war der Kampf zwischen ihnen eine Notwendigkeit, aber auf engstem Raum? Ohne die Möglichkeit zur Flucht?

Mike sah ihn eindringlich an. »Für Soo ist das hier Ersatz. Merap ist kein Kriegsherr und weder du noch Meraps Jungs sind ein Rudel. Soo muss zurück. Er braucht seinesgleichen. Hier im Bezirk kommt er eines Tages unter die Räder.«

Mike hatte recht. Verdammt. Aber über die Konsequenz seiner Worte wollte Coel nicht nachdenken.

Einen halben Sommer, einen Herbst, einen halben Winter. Diese Zeit hatte ausgereicht, um sich an Soo zu gewöhnen. Wieder allein mit den Hunden? Coels Herz sackte nach unten, so schwer war es.

In dieser Nacht kam Soo spät zurück.

»Habe den breiten Kerl mit den beiden Kötern getroffen«, murmelte er, als er sich neben Coel zusammenrollte. »Bin ihm in die Unterführung nachgeschlichen.«

»Und?« Coel kannte die Antwort.

»Habe einen Zwingerkampf gesehen.«

Mehr sagte er nicht, aber in der Zeit, in der Coel wach neben ihm lag, wurde Soos Atem weder gleichmäßig noch tief.

In der folgenden Nacht wurde es wieder spät. In der darauffolgenden noch später.

Coel fragte nicht, was er trieb. Er fürchtete sich vor der Antwort.

Eines Nachts kam Soo nicht mehr zurück.

Meraps Jungs wussten nicht mehr als Coel. Zuerst murrten sie, dann vermissten sie ihn. Merap spie Gift und Galle und verbot ihnen allen, etwas über Soos Verschwinden nach draußen zu tragen.

»Es ist okay«, sagte Mike, nachdem Soo über eine Woche fort war. »Du wusstest, dass das passiert.«

Das machte es nicht besser.

Zorn, Traurigkeit und das leere Gefühl der Einsamkeit nisteten sich in Coels Verschlag und in seinem Herzen ein. Nach zwei Wochen gab er Mike Soos Matratze zurück. Die Hunde schliefen nachts dafür zu seinen Füßen und dachten nicht daran, sich aus seinem Bett verdrängen zu lassen.

Coel hielt eine weitere Woche durch. Dann fiel ihm die Betondecke auf den Kopf.

Er musste wissen, was mit Soo passiert war. Sonst fand er keine Ruhe mehr.

Lebte er noch? Hatte er sich einem Kriegsherrn angeschlossen? Wenn er nur nicht im Zwinger gelandet war.

Es half nichts. Er musste zur Oase, auch wenn ihn allein die Erinnerung an den Gestank der Unterführung den Magen verkrampfte.

Er rannte durch den halben Bezirk, bis die Grünanlage endlich vor ihm auftauchte.

Am Treppenabgang zur Unterführung stand kein muskelbepackter Kerl, der Coels Taschen nach Waffen kontrollierte. In den Gängen und auf den Plattformen waren keine blutgierigen Zuschauer. Der Käfig war leer.

Mike hatte Wache, als Coel zurückkam. »Hast du es schon gehört?«

»Was?« Sein Herz klopfte zwei Takte schneller.

»Sie haben Boris gefunden. Vor vier Nächten. Mit herausgerissener Kehle. Jemand hat die Viku freigelassen und Raik hat kalte Füße bekommen. Er hat Angst, dass ihn ein Kriegsherr als Konkurrent ansieht und ein Rudel auf seine Fährte gesetzt hat.«

Kein Kriegsherr.

Soo.

Dass er fort war, fühlte sich nur noch halb so schlimm an. Zum ersten Mal seit vielen Nächten ging Coel mit einem halbwegs guten Gefühl ins Bett. Einsam? Ja. Das war er immer noch. Aber die Angst um Soo hatte nachgelassen.

Der Regen prasselte auf den Asphalt. Bächeweise floss das Wasser über die Schräge und sammelte sich in den Schlaglöchern.

Es war zu laut. Coel bekam kein Auge zu.

Plötzlich hoben Max und Sam gleichzeitig die Köpfe. Sie schnupperten und wackelten mit den Schwänzen.

In der Einfahrt tauchte ein Schatten auf, schlich leise zum Verschlag.

Soo.

In der Tür blieb er stehen, sah sich um.

Die Matratze war weg. Verdammt, warum hatte er nicht noch ein paar Tage gewartet?

»Tut mir leid.«

»Ist nicht schlimm.« Soo klang angestrengt. Er zog seinen Mantel aus, stieß Sam und Max an und die Hunde machten ihm Platz. Seufzend rollte er sich neben Coel zusammen.

»Rücken an Rücken«, murmelte er. »Ist so, in einem Rudel.« Dann waren nur noch seine tiefen Atemzüge zu hören.

Wächter des Waldes
von Bianca Sigwart

Dave Mason kannte das Gefühl auf der Schwelle zu stehen, weder zu wissen, wie er an jenen Punkt gelangt war noch was geschah, wenn er sich einen Schritt vor oder zurück wegbewegte. Doch noch nie in seinen siebzehn Jahren war die Unsicherheit so groß gewesen.

Keine Armlänge von seiner schief geratenen Nase entfernt klaffte ein Loch, das aussah, als hätte einer seiner mit Waffen beladenen Computerhelden es in den Zaun gezeichnet. Tatsächlich war der Urheber alles andere als ein Held, obwohl er ein ähnliches Ansehen zu genießen schien – zumindest auf den Straßen und Skaterplätzen Kitsilanos.

»Was jetzt? Ziehst du den Schwanz ein?«

Mit einem unterdrückten Fluch drehte Dave sich um. Sein erster Blick galt dem Bolzenschneider, der gestern noch in der Theke in Terrys Laden gelegen hatte, sein zweiter Jim, dem neuen »Besitzer« der Zange.

Alles hatte vor zwei Monaten begonnen, als Dave aus Fort Providence im Nordwesten Kanadas zu seinem Vater nach Vancouver gezogen war. Vom 160 Meter hoch gelegenen Weiher, der nur während des jährlichen Mackenzie Doze-Festes richtig lebhaft erschien, hinein in das Hollywood North, die drittgrößte Metropole des Landes. Was für ein Landei war er gewesen, aber offenbar ein interessantes. Irgendwie hatte er die Aufmerksamkeit des geborenen Anführers einer Clique auf sich gezogen, auch wenn Dave nicht wusste, ob das gut oder schlecht war. Immerhin war es eine Möglichkeit, doch endlich Anschluss zu finden, dazuzugehören – was das auch heißen mochte.

»Na?«

»Ich hab gesagt ich mach's, Jim, und das werd ich.« Dave knirschte mit den Zähnen, hoffend, die Jungen hatten das Zittern seiner Stimme überhört. Steve und Tony, die wie Bodyguards an Jims Seite standen, verengten prüfend die Augen.

Jim hingegen nickte. »Also gut, Providence«, sagte er und schnippte mit dem Finger. »Dann zeig' mal, was du von deinem Alten gelernt hast.«

Dave atmete tief ein, als Tony hinter sich griff und ein Gewehr, eine Winchester Modell 70, hervorholte. Er kannte die Schusswaffe, war er es doch gewesen, der sie zur Mutprobe aus dem Schrank seines Vaters entwendet hatte. Durch einen Hebel unter dem Kolben lud Tony das Gewehr durch und drückte es Dave in die Hände. Es fühlte sich kalt und schwer an. Zugleich gab es ihm das Gefühl, sein Arm wäre länger, stärker geworden.

»Weißt ja, je größer, desto besser! Und bring einen Beweis mit, n' Zahn, n' Fetzen Fell, sowas halt. Wir sind hier, wenn du zurückkommst.«

»Falls er zurück kommt«, korrigierte Steve und schlug in die Hand ein, die der nicht weniger grinsende Tony ihm bot.

Dave strich sein struppiges Haar zurück – Straßenköterblond nannte er es – und atmete ein letztes Mal durch, bevor er den Jungen den Rücken zuwandte.

Anfangs noch halbwegs sicher, spiegelten seine Bewegungen bald spürbar die Zweifel wider, die er zu unterdrücken versuchte. Das Schießen selbst bereitete ihm wenige Probleme. Oft genug hatte er es mit seinem Vater gemeinsam im Schützenverein erprobt. Der Unterschied zwischen ihnen bestand in der Wahl ihres Jagdgebietes. Denn die Jungen hatten sich keinen geringeren Platz erwählt als das Schutzgebiet eines neu ansässigen Rudels von Timberwölfen. Scheinbar hatte das Verbotene der Clique den nötigen Reiz gegeben. Aber denen drohte ja auch keine Gefahr, erwischt zu werden! Gut, Jim hatte ihnen ein Boot besorgt, um auf die »Wolfsinsel« zu kommen, doch solche Dinge wusste er bekanntlich gut von sich auf andere abzuwälzen. Dave schluckte, als seine Gedanken zu dem Indianer schweiften, der sie beim Ablegen von seiner Hütte aus beobachtet hatte. Sicher hatte er ihr Vorhaben erahnt. Was, wenn er nun jemanden alarmierte?

Als hätte er es heraufbeschworen, erklang plötzlich wenige Schritte entfernt ein Rascheln. Dave erstarrte inmitten der Bewegung. Sein rechter Fuß schwebte in der Luft. Er wagte nicht einmal zu atmen. Erst, als vor ihm ein kleines Tier, ein Fuchs oder etwas Ähnliches, aus den Büschen sprang, stieß er die Luft aus. Dave wollte sich schon entspannen, da sprang ein zweiter Körper aus dem Dunkel und obwohl die Baumkronen ihm kaum Licht boten, wusste der Junge sofort, wen er vor sich hatte. Anmutig und wild, faszinierend und verhasst zugleich – Canis Lupus, Wächter des Waldes. Der Wolf machte einen Satz auf das kleinere Tier zu und …

Dave kniff die Augen zu und hätte um ein Haar sein Gewehr verloren. Mühevoll hielt er es fest. Als er die Lider wieder öffnete, war alles vorbei. Der Jäger stand gebeugt über seiner Beute. Nicht irgendein Jäger, schoss es ihm durch den Kopf. Ein Wolf! Dave wollte zurückweichen, doch das Wissen um den vortrefflichen Gehörsinn des Raubtieres verbot ihm selbst die leiseste Bewegung. Ein neuer Gedanke jagte ihm einen Schauer über den Rücken. Was, wenn der Jäger sein Mahl beendet hatte? Solch ein kleines Tier konnte seinen Hunger kaum stillen. Es war nur eine Frage der Zeit, bis er ihn entdeckte. Nein, das hatte er schon. Dave war sich sicher. Ihm blieb nur eine Chance, lebend aus der verdammten Sache rauszukommen.

Dave schluckte, als er das Gewehr des Vaters zum Anstreichen an den Baum presste. Den Kolben an der Schulter und mit dem zusätzlich stützenden Stamm hatte er die besten Umstände geschaffen. Jetzt musste er nur noch treffen. Sein Zeigefinger umklammerte den Abzug. Dave zielte durch Kimme und Korn – als der Wolf plötzlich den Kopf hob und ihn anstarrte. Das Leuchten seiner bernsteinfarbenen Augen brannte sich so tief in ihn ein, dass er glaubte, ein Heulen zu hören, obwohl er sicher war, dass der Wolf sein Maul nicht bewegte. Was dann geschah, konnte Dave im Nachhinein kaum erklären. Er hörte ein Knacken über sich, etwas brach. Ein dumpfer Schlag auf den Kopf. Dave spürte noch, wie er fiel. Dann wurde alles schwarz.

Nicht das leichte Pochen am Hinterkopf, sondern ein viel tieferes, ursprünglicheres Gefühl war es, das Dave schließlich aus seiner Ohnmacht riss. Ein Heulen! Der Wolf! Sofort fuhr er hoch, blinzelte und blickte nach dem Gewehr. Irgendetwas war seltsam. Die Umrisse der Douglasien und Hemlocktannen mit ihren eiförmigen, gezackten Kronen schienen viel schärfer, während die wenigen Farbspiele, die er eben noch im Dunkeln erkannt hatte, nun deutlich blasser wirkten. Die fast kahlen Skelette der Ahornhölzer glänzten silbern im Mondschein.

Ehe Dave weiter darüber nachdenken konnte, forderte etwas Neues seine Aufmerksamkeit: Eine leichte Erschütterung, ein Geräusch, das stetig näher kam. Instinktiv wandte er sich um und erstarrte.

Vor ihm sprang ein Wolf aus den Büschen, aber es war nicht der gleiche, auf den er eben noch mit seiner Winchester gezielt hatte. Überhaupt, wo war das verdammte Gewehr? Das Herz hämmerte wild gegen seine Brust, während Dave den Kopf in alle Richtungen riss. Es war weg, als hätte der Waldboden die Schusswaffe vertilgt. Vertilgen – das würde der Wolf wohl gleich mit ihm anstellen, wenn er nicht sofort die Beine in die Hand nahm. Zwar schien es sich hier um ein Jungtier zu handeln, doch die scharfen Zähne waren trotzdem nicht zu übersehen, als der Wolf verunsichert die Lefzen hochzog und leise knurrte.

Plötzlich rannte es auf ihn zu. Alles in ihm schrie: Verschwinden! Aber Dave konnte nicht. Seine Beine waren wie gelähmt. Der eigene Puls dröhnte in seinen Ohren, als der Wolf näher kam. Mit einem Mal sprang er hoch. Dave sah ihn kommen, ein erschrockener Herzschlag, bevor das Tier mit all seinem Gewicht auf ihm landete und ihm die Luft aus den Lungen presste. Irgendwo zwischen totaler Panik und Delirium schloss Dave die Augen. Stumm erwartete er, was zu erwarten war und blinzelte, als nichts geschah.

Mit einer Mischung aus Angst und Verwunderung blickte Dave zu dem tierischen Angreifer, der sich nun vor ihm positionierte und auf seine Art zu lachen schien. Konnte es möglich sein, dass das Tier ihn gar nicht fressen wollte?

»Gewonnen!«, bellte es. Triumphierend hob der junge Wolf die Pfote und presste sie gegen … was war das? Wo war seine Hand? Was machte diese zweite, dunklere Patsche da vor seinem Gesicht? Drecknochmal! Unter Heulen und Jaulen sprang Dave auf, wirbelte herum und blieb wie angewurzelt stehen, als er merkte, dass er den Schwanz, den er im Augenwinkel sah, nicht einholen konnte. Hunderte Gerüche drängten sich auf einmal in seine Nase. Urin, Schweiß, sogar Haare und Haut.

»Hilfe! Nein, ich bin kein Wolf! Ich bin ein Mensch! Ein Mensch!« Abermals drehte Dave sich, blickte nach der buschigen Rute, den Pfoten, schüttelte sich, jaulte bis etwas, das ein Lachen sein konnte, an seine spitzen Ohren drang – lauter, als er je ein Geräusch gehört hatte.

»Das ist ja mal eine sonderbare Verteidigungstechnik!«

Dave drehte den Kopf nach dem Jungtier. Der graubraune Wolf hatte sich aufgerappelt und stand mit aufgeregt schwingender Rute da. Zögernd trat Dave auf ihn zu, wackelig auf seinen zwei neu dazugekommenen Beinen, und weil ihm nichts Besseres einfiel, fragte er: »Warum?«

»Na«, scherzte der Wolf im Näherkommen. »Da wärst du doch lieber noch ein Dachs oder einer von diesen stinkenden Käfern, als ein Mensch.«

Dave schluckte. Das letzte Wort klang geradezu herausgewürgt. Er wollte nachhaken, aber die Laune des Wolfs schlug so rasch um wie die seiner Mutter, die sich nun sicher mit ihrem neuen Macker in Fort Providence vergnügte.

»Wie heißt du? Wo ist dein Rudel? Und, was noch viel wichtiger ist, was machst du in unserem Revier?« Mit einem Mal waren die Augen des Wolfs wieder ernst, ließen keinen Zweifel an der Wichtigkeit der Antwort.

»Äh, also …«, stotterte Dave, bemüht, den Kloß in seinem Hals loszuwerden. »Ich bin Dave. Und ich bin allein. Ich hab nämlich kein Rudel.« Traurig senkte er den Kopf und befand, dass das gar nicht so falsch war. Wie lange hatte er versucht dazuzugehören?

»Dann hast du dein Rudel verloren? Oder haben sie dich …?«

Die Rute des jungen Wolfs hörte abrupt zu schwingen auf. Dann lächelte er wieder. »Wobei, bei dem schrecklichen Namen wäre es gar nicht verwunderlich.«

Da musste Dave ebenfalls grinsen, denn er hatte sich oft gewünscht anders zu heißen. »Und du?«, meinte er und konnte dabei nicht verhindern, dass nun seine Rute herausfordernd hin- und her peitschte. »Wer bist du, dass du über meinen Namen lachen kannst?«

Der Graue reckte den Kopf, um größer zu wirken als er eigentlich war. »Ich bin Napoleon!« Wie ein Prinz des Waldes schritt der Wolf nach rechts zu den Moosen, die Schnauze hoch in die Luft gestreckt, während er sich auf etwas Glänzendes, Silbernes zu bewegte.

»Napoleon!«

»Ja, genau, so heiße …« Der Wolf brach abrupt ab, als Dave ihn seitlich rammte und gegen einen Baum stieß. »Bist du verrückt?«, herrschte er Dave an und stockte. Seine Augen wurden groß, als er entdeckte, was vor ihm im Gras lag. Tellereisen, Kranz und eine an der Feder angebrachte Kette mit Anker.

»Eine Falle. Du hast mich gerettet!«

Dave nickte. »Allerdings frage ich mich, wie das Ding hier rein kommt. Ich dachte, die, äh, Menschen hätten das Gebiet abgesperrt?«

»Ja«, antwortete Napoleon, der sich rasch von dem Tellereisen entfernte. »Und trotzdem höre ich immer wieder Schüsse hier im Wald. Schmerzensschreie von anderen Tieren, die nicht rechtzeitig bemerken, was zwischen den Gräsern liegt.«

Dave wurde mit einem Mal flau im Magen. Er sah sich, wie er mit der Winchester auf einen Wolf zielt – aus keinem anderen Grund als einer dummen Mutprobe. Mit einem Schütteln versuchte er, die Bilder aus dem Kopf zu verbannen.

»Du hast dich auch erschrocken, was?«, fragte Napoleon. »Hey, wie sieht's aus? Komm doch mit! Bei uns ist noch Platz.« Er machte kehrt, und Dave folgte ihm. Was sonst hätte er tun sollen? Noch war ihm nicht klar, was all das zu bedeuten hatte. Indianische Sagen erzählten von Menschen, denen Wölfe das Privileg einräumten, unter Ihresgleichen zu leben. Viel lieber war ihm allerdings die Variante des verrückten Traums, den er sich zumindest so angenehm wie möglich gestalten sollte.

Zielsicher führte Napoleon ihn durch den Wald, vorbei an dicht stehenden Birken, Tannen und Pappeln. Dave stellte sich bald die Frage, ob der Orientierungssinn des Wolfes im Chaos Vancouvers wohl genauso vortrefflich funktionieren würde. Stolpernd, staunend ging er dem Grauen nach und wäre dabei mehr als einmal in ein Loch getreten, hätte Napoleon ihn nicht mit der Schnauze gestupst. Endlich lichtete sich das Dickicht ein wenig, und Dave trat ein in das versteckte Idyll der Timberwölfe.

Im ersten Moment fürchtete er, sein Herz müsse ihm in die Pfoten rutschen, so imposant und erschreckend wirkte das zwölfköpfige Rudel. Dann sah er noch einmal hin, und sein Atem beruhigte sich. Da lagen sie, putzten sich und rieben die Köpfe aneinander. Andere dösten friedlich unter Tannen, während das durch die Baumkronen brechende Mondlicht tanzende Streifen auf ihre Schnauzen malte. Vor einer Höhle entdeckte Dave noch zwei Wölfe, ein schlankes Weibchen und einen Rüden mit schwarzem Fell, die ganz offensichtlich ein Spektakel für den Nachwuchs boten. Zuerst fuchtelte die Wölfin mit einem Beinknochen in der Luft. Dann nahm der Rüde ihr diesen ab und gab vor ihn zu verteidigen. Mit wedelnden Schwänzchen hockten die Kleinen da, die noch blauen Augen weit aufgerissen. Nichtsahnend, dass sie mit dem Spiel zugleich eine wichtige Grundlage für ihr späteres Überleben kennenlernten.

Dave beobachtete das Treiben eine Weile, bis ein Heulen die friedliche Stille jäh durchbrach. Auf einmal wirkte die Lichtung gar nicht mehr so beschaulich. Köpfe schnellten herum, Laute klangen von hier und dort, und plötzlich sah Dave sich vierzehn neugierigen Augenpaaren gegenüber. Seine Pfoten zitterten, und ihm entfuhr ein Winseln. Er sandte ein stummes Dankgebet aus, als Napoleon wieder an seine Seite eilte. Es war noch kein Wort gesprochen, da teilte sich der Halbkreis und ein eindrucksvoller graubrauner Wolf trat hervor.

Das muss das Leittier sein, dachte Dave und senkte eingeschüchtert die Schnauze seitlich nach unten. Die richtige Entscheidung, wie er gleich darauf feststellen durfte. Ein anderer Wolf, er wirkte nicht nur durch seine dunkle Musterung deutlich grimmiger, hielt den Kopf hoch erhoben, als der kräftige Rüde näherkam. Dave konnte hören, wie Napoleon neben ihm den Atem einsog. Die Spannung in der Luft war beinahe greifbar, als der Leitwolf seine Schnauze neben die des anderen führte und ein dunkles, kehliges Knurren ausstieß. Seine Ohren spitz nach vorne gerichtet, schnappte der Rüde direkt neben der Schnauze des Aufmüpfigen in die Luft. Diese letzte Warnung hatte es wohl gebraucht. Mit sichtbarem Widerwillen senkte der andere Wolf die Schnauze.

»Jedes Mal, wenn so etwas passiert, läuft es mir kalt den Rücken herunter«, gestand Napoleon leise. »Als ich noch klein war, habe ich nicht verstanden, warum Respekt so wichtig ist. Jetzt weiß ich, dass er nötig ist, um uns zusammenzuhalten.«

Dave sagte nichts. Er fühlte sich an seinen Vater erinnert, den immer selben Vortrag, den er ihm gehalten und der doch nie gefruchtet hatte. In Gedanken sah er sich schrumpfen, während der Leitwolf nun auf ihn zusteuerte.

»Wen hast uns da mitgebracht, Napoleon?«, fragte er.

»Das ist Dave«, sagte Napoleon. Trotz der ernsten Lage konnte sich der Jungwolf ein Prusten offenbar nicht verkneifen. Dave blickte zu dem Rüden auf. Dieser aber verzog keine Miene. Durch die vielen schwarzen Tupfen wirkte sein breites Gesicht noch einschüchternder als das des Vaters, wenn er wütend war.

»Er hat mich vor einer Bärenfalle gerettet!«

»So?« Nun änderte sich doch etwas im Gesicht des Wolfes. Auch die anderen tauschten aufgeregt Blicke. »Dann muss ich dir wohlen meinen Dank aussprechen«, sagte der Leitrüde. »Napoleon ist sehr wichtig für unser Rudel.«

»Soll er es irgendwann anführen?«, vermutete Dave.

Napoleon gluckste, wenn man das bei Wölfen überhaupt so nennen konnte. »Unsinn, aber ich bin ein guter Schlichter.«

»Ein guter Schlichter?«, echote Dave und zuckte zusammen, als Napoleon ihm die Schnauze in die Seite stieß. Hatte er sich verraten? Sein Puls stieg an. Er schluckte.

Da flüsterte der Napoleon ihm zu: »Jeder Wolf hat seinen Platz, seine Aufgabe. Während die einen das Rudel mit Kraft und Weisheit leiten, sorgen die anderen für Harmonie innerhalb der Gruppe. Sie schlichten, muntern auf, schauen, dass keiner zurückgesetzt wird – gemobbt, wie die Menschen es nennen.«

Dave starrte Napoleon verblüfft an. Er öffnete die Schnauze zu einer Frage, als der junge Rüde sich wieder dem Leitwolf zuwandte. »Ich hab ihm gesagt, bei uns sei ein Platz frei. So ist es doch, oder?«

Der Leitwolf hob stumm den Kopf. Seine goldbraunen Augen schienen durch Daves hindurch in seine Seele zu blicken. »Ein einsamer Wanderer also?«

Unsicher öffnete Dave die Schnauze. In dem Moment klang abermals ein Heulen, ferner und dabei viel eindringlicher als das davor. Sofort herrschte hellste Aufregung im Rudel. Die Wölfe setzten sich in Bewegung, ordneten sich neu. Ein Wolf, in dem Dave so etwas wie einen Babysitter zu erkennen glaubte, packte die Welpen im Nacken und trug sie in die sichere Höhle. Der Leitwolf sprintete an den beiden jüngeren vorbei. Flüchtig glitt sein Blick zurück zu Dave. »Wie es scheint, bekommst du Gelegenheit, dich zu beweisen, einsamer Wanderer.« Mit diesen Worten rannte er davon, und ehe Dave wusste, wie ihm geschah, war er bereits mittendrin und lief mit dem Rudel.

Der Wind blies unerbittlich durch die Bäume, doch zählte er zu Daves geringsten Problemen. Mit seiner neuen Gestalt war er völlig überfordert. Beinahe fühlte er sich wie einer der armen Köter, die von ihren Besitzern auf überlaufene Jahrmärkte und Messebesuche geschleppt wurden. Jedes Geräusch, ob fern oder nah, klang viel, viel lauter als in seinen menschlichen Ohren. Die Erde zitterte unter den Tritten unzähliger Wolfspfoten. Dave schüttelte sich. Hinzu kamen neue Gerüche, dominant und doch schwer einzuordnen. Einer könnte von der Beute stammen. Der andere schien viel näher zu sein. Er trieb seinen Puls in die Höhe, ließ die Ohren nach hinten wandern. War das der Stress der anderen?

»Alles in Ordnung?« Er neigte den Kopf zu Napoleon, der aufmunternd lächelte. Zwar war sein neuer Freund kleiner als er, dafür aber umso flinker. Nur mühevoll konnte Dave mithalten. »Wenn etwas ist, ich bin da.« Dave nickte, zum Antworten blieb keine Zeit.

Das Rudel trennte sich. Gemeinsam mit Napoleon und ein paar anderen sprintete Dave über offenes Gelände zu einer dichter bewachsenen Stelle. Dort versteckten sie sich, damit die zweite Gruppe ihnen die Beute zutreiben konnte. Jagd – bei dem Gedanken krampfte sich Daves Magen zusammen. Er konnte kaum glauben, dass er vor kurzem noch mit dem Gewehr auf ein Tier gezielt hatte. Verletzen. Töten. Konnte er das? Daves Blick schweifte zu Napoleon, dessen Augen wachsam in die Ferne gerichtet waren.

»Ich … weiß nicht, ob …«, flüsterte er mit gesenktem Kopf, und seine Ohren zuckten im rauen Windzug. Stellenweise war das Gelände mit Schnee überzogen. Dave konnte nicht anders als der schicksalhaften Fügung für sein dichtes Winterfell zu danken. Mit seiner abgetragenen Jeansjacke hätte er sicher gefroren.

»Ich will dich nicht belügen«, sagte Napoleon und holte ihn aus den Gedanken. »Ohne Töten geht es nicht. Ein Leben für das andere, das ist der Preis, den alle zahlen. Aber zerbrich dir den Kopf nicht zu sehr. Da, riechst du das?« Er ließ Dave einen Moment schnuppern. »Er ist alt, alt und krank.«

»Er?«

»Ein Hirsch, vermute ich. Es ist leichter, die schwachen Tiere anzugreifen.«

»Aber das ist ...« Bestialisch. Dave lag das Wort schon auf der rauen Zunge, doch etwas hinderte ihn daran, es auszusprechen. Er dachte an die vergangenen Schlagzeilen, Gesprächsfetzen, die er vor dem Ökoladen um die Ecke aufgeschnappt hatte. Enge Hühnerkäfige und Versuchslabore. Während man den Tieren dort mehrfach Nadeln ins Fleisch jagte, reichten hier bestenfalls wenige gezielte Bisse. Anstatt unnötig zu drangsalieren, taten die Wölfe nur, was sie tun mussten, um zu überleben.

Napoleon nickte, als hätte er seine Gedanken erraten. »Das hier ist eine gute Methode. Weißt du, oft erwischen wir die kränklichen oder schwachen Tiere, was die Herden gesund hält. Und zur Not geht's auch mal vegetarisch.«

Daves Ohren zuckten neugierig. Langsam beruhigte sich sein Magen wieder, und bei den letzten Worten des Wolfsfreundes musste er sogar grinsen. Gerade stieß er den Atem aus, da reckte ein größerer Rüde vor ihnen den Kopf. Napoleon und Dave taten es ihm nach, während sie witterten und schließlich sahen, was auf sie zukam. Die Jäger kehrten zurück – und sie trieben einen Hirsch vor sich her.

Dave atmete tief ein. Er zwang die Pfoten zur Ruhe und die Zweifel aus seinen Gedanken. Als der Hirsch auf sie zutrabte, dachte er an Napoleons Worte. Und daran, dass Menschen oft nicht besser waren, als das, was sie verurteilten. Dann pirschte er los.

»Also, ich glaube, er mag dich.«

»Findest du?« Dave gähnte ausgiebig, bevor er den schweren Kopf wieder in die Pfoten sinken ließ. Lange hatte er sich nicht mehr so gut gefühlt. Seine linke Gesichtshälfte kitzelte noch von all den Schnauzen, die sich an ihm gerieben hatten. Zugehörigkeit, Achtung, Respekt, das Wissen, etwas wert zu sein – nie hätte er geglaubt, all das hier zu finden, in der Wildnis, bei den Figuren aus Märchen und Schauergeschichten. Obwohl die Sonne erst in wenigen Stunden aufgehen würde, wärmte sie sein Herz schon jetzt. Vergnügt streckte er sich und gähnte erneut, als Napoleon ihm mit der rauen Zunge den Nacken säuberte.

Nur durch Kollektivbewusstsein und Teamgeist hatten sie den alten Hirsch gefangen und so das Überleben einer zwölfköpfigen Familie gesichert. Und zwei kleiner Welpen. Dave grinste, als er die Raufbolde beobachtete.

Gemeinsames Spielen, Heulen und Fellpflege. All diese Gewohnheiten der Wölfe dienten dazu, jene familiären Bande zu stärken, die er als jemand, der das vermisste, wohl am deutlichsten spürte. Obwohl Dave sie erst seit einigen Stunden kannte, brannte er für die Gemeinschaft. Er würde alles tun für sie, weil sie alles für ihn taten. Jeder Einzelne erntete Respekt, aber was wirklich zählte, war nicht das Ich, sondern das Wir. Sollte das nicht überall so sein? Nein, das waren nicht die Monster, wie die Geschichten Glauben machten. Die Wölfe waren Wächter des Waldes, ein Teil vom Ganzen, der das Gleichgewicht erhielt.

Zeit verstrich, und Dave glaubte sich schon im Schlaf, als hektisches Geheul ihn abrupt zurück ins Hier und Jetzt holte. Noch halb dösend wandte er sich zu Napoleon, doch der lag nicht an seinem Platz.

Schlagartig war die Müdigkeit weg. Dave fuhr hoch, schüttelte sich und sprintete hinüber zu den Rüden, die im Halbkreis beisammen standen. Dort entdeckte er zu seinem Glück auch den grauen Wolfsfreund. »Was ist los?«, fragte er atemlos.

Napoleon hätte nichts sagen brauchen. Seine angespannten Ohren und der angehobene Schwanz waren Dave Zeichen genug. Und dann war da noch das Heulen, das nun aus den Wolfskehlen klang, als wären es hunderte. »Eindringlinge.«

»Fremde Wölfe?« Dave machte große Augen.

»Gewehre. Schüsse.«

Menschen. Dave schluckte. Sein Herz hämmerte und die Pfoten zitterten, als sein Blick schweifte und auf dem Leittier haften blieb. Ob Jim und die anderen …?

Der Gedanke sollte unvollendet bleiben. Ein tiefes Heulen forderte seine Aufmerksamkeit. Rasch kamen die jüngeren Wölfe um die Eltern zusammen. Es gab Anweisungen, ein letztes Einschwören im Kreis, bevor sie sich trennten.

Dave wetteiferte mit dem Wind. Schnell und immer schneller galoppierte er durch den Wald, vorbei an Bäumen, über Äste und Gestrüpp. Er musste sie vor ihnen beschützen. Wilderer. Napoleon hatte ihm von dem Problem erzählt, das viel größer war als Hungersnot oder Rivalen. Immer wieder drangen sie in Gebiete ein, die ihnen nicht gehörten, und schossen um sich wie die streitlustigen Robo-Cops aus seinem neusten PC-Game. Dave schüttelte sich, bevor er abrupt den Kopf herumdrehte. Ein Knacken, eine Bewegung. Eine Gestalt trat hinter einem Baum hervor. Es war einer der Menschenjäger. Als er Dave sah, hob er sofort sein Gewehr. Seine Hände zitterten nicht, das Gesicht zeigte keine Spur von Zweifeln. Er war bereit.

Und ich bin es auch. Dave knurrte und bleckte die Zähne, obwohl er wusste, dass es schlecht um ihn stand. Der Jäger befand sich in einer guten Position. Zeit genug für einen Schuss, bevor Dave ihn erreichen konnte. Für einen Moment war ihm, als hörte sein Herz auf zu schlagen. Er sah Bilder vor sich, zuletzt das eines naiven Jungen, der einfach nur dazugehören wollte und dafür sogar bereit war, ein unschuldiges Tier zu erschießen.

Schaudernd starrte er in das Zielfernrohr. Da bemerkte er plötzlich einen Schatten im Augenwinkel. Ehe sich Dave versah, sprang Napoleon aus den Büschen, direkt auf den Jäger zu. Er riss den Mann vom Boden als wäre er nichts, knurrte. Dave wollte ihm zur Hilfe eilen. Da gab es einen Schlag. Der Jäger hatte mit dem Gewehr ausgeholt.

»Er wollte mich nur beschützen! Mein Freund Napoleon wollte mir nur helfen!« Grollend trat Dave zurück, um Anlauf zu nehmen, doch sein Sprung ging unerwartet ins Leere. Er sah noch, wie der Kopf des Jägers herumriss. Dann stürzte er. Wie ein Stein kullerte der Wolf die Böschung hinab, jaulend. Ein Fels war es schließlich, der ihn schroff bremste. Zu schroff. Dave hörte wie aus der Ferne ein Knurren, Napoleons Knurren. Und er dachte an ihn, als es wieder schwarz wurde vor seinen Wolfsaugen.

Das Erwachen war, wie Dave es aus Filmen kannte, kurz und schmerzlos, dafür aber umso erschreckender. Als er sah, dass es dämmerte, fuhr er sofort hoch, taumelte aber und fiel. Zuerst dachte Dave, es läge an einer Kopfverletzung. Doch er fühlte nichts. Dann merkte er, dass er schlicht Probleme mit dem Gehen hatte. Er hatte kein Gleichgewicht.

Prüfend sah Dave an sich hinab und sog im nächsten Moment

scharf die Luft ein. Es ging nicht. Er konnte nicht auf vier Beinen stehen, weil er nämlich nur zwei hatte. Ungläubig starrte Dave auf seine Hände, braun vom Matsch, aber unversehrt. Laub hing an seiner Kleidung, ansonsten hatten Hose und Jacke nichts abbekommen. Kein Zeichen von seinem Abenteuer mit den Wölfen, von Jagen und Gejagt werden. Die Jäger! Napoleon!

Dave blickte ringsum, aber alles was er sah, war die Winchester seines Vaters im Laub, direkt neben einem entzweiten Ast. Er ging hin und hob das Gewehr auf. Es fühlte sich schwer an wie eh und je, und schien noch kälter geworden zu sein. Dave erhob sich und wollte sich gerade umdrehen, als sich eine Hand auf seine Schulter legte.

Mit Mühe konnte sich Dave einen Aufschrei verkneifen, seine Verwunderung hingegen nicht. Vor ihm stand der Indianer, der die Jungen beim Ablegen mit dem Boot beobachtet hatte. Jim, Steve, Tony, wo waren sie überhaupt? Und die Wölfe? War alles ein Traum gewesen? Aber warum hatte Napoleon dann so real gewirkt? Und warum drückte ihm die Sorge um ihn derart auf den Magen?

Die eindrucksvollen braunen Augen des Mannes musterten ihn ernst. »Hattest du etwa vor, damit zu schießen?«

»Ich, äh … ja. Um ehrlich zu sein, wollte ich genau das. Ich meine, bevor ich gemerkt habe, wie dumm es ist.« Traurig senkte Dave den Kopf, bereit für die Rüge, die er verdient hatte. Der Griff des Indianers festigte sich; er lachte. Nicht das, was Dave unter einer ordentlichen Zurechtweisung verstand.

»Dann hat der Geist des Canis Lupus dich also belehrt.«

Dave sagte nichts. Die Worte des Indianers waren wie ein Echo der Fragen, die augenblicklich durch seinen Kopf schwirrten. Plötzlich griff er nach dem Ärmel des Mannes. »Da waren Männer! Jäger im Wald … und die Wölfe …«

»Ruhig, Junge. Wir haben das im Griff.«

»Wir?«

Der Mann griff in die Brusttasche seiner tanngrünen Jacke und hielt Dave einen Ausweis unter die Nase. »Unser Team kümmert sich darum. Drei Jungen hatten uns alarmiert, als sie gesehen haben, wie die Kerle durch den Zaun brechen wollten.« Er grinste leicht. »Hatten gut die Hosen voll.«

Das klang nach Jim und seinen Kumpanen. Dave schmunzelte und schnaufte dann. Innerlich zitterte er, als stünde er noch immer dem Jäger mit seinem Gewehr gegenüber. »Was ist mit den Wölfen? Geht es ihnen gut?«

»Mach dir keine Sorgen. Die anderen laufen gerade die wichtigsten Stellen ab, aber so, wie es aussieht, haben wir die Wilderer rechtzeitig erwischen können.«

Dave senkte den Blick, nur um noch entschlossener zu dem Mann aufzusehen. »Ich will auch helfen! Lasst mich was machen, irgendwas!« Er ballte die Hände zu Fäusten.

»Heute nicht mehr, Junge.« Der Indianer warf den geflochten Zopf über die Schultern und wies zum heller werdenden Himmel. »Ich bin sicher, deine Eltern machen sich bereits Sorgen, oder?«

Dave blickte erneut auf seine Füße. Als wären Kopf und Magen nicht durcheinander genug, kam ein weiteres Gefühl hinzu. Wie erleichtert würde er sich fühlen, wenn er sich bei seinem Vater für all die Dummheiten der letzten Wochen entschuldigen konnte? Er nickte zum stillen Übereinkommen und war froh, als er dem Indianer die Waffe des Vaters in die Hände drücken konnte. »Aber ich kann doch etwas tun, oder? Es muss nicht heute sein. Ich würde nur so gern Napoleon und … ich meine den Wölfen helfen! Ich will auch ein Ranger sein und jeden Tag …«

»Ruhig mit den jungen Pferden!« Der Indianer lachte. »Wenn du magst, kannst du die Tage bei uns vorbeischauen. Mein Jüngster, Tom, ist in deinem Alter. Er engagiert sich seit Jahren für den Tierschutz, fast ein halber Wolf.«

Dave nickte eifrig. Als ihm der Indianer den Arm umlegte, lief ein Schauer über seinen Rücken. Er fühlte sich gut in seiner Gegenwart, ohne zu wissen warum. Er lächelte, als er sich an Napoleons raue Zunge im Nacken erinnerte.

Erst viel später stellte er sich erstmals die Frage, woher der Indianer seinen Namen kannte, obwohl er ihm diesen nicht genannt hatte.

AkeylA
www.akeyla.com

Wolfsrufe

von Irina Meerling

Abseits unseres Dorfes, mitten im Nirgendwo, wirken die Sterne viel heller. Hier auf der eisbedeckten Wiese am Rande des Waldes sind sie groß, funkeln wie lupenreine Diamanten und übersäen den gesamten schwarzen Himmel. Der kalte Schein der feinen Mondsichel spendet weiteres Licht. Es bahnt sich durch hauchdünne Schleierwolken, die vom Wind langsam weitergetragen werden.

Es ist trotz der klirrenden Temperaturen die perfekte Winternacht, um von dieser Welt zu gehen. So sagte es Großvater. Darum sind wir hier. Nur wir beide.

»Weißt du, Caroline …« Seine Stimme ist leise und gebrechlich. Trotzdem klingt sie aus tiefstem Herzen zufrieden. »Wir schauen viel zu selten da hoch.«

Neugierig schaue ich meinen Opa an, der im Rollstuhl neben mir sitzt. Seine schmalen Lippen lächeln ihr typisches schiefes Lächeln – genau wie meine es immer tun. Die mandelförmigen Augen sind von dichten Wimpern umrahmt und das Gesicht von unzähligen Lach- wie auch Sorgenfalten durchzogen, die sich über Jahrzehnten in die Haut gegraben haben. Es kostet ihn Mühe, den Kopf zu mir zu drehen. Er wird seit Tagen schwächer. »Das wahre Leben findet in den Weiten des Alls statt, mein Mädchen. Dies auf der Erde ist unsere erste Station. Wir sind nur hier, um zu lernen. Um Fehler zu machen und sie uns einzugestehen. Sühne dafür zu tragen. Sähen wir öfter in den Himmel, würden wir verstehen, dass wir der Teil eines Ganzen und somit von einander abhängig sind. Vielleicht bliebe uns dann der eine oder andere Fehler erspart.«

Etwas an dieser Aussage stimmt mich traurig. Ich hatte nicht gewollt, dass Opa heute über einstige Fehler nachdenkt. Diese Nacht sollte seine Lebensgeister wecken und ihn den kranken Körper vergessen lassen. Und jetzt quälen ihn die vergangenen Tage.

Unauffällig wische ich mir eine Träne von der Wange. Es hätte doch perfekt sein sollen.

Während ich Opas Decke zurecht ziehe, um ihn vor der Kälte zu schützen, und überlege, wie ich das Gespräch in eine andere Richtung lenken kann, wird mir schlagartig bewusst, dass er womöglich genau darüber sprechen möchte: seine Fehler. Wer bin ich, dass ich ihm diesen Wunsch verweigern könnte? Heute ist vermutlich sein letzter Tag auf Erden, und wenn er diesen nicht mit belanglosen Plaudereien vergeuden, sondern mir von Dingen erzählen möchte, die ihn bedrücken, soll er die Gelegenheit dazu bekommen. Es geht allein um ihn.

»Gibt es Dinge, die du getan und im Nachhinein bereut hast?«, flüstere ich vorsichtig – unsicher, ob diese Worte die richtigen sind. Aber die Angst wird mir sogleich genommen.

»Ich bin sehr froh, dass du fragst, Caroline.« Seufzend wendet Großvater sich wieder den Sternen zu. Ich glaube, sie geben ihm die Kraft zum Weiterreden. »Ich hatte ein überaus glückseliges Leben. Die schönste Frau, die klügsten Kinder und die besten Enkelkinder. Nichts würde ich ändern oder anders machen wollen. Nichts, außer einer einzigen Tat.« Eine eisige Windböe streicht uns über das Haar und es wirkt, als trüge sie Großvaters Gedanken weit in die Vergangenheit. Sein Blick schweift ins Leere, als er zu erzählen beginnt. »Es ist beinahe siebzig Jahre her und dennoch ist es mir im Gedächtnis geblieben, als sei es erst gestern gewesen …

Ein herrlich sonniger Frühlingsnachmittag war es. Wiesen und Wälder blühten und auch ich war in der Blühte meines Lebens. Ich hatte gerade erst deine Oma kennen und lieben gelernt und überlegte, wie ich um ihre Hand anhalten sollte. In solch einer Zeit, musst du wissen, wurden Knaben nicht selten zu sturen Böcken. Sie wollten sich untereinander ihre Stärke und Männlichkeit beweisen. Wollten zeigen, dass sie harte Kerle sind. Sie rauften mit- und kämpfen gegeneinander, testeten ihre Trinkfähigkeiten und – so war es jedenfalls damals – sie jagten.«

Ein Kloß bildet sich in meinem Hals. Dass Großvater Jäger gewesen war, hatte er nie erwähnt. Tatsächlich schien es immer, als sei ihm jedes Geschöpf heilig. Regelmäßig war er früher mit verwundeten, ausgesetzten oder von den Müttern verstoßenen Tieren nach Hause gekommen, um diese aufzupäppeln. Nicht für eine einzige Sekunde will sich die Vorstellung in meinem Sinn verankern, dass Opa je ein Tier hätte erlegen können.

»Nur dieses eine Mal ging ich raus in den Wald, um ein Tier zu schießen«, fährt er fort und ich höre ihn schwer schlucken. »Seitdem verfolgt er mich. Der Blick der Wolfsmutter. Dabei hatte ich eigentlich anderes Wild erlegen wollen. Letztlich macht es keinen Unterschied. Ein Lebewesen ist ein Lebewesen.« Großvater muss husten und ein wenig nach Atem ringen. Doch spricht er weiter – ganz leise, denn seine Kraft schwindet. »Ich hatte die Jungen zu spät entdeckt. Sie waren noch ganz klein, vielleicht einen Monat alt. Sie hatten gerade mit ihrer Mutter vor der Erdhöhle gespielt, als meine Kugel die Wölfin traf. Ihr Wimmern treibt mir jetzt noch Schauder über den Rücken. Genau wie ihr Blick ... Es war der Blick einer liebenden Mutter, die darum fleht, man möge ihren Kindern nichts tun. Seit diesem Moment verstehe ich, dass wir auf Erden alle gleich sind – von der Geburt bis zum Tod, und darüber hinaus.«

Mein Opa kehrt in die Gegenwart zurück und sieht mich an. Sein Gesicht ist von einer unendlichen Erleichterung gezeichnet.

»Danke für die wunderschönen Stunden, meine Süße«, wispert er. »Und vergiss niemals, was ich erst so schmerzlich lernen musste: Wir alle sind gleich, wir alle sind ein Ganzes.«

Dann fallen ihm die Lider zu und ich beginne zu weinen. Ob vor Trauer oder Dankbarkeit, weiß ich nicht. Großvater ist von uns gegangen, aber es geschah auf eine Weise, wie er selbst sie wählte.

Schluchzend lege ich meine Arme um den scheinbar schlafenden Körper, als ein weiterer Windstoß über uns hinweg und in Richtung des winterlichen Waldes fegt.

Ich schließe die Augen und stelle mir vor, dieser Wind würde Opas Seele mit sich forttragen. Frei von Lasten und Sünden. Geradewegs in die Weiten der Wälder und des Himmels.

***

Wieder reißt mich das entfernte Heulen aus dem Schlaf. Und wieder verstummt es, sobald ich die Lider aufschlage. Als sei es nie dagewesen.

Oft geschieht dies in letzter Zeit. Ständig höre ich die Rufe, die niemand sonst wahrnimmt. Sie ertönen beinahe täglich. Beim Essen, Lernen, Telefonieren oder Schlafen. Jedes Mal gefriere ich zu einer

Statur und lausche dem Wolfsgesang, werde unansprechbar.

In den ersten Wochen nach Großvaters Tod glaubten meine Eltern, ich fiele in tiefe Erinnerungen an ihn, wann immer ich plötzlich erstarrte. Doch inzwischen sind dreieinhalb Monate vergangen und sie beginnen sich Sorgen zu machen. Natürlich. Wölfe sind seit Jahrzehnten nicht mehr in unserem Gebiet beheimatet – wie kommt es, dass ich sie höre? Deshalb behalte ich es mittlerweile für mich, wenn die geheimnisvollen Geräusche mir eine Gänsehaut über den Rücken treiben und mich komplett für sich einnehmen.

Ein Blick auf den Wecker verrät mir, dass es halb drei ist. Mitten in der Nacht. Dennoch, schlafen kann ich jetzt nicht mehr, also schwinge ich mich aus meinem Bett. Der kalte Parkettboden sendet mir Schauer von den nackten Füßen bis in die Kopfhaut, als ich ans Fenster trete.

Der Himmel ist heute klar und trägt einen strahlenden Halbmond. Es geht nur ein milder Wind, die Tannen in unserem Garten wiegen sich leicht.

Gerade möchte ich das Fenster öffnen, um frische Luft durch mein Haar, mein Nachthemd und in mein Zimmer ziehen zu lassen, als ich in meiner Bewegung inne halte.

Da ist es wieder. Das Heulen.

Es hallt in meinem gesamten Körper wider, als entstünde es irgendwo tief in mir.

Ich schließe meine Augen und konzentriere mich darauf, fühle mich zu ihm hingezogen.

Es ruft mich. Ruft mich zu sich, das spüre ich. Ich soll ihm folgen, es aufsuchen. Diese Überlegung wurde mir über die letzten Wochen hinweg immer klarer, dennoch sträubte ich mich stets davor. Nun hingegen …

Ehe ich darüber nachdenke, habe ich mir eine Taschenlampe aus meiner Schreibtischschublade genommen und mich zur Haustür geschlichen. Leise, um niemanden zu wecken, ziehe ich Schuhe sowie eine leichte Jacke über. Dann verlasse ich das Haus.

Ich weiß nicht, woher diese Gewissheit kommt, aber mir ist ganz klar, welchen Ort ich jetzt aufsuchen muss. Meine Beine tragen mich aus dem Dorf und hinaus in Richtung des Feldes nahe dem Wald.

Seit dem Tod meines Opas habe ich mich nicht mehr hierher gewagt. Aber hier werde ich erwartet.

Die Arme vor meiner innerlich schmerzenden Brust verschränkt, betrete ich die Wiese und schaue ich mich um. Obwohl lediglich der schmale Strahl der Taschenlampe für ein wenig Licht sorgt, erkenne ich sofort, dass sich hier seit jener Nacht vor dreieinhalb Monaten alles verändert hat. Es ist nicht mehr die hauchdünne Eisschicht, die den gesamten Erdboden bedeckt, sondern knöchelhohes Gras. Und rund um die riesige Wiese ragen heute keine kahlen, vom Schnee geküssten Bäume mehr empor – jetzt tragen sie üppige Blätterkronen. Das engelhafte Weiß ist dem Frühling gewichen. Am helllichten Tage muss es eine wahre Pracht sein. Dennoch stimmt mich der Anblick traurig. In meiner Vorstellung sah die Wiese selbst nach all den Wochen unverändert aus. In mir war die Zeit stehengeblieben. Ich hatte mich an den Gedanken geklammert, hierher zu kommen und mich Opa ganz nah fühlen zu können. Und nun muss ich feststellen, dass das Leben selbst auf diesem Fleckchen Land weitergegangen ist. Als sei nichts geschehen.

Nur die Nacht scheint dieselbe zu sein. Eine seltsam beruhigende Tatsache.

Ein leises Knacken zwischen den dicht stehenden Bäumen reißt mich aus meinen Gedanken. Mit einem mulmigen Gefühl in meiner Magengrube sehe ich mich um, kann in dieser Dunkelheit aber nicht erkennen, was dort ist. Das Licht der Taschenlampe reicht nicht bis zum Waldrand. Ich starre ins Nichts. Höre ein erneutes Knacken von Zweigen und den schneller werdenden Schlag meines Herzens.

Plötzlich bewegt sich etwas im niedrigen Gestrüpp und ich schrecke zurück, stolpere einige Schritte rückwärts. Meine Beine wollen beginnen zu rennen, wollen mich hier wegbringen.

Ein Teil von mir weigert sich, ihnen zu gehorchen. Ich bleibe, wo ich bin.

Sekunden vergehen, in denen die wieder herrschende Ruhe meine Anspannung nur noch weiter schürt. Erst als ich geräuschvoll ausatme, fällt mir auf, dass ich die Luft angehalten hatte. In genau diesem Moment bemerke ich, wie ich beobachtet werde.

Große, beinahe kreisrunde Augen reflektieren das Licht in meiner

Hand und lassen mich aufkeuchen. Unweit von ihnen sehe ich zwei weitere Augenpaare, doch schenke ich diesen keinerlei Beachtung. Denn lediglich das erste Tier mustert mich auf eine mir nur allzu bekannte Weise. Aufmerksam. Ruhig. Innig.

Es ist dieser Blick, der mich erneut daran hindert, einfach wegzurennen. Die Wärme darin. Es ist eine Wärme, die ich Zeit meines Lebens kannte. Eine Wärme, die ich vor dreieinhalb Monaten verloren habe.

Leise rascheln die Blätter des Gestrüpps, als das Tier sich mir nähert. Es bewegt sich langsam vorwärts, während seine Begleiter im Schutz des Waldes stehen bleiben. Schritt um Schritt schleicht es über die Wiese, bis es in den Lichtkegel meiner Lampe taucht und sich zu erkennen gibt.

Ich schaue in die Augen eines Wolfswelpen.

»Großvater …?«

Bestürzt von meinem eigenen, gehauchten Wort, stolpere ich rückwärts. Das kann nicht sein. Wie komme ich auf so absurde Gedanken? Es ist vollkommen unmöglich. So etwas gibt es nicht!

Und dennoch sehe ich es. Ich spüre es. Tief in mir.

Ganz langsam sinke ich auf meine Knie und lege die Taschenlampe beiseite. Ich habe Angst davor, den Welpen durch hastige Bewegungen zu verschrecken – erkenne in dessen Gesicht das Zögern. Dann aber, fast, als wolle der Wolf seinerseits mich nicht ängstigen, tappt er Meter für Meter in meine Richtung. Die Ohren eng an den grauschwarzen Kopf angelegt kommt er näher. Bis er direkt vor mir steht. Ich bräuchte nur die Hand auszustrecken und könnte ihn berühren. Doch das wage ich nicht, fürchte beinahe, das kleine Tier könnte sich in Luft auflösen, sobald ich versuche, es anzufassen. Was, wenn mir die Trauer und die Sehnsucht nach meinem Opa, einen Streich spielt? Wenn all dies gar nicht wirklich ist?

»Ist das hier echt?«, frage ich fast lautlos. Tränen verschleiern meine Sicht und schnüren mir die Kehle zu. »Bist du tatsächlich hier?«

Wie zur Antwort tut der Welpe einen weiteren Schritt auf mich zu und macht schließlich auch die letzte Distanz zwischen uns wett. Seinen Schwanz unsicher niedrig gehalten, stellt er sich mit den Vorderpfoten auf meine Oberschenkel. Die Krallen bohren sich durch den dünnen Stoff meines Nachthemds und in meine Haut. Aber diesem Schmerz schenke ich kaum Beachtung, denn ich fühle das Gewicht des Wolfes auf meinen Beinen und spüre den seltsam vertrauten Blick in meinen Augen ruhen. Daran, dass dies real ist, verschwende ich keine Zweifel mehr.

Behutsam lege ich meine Finger auf die Schulter des Tieres. Sein Fell ist dicht und weich und ich merke, wie die Muskeln darunter sich leicht entspannen, als ich es vorsichtig zu Streicheln beginne.

»Wir alle sind gleich, wir alle sind ein Ganzes«, zitiere ich die letzten Worte, die mein Großvater an mich gerichtet hat. Er muss geahnt haben, was im Anschluss an seine menschliche Existenz folgen würde. »Und nun bist du hier, um mich daran zu erinnern. Deswegen hast du mich hierher gerufen.« Leise schluchzend mustere ich das noch so junge Gesicht des Wolfes, in dem nun der Geist meines Opas lebt. »Werden wir einander wiedersehen?«

Dabei kenne ich die Antwort bereits.

Die Ohren gespitzt, richtet der Welpe seine großen Augen in den sternenklaren Nachthimmel. Ich folge dem Blick und verstehe. Irgendwo in den Weiten des Alls werden wir uns begegnen. Irgendwann. Jedoch nicht mehr auf Erden, unserer ersten Station.

»Ich vermisse dich«, wispere ich und erneut schauen wir uns an. Aber es bleibt keine Zeit mehr. Das Heulen der Wolfsmutter ertönt vom Rande des Waldes und treibt mir einen kalten Schauer über den gesamten Körper. Sie ruft ihr Junges.

Ein letztes Mal gleiten meine Fingerspitzen das samtige Fell des Welpen entlang, als eine Träne Reißaus nimmt und mir die Wangen und das Kinn herab rinnt. Im nächsten Moment leckt mir eine feuchte Zunge in einer liebevollen Geste den Handrücken entlang und bringt mich zum Lächeln.

»Danke«, flüstere ich traurig und überglücklich zugleich.

Es ist das Letzte, das ich sagen kann, ehe der kleine Wolf mit tapsigen Schritten von meinen Beinen hüpft und in Richtung der Bäume läuft. Er pirscht sich spielerisch an seine Mutter heran und verschwindet viel zu schnell in der völligen Dunkelheit. Zurückgeschaut hat er nicht. Dies ist wohl eine Geste, die den Menschen vorbehalten ist.

Einige Minuten lang bleibe ich bewegungslos auf dem Rasen knien.

Die Kratzer an meinen Oberschenkeln brennen leicht und versichern mir, dass ich all das wahrhaftig erlebt habe. Bestimmt erinnern sie mich auch morgen noch daran. Aber eines wird mir jetzt bewusst: Die geheimnisvollen Wolfsrufe werde ich von nun an nicht mehr hören. Sie werden mich nicht mehr zu sich locken. Denn ihre Botschaft ist angekommen: »Wir alle sind gleich, wir alle sind ein Ganzes«.

Danksagung

Ein Projekt wie dieses kann zwar von wenigen losgetreten, aber nur von vielen zu einem glücklichen Ziel geführt werden.

Mein ganz besonderer Dank richtet sich von daher nicht nur an meine Kolleginnen und Kollegen, die die Anthologie mit ihren Geschichten bereichert haben, sondern auch an die vielen, deren Geschichten vor allem aus Platzgründen nicht darin aufgenommen werden konnten. Mit einigen von ihnen stehe ich noch in gutem Kontakt und sie unterstützten die Feder für Tiere Gruppe weiterhin.

Ein riesengroßes Dankeschön gilt auch den Lektorinnen Sandra Gernt und Jennifer Benkau, die sich sofort für diese mühsame und zeitintensive Aufgabe zur Verfügung gestellt haben. Als es zeitlich eng wurde sprang noch Marcel Weyers ein und ermöglichte so eine (fast) pünktliche Veröffentlichung.

Sybille Diefenbach, die die Feder für Tiere Fanseite auf Facebook betreut und sie mit wundervollen Bildern und interessanten Artikeln bestückt, und Holger Stark, unserem NABU-Wolfsbotschafter, möchte ich ebenfalls ganz herzlich danken.

Außerdem geht ein großer Dank an Barbara, die diese Printausgabe mit hinreißenden Illustrationen ausgestattet hat.

Sowie an alle, die sich mit ihrer Zeit, ihren Ideen, ihrer Arbeit oder einfach nur mit ihren guten Wünschen eingebracht haben.

Und zum Schluss: Liebe Toni und lieber Ralf! Ohne eure unermüdliche Arbeit im Verlag und an der Homepage, ohne euren Mut zum Risiko, das für euch zweifelsfrei bestand und immer noch besteht, wäre dieses Projekt nicht möglich gewesen. Ich weiß noch sehr genau, wie Toni und ich vor Aufregung über unsere Idee das große Flattern bekamen und wir uns gegenseitig Mut zusprechen mussten.

Wir haben uns richtig entschieden, etwas für uns Neues zu wagen. Ich bin stolz auf das Ergebnis und hoffe, dass unsere Liebe zum Geschichtenerzählen und zum Tierschutz bei den Lesern gleichermaßen Anklang finden.

Swantje Berndt